김수영과 베이다오의
참여의식 비교연구

저자 약력

❙이 미 옥

중국 연변에서 출생했고 17살에 한국으로 유학왔으며 거창고등학교, 서울대 국어교육과를 졸업하고 동대학원 국어국문학과에서 박사학위를 취득했다.

주요 연구로는 〈윤동주 시에 나타난 디아스포라 의식의 변모양상 연구〉, 〈김수영과 베이다오의 '저항시'에 드러난 주체의 대응 방식과 모더니즘적 서술기법 비교〉, 〈한·중 '참여시'의 문예사적 비교를 통한 고찰〉, 〈신동엽과 쟝허의 '서사시'를 통한 '저항성' 비교 연구〉, 〈'보기'－감각을 통해 이루어진 김수영과 꾸청의 '참여 의식' 비교〉 등이 있다.

김수영과 베이다오의 참여의식 비교연구

초판인쇄 2016년 12월 01일
초판발행 2016년 12월 07일

저 자 이 미 옥
발 행 인 윤 석 현
발 행 처 도서출판 박문사
책임편집 최인노
등록번호 제2009-11호

우편주소 서울시 도봉구 우이천로 353 성주빌딩 3층
대표전화 02) 992 / 3253
전 송 02) 991 / 1285
홈페이지 http://jnc.jncbms.co.kr
전자우편 bakmunsa@hanmail.net

ISBN 979-11-87425-17-5 93810 정가 28,000원

김수영과 베이다오의 참여의식 비교연구

이미옥 저

박문사

서문

17년의 긴 유학생활에 종지부를 찍으면서 박사논문을 책으로 엮게 되었다. 제3세 조선족 출신으로 1999년, 서울에 유학의 첫 발자국을 내딛을 때만 해도 한번 시작한 유학생활이 이렇게 긴 세월을 거치게 될 줄은 몰랐다. 17년 한국 생활의 전부를 학생으로 보냈고 관악 캠퍼스에 머문 시간만 해도 13년을 넘는다. 나한테 한국은 모국이면서 배움의 장이고 또 제2의 정체성을 만들어준 곳이기도 하다. 조선족으로 한국에서 산다는 것은, 보통의 유학과는 또 다른 디아스포라 체험이었다. 한국은 내가 꿈에도 그리던 모국이었고 우리말과 우리글을 마음껏 향유할 수 있는 정신적 고향이기도 했지만, 거대한 타자로서 그 어디에도 속하거나 또는 속할 수 없는 디아스포라 의식의 장을 만들어 준 곳이기도 했다. 공부에 대한 선택도, 석사논문 주제도 그 고민으로부터 시작되었다. 나는 누구인가?

윤동주를 대상으로 연구한 석사논문은 그것에 대한 통찰로부터 시작되었다. 그 논문에서는 윤동주의 디아스포라 의식을 평면적인 현상이 아닌, '변모양상'에 초점을 두고 접근하였다. '디아스포라 의식'을 기존의 '실향의식'이나 '본향의식'과는 변별되는 것으로 돌아갈 곳을 상징한 '귀향'의식이 아니라 고향이라는 중심을 설정하지 않는 '유동의식'에 가깝다고 보았다. 유동의식이란 이른바 '고향'이라는 중심점에서 이탈하여 나가는 일련의 변증법적 사유의 궤적을 말한다. 이는 한편 세계를 바라보는 나의 의식, 관점 현상이 불가피하게 갈등 상황을 통해 변화되는 것이며 관점과 시각이 변화된다는 것은 자기의식에서 타인의식으로 넘어가는 것을 의미하기도 한다. 이질적인 세계와의 경계에서 의식의 작용은 디아스포라 갈등을 통해 팽창되고 확산되며 시·공간적 사유와 함께 '타자체험'을 가능하게 한다. '타자체험'이란 타인의 시점으로 세계를 조망하고 현재를 수렴해가는 것으로 이런 의식의 변화 속에서 자신의 좌표를 설정해 나가고 주체를 구성해 가게 된다.

윤동주 시에 드러난 의식의 변모양상의 궤적을 통해 디아스포라 의식을 탐구한 것에는 커다란 의의가 있었지만 경계인이 아닌 주체로서 실질적으로 사회에 어떻게 참여할 수 있는가 하는 문제가 새롭게 대두되었다. 그리하여 박사과정에는 '디아스포라'가 아닌 '참여'에 초점을 맞추어서 지식인 주체의 참여 가능성에 대해서 탐구해 보기로 했다. 한국과 중국의 대표 참여시인으로 명명되는 김수영과 베이다오北島의 참여의식을 추적함으로써 역으로 디아스포라의 참여 가능성을 찾아보고자 하였다. 즉 어떤 의미에서 이 논문은 디아스포라 시각의 또 다른 확장이라고 볼 수 있을 것이다. 에드워드 사이드는 『지식인의 표상』이란 책에서 "한 사회에서 평생을 살아가는 지식인들조차도 발언의 방식에 있어서 내부자와 외부자로 분리될 수 있다.", "한편에는 현재 사회에 완전하게 소속된 이들, 어떤 부조화나 불만 없이 그 속에서 잘 지내는 이들, '예스맨'이라고 부를 만한 이들이 있으며, 다른 한편에는 '노맨'이라고 불릴 만큼 자신의 사회와 마찰을 빚는 외부자들, 다시 말해 특권과 권력 그리고 명예에 관한 한 망명객 신세인 이들이 있는데 외부자로서 지식인의 행로를 결정하는 유형은 망명자의 조건을 통해 가장 잘 예시된다."라고 하였다. 김수영과 베이다오는 비록 디아스포라 출신은 아니지만 그들은 모두 그 사회의 부당한 권력에 관해 '노'라고 했으며 이들의 참여의식의 특징은 강력한 부정성으로 에드워드 사이드가 얘기한 망명자의 의식과도 상당히 많이 닮아 있다.

"그것은 온전히 적응하지 못하는 상태, 언제나 본토인들이 거주하는 허물없고 친근한 세계로부터 벗어나 있다는 느낌, 화합과 민족적 행복이라는 함정을 피하거나 심지어 혐오하는 성향을 보인다. 이러한 형이상학적 의미에서 지식인의 망명은 쉼 없는 운동이며 영원히 불안정한 상태의 타자가 되는 것"이기도 한다. 김수영과 베이다오의 지식인 의식은 부정과 망명의 형태로 드러나며 수많은 타자들과의 관계 속에서 탐색되어 지기도 한다. 이들의 참여의식에 대한 해명을 통해, 역으로 디아스포라 즉 재한 조선족들 또한 한국과 중국에서 참여 가능성을 타진해 보는 것이 궁극적인 목적이었다. 조선족들이 한국에서도 중국에서도 스스로를 소외시키는 이방인이 아닌, 주체로서 자기 목소리를 온전히 내고 참여할 수 있는 가능성을 김수영과 베이다오에게서 찾고 싶었다. 불안정한 디아스포라 지식인 위치는 태생적으로 이를 가능하게 해주는 잠재력을 담고 있다.

논문을 쓰면서 김수영과 베이다오를 만났지만 김수영과 베이다오를 통해 중국과 한국의 현대사라는 더 큰 그림을 보았다. 해방 이후, 다사다난한 현대사의 질곡 속에서 민주주의와 사회주의라는 각기 다른 체제를 유지하고 있지만 이들이 추구했던 것은 궁극적으로 자유를 향한 외침이었으며 그 발걸음은 오늘에도 계속되고 있다. 그때와 다름없는 작금의 정치적 현실, 한국에서는 후퇴하는 민주주의에 대한 우려의 목소리가 높아지고 있으며 중국에서도 좌절된 개혁의 장기적 후과로서 빈부격차, 지역격차 등 사회적 격차가 확대되고 있는 상황은 반세기 전의 김수영이나 베이다오를 오늘날에도 소환해내는 근거가 된다. 참여시의 독자적인 행로를 개척해온 김수영과 몽롱시의 대표시인인 베이다오에 대한 조명은 한국과 중국이 당면한 정치적 문제들을 재조정하여 공생해 나갈 비판적 전망의 단초를 그 속에서 다시 발견할 수 있는 가능성을 제시할 것이다.

논문이 나오기까지 수많은 이들의 크나큰 도움이 있었다. 석사부터 박사에 이르기까지 한결같은 인내와 애정 어린 채찍질로 학문의 길을 열어주신 나의 지도교수 박성창 선생님, 큰 꿈을 심어주시고 정확한 방향으로 끌어주신 신범순 선생님, 따뜻한 지도와 넓은 아량으로 품어주신 김유중 선생님, 중국문학의 지형도를 그려주시고 자신이 갈 수 있는 길을 찾도록 독려해주신 이정훈 선생님, 구체적인 지침과 섬세한 가르침을 주신 이미순 선생님, 바쁜 와중에도 논문의 초고를 제일 먼저 읽고 아낌없는 조언을 주신 박남용 교수님, 그 외

서울내 교수님들과 선후배들의 애정 어린 지도가 없었다면 이 논문은 나오지 못했을 것이다. 그밖에, 지면에 다 적을 수는 없지만 고마운 인연들의 도움으로 17년의 세월을 헤쳐 여기까지 올 수 있었음을 고백한다.

이 책은 무엇보다 나의 가장 큰 지지자이자 지주이며 세상 그 누구보다 크고 강한 힘으로 치열한 서울 땅에서 20여 년 동안 두 딸을 지켜내고 키워낸, 세상에서 가장 위대한 나의 어머니, 천애옥 여사님께 바친다. 고향에서 묵묵한 기도로 한결같이 응원해 주신 아버지와 누구보다 어둡고 외로운 시간을 견뎌내며 삶의 용기와 지혜를 준 나의 언니, 사랑하는 그들에게 나는 여전히 작은 희망의 증거가 되고 싶다.

2016년 9월

정독에서

목차

김수영과 베이다오의
참여의식 비교연구

제1장

서론

김수영과 베이다오의
참여의식 비교연구

01

문제제기와 연구사 검토

본 연구는 한국에서 1960년대 참여시의 대표시인으로 불리는 김수영과, 중국에서 1980년대 몽롱시[1]의 대표 시인으로 일컬어지는 베이다오(北島)의 시에 나타나는 공통된 특질로서 참여의식을 이후 사회적 변화의 양상에 따라 추적 비교한 연구이다. 양자는 한중 양국의 상이한 사회·문화 체제 속에서 서로 다른 성장, 발전 양상을 보였고 상호 간의 직접적 영향관계의 존재 또한 확인할 수 없다. 그러나 양자의 비교를 가능하게 하는 근거는, 비슷한 시대적 배경 아래 시인이 역사적 주체로서 현실에 대응하는 방식, 즉 시의 미학적 실천과 그 속에 내재된 하나의 경향적 특질인 참여의식에서 긴밀한 유사

1 몽롱시는 문혁 이후, 중국적 이데올로기의 결과물로 그들의 사상에 예술에 대한 반기에서 비롯되며 '당'에 대한 실망과 '사회주의'에 대한 비판 등 그 내용이 공식적으로 발표할 수 없는 상황 아래에서 '감춰진 방식'으로 존재하는 시이다. 홍자성 저, 박정희 역, 『중국당대문학사』, 비봉출판사, 2000, 221면.

성을 발견할 수 있다는 점에서 찾을 수 있다.

한국문학에 있어 참여문학론의 등장에 직접적 계기가 된 것은 4·19 혁명의 발발이라는 역사적 경험을 들 수 있다. 이 시기에 문학인의 현실참여 즉 앙가지망을 주장하는 이론들이 일시에 급격히 나타나기 시작한다. 4·19 혁명의 결과 지식인의 현실참여·정치참여의 목소리가 높아지면서 문학에서 그 영향이 나타난 것이라 볼 수 있다.[2] 이 참여론은 순수문학론과 대립적 구도를 이루면서 한국 문학 사상 하나의 맥을 형성한다.[3] 1960년에 전개된 참여론 또한 순수문학론과의 대결 구도 속에서 63년과 64년에 걸친 김우종, 김병걸과 이형기 사이의 논쟁과 67년 김붕구의 주제발표를 둘러싼 임중빈, 선우휘, 이호철, 김현 등의 논쟁, 68년 이어령과 김수영의 논쟁 등 크게 세 가지로 전개되었다.

그 가운데서 1967년 '세계문화자유회의 한국본부 주최 원탁토론' 세미나에서 김붕구가 발표한 「작가와 사회」라는 글은 지식인 사회에 꽤 큰 파장을 일으켰다. 김붕구는 사르트르의 참여문학이 결국에는 프롤레타리아 혁명의 이데올로기로 귀결될 것이며 창조적 자아를 억압할 것이라고 하였다.[4]

사르트르의 비판으로 기울어진 김붕구의 이러한 비평적 주장은

2 김영민, 『한국현대문학비평사』, 소명출판, 2002, 242면.

3 한국문학사에서 이런 논쟁은 오랜 자기역사를 갖고 있다. 식민지시대 계급문학 대 국민문학, 해방공간에서 〈청년문학가협회〉 측의 김동리, 조연현 대 〈조선문학가동맹〉 측의 김동석의 격렬한 논쟁을 정신사적으로 60년대 순수·참여 논쟁의 전주였다고 할 수 있다. 김용락, 『민족문학 논쟁사 연구』, 실천문학, 1997, 74-75면.

4 이승하 외, 『한국 현대시문학사』, 소명출판, 2010, 220면.

1960년대 초반부터 지속되어 온 순수·참여문학 논쟁 이후 획득한 비평적 성과물이, 문학지평에 육화되지 못한 현실을 반영한다.[5] 이 논의는 현실에 대한 현상적 제기로 그치고 구체적인 작품론과 정치한 대안이 제시되지 않았다.

1967년부터 시작된 김수영과 이어령 사이에 전개된 순수·참여논쟁에서 김수영이 사용한 '불온'은 순수진영과 참여진영에서 사용한 '앙가주망'의 개념과 방법론과는 다른 층위에서 접근된다. 1967년 12월부터 1968년 3월까지 3개월 사이에 이어령과 김수영 사이에는 총 8편의 글들이 오고간다.[6] 이들의 논쟁은 '불온시'에 대한 논의로 초점화 되었으며 이 '불온성'은 김수영의 참여시를 수립하고 이해하는 중요한 단초가 된다. 김수영이 논쟁에서 사용한 불온이라는 개념은 모든 문화와 예술의 창조적 원동력으로서 통용되는 전위성을 포괄적으로 지칭하기 위한 개념이다.[7] 이 '불온'은 일차적으로 모더니

5 고명철, 『논쟁, 비평의 응전』, 보고사, 2006, 127면.

6 이어령, 「'에비'가 지배하는 문화—한국문화의 반문화성」, 『조선일보』, 1967. 12. 28.; 김수영, 「지식인의 사회참여—일간신문의 최근 논설을 중심으로」, 『사상계』, 1968. 1.; 이어령, 「누가 그 조종을 울리는가?—오늘의 한국문화를 위협하는 것」, 『조선일보』, 1968. 2. 20.; 김수영, 「실험적인 문학과 정치적인 자유-'오늘의 한국문화를 위협하는 것'을 읽고」, 『조선일보』, 1968. 2. 27.; 이어령, 「서랍속에 든 '불온시'를 분석한다—'지식인의 사회참여'를 읽고」, 『사상계』, 1968. 3.; 이어령, 「문학은 권력이나 정치이념의 시녀가 아니다—'오늘의 한국문화를 위협하는 것'의 해명」, 『조선일보』, 1968. 3. 10.; 김수영, 「불온성에 관한 비과학적 억측—위험세력설정의 영향 묵과 못해」, 『조선일보』, 1968. 3. 26.; 이어령, 「불온성 여부로 문학평가는 부당—"논리의 현실검증 똑똑히 해보자"」, 『조선일보』, 1968. 3. 26.

7 이에 반해 이어령이 주장한 "문화적 순수함"이란 정치 사회적인 이데올로기와 같은 일체의 외부적인 요소들로부터 거리를 두는 것을 말하며 이와 같은 이어령의 태도는 문화적인 것의 선험성과 고유성에 대한 확고한 신념에 기반을 둔 것이다. 즉 이는 기존의 관점에 대한 반역으로서의 전위성 실험 정신 등과 통하는 의미를

즘의 부정성과 상관관계가 있으며 그가 영문학과 출신이고 번역을 통해 서구사상을 접할 수 있다는 데서 일차적으로 서구 모더니즘의 영향을 받은 것이라고 추측된다.[8]

미적 모더니즘이 강조하는 자율성 개념, 사회와 단절되는 특수한 미적 공간이 긍정적 가치를 띠는 것은 그것이 소유하는 부정성 때문이다. 미적 형식은 자본주의 원리를 탈취하면서 동시에 그런 원리를 미적으로 비판하고 따라서 미적 형식은 사회적 형식을 물고 늘어지면서 그 형식을 비판하고 이런 비판이 부정개념과 통한다.[9] 모더니즘의 핵심은 파괴(부정)에 있으며 일차적 부정의 대상은 "부르주아 세계의 습관적 풍속과 '제가치' 등"이지만 가장 "온화한 세계" 역시 부정의 대상이 된다.[10] 모더니즘에 내재된 '긍정적 가치'로서의 부정성은 주로 자본주의 원리에 대해 일삼으며 이를 위해 모더니즘은 반성적으로 자기 자신을 대상으로 취하기도 한다. 모더니즘의 자기인

.....

지닌 것으로 본다. 즉 이들의 논쟁은 시의 불온성과 오독이라는 서로 다른 방향으로 평행선을 달리면서 일단락된다. 김유중, 「김수영 시의 모더니티—'불온시' 논쟁의 일면: 김수영을 위한 변명」, 『정신문화연구』 28, 한국학중앙연구원, 2005, 160-169면 참조.

8 영문학을 전공한 김수영은 그 당시에 독서와 번역을 통해서 서구의 작품과 이론을 자유롭게 접할 수 있었고 누구보다 적극적으로 흡수시켜 나갔으며 하이데거, 바타이유, 트릴링 등과 같은 영·미 시론가들의 영향을 받게 되며 미국의 신비평가에서 시카고 학파, 라이오넬 트릴링, 고백파 비트 시인, 뉴욕 지성인파로 다시 하이데거로 이어지는 흐름의 영국의 엘리어트, 오든 그룹과 C.D. 루이스, 조지 바커, 딜란 토마스, 킹슬리 아미스로 이어지고 다시 프랑스, 독일, 러이사, 폴란드로 넓혀진다. 한명희, 「김수영 시의 영향관계 연구」, 『비교문학』 29권, 한국비교문학회, 2002, 209면.

9 이승훈, 『모더니즘의 비판적 수용』, 작가, 2002, 222면.

10 강웅식, 「김수영 시론 연구: '현대성'과 '부정성'의 의미를 중심으로」, 『상허학보』 11, 상허학회, 2003, 167면.

식 속에는 현실을 재현할 수 없다는 강박관념이 포함되어 있다.[11] 모더니즘은 자기인식의 반성을 통해 소외된 예술의 지위에 대한 비판을 가능하게 하고 예술을, 변형된 '삶의 실천' 속에 다시 통합함으로써 예술을 위한 예술이 극복하려 했던 사회적 소외를 넘어서려는 열망을 가능케 한다.[12]

부정은 변증법으로 풀이할 때 한 상태에서 다른 상태로의 변화이며 지적 판단 아래서 행해진 발전적인 도약이지만 사회가 발전보다도 포괄적인 조화를 추구하는 동양 사회에서는 정상적인 성장을 기대할 수가 없었다.[13] 부정 대신 공동체적 질서와 조화를 추구해온 유교의 오랜 전통은 근대 이후에도 사회 속에 깊숙이 뿌리내려 있었으므로 해방 전 후 짧게 축적된 현대성의 경험으로는 서구의 민주주의를 성취하기가 어려웠다. 자기부정을 통해 타자수용으로 확장해간 김수영의 '자기부정'은 궁극적으로 타인에 대한 사랑과 연결되고 공동체의 윤리를 위한다는 측면에서 유교의 仁정신과도 맞닿아있다.[14]

11 모더니즘의 자기인식적 특성은 주체의 우월에 의한 것이 아니라 〈현실로부터 소외〉에 따른 것이다. 현실의 사물화와 파편화로 인해 주체는 현실 반영에 의한 총체성을 포기하고 내면적 자기인식으로 돌아선 것이다. 이 점에서 모더니즘이 자기인식은 낭만주의처럼 자발적인 것이 아니라 현실모순의 심화에 의해 〈강요된〉 것이라고 할 수 있다. 나병철, 『모더니즘과 포스트모더니즘을 넘어서』, 소명출판사, 2001, 187면.

12 알렉스 캘리니코스 저·임상훈, 이동연 역, 『포스트모더니즘 비판』, 1994, 89면.

13 최하림, 『시와 부정의 정신』, 문학과 지성사, 1994, 46면.

14 김수영은 "진정한 시는 자기를 죽이고 타자가 되는 사랑의 작업이며 자세"(「로터리의 꽃의 노이로제」(1967.7))라고 하였는데 이는 '죽음'을 통한 희생으로 사랑을 실천하려 하는 것은 자신의 고통을 감수하며 이웃에 봉사하거나 자신의 이익을 양보하여 남을 위하는 살신성인(殺身成仁)의 정신과도 일맥상통한다.

서구의 모더니즘을 적극적으로 수용해 온 김수영에게 있어 혁명의 좌절은 한국의 현실 속에 배태된 전통의 문제를 다시 돌아보고 부정의 변증법에서 긍정으로 전향하는 계기가 된다.

김수영은 자본주의 일상과 정치적 현실을 비판의 대상으로 삼고 있지만 외적 세계에 대한 부정뿐만이 아니라 자신 또한 부정의 대상으로 구현시켰다는 측면에서 '부정'의 방법론을 철저히 내면화시킨 시인이다. 그러나 4·19의 실패와 함께 현대성의 추구만으로는 이 땅에서 혁명이 성취되기 어려움을 간파하여 김수영은 시(詩)와 시론(詩論)을 통해 현대성을 극복하기 위한 시도를 한다. 우선 시작(詩作) 「신귀거래」(1961년 6월 3일-1961년 8월 25)를 통해 부정에서 긍정으로 선회하는 연습을 하게 된다. 9편의 연작은 김수영이 '부정'의 변증법에서 '사랑'이라는 중심축을 발견해내는 치열한 과도기에 놓여진 작품이라고 볼 수 있다. 특히 「등나무」라는 시에서 김수영은 자연의 생명력을 바탕으로 한 사랑의 근원을 발견하게 된다. 등나무는 김수영이 반성의 바로미터로 삼았던 여타의 사물들과 달리 타자가 아닌 강력한 '끌림'에 의해서 등나무와 하나가 되었음을 의미한다. 그 '끌림'은 생명 자체에 대한 끌림이며 모든 자연의 생명은 이미 하나로 연결되어 있는 우주의 강력한 중심이라고 볼 수 있다. 등나무의 거대한 생명력은 5·16의 좌절로 인해 중심을 상실하고 현실의 벽을 대면한 김수영에게 원초적인 생명의 뿌리를 돌아보게 만든다. 연작 직후에 「먼 곳에서부터」와 「아픈 몸이」라는 두 편의 시를 통해 치열한 고민과 탐색에 따른 열병의 육체적 징후를 드러내고 있으며 「시」라는 제목의 시를 통해서는 드디어 "변화가 끝났음"을 선언한다. 그 뒤에 작성된 「적」은 김수영의 참여의식의 변화와 부정에서 긍정으로의 전환, '적'의 부재와 사랑의 발견을 확인할 수 있다. 이처럼 김수영의 부정은 부정으로만 끝나지는 않고 타인에 대한 사랑을 발견하고 공동체적 연대를 구축해 나가려고 했다는 점에서 서구 모더니즘이 추구하는 방향과 차이가 있다.

또한 5·16 혁명 이후부터 김수영은 자신의 시론과 시평[15]을 통해 '자신만의 현대성'에 대해 탐구해 나가기 시작하는데 현대성의 극복으로서 '영원'에 대한 발견은 김수영만의 참여의식을 구축해 나간 계기가 된다. 현대시에 대해서 처음으로 언급한 「새로움의 모색—슈뻴비엘과 비어레크」(1961.9.28.)이란 논평에서 김수영은 "죽음의 실천은 현대의 순교"라고 하여 죽음을 관조나 관념이 아닌 '실천' 즉 나를 죽임으로서 타인을 구원하는 '순교'적 의미에 가까운 희생으로 언급하고 있다. 그 뒤 「〈難解〉의 帳幕—1964年의 詩」(1964.12)에서는 현대시의 모더니티 요소를 ① 역사성, ② 자기투신으로서 '죽음의 실천', ③ '시인의 양심'에서 찾고 있으며 「모더니티의 문제」에서는 '죽음의 실천'을 '육체'와 연결시키고 있다. 여기서 육체는 '죽음'을 넘어서 영원과 접하는 정신성의 통로가 된다. 계속하여 김수영은 현대시를 영원과 연결시키고 있는데 「진정한 현대성의 지향 —朴泰鎭의 詩世界」(1965.2)에서 "진정한 현대성은 생활과 육체 속에 자각되어

.....

15 김수영은 61년에 「새로움의 모색—슈뻴비엘과 비어레크」(1961.9.28.)이란 논평을 통해서 현대시에 대해서 처음으로 언급을 하게 되며 그 뒤에는 「〈難解〉의 帳幕—1964年의 詩」(1965.2), 「모더니티의 문제」(1965.3), 「文脈을 모르는 詩人들—「〈詐欺〉論」에 대하여」(1965.9) 등을 통해서 지속적으로 현대시의 요건에 대해서 탐색해 가지만 이는 현대성의 경도가 아닌 극복을 위한 일련의 과정으로 봐야 한다.

있는 것이고, 그 때문에 그 가치는 현대를 넘어선 영원과 접한다."라고 언급한 것에서 알 수 있다. 일례로 위의 글에서 김수영은 '박태진의 「역사가 알 리 없는…」이라는 시를 언급하며 이 시가 생활과 육체 속에 자각된 현대성'을 구비한 것으로 평가하고 있다. 그러나 한편 이 시가 '육체'를 통한 현대성에만 머물고 있으며 '죽음'도, 죽음을 초월하는 '영원성'도 잘 드러나지 않는다는 점에서 한계가 있다고 지적한다. 그 뒤에 「文脈을 모르는 詩人들」(1965.3)[16]이라는 비평에서 김수영은 '현대성의 영원'을 '구원'과도 연결시키고 있다. 여기서 '구원'은 김수영도 밝히고 있지만 종교적인 구원이 아니라 '죽음'의 문제를 극복하고 "혼란한 시대에 굳건히 대지에 발을 붙이고 힘차게 일어설 수 있는" 현실적인 구원을 일컫는다. 서구사상에 대해 끊임없이 천착해온 김수영에게 있어 서구의 현대성은 자신의 시작(詩作)을 가늠해보는 거울이 되기도 하지만 '영원'에 도달하는 통로가 되기도 한다. 「演劇하다가 詩로 전향—나의 처녀작」(1965.9)에서 김수영은 "좀 더 깊이 생각해보면 아직도 나는 진정한 처녀작을 한 편도 쓰지 못한 것 같다."라고 하여 이 '영원성'에 대한 탐구가 아직 끝나지 않음을 고백하고 있다. 다만 김수영의 '영원성'이 전통과 현대 사이, 민족주의와 세계주의, 개인주의와 민중 사이에서 어느 한 쪽에도 치우치지 않고 '사회적 윤리와 인간적 윤리를 포함한' 사랑을 향

16 이 비평에서 김수영은 "필자가 말하는 구원의 시는 단테나 글로델流의 宗教詩만을 가리키는 것이 아니다. 오든의 시, 디킨슨의 시, 포오의 시에서부터 멀리 호머나 李太白의 시에 이르기까지 진정한 시작품은 모두가 구원의 시라고 볼 수 있다."이라고 하여 '현대시'를 '시대적인 것'에만 한정짓지 않고 이를 통해 무언가를 극복하려 한 '초월'의 가능성으로도 현대시를 대면하고 있다.

해 끝없이 길항해 나가는 영구한 혁명의 현재적 성격임을 알 수 있다. 이를 바탕으로 1967년에 「참여시의 정리」를 통해서 김수영은 자신만의 참여시를 구축해나간다. 참여시의 기준에는 몇 가지가 있지만 신동엽의 시를 언급하면서 최소한의 조건을 나열하고 있다. 여기서 가장 주목할 수 있는 요소는 '죽음의 음악'으로 김수영은 '죽음의 연습'을 참여시의 가장 중요한 전제로 보았다. 이 죽음은 모든 것을 소멸시키는 허무의 죽음이 아니라 새로운 '생명을 획득하기 위한', '생성'으로서의 죽음이다. 이 죽음은 또한 자기희생에 가까운 것으로 죽음의 대상은 자신이며 죽음을 통해서 생성되는 것은 타인에 대한 '사랑'이다. 그러므로 김수영의 죽음은 궁극적으로 영원을 향한 사랑과 맞닿아있다.

베이다오의 몽롱시 또한 참여문학이 배태된 중국적 상황으로부터 출발한다. 중국에서는 정확히 '참여'에 직접적으로 대응되는 문학사적 용어는 존재하지 않으나 소위 '참여문학'이 태동하게 된 역사적인 환경은 중국의 문화대혁명이라고 볼 수 있다. 중국의 문화대혁명은 1970년대 중반에 종식되었으며[17] 여기 발을 맞춰 문예계를 지배하고 있던 급진적이던 문학사조도 점차 수그러들게 된다.[18] 극좌적인 사조에서 점차 벗어나 정상적인 문학의 궤도에 들어서게 되

17 1960년대 중반 문학작품 비판으로 시작된 문화대혁명은 1976년 9월 마오쩌둥이 사망하고 1977년 8월 중국공산당 제11차전국대표대회에서 정식으로 종식을 선언하기에 이른다. 唐培吉 외, 『中國歷史大事年表』, 上海辭書出版社, 1997, 806-812면.

18 孟繁華·程光煒, 『中國當代文學發展史』, 北京大學出版社, 2011, 199면.

는 것이다. 일반적으로 1976년 10월 이후의 문학을 신시기 문학(新時期文學)이라고 한다.[19] 즉 다시 말하면 1976년 이후의 문학 혹은 1980년대 중국문학은 신시기 문학으로 표상이 되며 이는 소위 참여문학과 같은 역할을 하게 된다. 소설계에서는 '상처문학', '반성문학', '뿌리 찾기 문학' 등을 통해서 시에서는 '몽롱시'를 통해서 '참여문학'이 전개되었다. '현실에 대한 비판의식과 부정정신'이라는 측면에서 몽롱시는 모더니즘이 갖고 있는 현실에 대한 인식과 유사한 측면이 있다. 즉 중국의 몽롱시와 한국의 '참여시'가 같은 선상에서 논의될 수 있었던 접점은 '현실에 대한 부정정신'에 있다.

한국에서 순수·참여논쟁이 벌어졌던 것처럼 중국에서 또한 몽롱시의 전통과 기존체계에 대한 부정정신 때문에 문예계에서는 이에 대한 논쟁이 벌어진다. 이 논쟁은 일찍이 1979년부터 일기 시작하여 1983년 1월에 서경아가 몽롱시를 대표적 현대시로 평가함으로 최고조에 달하게 된다.[20] 서경아는 「궐기하는 시인들—우리나라 시의 현대적인 경향을 평함」[21]에서 몽롱시 운동을 중국모더니즘의 흥기라고 개괄하였다. 또한 서구 모더니즘시의 위기의식과 일맥상통하는 것이며 40년대 이래의 리얼리즘 전통을 부정하는 것이라고 했다. 그러나 1984년 정부와 기성작가들의 강요에 의해 서경아의 자아비판 글이 『인민일보』[22]에 실리는 것을 마지막으로 몽롱시 논쟁은 대단원

19 朱棟霖 외, 『中國現代文學史1917~1997』, 高等教育出版社, 1999, 71면.
20 박종숙, 「"現代主義"와 舒婷의 "朦朧詩"」, 『中國學論叢』, 한국중국문학학회, 1993, 65면.
21 徐敬亚, 「崛起的诗群—评我国诗歌的现代倾向」, 『當代文藝思潮』, 1983年 第一期.
22 徐敬亚, 『人民日報』, 1984.

의 막을 내린다. 몽롱시 논쟁의 주요 쟁점이었던 중국 사회주의 문학전통 거부에 관한 문제, 시의 모더니즘 문제, 자아표현의 문제는 논쟁만 벌이다 결론을 내리지 못한 채 끝을 맺게 된다.

그럼에도 불구하고 한국 문단에서의 순수 참여 논쟁이 가져온 의의가 순기능이 더 많았던 것처럼 몽롱시 논쟁도 몇 가지 간과할 수 없는 의의가 존재한다. 가장 중요한 핵심은 인간성을 각성으로 문화대혁명을 기억하고 여기에 대해 반성하고 비판하는 것이다. 베이다오는 그 시대를 대표하는 여타 몽롱시인들 중에서 주제적 측면에서나 기법적인 측면에서 부정성을 더 강하게 드러낸 시인이라고 볼 수 있다. 베이다오 자신 또한 "예전에는 서구 고전주의·낭만주의 시를 읽었는데, 영원히 목마름을 채울 수 없었지만 서구 모더니즘 작품은 내면의 고민을 풀어줬다. 모더니즘은 인간의 분열이며 우리는 모더니즘에서 모종의 정신적 대응물을 찾았으며 이는 글쓰기와 맞물렸다."[23]고 고백하고 있는바 이는 단순히 모더니즘 기법만을 적용한 것이 아니라 현실에 대한 깊은 반영을 모더니즘 시 속에 투사하고 있는 것이다. 그러나 김수영이 혁명의 실패 이후, 부정에서 긍정으로 선회하듯이 베이다오 또한 궁극적으로 '아버지'와 연대할 수밖에는 타자성을 자신의 내부에서 발견하고 이것과 화해하기 위한 시도를 하게 되며 그 시도는 '모성'을 지닌 '보살'의 자비를 통해 추구된다.

23 郭玉洁,「北岛: 变革年代的诗人」,『青年』, 1994.

이처럼 김수영과 베이다오는 모두 서구 모더니즘의 영향을 받았으며 '부정성'을 바탕으로 자신만의 참여의식을 구축해 갔다. 마샬 버만은 현대성에 대해 "전 세계의 모든 사람들이 함께하는 생생한 경험—공간과 시간의 경험, 자아와 타자(他者)의 경험, 삶의 가능성과 모험의 경험 방식이"[24]이라고 한다. 이에 비추어 봤을 때 현대에서의 참여라는 것은 결국 넓은 의미에서 우리들 자신의 문화와 생활 사이의 연관성을 포착하는 것이며 "우리 시대의 예술과 사상에서 우리들 자신이 참여자이고 주인공이라는 것을 인식"하는 것이다.[25] 즉 "기꺼이 적극적으로 자기발견과 자기조롱과 자기기쁨과 자기의심을 반향하면서 나아가는 것으로 그것은 또한 자신이 말해버린 모든 것을 의문시하고 부정하기 위해서 자신의 목소리를 확대하여 세계를 표현하고 포착하는 기꺼이 마련하는 준비성이며 고통과 불안을 알고 있지만 다가올 세력을 믿는 목소리"[26]에 다름 아니다. 예술을 통해서 '자기 동일성' 사유에서 해방되려는 김수영의 부정은 아도르노의 부정 변증법과 유사성이 있다. 아도르노는 아우슈비츠로 대변되는 문명의 비극적 상황에 대한 진단을 바탕으로 인류에게 가하는 이론적인 처방으로서 부정의 변증법을 제시한다. 비동일성의 부정의 변증법은 인식의 주체와 대상이 각각 상처받지 않고 서로 인식할 수 있는 장소가 예술임을 확언하며, 예술은 신화로 퇴행한 지배 질서를 예술 자체의 합리성의 계기를 바탕으로 역전시킬 수 있기 때문

24 마샬 버만 저·윤호병, 이만식 역, 『현대성의 경험』, 현대미학사, 1994, 12면.
25 마샬 버만 저·윤호병, 이만식 역, 위의 글, 23면.
26 마샬 버만 저·윤호병, 이만식 역, 앞의 글, 25면.

이다.[27] 아도르노가 말하는 사회적 고뇌, 상처로서의 표현이 김수영식으로는 상징의 윤리, 초월의 윤리로 드러난다.[28] 그러나 김수영의 부정 변증법이 아도르노와 구별되는 지점은 부정의 부정으로 표현되는 '사회적 고뇌'와 '상처의 표현'을 김수영은 '사랑'과 '영원'이라는 가치로 수렴해 나갔다는 것이다. 이처럼 김수영은 서구 모더니즘과의 영향관계 속에서 부정을 바탕으로 '사랑'과 '긍정'이라는 '초월의 윤리'를 추가하여 자신만의 독자적인 참여의식을 구축해갔다.

김수영과 베이다오의 참여의식은 크게 봤을 때 현대성이라는 큰 범주를 포섭하고 있지만 이들은 또한 자신이 처한 문화권과 생활 안에서 각각 다른 주체로서의 체험이라는 현실(리얼리티) 상황과 긴밀히 결합되어 있다. 따라서 참여의식이라는 개념은 추상적인 마음의 현상을 가리키는 것일 뿐 아니라 구체적인 체험을 바탕으로 형성되는 것으로서 여기에는 항상 리얼리티라는 현실 세계와의 상호작용이 중요하게 반영된다. 여기서 말하는 현실 체험에는 거시적인 역사적 체험뿐만이 아니라 개개인이 경험하는 미시적인 일상체험 및 타자체험까지 포괄하게 된다.

.....

27 인식은 개념을 매개로 대상과 관계를 맺는다. 그러한 개념적인 인식론은 타자에 대한 일방적인 인식론적인 동일성에 다름 아니다. 항상 일방적인 자기 입장에서 타자를 계기적으로 인식하는 동일성의 사유는, 아도르노에 따르면 개별자를 무시한 동일성을 바탕으로 한 보편의 특수에 대한 억압의 사유였다. 아도르노에게 그러한 야만적인 상태를 극복할 대안적인 인식이 부정변증법이다. 아도르노, 홍승용 역, 『미학이론』, 문학과 지성사, 2000, 94면.

28 형이상학적 가치들의 실패는 자아와 세계의 화해에 대한 희망을 파괴하고, 따라서 남는 것은 사회를 매개로 하지 않는 자아와 세계의 결합이기 때문이다. 이승훈, 앞의 책, 259면.

후설에 따르면 의식이란 인식을 뜻하는 것이 아니라, 외부 세계와 교류 내지 교섭을 의미하기 때문이다. 이런 의미에서 후설은 의식을 행위로 파악한다. 이 행위란 우리의 주관이 대상으로 지향하고, 대상은 지향 행위의 표적이라는 의미의 행위다.[29] 김수영과 베이다오의 참여의식 또한 그들이 체험한 외부적 세계와의 영향관계 속에서 형성되는 것이며 그 체험의 그 중심에 있는 것은 20세기 중후반 한중 양국에서 각기 발발한 바 있는 최초의 민주적 사회변혁의 시도로서 일어난 4·19(1960년)와 4·5 천안문사태(1976년)이다. 김수영은 정치적 행동을 통해 직접 혁명에 가담하지는 않았지만, "4·19 때 나는 하늘과 땅 사이에서 통일을 느꼈소.…… 헐벗고 굶주린 사람들이 그처럼 아름다워 보일 수가 있습니까!"[30]라는 감회에 찬 서술에서 알 수 있듯, 4·19의 역사적 의의를 적극적으로 평가하였으며, 4·19를 기점으로 독재정권의 압제에 맞서 현실을 적극적으로 비판하고 불의한 현실에 타협하지 않는 정신을 표현하는 시를 썼다. 베이다오의 경우 1976년 4월 5일 천안문 운동에 참여한 경력이 있으며 이 과정에서 당시 대중들에게 널리 알려진 시 「회답」으로 4·5 천안문사건과 불가분의 관계를 가진 상징성을 띤 시인으로 자리매김 되었다.[31] 이들에게 있어 참여는 그들이 정치적 운동의 과정에 직접적 투신 여부보다 강력한 비판정신을 담은 문학작품을 창작했다는 사실에 있으

29 김병옥, 『현대시와 현상학』, L.I.F, 2007, 23면.

30 김수영, 「저 하늘 열릴 때—김병욱 형에게」, 『김수영 전집2 산문』, 민음사, 2003, 163면.

31 杜博妮, 「朦胧诗旗手—北岛和他的现代诗」, 『九十年代月刊』 172期, 1984.

며 그들이 시 창작으로 탁월한 미학적 성취를 이루어 각각 새로운 문예사조인 참여시와 몽롱시를 이끌어간 기수로서의 역할을 했다는 데 있다.

의식은 또한 가변적이고 유동적인 속성을 갖고 있는데 제임스는 의식의 흐름 속에서 가변성과 유동이 농후한 '추이적 부분'을 '프린지(테두리)'라고 부르고 비교적 안정되고 명확한 실질적 부분은 '핵'이라고 부른다.[32] 김수영과 베이다오의 문학창작을 참여의식이라는 개념을 통해 접근할 때, 참여의식의 핵에 해당되는 부분을 중심으로 하위개념을 구성하였다. 참여의식 중에서 가변성을 더 많이 띤 부분은 미시적인 일상체험과 타인과의 교섭으로 인해 파생되는 타자의식이라고 볼 수 있다. 일상적 경험과 타자체험의 반복으로 겹쳐지는 의식들은 보다 큰 폭의 변모양상을 보이므로 가변성과 유동성에 주목하여 좀 더 면밀하게 추적하게 되었다. 실제로 김수영과 베이다오의 혁명 이후 시들에서는 근대적 일상에 대한 비판이 지속적으로 드러나며 자의식 또한 타인과의 연대 속에서 변화하고 갱신하는 과정을 보여준다.

또한 혁명체험을 중심으로 파생된 혁명의식과 자유의식은 이들을 참여 시인으로 구분하고 규명할 수 있는 중요한 지표가 된다. 혁명 이후 국가의 정치적 현실에 대한 인식과 그 인식 속에서 그들이

32 의식의 가변성은 의식의 대상이 동일하게 머물 때에도 의식 자체가 동일한 것으로 반복되는 것이 아니라는 것을 의미하여 의식의 연속성은 의식의 흐름에는 간격, 균열 구분이 없다는 것이다. 가다 겐, 노에 게이이 외 2명·이신철 역, 『현상학사전』, b, 2011, 34면.

추구하는 공동체에 대한 유토피아적인 이상의 추구는 어느날 갑자기 출현된 것이 아니라 그들이 내재적으로 갖고 있는 정치적 성향이 혁명이 계기가 되어 구체화 된 것이기 때문이다.

> 시인의 상상력은 시인과 현실 사이를 화해시켜주는 유일한 수단이지만, 의미와 해석이 배제된 순수한 실체의 묘사는 불가능하다. 이 묘사는 시인의 존재 창조에 견주어진다. 하지만 이렇게 창조된 존재 속에서는 어쩔 수 없이 현실 속에서 무엇인가 결여되는 현상 즉 "현실 속의 부재"(an absence in reality)가 일어나고, 그러면서도 이 부재를 동반하는 사물들은 "본연의 사물들"(thing as they are)이 된다. 인간의 이해와 해석에는 시간성과 역사성이 개재하기 때문이다. 인간은 어느 누구도 역사의 바깥에서는 자유가 허용되지 않는다.[33]

시인의 상상력으로 창조된 시적 존재는 '현실 속의 부재'를 드러내며 그 부재는 역설적으로 '본연의 사물들' 즉 세계의 은폐된 진실을 상징적으로 드러내주는 역할을 한다. 김수영과 베이다오의 시에는 기본적으로 부재의 요소가 등장하지만 이들은 또한 한층 강력한 부정의 방법을 통해 참여의식을 구현하고 있다는 데 공통점이 있다. 이 부정은 현실에 대한 부정에서부터 시작하여 생활에 대한 부정. 나아가 자신에 대한 부정까지 그 대상이 광범위하지만 단순히 대상을 부정하는데 그치는 것이 아니라 부정의 부정이라는 변증법을 통

33 김병옥, 앞의 책, 90면.

해서 그늘이 적대적인 타자와의 관계 속에서 공생의 타자수용의 정치적 미학을 끌어내고 있다는 데 그 특징이 있다. 이들의 부정은 논리적인 부정이나 도덕적인 부정이 아니라 그 외연에 있는 세계의 변화에 대한 주체의 대응으로서의 부정이다. 참여의식을 시로 구현함에 있어 이들은 부정을 하나의 전략적인 방법으로 사용하였고 내용에서부터 형식에 이르기까지 부정의 대상 또한 광범위하였다. 본고는 이에 주목하여 이들의 변화를 면밀히 추적해 볼 것이다.

본 연구의 궁극적인 목적은 이 비교를 통해 '김수영'을 좀 더 넓은 문학의 장, 이른바 동아시아적 문학구도 안에서 그 위치를 재설정하는 것이다. 여기서 동아시아적인 것이란 근대화 및 자본주의화 과정 이전부터 존재해왔으며 오늘날까지 여전히 사라지지 않는 어떤 것이다. 백낙청은 그것을 '문명적 유산'이라고 부르고 최원식은 그것을 '동아시아적 시각'이라고 부른다.[34] 모옌은 역사와 문화 유전자의 공통성[35]이라고 하여 아시아 지역 안에서 '동아시아문학의 것'으로 그 범위를 구분하고 있다. 동아시아의 범위를 엄밀하게 규정하자면 유라시아 대륙의 아시아 동부에 있는 한국, 중국, 일본 외에 몽골, 연해주(러시아) 등의 동아시아대륙 북부에 속하는 지역 및 타이완, 홍콩, 베트남 등 동남부에 속하는 지역을 두루 포괄해야겠으나 보통은 한자 문화권에 초점이 맞추어지고 그 중에서도 경제발전을 경이적

34 그들은 그것을 주체로 하여 자본주의를 넘어서는 '대안문명'과 '대안체제'를 창출할 것을 제안한다. 전형준, 『동아시아적 시각으로 보는 중국문학』, 서울대학교출판부, 2004, 5면.

35 모옌, 「동아시아문학포럼과 동아시아문학」, 『창작과 비평』39권 제4호, 창비, 2011, 116면.

인 속도로 이룩한 한·중·일 세 나라를 주요한 관심의 대상으로 삼는 것이 사실이다. 동아시아론의 전개에 있어 유중하는 그 중에서도 특히 이웃나라인 중국과 한국의 문학적 변화에 그 출발을 두고 있는데[36] 몇십년의 단절이 있음에도 이 두 나라를 묶을 수 있는 건, 더 긴 시간 동안 한·중은 이웃나라이면서 동일한 한자권과 '유교'라는 문화권 안에서 긴밀한 영향관계를 주고받으면서 공생해왔을 뿐만 아니라 일제 침략과 근대이식에 대한 공통의 경험을 갖고 있기 때문이다. 이러한 시대변화의 조류 속에서 근대 이후의 주체성을 외부 이식이 아닌 내부의 비판적 지성에 근거하여 새롭게 구성하고자 시도했던 한·중 지식인의 전통은 근대 이전부터 맥을 이어오는 것이며 그 힘의 폭발로서 일어난 '4·19'와 '4·5 천안문 사태'는 '민주화가 완성되지 않은' 오늘날에도 그 역사적 의미에 있어 시사하는 바가 크다.

혁명 혹은 정치적 변혁의 이상이 구현되는 데는 오랜 시일이 걸리고 지속적 투쟁과 거듭되는 후퇴와 전진이 필요하다는 사실을 염두에 둘 때, 4·19와 4·5 천안문사건의 정치적 실패가 갖는 의미는 실패로만 확정지을 수 없는, 긴 순환과 변화의 변증법적 과정 속에 놓여 있다는 사실을 인지하게 된다. 또한 그때와 다름없는 작금의 정치적 현실, 한국에서는 후퇴하는 민주주의에 대한 우려의 목소리가 높아지고 있으며 중국에서도 좌절된 개혁의 장기적 후과로서 빈부격차, 지역격차 등 사회적 격차가 확대되고 있는 상황은 반세기 전의 김수

36 유중하, 「세계문학, 민족문학 그리고 동아시아문학」, 『황해문화』 27, 2000, 53면.

영이나 베이다오를 꾸준히 현재로 소환하는 근거가 된다. 참여시의 독자적인 행로를 개척해온 김수영을 동아시적 시각에서 접근하여 새롭게 의미부여하는 작업은 한국과 중국이 당면한 정치적 문제들을 재조정하여 공생해 나갈 비판적 전망의 단초를 그 속에서 다시 발견할 수 있는 가능성을 제공한다.

한국현대문학사에서 독보적인 위치를 차지해온 김수영에 대한 연구는 학위논문만 해도 수 백 편에 이르며 주제적 측면에서도 모더니즘, 현실 참여에 대한 접근에서 시작해서 탈근대성, 윤리적 주체, 여성, 신체 등에 이르기까지 다양한 각도에서 다루어져왔다. 주제의 다양성만큼이나 김수영을 국내 다른 시인과의 비교를 통해 문학사적 위치를 재설정한 연구들도 적지 않은데 김수영과 가장 많이 비교된 시인은 신동엽과[37] 김춘수[38]가 대표적이며, 그 외에도 이상, 박인환, 오장환, 백석, 김종삼, 이용악, 정지용, 백석 등과 비교한

37 曺秉春, 「金洙映과 申東曄의 參與詩 硏究」, 『世明論叢』4, 世明大學校, 1995; 박석무, 「1960년대—신동엽과 김수영」, 『역사비평』(31), 역사문제연구소, 1995; 남기택, 『金洙暎과 申東曄 詩의 모더니티 硏究』, 충남대학교 박사논문, 2002; 이경수, 「'국가'를 통해 본 김수영과 신동엽의 시」, 『한국근대문학연구』6(1), 한국근대문학회, 2005; 박지영, 「1960년대 참여시와 두 개의 미학주의—김수영, 신동엽의 참여시론을 중심으로—」, 『泮矯語文硏究』20, 반교어문학회, 2006; 이승규, 『김수영과 신동엽』, 소명출판, 2008; 차창용, 『김수영·신동엽 시의 신화적 상상력 연구』, 중앙대학교 박사논문, 2008; 강계숙, 『1960년대 한국시에 나타난 윤리적 주체의 형상과 시적 이념: 김수영·김춘수·신동엽의 시를 중심으로』, 연세대학교 박사논문, 2008; 박지영, 「제3세계로서의 자기 정위(定位)와 "신성(神聖)"의 발견—1960년대 김수영·신동엽 시에 나타난 정치적 상상력」, 『泮矯語文硏究』39, 반교어문학회, 2015.

38 이은정, 『김춘수와 김수영 시학의 대비적 연구』, 이화여자대학교 박사논문, 1993; 영기, 『金洙暎 詩와 金春洙 詩의 對比的 硏究』, 濟州大學校 박사논문, 2003; 조강석, 『비화해적 가상으로서의 김수영과 김춘수 시학 연구』, 연세대학교 박사논문, 2008; 전병준, 『김수영과 김춘수의 시 비교 연구』, 고려대학교 박사논문, 2010.

연구[39]가 다수 존재한다. 위의 연구들은 대부분 동시대 문학사를 구축해온 중요 시인들과의 비교로 크고 작은 영향관계 속에서 모더니즘, 현실 참여, 윤리적 주체 등 다양한 주제를 비교함으로 김수영 시의 폭 넓은 스펙트럼과 문학사에서의 견고한 위치를 보여주고 있다.

김수영 자신이 직접적 영향을 받은 것으로 언급한 바 있는, 외국 작가들과 비교한 연구 또한 적지 않다.[40] 김수영이 자신의 시론과 산문에서 언급한 바 있는 외국 작가들로부터의 영향관계를 수용적

.....

39 이숭원, 「제 1 부 전국학술대회 발표논문 : 주제 발표 ; 정치 현실에 대한 두 시인의 반응—임화와 김수영의 경우—」, 『韓民族語文學』43, 한민족어문학회, 2003; 한명희, 「박인환과 김수영, 그 영향의 수수 관계」, 『어문논총』43, 한국문학언어학회, 2005; 한명희, 「「오이디푸스 콤플렉스」를 통해 본 김수영, 박인환, 김종삼의 시세계」, 『語文學』97, 한국어문학회, 2007; 박정선, 「정지용과 김수영의 시에 있어서 근대 도시의 표상성—"지도"와 "유리"의 이미지를 중심으로」, 『우리어문연구』39, 우리어문학회, 2011; 이현승, 「오장환과 김수영 시 비교 연구」, 『우리文學研究』35, 우리문학회, 2012; 전병준, 「박인환과 김수영의 시에 나타난 신의 의미 연구」, 『비교한국학』21(3), 국제비교한국학회, 2013; 조강석, 「보편성과 심미적 가상 그리고 공동체—백석과 김수영의 시에 나타난 "사랑의 현상학"을 중심으로—」, 『民族文化研究』69, 고려대학교 민족문화연구원, 2015; 김종훈, 「이상과 김수영 시에 나타난 반복의 상반된 의미」, 『한국문학이론과 비평』66, 한국문학이론과 비평학회, 2015.

40 한명희, 「김수영 시의 영향관계 연구」, 『比較文學』29, 韓國比較文學會, 2002; 임병희, 「김수영과 엔첸스베르거: 시와 사회의 변증법」, 『브레히트와 현대연극』17, 21 한국브레히트학회, 2007; 정명교, 「김수영과 프랑스 문학의 관련양상」, 『한국시학연구』22, 한국시학회, 2008; 임병희, 「브레히트 : 김수영의 온몸의 시학」, 『브레히트와 현대연극』20, 한국브레히트학회, 2009; 유혜경, 『이시카와 다쿠보쿠(石川啄木)와 김수영의 시세계 비교 연구』, 고려대학교 박사논문, 2009; 이승규, 「현대문학: 김수영과 신동엽의 시의 비교 고찰—부정의식의 구현 양상을 중심으로—」, 『우리어문연구』38, 우리어문학회, 2010; 오영진, 「김수영과 월트 휘트먼 비교연구」, 『국제어문』58, 국제어문학회, 2013; 김응교, 「김수영 시와 니체의 철학 －김수영 『긍지의 날』, 『꽃잎.2 』의 경우－」, 『시학과 언어학』31, 시학과 언어학회, 2015; 박옥순, 「「시여, 침을 뱉어라」에 나타난 대위법적 수사학—T. S. 엘리엇의 영향을 중심으로」, 『한국문예창작』14(2), 한국문예창작학회, 2015.

측면에서 접근한 연구들도 있고 단순한 영향관계에 관한 연구에서 한 걸음 더 나아가 비교 대상의 철학적 사유에 천착하여 이를 김수영 시의 재해석에 원용한 시도도 있다.[41] 이상의 연구 사례들은 풍부한 독서체험을 통해 구축된 김수영 시의 지적 원천을 밝혀내고 그가 끊임없이 개진해 온 문학적 사유의 변모양상을 추적하는 데 실증적인 역할을 하였다는 측면에서 그 의미가 자못 크다.

그러나 직접적 영향관계가 없는 외국 시인들과의 비교 연구 사례는 많지 않으며 특히 김수영을 중국 작가와 비교한 연구는 거의 전무하다고 볼 수 있는데, 최근에 중국문학 연구자인 유중하가 근대 중국의 작가이자 시인인 루쉰과 김수영을 비교한 몇 편의 논문을 주목할 만한 연구의 사례로 들 수 있다.[42] 유중하는 김수영을 루쉰과의 비교라는 시좌 속에서 전통과 근대의 단절 및 연속 그리고 탈근대적 전망이라는 시간의 문제를 동아시아라는 공간적 공통 지반 위에서 논의함으로서[43] 상호참조를 통한 새로운 해석의 가능성을 제시하는 한편, 한·중 현대문학의 태동과 발전의 동력을 하나의 지평 안에서 사유할 수 있는 출발점을 제시하였다는 점에서 그 의의가 크다. 그럼에도 불구하고 19세기말에 출생하여 20세기 초반까지 활동한 루쉰(1881~1936)과 김수영(1921~1968) 사이에는 단순히 40년이라는

41 김유중, 『김수영과 하이데거』, 민음사, 2007.

42 유중하, 「魯迅과 김수영1」, 『中國現代文學9』, 한국중국현대문학학회, 1995; 유중하, 「金洙暎과 魯迅 2」, 『中國現代文學13』, 한국중국현대문학학회(구 중국현대문학회), 1997; 유중하, 「金洙暎과 魯迅(3)」, 『中國現代文學16』, 한국중국현대문학학회(구 중국현대문학회), 1999.

43 유중하, 「金洙暎과 魯迅(3)」, 「中國現代文學」, 16號, 중국현대문학학회, 301-302면.

출생시간의 간극을 넘어 그들이 존재했던 서로 다른 시기(근대와 현대)라는 시대적인 격차가 존재한다. 근대와 현대라는 시기구분법 자체에도 물론 국가별 편차가 존재하지만, 루쉰에게는 2차 세계대전 이후 동아시아의 현대화, 자본주의화가 가속화되는 상황에서 발생한 사회적 모순의 폭발로서 한국의 '4·19', 중국의 4·5 '천안문 사태'와 같은 민주적 변혁을 지향하는 정치적 격변의 경험이 결여되어 있다는 점에서 루쉰과 김수영 및 베이다오는 각기 서로 다른 세대에 속한다고 할 수 있으며 이는 루쉰과 여타 두 시인 사이의 횡적 비교를 제약하는 요소의 하나라 할 수 있다. 또한 루쉰이 주로 소설과 산문(잡감문)을 창작상의 주요 장르로 삼았던 반면에 김수영과 베이다오는 시 창작에 집중했다는 장르적 차이 또한 이들을 창작기법 혹은 미학적인 측면에서 직접 비교하는 것을 용이하지 않게 한다.

그동안 한·중 현대시의 비교연구는 한·중 초기 신시 형성의 연구나 번역시 비교, 서구의 문예사조 유입, 프로시 등에 대한 연구가 부분적으로 진행된 바 있고[44] 중국 현대문학 연구자들에 의해 진행된 몇몇 박사논문들이 중국 현대시를 이해하는 데 도움을 주고 있

.....

44 李秀美, 「初期 韓國新詩와 中國 新詩의 比較硏究—서구문예사상 침투기에 있어 1930년대까지」, 경희대 석사논문, 1973; 王海倫, 「韓國近代詩人 金素月과 中國 近代詩人 徐志摩에 대한 比較硏究」; 許世旭, 「韓中 初期 新詩의 比較硏究」, 소논문, 『中國硏究』4, 한국외대 중국문제연구소, 1979; 박남용, 「한중 근대시의 현실인식과 서사지향성 비교연구—백석과 장극가의 시를 중심으로」, 『中國硏究』第30卷, 2002; 韓武熙, 「韓中抗日詩歌의 比較硏究」, 『中國現代文學硏究)제3.4合輯, 中國現代文學硏究會, 1995.12; 鄭守國, 「韓中 象徵主義 飜譯詩의 受用過程 」, 『中國現代文學硏究)제9집, 中國現代文學硏究會, 2000.12; 김경훈, 「중 .한 프로시 비교」, 『세계 속의 한국 문학비교연구』, 중앙민족대학 조선학연구소·중국조선—한국문학 연구회. 2001.8.

다.[45] 한중간의 비교를 본격적으로 시도한 연구의 사례로는 Fan, Weili의 김억과 이금발의 초기시를 중심으로 한 초창기 한·중 상징주의 시의 비교연구[46]를 들 수 있으며, 한·중 현대시의 모더니즘 수용 양상에 관한 비교연구를 시도한 소논문도 존재한다.[47]

위에서 언급한 논문들 대부분은 직접적인 영향관계가 없는 상황에서 평행적인 비교를 통해 시대적, 사회적 조건의 유사성 아래 그들의 작품에 담겨져 있는 사상과 비슷한 현실에 대한 반응 예컨대 전통과 현대, 근대와 반 근대와 같은 역사의 조류 속에서 갈등했던 인간들의 행동 양식과 사상을 비교하고 있다.

최근에는 한국과 중국 사이의 사회, 문화적 발전양상의 시간적 격차를 대략 20~30년의 시간으로 상정하고 동일 시기가 아니라 서로 다른 시기에 등장한 유사한 문학적 흐름을 비교하는 연구의 사례도 나타나고 있다. 서울대 비교문학 협동과정의 박사논문으로 제출된 「한국의 민중문학과 중국의 저층서사 비교연구」[48]가 그러한 최근의 연구 경향을 보여주는 좋은 사례이다. 이 논문에서는 한국의 70, 80년 민중문학과 그 뒤로부터 30년 뒤인 중국의 저층서사 개념을 비교

45 김소현, 「중국 현대 상징파시 연구」, 고려대학교 박사학위논문, 1996; 정수국, 「1920년대 중국 상징파 시의 주제 연구」, 성균관대학교 박사학위논문, 1998; 정성은, 「中國 三十年代 現代主義詩 硏究」, 고려대 박사학위논문, 2003.

46 Fan, Weili, 「초창기 한·중 상징주의 시의 비교연구: 김억과 李金髮의 초기시를 중심으로」, 서울대학교 박사학위논문, 2008.

47 이경하, 「1920~30년대 한중(韓中) 현대시의 "모더니즘" 수용 양상 비교」, 中國語文學誌 33, 중국어문학회, 2010; 정성은, 「20世紀30年代韓中現代主義詩人比較硏究—以鄭芝溶和戴望舒的現代性與傳統意識爲中心」, 中國語文學誌 25, 중국어문학회, 2007.

48 苑英奕, 「한국의 민중문학과 중국의 저층서사 비교 연구」, 서울대학교 대학원 박사논문, 2009.

하고 있다. 유사한 사례로는 서울대 국어국문학과의 석사논문으로 제출된 손약주의 「산업화 시대의 한·중 농민소설 비교연구」[49]를 들 수 있는데, 이 논문은 1970년대 한국의 농민문학을 1990년대 중국의 농민문학과 대비한다는 입장에서 각기 이문구와 천잉쑹을 대표작가로 들어 비교하고 있다. 이러한 비교가 가능한 것은 양자 간의 시간차에도 불구하고 창작의 사회적, 문화적 배경, 작가의 문제의식 및 창작방법 등 여러 측면에서 유사한 면모가 존재하기 때문이다. 특히 한중 양국이 집중적인 산업화시기를 거치면서 발생한 사회적 변화의 유사성은 직접적 영향 관계가 부재하며 20년 이상의 시간적 격차마저 존재하는 두 작가의 비교에 정당성을 부여하게 하는 중요한 토대이다.

따라서 본고에서는 그 시간적 격차에도 불구하고 김수영 문학을 새로운 견지에서 조명하기 위해 중국의 현대시인 베이다오를 그 비교의 대상으로 호출하고자 한다. 베이다오는 중국 '몽롱파시'[50]의 대표 주자이자 저항시인으로 일컬어지는 한편, 노벨문학상 후보로도 여러 번 거론되었을 만큼 중국 내외에서 널리 작품성을 인정받는 시인이다. 천안문 민주화 시위를 지지했다는 이유로 중국을 떠나 현재

49 손약주, 「산업화 시대의 한·중 농민소설 비교연구: 이문구와 천잉쑹의 작품을 중심으로」, 서울대학교 대학원 석사논문, 2013.

50 문혁 이후, 1980년대 일기 시작했던 민주와 자유를 향한 추구로서 활동했던 일군의 몽롱시인들을 지칭하는데 대표적인 시인으로는 베이다오, 수팅, 꾸청, 양래앤, 쟝허 등이 있다. 이들은 전통적인 신념과 원칙에 대한 반발로 인간의 가치와 존엄, 인성의 회복을 주장하는 일련의 몽롱시들을 썼다. 黃修己, 『20世紀中國文學史』下卷, 中山大學出版社, 2004, 23면 참조.

홍콩에서 '방랑'에 가까운 형태의 생활을 이어가는 그의 시는, 당대 중국의 시단과 사회에 폭발적인 반향을 일으킨 바 있다. 시 창작을 시대를 기록하는 수단이자 현실 변혁의 매개로 상정했다는 점에서 그의 창작에 대한 기본 입장은 김수영과 상통하는 면이 크다. '몽롱시'의 창작을 통해 당시의 억압적 사회현실에 대한 고발과 저항을 시도했던 시인들은 베이다오 외에 꾸청, 수팅, 망커 등 여러 시인들이 있지만, 그 중에서 특별히 베이다오를 비교의 대상으로 삼은 이유는 베이다오 시 속에서 구현된 '참여로서의 부정의식'이 김수영의 핵심적 미학원리와 본질적 공통점을 보이기 때문이라는 점에 착목하였다.

"김수영의 시에서 돋보이는 것은 혁명을 기념하는 몇몇 시가 아니라, 오히려 혁명 후의 자신의 일상성을 고발하는 시들이다."[51]라는 평가가 있을 정도로 김수영의 비판의식은 일상과 혁명의 경계를 넘어서 있는데 이는 그를 참여시인이나 모더니즘 시인이라고 불리는 것을 떠나 김수영 전체 시를 관통하는 큰 특징이다. 베이다오 또한 혁명 후의 시간들에 대해서 비판적 사유를 멈추지 않고 있으며 근대적 일상에 대해서도 부정하고 있다는 점에서 그들의 비판의식은 시간의 통제를 벗어난 모든 순간에 잠복되었다고 볼 수 있다. 김수영의 부정이 외부만 상정하지 않고 '자기 자신' 또한 부정의 대상으로 취급하여 의식과 무의식의 합치, 죽음에의 합치 등 '온몸의 시학'으로 실천되고 있다면 베이다오 또한 '환자', '몽유병자', '알콜 중독자'

51 이승하 외, 『한국 현대시문학사』, 소명출판, 2005, 226면.

등으로 지칭되는 자기부정을 통해서 부당한 현실을 고발하고 있다는 점에서 두 시인은 모두 자기 부정의 위악적 윤리성을 드러내고 있다. 김수영이 자기부정의 변증법을 통해서 궁극적으로 타자수용의 사랑의 정치학에 도달하고 있다면 베이다오 또한 보살로 지칭되는 모성의 상징을 통해서 타자인식의 확장을 꾀한다. 김수영이 자신만의 시론으로 독자적인 모더니즘 미의식을 창출했다면 베이다오 또한 자신만의 모더니즘 기법으로 시를 통한 미학적 참여를 구현하고 있다.

김수영이 50년대에 모더니즘의 세례를 받고 모더니즘을 수용하고 시를 썼던 것처럼 몽롱파 시인들도 몽롱시 초기에 지하 문학이라는 모임에서 서구의 문학을 통해 이 사조를 받아들이게 된다. 그리하여 몽롱시에는 모더니즘의 기본정신인 '전통에 대한 거부'뿐만 아니라 은유, 상징, 쉬르레알리슴 기법 등 모더니즘의 다양한 기법들을 차용하게 된다. 그러나 중국은 강한 자문화 중심주의로 인하여 외래의 문화나 사상을 받아들임에 있어 그대로 수용하는 것이 아니라 개념 명칭에서부터 내용까지 자기 식으로 재해석하는 경향이 있다. 모더니즘 시 또한 그 의미가 '몽롱'하다는 이유로 '몽롱시'라고 이름을 붙이게 된다. 따라서 몽롱시는 모더니즘의 정신과 기법을 갖고 있는 중국 특유의 모더니즘 시라고 볼 수 있을 것이다. 몽롱시는 일정한 형식을 가진 것도 아니고 공식적으로 선포된 바도 없지만 60년대 말 지식 청년들이 현실을 회의하고 부정하는 강력한 정서를 공유한 것에서부터 시작이 되었다. 베이다오, 수팅, 꾸청, 장허, 양랜 등을 중심으로 독립적으로 창작활동을 전개했으며 그 속에는 불이해, 회의, 분노, 무기력, 저항 등이 섞여 있는 '반역'의 정신이라 볼 수 있다.

혁명 이후, 몽롱시가 반역의 정신을 드러내며 문학사에서 하나의 사조로 자리매김 되어간 것은 한국의 참여시가 60년대 문학사에 전격 등장한 것과 같은 맥락으로 모두 국가의 독재정치에 대한 반발로서 내부 저항성을 강하게 띠고 있다. 중국에는 사실 '참여시'라는 용어가 존재하지 않는데, 사회주의 사상을 국가의 중요 이데올로기로 설정하고 있는 중국에서 모든 시는 국가를 위하고 인민을 위한 '참여시'가 된다. 그러나 참여의 의미를 '정치적 현실에 대한 부정'과 '자기 주체성의 발현'이라는 측면에서 봤을 때 이 시대의 몽롱시는 곧 '참여시'가 된다. '참여'가 몽롱이 될 수밖에 없는 이유는, '국가에 대한 저항'을 명시적으로 드러낼 수밖에 없는 억압적인 구조 속에 놓여 있기 때문이다. 사회주의 이념의 이상적인 가치는 모든 인민이 평등한 것이지만, 이것이 중국에서 실제적으로 시행되었을 때 상당히 많이 왜곡되었다.

비록 몽롱시라고 불려지지만 중국의 몽롱시가 '참여시'의 성격을 지닌 것처럼 한국의 참여시 또한 현실을 부정하고 비판하고 극복한다는 측면에서 모더니즘 정신과 일맥상통한다. 한국의 문학사적 전개는 50년대 모더니즘 유행에서 60년대에는 4·19사건이 계기가 되어 참여시로 전환되었지만 전통을 부정하고 비판하는 모더니즘의 기본 정신은 참여시에서도 계승되었다. 60년대 참여시가 지향하는 것 또한 '독재 정치'에 대한 강력한 부정으로 김수영을 위시한 모더니즘 시인들의 대거 전향이 그 사실을 잘 설명해주고 있다. 따라서

60년대 참여시는 사르트르의 이론을 수용하면서 출발한 것이지만 서구의 참여시와는 구분되는 지점이 분명 존재하며 오히려 그 전통은 서구라는 외부가 아닌 내부에서 찾아야 할 것이다.[52] 60년대 이전에는 '참여시'라는 말보다 '저항시'라는 말을 더 많이 써왔는데 그 사실은 여러 연구자들에게 확인된다. 오세영은 1960년대를 '저항의 담론' 생산시기로 보았고 이 '저항시'의 범위에 김수영뿐만이 아니라 조태일, 이성부 1970년대에는 고은, 김지하 등을 포함시키고 있다.[53] 김종철 또한 '저항시'라는 개념으로 70년대를 넘어 80년대 오월시 동인들, 이후 노동시 박노해까지 언급한다.[54] 권오만도 김수영의 '참여시'를 '자기 고백형' 참여시라고 하여 저항시와 같은 맥락으로 보고 있다.[55] 위의 연구들은 모두 '참여시'의 '저항'에 주목하여

.....

52 한국 근대문학사에서는 참여문학의 전통은 신채호(申采浩)의 민족주의 문학관에서부터 분명히 확인할 수 있다. 그가 문학의 개량을 통하여 나라를 강하게 개량할 수 있다고 생각한 것이나, 예술주의 문예를 배격하고 인도주의와 조선의 현실을 그리는 문예를 주장한 것은 그 좋은 예가 된다. 1920년대 중반 이후 본격적인 활동을 하였던 프로문학의 경우도 문학의 사회적 효용성 이론에 근거한 현실 참여문학의 맥락에서 이해될 수 있다. 본격적인 프로문학의 전 단계인 신경향파문학이나, 카프의 방향전환과 함께 거론된 목적의식의 문학, 대중성 획득을 위하여 논의된 대중화론, 오늘날까지도 계속해서 논쟁거리로 이어지는 휴머니즘론 등도 크게 보면 모두 이 맥락 속에 든다. 한국정신문화연구원, 『한국민족문화대백과사전』, 웅진, 1993, 251면.

53 오세영외, 『한국현대詩사』, 민음사, 2007, 23면.

54 김종철, 「한국저항시소론」, 실천문학회 편집위원회 편, 『저항시 선집』, 실천문학사, 1984, 58면.

55 光復 以後의 '자기 고백형' 참여시의 직계 아닌, 방계의 선배 격"이라 하여 李相和의 「빼앗긴 들에도 봄은 오는가」, 沈熏의 「밤」, 李陸史의 「絕頂」, 尹東柱의 「무서운 時間」, 「또 다른 故鄕」, 「懺悔錄」등 일제강점기의 시작품들을 모두 참여시 계통으로 보았다. 권오만, 「한국 현대 參與詩의 自己 告白型 검토」, 『語文研究』37권, 한국어문교육연구회, 2009, 221면.

'참여시'와 '저항시'를 따로 구분하지 않고 있다. 따라서 '참여시'라는 개념이 주는 한시적인 시대성에 갇히는 것보다 그것이 무엇에 대한 '저항성'을 어떻게 드러내는 가의 문제에 보다 주목해야 한다. '참여시'라는 것은 결코 하나의 고정된 개념도 아니고 또한 서구의 것을 그대로 빌려온 개념도 아니라는 전제하에 '참여시'에 대한 개념의 틀보다 김수영과 베이다오의 참여의식에 주목함으로 그들 시의 비판적 특성을 해명하는 것이 '참여시'의 범위를 넓히는데 또 하나의 돌파구가 될 것이라 사료된다.

두 시인의 사회적 문화적 토대는 다르지만 그들이 지향하는 독재에 대한 부정과 자본주의 문명에 대한 태도 및 참여의 자기 갱신의 실험적 행보는 어느 정도 보편성을 지닌다. 김수영의 자기부정에서 혁명을 통해 공동체에 대한 연대의식으로 바뀌어 나가는 과정은 베이다오가 우상부정에서 모성 지향의 타자수용으로 탈바꿈하는 과정과 비슷한 궤적을 보인다. 그들의 현실에 대한 참여가 어떻게 내적 부정에서 강렬한 외적 부정의 시로 탈바꿈하고 다시 타자수용으로 이루어지는 데 대한 접근은 참여의식이 시에서 어떻게 작동하고 또 변화해 나가는 지를 해명하는데도 주안점이 될 것이다.

최근 김수영의 참여시에 대해 언급한 많은 논자들은 김수영의 문학이 자신만의 미학성과 정치성을 가진 것에 주목하였다. 한영옥은 김수영에게 있어 '행동'은 예술적, 사회적 의미를 동시에 수렴하는 용어로 문학의 사회적 기능만을 극대화시킨 것이 참여문학의 본질로 해명되어야 한다며[56] 아도르노를 빌어 김수영의 참여양상의 변증법적 단계를 밝혀내고 있다. 박지영은 김수영에 대한 참여시인으로서의 편중된 시각에서 벗어나 김수영이 추구한 것이 진정한 현대시라는 미적 근대성으로 규명되고 있으며 이것이 바로 현대를 이겨나갈 수 있는 저항시의 본질[57]이라고 하여 '미적 근대성'의 관점에서 김수영의 참여시가 가지는 속성을 해명하고 있다. 박몽구 또한 모더니즘 기법이 비판정신과 결합되어 참여시와 순수시의 어느 한편으로 휩쓸리지 않고 또한 현실성과 예술성을 동시에 확보하고 시를 현실참여의 도구가 아닌 본질적 시작으로서 전환을 추구하고 있다고 함으로[58] 김수영은 참여 그 자체보다 시작의 갱신에 본질적 의미를 두고 있음을 밝힌다. 이와 같은 연구들에서는 '사회적인 기능' 정도로만 한정 짓는 '참여'라는 개념에 대한 기존의 관습적 사유에서 벗어나 김수영의 '참여'를 예술로서의 미학성과 결부시키고 있으며 참여시의 속성으로 미학적 정치성을 제시하고 있다.

이에 한발 나아가 진은영은 김수영 문학에 나타난 미학적 정치성을 랑시에르를 통해 논증하고 있는데 김수영의 시는 자율성과 타율성의 긴장 속에서 그 긴장을 해소하지 않는 탈경계적 활동으로 순수와 참여의 구분을 넘어서는 새로운 미학적 정치성을 보여주고 있다

56 한영옥, 「김수영시 연구—참여시의 진정성 규명을 중심으로—」, 『人文科學硏究』, 성신여자대학교 인문과학연구소, 1994.

57 박지영, 「1960년대 참여시와 두 개의 미학주의 : 김수영, 신동엽의 참여시론을 중심으로」 『泮橋語文硏究』 20호, 泮橋語文學會, 2006.

58 박몽구, 「모더니즘 기법과 비판 정신의 결합 : 김수영론」, 『동아시아 문화연구』, 한양대학교 한국학연구소, 2006.

고 밝혔다.[59] 김행숙은 김수영에게 있어 '혼돈'에의 참여는 '정치적'인 참여와 내속하며 그에게 모호성은 시작을 위한 정신구조의 첨단에 놓이는 미지의 정신이며 또한 시의 정치성은 미학적 필연성에 매개되어 있다고 보았다.[60] 진은영과 김행숙의 연구는 모두 김수영의 미학적 정치성이 구체적으로 어떤 형태의 정신적 운동을 통해서 획득되어지는 지를 섬세하게 추적하고 있다는 측면에서 기존 연구에 비해 한발 앞서간 것이라 보아진다.

서준섭은 김수영은 참여 시인에 그치지 않고 시인의 존재론적인 전환, 시적 혁명, '생성으로서의 시'와 관련된 시의 본질론을 제기했으며 그의 문학의 중요성은, 그가 참여와 사유를 함께 사유하는 '사유하는 시인'이었다는 점과 그의 문학적 사유가 미완으로 남아있다는 사실 그 자체에 있다[61]고 하여 김수영을 '참여 시인'보다 '사유하는 시인'에 방점을 두고 있다. 송희복은 참여시의 유산으로서 김수영의 시적 언어는 독자들이 경험하지 못한 비시적(非詩的)인 것이고 황폐한 것으로 김수영의 시어가 말에 가깝다는 게 보편적인 관습에 의한 한계인 동시에, 또한 빛나는 장치[62]라고 하여 참여시의 유산으로 김수영의 시어에 주목하였다.

59 진은영, 「김수영 문학의 미학적 정치성에 대하여—불화의 미학과 탈경계적 정치학」, 『현대문학의 연구』40권, 한국문학연구학회, 2010.

60 김행숙, 「'시적인 것'과 '정치적인 것' : 김수영의 시론「시여, 침을 뱉어라」를 중심으로」, 『국제어문』47, 국제어문학회, 2009.

61 서준섭, 「김수영의 후기 작품에 나타난 '사유의 전환'과 그 의미 : '힘으로서의 시의 존재'와 관련하여」, 한국현대문학연구23, 한국현대문학회, 2007.

62 송희복, 「현실주의 시인들의 참여시와 각양(各樣)의 언어관」, 『국제언어문학』31, 국제언어문학회, 2015.

이상의 김수영의 참여시 연구들은 모두 참여로서의 김수영의 미학적 정체성을 밝히는 데 일조를 하고 있으며 이를 '시적 사유'의 특성, '시적 언어'의 특성 등으로 구체화시키고 있다. 그러나 참여의식의 속성으로 '부정성'을 직접적으로 제시한 연구는 찾아보기 힘들다. '부정성'이라는 키워드는 김수영 연구에서 심심치 않게 등장하지만 이 '부정성'은 현대성과의 관련 속에서만 주로 언급된다. 우선 강웅식은 「김수영 시론 연구: '현대성'과 '부정성'의 의미를 중심으로」 김수영 시론과 서구의 다양한 시론들과의 영향관계를 알렌 테잇, 하이데거 등 예술론과의 만남을 통해 시도했던 변화의 양상에도 주목하고 있으며 김수영 문학의 핵심은 현대성(부정성)에 있다고 보았다.[63] 또한 말년에 하이데거를 통해 시적 전향을 꾀한 김수영이 어떤 변화를 모색하고 있었으며 그것이 '긍정'과 연관된 것이라고 보고 있음에도 불구하고 그 변화가 시작에서 구체적으로 어떻게 드러나는 지를 밝히지 못하고 있다.

김용희는 「김수영 시에 나타난 '유희적 부정성'과 벌레 모티프」란 연구를 통해 벌레 모티프를 통해 시의 현대성으로 이해한 고통, 불쾌, 죽음의식에서 김수영이 현대성을 어떤 저항의 실천으로 이루어 나갔는가를 살펴보고 있다.[64] 현대의 기괴한 변형과 모순과 불안정함을 '독'을 지닌 작은 곤충에 비유하고 있는 등 부정성의 유형에 대

63 강웅식, 「김수영 시론 연구: '현대성'과 '부정성'의 의미를 중심으로」, 『상허학보』 11, 상허학회, 2003.

64 김용희, 「김수영 시에 나타난 '유희적 부정성'과 벌레 모티프」, 『한국현대문학연구』28, 한국현대문학회, 2009.

한 미시적인 접근은 흥미로우나 이 부정의식 또한 '미적 근대성'의 관점에서 크게 벗어나지 못하고 있다.

김수영 시에 나타난 부정어에만 주목한 연구도 있는데 김종훈은 「김수영 시의 '부정어' 연구」에서 김수영 시에 나타난 시어를 대상으로 부정어를 선정하고 계량화하여 그 특성을 도출하고 있다.[65] 그러나 "김수영시에 나타난 부정어는 대안을 제시하기 위해서가 아니라 부정의 상태를 유지하고자 쓰인다는 공통점이 있다."라고 보는 그의 관점은 김수영의 '부정성'이 가지는 '긍정'의 이면은 간과한 채 외적인 양상에만 주목한 한계를 노출하고 있다. 주지하다시피 위의 연구들은 작품을 배제한 채 시론과 서구 철학가들의 영향관계만을 논하거나 '부정성'을 다룬다고 하더라도 현대성과의 연결고리 속에서 언급하고 있으며 대상작품 또한 김수영의 시론과 몇몇 대표작에 그치는 한계를 보여주고 있다.

이에 비해 장석원은 「김수영 시의 '새로움' 연구: 전위의식과 부정의식을 중심으로」이라는 논문에서 모더니즘의 특징을 지닌 일련의 시들을 통해 김수영 시의 '난해함'의 원인으로 '전위 의식'과 '부정 의식'이 자리 잡고 있음을 밝히고 있다.[66] 이 논문은 전위라는 개념을 빌어 부정의 동력으로서 '참여'를 전위와 새로움과 함께 언급하고 있다는 데 주목된다. 장석원의 연구는 '새로움'과 부정의 상관관계를 다루고 있어 김수영 창작의 특징적인 제요소를 부정과 전위로

65 김종훈, 「김수영 시의 '부정어' 연구」, 『정신문화연구』32, 한국학중앙연구원, 2009.
66 장석원, 「김수영 시의 '새로움' 연구: 전위의식과 부정 의식을 중심으로」, 『한국시학연구』8, 한국시학회, 2003.

서 밝혀내는 데 일정 성과를 보여주었다. 그러나 여전히 참여보다는 '새로움'에 초점이 맞추어져 있고 부정의 대상 또한 '시선'과 '일상'만 다루어져 김수영의 시적 생애에서 중요한 전환점으로 자리잡은 '혁명의 체험'과 그로 인한 부정의식의 변모양상들이 간과되어 있다.

이에 본고에서는 김수영의 참여의식의 부정성이 그의 시론에서 반복적으로 다루어지는 자유, 침묵론과 어떤 상관성을 지니는 지를 해명하고 그 바탕위에서 김수영의 전 생애에 걸친 시에 대한 추적을 통해 혁명전과 혁명 후에 부정성의 양상이 어떻게 다르게 드러나며 타자와의 관계 속에서 어떤 의식의 변화를 거치는지 그 변모양상을 좀 더 폭 넓게 추적하고자 한다. 따라서 본고에서 참여의식의 특징으로 삼은 김수영의 부정성은 위의 연구자들이 제시한 모더니즘, 현대성, 미적 근대성과 같은 정신을 어느 정도 계승하는 것이긴 하지만 서구 사상의 부정성과는 구별되며 역설적으로 현대를 극복하고 영원성을 추구하는 기제가 되었음을 밝히고자 하였다.

한국에서의 베이다오의 연구는 오윤숙, 박남용, 정우광 등 중국현대문학 연구자들에 의해서 시도되었다. 오윤숙은 「1989년 이후의 베이다오(북도) 연구」[67]에서 베이다오의 망명이후의 시들을 다루고 있으며 박남용은 「중국인 디아스포라 베이다오 북도의 시적 이미지 연

67 오윤숙, 「1989년 이후의 베이다오(북도) 연구」, 중국현대문학 제32호, 한국중국현대문학학회, 2005.

구」[68]에서 그의 시문학 세계에 대한 전체적인 조망 속에서 시인의 디아스포라적 인생역정을 바탕으로 시적 이미지의 변화과정을 연구하고 있다. 위 논문들은 한국에선 아직 낯선 시인인 베이다오를 연구대상으로 삼아 그의 시 세계가 갖고 있는 특성을 잘 보여주고 있다는데 의미가 있으나 여전히 단편적인 연구에 그치며 베이다오를 본격적인 학위논문의 대상으로 삼은 것은 단 한편[69]에 불과하다. 이에 비해 중국 학계에서 베이다오의 연구는 활발한 편이다. 중국학계에서 베이다오에 대한 연구는 80년대부터 시작되어 20세기에는 주로 85년부터 89년 사이에 가장 많이 진행되었다. 그러나 그 내용과 사상의 복잡성과 평론가들이 처한 문학계의 경직된 분위기 때문에 베이다오는 그 이후 꽤 긴 시간동안 평단의 냉대와 오해를 받아야만 했다.

중국문헌검색 사이트(CNKI)에서 집계한 연구결과들을 보면 베이다오의 주요 연구결과들은 주로 1985년과 1989년 4년 사이에 집중되어 있으며 매년 발표된 논문은 5,6편 정도였다. 중국 학계가 장시간 동안 자유롭게 문학비평을 할 수 없었던 상황에 비추어 베이다오에 대한 연구도 한동안은 냉기를 맞이하였다. 그리하여 1989년부터 1998동안 베이다오에 대한 연구는 전무하다시피 하였고 1998년부터 다시 한 두 편의 논문이 나오기 시작했다. 21세기에는 연구에

68 박남용, 「중국인 디아스포라 베이다오 북도의 시적 이미지 연구」, 『외국문학연구』 28호 한국외국어대학교 외국문학연구소, 2007.

69 김도연, 「중국 시인 베이다오(북도)와 한국 시인 김수영 비교 연구」, 경원대 교육대학원, 석사논문, 2011.

탄력을 받아, 2000년부터 2008년까지 8년 동안 평균 매년 7, 9편 정도의 관련 글들이 발표되기 시작하였으며 2009년부터 오늘에 이르기까지 매년 수십 편에 상회하는 연구들이 쏟아져 나오는 등 베이다오에 대한 관심이 점점 높아지고 있다.

베이다오 연구는 크게 세 가지로 분류되는데 그 중 첫 번째는 베이다오라는 시인의 사상, 성격 등에 대해서 연구한 것이다. 주요 연구들로는 시에미앤(谢冕)[70], 왕간(王干)[71], 띵쭝루(丁宗陆)[72], 천쇼밍(陈晓明)[73], 우스징(吴思敬)[74] 난띵(南丁)[75] 등의 연구가 있는데 이 연구들에서는 주로 베이다오의 '절대적 고독자'로서의 면모에 천착하여 그의 시론과 시에 드러난 디아스포라적 면모와 비극적 색채를 밝힘으로 문학사에서의 그의 위치를 설정하고 있다.

두 번째는 베이다오의 작품론에 대한 것으로 그 중에서 괄목할 만한 것으로는 비광밍·판뤄핑(毕光明·樊洛平)[76], 우쇼둥(吴晓东)[77], 이핑(一平)[78], 청광웨이(程光炜)[79], 린핑쵸우(林平乔)[80], 천밍훠(陈明火)[81], 뤄윈펑(罗云锋)[82],

.....

70 谢冕,「北方的岛和他的岸—北岛論」,『中国现代诗人論』, 重庆出版社, 1986.
71 王干,「孤独的北岛、真诚的北岛」,『当代作家评論』, 1998.
72 丁宗陆,「人格的界碑、北岛的位置」,『当代作家评論』, 1998.
73 陈晓明,「绝对的孤独者: 北岛」,『文学超越』, 中国发展出版社, 1999.
74 吴思敬,「论北岛」,『中国现代文学研究丛刊』, 期刊, 2014.
75 南丁,「北岛: 野兽还是家畜」,『中国新闻周刊』, 2011.
76 毕光明·樊洛平,「北岛和他的诗歌」,『湖北师范学院学报』, 1985.
77 吴晓东,「走向冬天」,『阳光与苦难』, 文汇出版社, 1999.
78 一平,「孤立之境—读北岛的诗」,『读探索』, 2003.
79 程光炜,「北岛的诗」,『中国当代诗歌史』, 中国人民大学出版社, 2003.
80 林平乔,「北岛诗歌的三个关键词—北岛前期诗歌简論」,『理論与创造』, 2005.

후빙(胡冰)[83]의 연구가 있다. 위의 연구들에서는 주로 「回答」, 「宣告」, 「结局和开始」, 「明天, 不」, 「雨夜」, 「履历」, 「生活」, 「同谟」, 「日子」, 「可疑之处」, 「走向冬天」, 「爱情故事」, 「慧星」, 「白日梦」, 「语言」, 「守灵之夜」, 「八月的梦游者」, 「呼救信号」, 「雨中纪事」 등 초기에 작성된 작품을 통해 베이다오의 시 속에서 보여지는 비극적 영웅의 색채가 어떻게 형상화되어 드러나고 있는 지를 밝히는 데 주력하고 있다.

세 번째는 베이다오를 "오늘"이란 잡지의 시인이나 혹은 다른 시대의 작가들과 비교 연구한 것이다. 주요 연구들로는 위쉬에위(余学玉)[84], 홍즈청(洪子诚)[85], 친충광(秦春光)[86], 린시앤쯔(林贤治)[87], 황지앤(黄键)[88], 췌이춘(崔春)[89], 류더강(刘德岗)[90] 등이 있는데 주로 그 시대 몽롱시인인 수팅, 꾸청, 망커, 둬둬 등과 같은 시인들과 비교하고 있으며 그 중에서 수팅과의 비교가 가장 많고 드물게 노신과 비교한 연구도 있으며[91] 또한 베이다오를 외국의 작가나 시인들과 비교한 것도 있다.[92]

.....

81 陈明火, 「北岛、反复修辞之变」, 『写作』, 2005.
82 罗云锋, 「北岛诗論」, 『华文文学』, 2006.
83 胡冰, 「論杂耍蒙太奇与北岛1980年代前期诗歌」, 『时代文学』, 双月版, 2007.
84 余学玉, 「北岛与舒婷创作比较」, 『文学教育(上)』, 期刊, 2007.
85 洪子诚, 「北岛早期的诗」, 『文学教育』, 海南师范学院学报, 2005.
86 秦春光, 「北岛与多多诗歌比较」, 『重庆职业技术学院学报』, 2007.
87 林贤治, 「北岛与〈今天〉—诗人論之一」, 『当代文坛』, 2007.
88 黄键, 「论舒婷与北岛朦胧诗风格的差异」, 『盐城师范学院学报(人文社会科学版)』, 2012.
89 崔春, 「论北岛及『今天』的文学流变」, 山东大学 博士, 2014
90 刘德岗, 「撼人的壮美与动人的优美—北岛、舒婷诗歌美学之比较」, 『前沿』, 2009.
91 洪子诚은 「北岛早期的诗」 에서 洪베이다오를 노신 산문 『过客』과 비교하고 있다.
92 이 글에서 베이다오를 노벨과 생활경력, 시의 영향력, 창작경계 등 세 방면에서 비교하고 있다. 周长才, 「北岛与诺贝尔文学奖」, 『外国文学』, 1999.

최근에는 베이다오에 대한 관심이 높아지고 연구가 다양해져서 시작(詩作)의 전통성과의 관련양상[93], 해외 시의 전파와 수용에 관한 연구[94], 시 번역관에 관한 연구[95] 등 다양하게 접근되고 있다.

베이다오의 부정성에 대한 연구는 왕쉬에둥(王学东), 훙즈청(洪子诚), 우쇼우둥(吴晓东), 꾸치앤(顾倩), 취수츙(屈淑琼), 류더강(刘德岗), 룽인죠우(龙吟娇) 등 많은 연구자들에 의해 언급되었다. 취수츙은 베이다오의 시는 결연한 부정정신으로 자신의 독특한 시 풍격을 드러내고 있다고 한다. 그의 시 속에는 그 당시(문혁시기)에 대한 비애와 분노 및 깊은 사유가 내재되어 있는데 이 모든 것은 베이다오의 내면에서 지울 수 없는 상처로 각인이 되어 냉혹한 외부의 세계에 대한 부정으로 드러난다고 보았다.[96]

왕쉬에둥은 베이다오의 '부정시학'은 '방아쇠 시학'이라고도 보았다. '방아쇠 시학'이라 함은 두 가지 의미가 있는데 첫 번째는 현대사회에서 시는 문제해결이 아닌, 단지 방아쇠의 작용밖에 못한다는 것이다. 방아쇠는 당기는 순간에 이미 역할이 끝나며 그렇게 오랜 영향력을 발휘하지 못하기 때문에 시 또한 이와 마찬가지로 마치 한 줄기 분수같이 솟아오르고 나서 다시 땅속으로 잦아들어간다. 두 번

.....

93 申霞艳, 「北岛:作为新文学的传统」, 『海南师范大学学报(社会科学版)』, 2011; 杜丽娟, 「北岛诗歌中的传统因子」, 『绵阳师范学院学报』, 2015.

94 杨四平, 「北岛海外诗歌的传播与接受」, 『井冈山大学学报(社会科学版)』, 2012.

95 王静, 「时间在梦想的玫瑰中绽放—试论北岛的诗歌翻译观」, 『佳木斯大学社会科学学报』, 2007; 周忠浩, 「细读与表现—北岛的诗歌翻译观述评」, 『重庆交通大学学报(社会科学版)』, 2011.

96 屈淑琼, 「浅谈北岛诗歌的理性批判主义精神」, 『文学界(理论版)』, 2011.

째는 방아쇠기 일체화, 규범화, 단일화, 문화의 표준화, 동질화 등에 대한 반동으로 작용하며 방아쇠를 당김으로 사회와 자아에 대한 경각심을 불러일으킨다고 본 것이다.[97] 그러나 베이다오의 시가 그 효용성이 짧은 방아쇠 역할밖에 못한다고 할지라도 사회주의 국가에 베이다오가 던져준 '시'적인 사유는 사회주의 반항과 생명에 대한 투쟁으로 자기존재의 근거를 마련할 수 있게끔 돌아보는 데 큰 울림과 반향을 일으켰다. 베이다오에게 있어 부정성의 첫 번째 대상은 사회를 포함한 자신에게 있었으나 혁명의 시간이 끝난 뒤에도 베이다오는 날카로운 비판과 부정의 사유를 멈추지 않았다.

홍즈청은 베이다오가 단지 강렬한 회의, 비판정신과 같은 부정의식을 표현하고 있기 때문만이 아니라 이러한 회의와 비판이 궁극적으로 자신에게도 향해 있다고 한다.[98] 이는 사유하는 자의 목소리이며 그 사유의 핵심에는 "나는 믿지 않는다."라는 부정성이 깔려 있다. 베이다오의 의심, 비판과 부정 그리고 사회에 대한 반항과 시간에 대한 투쟁은 결국 본인 특유의 사유를 유지하는 데 있었으며 자신뿐만 아니라 사회의 개인으로 하여금 사회와 개체를 향하여 '사유하는 자'가 되게 하는 데 있다.

꾸치앤 또한 베이다오 전기의 시들을 통해 베이다오는 사랑을 부정하고 있을 뿐만 아니라 자기 자신도 부정하고 있다고 한다. 베이다오의 이런 부정성, 퇴폐정신은 단지 표면에만 그치는 것이 아니라

97 王学东,「北岛诗学与中国现代诗学的当代转型」,『当代文坛』, 2010.

98 洪子诚,「北岛早期的诗」,『海南师范学院学报』, 社会科学版, 2005, 34면.

환경을 변화시킬 수 없는 상황에서 자신을 더욱 고립시키고 단절시키는 자기부정이라 보았다.[99] 문혁의 폐허아래, 베이다오는 사실상 운명에 굴복하지 않았고 이에 대항해서 싸웠으나 베이다오의 싸움은 고독한 싸움이었고 베이다오는 이 싸움의 한 방식으로 '자기부정'을 택한 것이다.

베이다오의 부정성이 사회를 향하고 있을 뿐만 아니라 자기 자신을 향해 있다는 측면에서 베이다오는 김수영의 부정과 상당히 유사한 측면을 보인다. 김수영의 부정의식이 아이러니와 풍자를 통해 드러냈다면 베이다오의 부정의식은 패러독스와 역설을 통해서 드러난다.

부정성의 수사로서 베이다오의 패러독스에 주목한 연구들은 룽인죠우(龙吟娇), 바이화(柏桦), 우쇼둥(吴晓东), 류더강(刘德岗) 등등이 있다. 우쇼둥은 패러독스는 베이다오가 세계를 관조하는 방식이라고 보았다.[100] 룽인죠우와 바이화는 베이다오의 패러독스적인 사유가 비극성에 기초하고 있는데 그것은 영혼의 투쟁과 고통을 체현하고 있기 때문이라고 보았다. 사람은 모순을 통해서 사물의 진실을 획득할 수 있으므로 모순을 통한 선택 투쟁과 그로부터 얻어지는 목소리야말로 진정한 생명의 노래임을 알 수 있다고 한다.[101] 류더강 또한 베이다오의 패러독스 수사는 미적 정치성을 드러내는 중요한 기제이며 베이다오 시 창작의 분화구가 되어주는 심리적 요소라고 함으

99 顾倩, 「论北岛前期诗歌的怀疑与叛逆精神」, 『新课程学习(学术教育)』, 2009.
100 吴晓东, 「走向冬天」, 『阳光与苦难』, 汇文出版社, 1999.
101 龙吟娇·柏桦, 「论北岛诗歌中的悖论意象」, 『西南交通大学学报』, 2013.

도 패러독스 수사가 시에서 보여주는 미적 가치에 대해서 높게 평가하고 있다.[102] 이와 같은 연구들에서는 모두 베이다오의 부정성에 주목하고 있을 뿐만 아니라 베이다오의 부정이 외적 세계에 대한 불신에만 그치는 것이 아니라 변화하기 어려운 현실에 대한 저항으로 자기부정도 내포되어 있음을 밝힌다. 이를 미학적으로 표현하기 위해서는 패러독스와 같은 수사를 쓰고 있는 것은 김수영과 비교되는 지점이다.

한국의 '참여시'와 중국의 '몽롱시'는 '지식인의 비판적 참여'라는 정신적 전통을 계승하고 있음에도 새로운 장르처럼 한국의 60년대와 중국의 80년대 문단에 등장하게 된다. 이는 '혁명'이라는 계기적 사건을 통한 시대적 수요에 의해서 발원된 것으로 명칭은 다르지만 그 배경과 내적인 속성은 비슷하고 볼 수 있다. 따라서 참여시와 몽롱시는 현실에 대한 '부정성'이라는 공통의 다리가 놓여 있으며 김수영과 베이다오 사이에도 이 참여로서 부정성을 실천하게 된다. 서로 영향관계가 없는 시인이지만 '참여'의 방편으로 내·외적 자기부정을 실천하고 있다는 것에는 큰 공통점이 있으므로 본고에서는 이에 의해 두 시인을 비교하게 되었다.

102 刘德岗, 「悖论修辞:北岛创造诗美的路径及审美价值」, 『社科纵横』, 2013.

김수영과 베이다오의
참여의식 비교연구

02

연구의 시각

비교문학적인 접근을 통해 기존 문학사를 새롭게 볼 수 있는 시각을 제공하여 한국문학연구에 부족하게나마 기여하는 것이 본 연구를 진행하는 가장 큰 동기이자 목적이다. 따라서 본고에서 사용하게 될 첫 번째 방법론은 '비교문학 방법론'이 된다. 전통적 의미의 비교문학은 상이한 두 나라 문학이 지니고 있는 유사점과 차이점에 의해서 두 나라 문학의 관계가 무엇인지를 규명하는 연구 분야를 지칭했다.[103] 헨리 레마크가 분류한 '사실'과 '실증'을 강조하는 협의적인 의미의 프랑스 비교문학과 연구범위와 연구대상이 포괄적이고 광범위한 의미의 미국의 비교문학으로 분류되었던 것이 주지의 사실이다.[104] 그러나 최근에는 '국제적 시야에 의한 문학현상의 연구'로

103 윤호병, 『비교문학』, 민음사, 2005, 25면.
104 윤호병, 위의 책, 40면.

국제간의 문학적 영향의 사실관계를 바탕으로 한 비교연구를 배제하고 문학의 내적 구조, 즉 문학 자체의 분석연구를 세계 문학적 시야로 확대하여 그 보편성의 근원적 조화를 이룩하려는 동향으로 바뀌고 있다.[105]

아무런 역사적 관련성이 없는 두 개의 상이한 문학이라도 비교가 가능하다는 견해 즉 문학이란 내재적이고 미학적인 차원을 지향하는 것이라는 견해의 적극적인 수용은, 1969년대 후반부터 영향과 원천 연구의 규명에 편향된 시각을 전면적으로 거부하기보다 비교문학에 문학비평을 도입하려는 '일반문학'적인 방법론과의 화해를 탐색하는 움직임으로 전환된 것이다.[106] 특히 미국의 해체주의자인 예일 학파의 멤버인 블룸(Harold Bloom)에 이르러 자연적인 시간의 질서에서 문학작품을 '연속적인 관계'로 파악하는 것이 아니라, '비연속적인 관계'로 파악하는 진보적인 의미의 영향론으로 발전하였다.

이를테면 자연적인 시간이나 지리적 공간에 의존하지 않은 접촉하지 않은 두 작품 사이에서도 어떤 유사성을 발견할 수 있다는 견해를 보임으로써 문학전통을 비연속적이고도 텍스트 내적인 관계인 상호텍스트성으로 파악하려는 의도가 그것이다. 왜냐하면 상상력의 산물인 허구의 세계와 일상적인 실제생활에서 일어나는 객관적 사실의 세계 사이에 명확한 경계를 긋는다는 것이 이제 더 이상 불가능하게 되었기 때문이다. 블룸은 각각에 대한 구조적인 상호작

105 김학동, 『비교문학』, 새문사, 1997, 53면.

106 이혜순, 『비교문학의 새로운 조명』, 태학사, 2002, 53면.

봉, 문체의 유사성, 창조적 오독을 바탕으로 후배 시인이 선배 시인의 영향으로부터 벗어나 독자적인 시세계를 구축하는 과정을 통해서 진보적인 영향의 방법을 개진했다.[107]

이처럼 수많은 비교문학의 전통적인 프랑스 비교문학의 방법이론을 비판하고 나선 유사성의 대비연구에서는 문학이론과 비평을 비교문학의 영역으로 도입하면서 그 영역을 크게 확대함으로 그동안 경직화되어 있던 실증적 차원을 극복할 수 있었다.[108] 즉 작품과 작품 간의 어떤 유기적인 영향관계를 상정하지 않더라도 그 유사현상을 선택하여 해석하는 것이 대비연구로 인간의 사상이나 감정의 보편성을 추구하는 대비연구는 결국 세계 각국의 유사한 문학적 소재, 모티브, 이데아 등과 같은 것이 그 연구대상이 되기도 한다.[109] 대비연구는 문학의 내재적 법칙성, 즉 인간의 근원적 사고의 보편성을 추구하여 그 유사성을 해명하는 것으로 고도한 문학이론의 도입을 요구하고 있다. 그런데 이 대비연구에서 영향관계를 상정하지 않는 유사현상의 판단이나 선택은 연구자의 주관에 의해서 결정되지만, 그런 유사현상의 발생 원인을 당시 정치, 경제, 역사, 문화 및 그 밖의 시대상황과 환경을 살피지 않으면 안된다. 작품이나 작가 및 그 밖의 지적 활동과의 대비에서 표출되는 유사현상과 비유사현상을 고찰하여 그 이동성이 해명되어야만 한다.[110]

107 이혜순, 위의 책, 56면.
108 김학동, 앞의 책, 54면.
109 김학동, 앞의 책, 86면.
110 김학동, 앞의 책, 57면.

비교의 구체적인 연구 방법에 대해 중국학자 왕샹안은 전파 연구법, 영향분석 연구법, 평행관통 연구법, 초문학 연구법 등 네 가지로 나누었는데 그 중 평행관통 연구법은 직접적인 '전파'의 사실과 '영향'관계가 없는 문학현상간의 유사성과 상호성 보조성을 밝히고, 서로 대조를 하는 연구를 뜻하며 '관통'이란 여러 문학 현상을 통틀어 보았을 때, 이들 사이에 존재하는 논리적이고 이론적인 관계를 뜻한다.[111] 이 문학론은 모든 문학현상에서 비교할 수 없는 것이 없으며, 반대로 완전히 비교 가능한 것 역시 없다는 명제를 전제로 하고 있다. 평행연구란 속박을 벗어난 것이라 할 수 있는데 언어, 문화, 국경, 학과 등의 제약을 받지 않는다.[112] 또한 '평행연구'가 연구해야 하는 것은 '가치관계'와 '교차관계'로 사실상 '가치관계'와 '교차관계'라는 것은 원래 두 가지 사이에 '교차'되는 것이 있기 때문에 다시 설명할 필요가 있다. '가치관계'란 마치 주제사상, 관념의식 등 형이상학적인 측면에서의 작가와 상품의 상통하고 상이한 관계라 할 수 있다. 또한 '교차관계'는 작가작품이 제재, 구조, 문체 유형 등의 외재적 형식면에서의 '동질적인 관계'이다.[113]

본고에서 연구주제로 삼은 한·중 참여시의 대표시인인 김수영과 베이다오 또한 아무런 역사적 관련성이나 영향관계가 없을 뿐만 아니라 시간적으로 20년이라는 격차를 두고 있어 실증적인 비교연구는 사실상 불가능하다. 그러나 비록 시인과 시인, 작품과 작품 간의

111 왕샹위안, 문대일 역, 『비교문학의 열쇠』, 한국학술정보, 2011, 46면.
112 왕샹위안, 위의 책, 93면.
113 왕샹위안, 앞의 책, 95면.

직접적인 접촉은 없을지라도 유사성의 대비연구가 가능한 이유는 한국과 중국은 해방이후부터 수교되기 전까지 60년이라는 단절이 있었음에도 더 긴 시간 동안 한자 문화권이라는 공동의 문화적 배경과 유교적 문화에서 오는 동아시아적인 시각과 감각을 공유하고 있기 때문이다. 또한 두 시인의 활동 당시의 상황으로 보자면 체제는 다르지만 모두 민주주의를 지향하고 있었고 '정권이 사회에 가하는 억압'이 있는 상황에서 저항으로서의 4·19 혁명과 4·5 천안문사태라는 초유의 민주주의 혁명이 일어났다. 이런 시대적 배경 하에 두 시인이 보여준 참여로서의 행보는 유사성을 보인다. 그들은 모두 강력한 부정의 정신으로 현실의 부조리함에 맞섰으나 이들의 부정은 단지 외부의 '혁명'만을 향해 있지 않았고 근대라는 일상에도 향해 있으며 또한 외적인 세계만이 아닌 내적인 부정도 하고 있다.

물론 이러한 유사현상만 있는 것이 아니다. 자본주의와 사회주의라는 판이한 체제로부터 사회, 문화토양, 완전히 다른 언어체계, 작가의 개인적 특성 등 더 많은 면에서는 차이가 보인다. 그러나 이 둘을 관통하는 역사적 흐름, 전쟁이후의 자본주의 유입 상황과 '독재적' 정치적 현상 그로 인한 민주화에 대한 열망, 지식인들의 저항이라는 가치 측면에서 상통하는 바가 크다. 본고에서는 이에 주목하여 정치적 주권의 억압으로부터 자유를 향한 두 나라 시인들의 움직임이 어떤 동일성과 차이성을 가지고 실현되고 있는 지를 탐색하게 되었다.

박성창은 『비교문학의 도전』에서 비교문학을 "20세기를 거쳐 21세기로 접어든 한국 문학의 특수성과 보편성의 문제를 보다 새로운 틀 속에서 사유하는 학문이며, 기존 한국 문학 연구의 고착된 시선을 열린 정신과 태도로 재고하게 하는 접근법"[114]이라 보다. 비교문학은 하나의 영역이나 고정된 방법론이라기보다는 우리에게 던져진 문제를 풀어가기 위한 탐색의 과정이다. 이런 비교를 통해 이웃 국가인 한국과 중국이 해방이후에 동일한 문화권에서 출발하였지만 공간의 차이성에도 불구하고 역사적 실천으로서의 문학의 참여성이 어떻게 미학적으로 구현되고 있는지를 추적하게 된다. 비록 두 나라에 그치지만 이러한 비교를 통해 동아시아적인 층위에서 한국의 참여 시인들을 다시 조망할 가능성을 찾게 될 것이다.

그리하여 본고에서 두 번째로 실행되어야 하는 연구의 시각은 김수영에게 있어 문학의 정치적 참여란 어떻게 이루어지는가를 규명하는 일이다. 20세기 문학의 참여에 누구보다 분명한 관점을 제시했던 사르트르는 『문학이란 무엇인가』[115]를 통해 인간의 자유에 관해서 존재론적인 측면에서 설파하고 있다. 이 책에서 사르트르는 인간은 그 어떤 경우에도 도구로 사용될 수 없는 대자적 존재로서 '자유'와 '책임'을 동시에 안고 있음을 시사한다. 사르트르의 참여는 부르주아로서의 죄의식에서 비롯되었다는 도덕적 의미를 지니고 그 점에서 어느 정도 긍정적으로 평가하는 것이 가능하지만, 결국 정치적 선택으로서는 오류로 판명이 난다.[116] 무엇보다 사르트르가 서구적

.....

114 박성창, 『비교문학의 도전』, 민음사, 2009, 44면.

115 장 폴 사르트르 저·정명환 역, 『문학이란 무엇인가』, 민음사, 1998.

116 정명환, 「사르트르의 과거, 현재, 그리고 미래」, 『실존과 참여』, 문학과지성사, 2012, 35면.

이성중심의 시각에서 비서구적 소수종족 민족들의 문화사상을 열등한 것으로 파악한 점 또한 오류이다. 또한 적대 관계만이 아닌 공생과 상호성과 간주관적 관계도 성립할 수 있다는 것을 군데군데 시사하고 있지만, 그것이 논리적, 체계적으로 개진되어 있지는 않다는 건[117] 어떤 점에서 사르트르의 한계라고 볼 수 있다.

아도르노는 문학의 참여를 구속의 논리와 관련지어 전개하는 사르트르에 대하여 철저히 비판적이며 문학에 있어서의 자율성과 사회성이 서로 연계의 형태로 결합되는 어떤 종합적 상황이 아니라, 본원적으로 양자는 동전의 안팎처럼 붙어 있는 존재론적 상황으로 보았다.[118] 문학과 사회와의 관계는 "문학의 자율적 구조 속에 사회성이 어떻게 내재하고 있는가"하는 인식회로를 통해 탐구되며, 사회성의 존재론적 존재양상이 문제되는 것이다.[119] 문학의 사회성은 미학 자체가 지니고 있는 본질적인 일면으로[120] 주관적이면서 객관적이고 자율적이면서 사회적인 문학언어의 이중성이야말로 아도르노 문학이론의 핵심이라고 할 수 있다.[121] 아도르노는 현실과 무관해 보이는 것 같은 초현실주의 속에는 아픈 고통이 어려 있음을 주장했다.

.....

117 정명환, 위의 글, 23면.

118 20세기 이후 현대에 영향을 미치고 있는 모든 정신적 경향과 운동—마르크시즘, 현상학, 심리주의, 실존주의—을 한꺼번에 거머쥐고, 이 모든 것을 부정하면서 종합하는, 그리하여 새로운 어떤 것을 모색하고자 했다. 아도르노, 김주연 역, 『아도르노의 문학이론』, 민음사, 1985, 164면.

119 아도르노, 위의 책, 168면.

120 아도르노, 앞의 책, 180면.

121 아도르노, 앞의 책, 178면.

즉 현실을 있는 그대로 받아들여 그대로 기록해내지 않고, 이를 꺾어 받아들여, 꺾어서 내어놓은 몽타주 기법 또한 마멸되어 가는 자연을 재생시키는 활력으로 인식되었다.[122] 초현실주의관에서 나타난 문학예술의 주물적 성격을 아도르노는 초현실주의 이미지들이 내면적인 것도 아니며 주물적인 것도 아니라고 주장하고 있으나, 이것은 그 같은 성격을 자기 나름대로 변화시키고자 하는 과정에서 나타나는 표현으로 본다.[123]

이러한 아도르노의 문학관에 비추어 봤을 때 랑시에르가 '문학의 정치'라는 표현을 통해 "문학이 그 자체로 정치행위를 수행하는 것을 함축한다."[124]라고 한 것은 '문학언어'의 존립자체는 이미 현실과의 긴장관계 속에서 치열하게 반추된 작가의식의 산물임을 알 수 있다. 랑시에르는 "문학의 정치는 작가의 정치가 아니다. 그것은 작가가 자신이 사는 시대에서 정치적 또는 사회적 투쟁을 몸소 실천하는

122 아도르노는 초현실주의가 프랑스에서 일어난 상황에 충분히 주목하면서, 그 같은 현실적 부자유에 대응하여 주관적 자유를 초현실주의아 마음껏 극대화할 수 있음으로써, 이 두 가지가 서로 테제, 안티테제로 짝을 이룰 수 있었다고 보고 있다. 아도르노, 앞의 책, 186면.

123 아도르노, 앞의 책, 187면.

124 "문학의 정치는 작가의 정치가 아니다. 그것은 작가가 자신이 사는 시대에서 정치적 또는 사회적 투쟁을 몸소 실천하는 참여를 의미하지 않는다. 그렇다고 작가가 저술을 통해 사회구조, 정치적 운동을, 또는 다양한 정체성들을 표상하는 방식을 의미하는 것도 아니다. '문학의 정치'라는 표현은 문학이 그 자체로 정치행위를 수행하는 것을 함축한다. 따라서 이 표현은 '작가가 정치적 참여를 해야 하느냐' 또는 '예술의 순수성에 전념해야 하는냐' 하는 문제로 제기되지 않는다. 이 순수성 자체도 사실 정치와 무관한 것이 아니다. 문학의 정치는 특정한 집단적 실천형태로서의 정치와 글쓰기 기교로 규정된 실천으로서의 문학, 이 양자 간에 어떤 본질적 관계가 있음을 전제로 한다. 자크 랑시에르 저·유재홍 역, 『문학의 정치』, 인간사랑, 2011, 9면.

참여를 의미하지 않는다. 그렇다고 작가가 저술을 통해 사회구조, 정치적 운동을, 또는 다양한 정체성들을 표상하는 방식을 의미하는 것도 아니다."고 제기한다.[125] 따라서 이 표현은 '작가가 정치적 참여를 해야 하느냐' 또는 '예술의 순수성에 전념해야 하느냐' 하는 문제로 제기되지 않는다. 문학의 정치는 특정한 집단적 실천형태로서의 정치와 글쓰기 기교로 규정된 실천으로서의 문학, 이 양자 간에 어떤 본질적 관계가 있음을 전제로 한다. 자크 랑시에르는 말할 자격이 없는 것으로 간주된 이들, 말하지 않아야 하는 이들이 오히려 말을 하고 몫을 갖게 되는 것을 민주주의의 핵심으로 간주했다. 문학이 상징을 축조하는 작업이 아니라 거듭 생산되는 부정을 통한 모색임을 알 수 있다.

본고에서는 김수영의 참여의식을 기존의 참여의식과 구별 짓는 것에는 크게 두 가지 요소가 있다고 본다. 첫째는 기존의 참여의식이 단순히 사회 권력에 대해 한계를 지었다면 김수영은 그 대상에 대해 한계를 짓지 않았다는 점이다. 김수영은 자신이 접한 생활의 모든 것 즉 일상에서부터 자신의 몸에 이르기까지 삶의 모든 영역에 비판의식을 투사했다. 김수영에게 있어 비판의식은 비단 타자뿐만이 아니라 그 타자의 일부인 자신에게까지도 예외가 없었으며 단순히 60년대에만 한정된 것이 아니라 그 전후의 시작활동 모두가 포괄되는 것이었다. 두 번째는 김수영이라는 시인이 지닌 예술인으로의

125 자크 랑시에르, 위의 책, 9면.

정체성과도 연결된다. 김수영은 서구의 모더니즘을 수용하였으며 이를 흉내내기식이 아닌 의식에 체화시켰다는 점에서 그 당시로서는 드물게 '모더니즘'을 자기화시킨 시인이었다. 그렇게 될 수 있었던 이유는 김수영이 서구의 사상을 습득하는 속도가 남달리 빠르다기보다 어떤 측면에서 날카로운 비판의식을 태생적으로 갖고 있었고 시인의 이러한 진보적 의식이 모더니즘 사상과 잘 맞았기 때문이라고 볼 수 있다.

모던은 특정한 시대의 사조라기보다는 획기적인 시대 의식을 되풀이해서 표현하는 것으로서 유럽에서는 새로운 시대 의식이 형성될 때마다 자기 이해의 개념으로 되풀이해서 나타났다.[126] '모더니즘 시운동' 또한 정치와 문학과의 관계 속에서 그 역학 관계를 해명해야 하는 카프계열 시처럼 어떤 뚜렷한 전략 속에서 행해진 것이 아니라, 하나의 심의 경향 즉 '마음의 상태'로서, 기존의 문학적 관습이나 정신적 사고방식들을 뛰어 넘으려는 인간의 부단한 정신의 혁명성 속에서 나온 것이라고 이해된다.[127] 그리하여 김유중은 모더니즘은 미학적 방법론이기 이전에 근대 성립 이후 인간의 사고 구조를

126 김성기 외, 『모더니티란 무엇인가』, 민음사, 1994, 21면.

127 이는 문학의 가장 궁극적인 모습이며 따라서 '모더니티 지향성'은 인간 정신에 있어 본질적인 내재성에 기인하는 것임을 알 수 있다. 그것을 하나의 고정된 틀로 설명하려는 의도는 인간의 다양성을 무시하는 것만큼이나 문학적 발전방향을 단선적으로 이해함으로써 글쓰기 자체의 풍부함을 부정하고 시인의 정신사적 문맥 사체도 최소화 시킬 위험을 안고 있는 것이다. 따라서 모더니즘 시가 가지는 인간 정신의 보편적 질서를 바탕으로 해서 각 시기가 드러내는 특수한 규범 체계를 아울러 해명하는 과정이 요청된다. 조영복, 『한국 모더니즘 문학의 근대성과 일상성』, 다운샘, 1997, 202면.

반영하는 세계 인식 방법이자 내면화된 가치관의 새로운 표현 양식이라고 보았다.[128] 미적 모더니즘이 강조하는 자율성 개념, 사회와 단절되는 특수한 미적 공간이 긍정적 가치를 띠는 것은 그것이 소유하는 부정성 때문이다.[129] 모더니즘에 내재된 '긍정적 가치'로서의 부정성은 주로 자본주의 원리에 대한 비판을 일삼는다. 그러나 모더니즘의 개념은 포괄적인 것이어서 어느 시대에도 적용 가능한 비판적 사유의 힘이며 이 살아 있는 의식은 무의식적인 정치적 욕망을 드러내는 데 있어서 필연적인 과정으로 보아야 한다.

모더니즘에 대한 김수영의 천착은 이미 오래전부터 이루어져 왔다. 영문학 출신으로 왕성한 독서와 번역을 통해 서구서적을 직접적으로 접할 수 있었으며[130], 박인환과 같은 모더니즘 시인에게 영향을 받았지만 곧 이를 비판적으로 수용하게 되었다. 김현은 김수영에 대해 "모더니즘을 문학적 사조가 아닌, 세계를 이해하고 관철하는 태도로 받아들임"[131]으로 보았다. 백낙청은 "그는 제 나름의 시론을 가졌던 시인이라는 점에서 각별한 주목을 요한다. 시 따로 시론 따로

128 그것은 항상 현실에 대해 팽팽하게 긴장된 시선을 유지하고 있으며, 스스로의 틀 속에서 현실의 원리를 재발견하여 이를 문학적으로 형상화해나간다. 여기서 모더니즘이 현실을 재발견한다 함은 그 특유의 역사에 대한 전망 위에 현재의 역사를 과거로부터 미래로 향하는 하나의 과도기적인 현상으로 인식된다. 김유중, 앞의 책, 14-15면.

129 미적 형식은 자본주의 원리를 탈취하면서 동시에 그런 원리를 미적으로 비판하고, 따라서 미적 형식은 사회적 형식을 물고 늘어지면서 그 형식을 비판하고, 이런 비판이 바로 부정개념과 통한다. 이승훈, 앞의 책, 222면.

130 주석 15 참조.

131 김현, 「자유의 꿈」, 『거대한 뿌리』, 민음사, 1974. 4면.

거기다 생활은 또 생활대로 따로 노는 그런 시론이 아니고 그 자신의 삶과 시 전부를 한 지성인으로서 끊임없이 반성하고 정리해나간 자취"[132]라고 평가하며 김유중은 "김수영이 모더니티 자체를 결정짓는 토양이 다르다고 보았기 때문에 각자의 여건에 맞는 복수의 모더니티를 주장하였으며 이러한 견해는 역사 철학적이라기보다는 존재론적인 관점에 의거했다."[133]고 보았다.

서구에서 유입된 '현대성'의 개념이 김수영에게서 어떻게 수용되고 변용되어 가는 지는 김수영의 시론과 시를 통해서 파악할 수 있다. 5·16 혁명 이후부터 김수영은 자신의 시론과 시평[134]을 통해 '자신만의 현대성'에 대해 탐구해 나가기 시작하는데 현대성의 극복으로서 '영원'에 대한 발견은 김수영만의 참여의식을 구축해 나간 계기가 된다. 김수영은 '현대'라는 역사적 현실을 민감하게 의식하고 있지만 그의 시야가 향해 있는 궁극적인 지점은 현대가 아닌 '영원'이다. 김수영에게 있어 '영원'은 초월적인 시간으로서의 영원이 아니라 전통과 현대 사이, 민족주의와 세계주의, 개인주의와 민중 사이에서 어느 한 쪽에도 치우치지 않고 '사회적 윤리와 인간적 윤리를 포함한' 사랑을 향해 끝없이 길항해 나가는 영구 혁명의 현재적 성격을 의미한다.

.....

132 백낙청, 「김수영의 시세계」, 『김수영의 문학』, 민음사, 1992, 24면.

133 김유중, 「김수영 시의 모더니티—모더니티에 대한 새로운 이해」, 『한중인문학연구』18, 2006, 181면.

134 김수영은 61년에 「새로움의 모색—슈뻴비엘과 비어레크」(1961.9.28.)이란 논평을 통해서 현대시에 대해서 처음으로 언급을 하게 되며 그 뒤에는 「〈難解〉의 帳幕—1964年의 詩」(1965.2), 「모더니티의 문제」(1965.3), 「文脈을 모르는 詩人들—「〈詐欺〉論」에 대하여」(1965.9) 등을 통해서 지속적으로 현대시의 요건에 대해서 탐색해 가지만 이는 현대성의 경도가 아닌 극복을 위한 일련의 과정으로 봐야 한다.

한편 베이다오의 모더니즘 수용은 김수영과는 다른 배경적 차이를 지니고 있다. 먼저 중국의 몽롱시를 서구의 모더니즘과 비교를 해 보았을 때 문혁 후 중국 현실문화의 토양에 기초한 자생적인 것으로 서구의 모더니즘과는 다르게 평가 받는다.[135] 중국 신시기 문학에서 모더니즘의 탄생의 사회적 근원과 개인적 기원은 모두 이 세대가 문혁 중 겪은 개인적 경험과 관련이 있기 때문이다. 서구 모더니즘 문화예술이 서구사회의 현대화 규범에 대한 지식인의 의혹과 절망을 반영하는 반면, 이와 같은 의혹을 받는 '현대화'가 당시 중국사회의 가장 예민한 지식인에게는 여전히 적극적으로 지향해야 할 성전으로 여겨졌다. 그래서 그들은 분노의 화살을 중국의 현대화를 방해하는 동방 전제주의적 정치 요소로 돌리게 된다.[136] 즉 서구의 것이 자본주의적 사회관계를 반영한 의식형태의 자연발생적인 변화였다면 몽롱시는 근대적 토대를 갖추지 못한 문혁의 전체주의적 성격에 대한 의식성에서 비롯되었다. 그러면서도 몽롱시는 서구식의 해체보다는 통일을 지향한다.[137] 서구 '모더니즘' 운동은 오랜 세기 동안 서구 사회를 지배해온 두 가지 사상, 즉 기독교 이념과 실증주의적 과학 정신의 붕괴와 비판에서 시작되었다면 중국의 '모더니즘'은 전통적인 인습에 대한 부정이라기보다는 현 상태의 정권에 대한 비판에 가까웠고 형식적인 측면만 차용한 것이 허다했다. 따라서 베이다오는 자신의 시가 외국의 영향을 받은 것은 인정하지만 그것은

.....

135 許子東,「現代主義與中國新時期文學」,『文學評論』, 1989년, 64면.

136 천쓰허 지음·노정은, 박난영 옮김,『중국당대문학사』, 문학동네, 2008, 351면.

137 김소현,「몽롱시와 모더니티」,『중국학』 15집, 대한중국학회, 2005, 265-266면.

한계가 있는 것이며 이는 단순히 모더니즘 기법을 적용한 것이 아니라 세대적인 '정서와 사상'의 표출로 현실에 대한 깊은 반영 등이 시 속에 투사되고 있는 것이라고 밝힌다. 베이다오는 부정을 통해 김수영처럼 명시적으로 '영구혁명'이나 초월적인 '영원성'을 추구하고 있지는 않은데 이는 국가로부터 추방당하여 강제적으로 디아스포라가 된 베이다오의 현실과도 무관하지 않다.

마지막으로 논문에서 참여의식의 속성으로 제시한 부정성이 김수영과 베이다오의 시론과 시 속에서 어떻게 적용되고 또 변별되어 있는 지를 밝히고자 한다. 논리적 부정은 사고의 조작에 관계된 것이지만 변증법적 부정은 자연, 사회 및 사고의 영역에서 이루어지는 객관적, 실재적 과정이다.[138] 변증법의 대가라고 할 수 있는 헤겔은 인정 욕구와 인정 투쟁이라는 독자적 개념을 전개해 나간다. 헤겔의 변증법적 부정은 형이상학의 사유역사의 시초부터 내려온 것으로 '사유되어 있음의 부정성'[139]이지만 그의 한계는 여러 철학가들에 의해서 지적되어왔다. 아도르노 또한 헤겔 체계가 지녔던 종합의 목적

.....

138 의미론에서도 또한 '없다가 있다'의 부정이라기보다는 의미론적 대당일 수 있는 것처럼 민주정치—전제(독재)정치, 흑—백 등의 대립 쌍은 어느 것의 부정이라고 어떤 특정한 범주에서 보는 대당일 뿐이다. 이렇게 부정의 자질은 분명한 논리적 긍정과 부정으로 환원시킬 수 없다. 더욱 이 부정의 부정이 논리학에서는 긍정이 되지만 경험적으로 또는 미학적으로 긍정이 되지 않는 이유가 곧 문학이나 문예미학에서 아주 다양하게 이 개념을 사용하는 데 대한 답이 된다. 변학수, 「20세기의 미학적 저술에 나타난 부정성의 개념과 문학적 경험」, 『독일어문학』6권, 한국독일어문학회, 1997, 75면 참조.

139 김재철, 「헤겔의 부정성 개념에 대한 하이데거의 해석」, 『하이데거연구』 제14집, 하이데거학회, 2006, 249-250면.

을 넘어서 그것과 대립했던 자리에 서서 스스로 매개되지만 결코 종합되지 않는 부정의 미학을 주장했다.[140] 『계몽의 변증법』에 나타난 아도르노의 현대 문명에 대한 진단은 한마디로 계몽의 자기 파괴 과정에 의한 신화로의 복귀로 요약될 수 있다.[141] 아도르노의 '부정성'은 추상적인 총체성 또는 보편성이라는 동일성을 거부하고 '비—동일적인' 개체성을 회복하는 것을 목표로 하는데 대상의 완벽한 재현 또는 대상과 재현의 일치라는 동일성의 환상을 버리고 실제 삶 또는 직접성을 제거하는 '죽음의 원리' 또는 '부정성'을 예술을 제창한다.[142] 김수영과 베이다오의 부정은 동일성화하는 사고에 반대하는 '확정적 부정'에 가깝지만 고정된 것이 아니라 변화하는 시간의 과정 속에서 부정의 외양을 벗어 던짐으로써 새로운 도약이나 생성으로 전환될 수 있는 본질적 가능성을 지니고 있다.[143] 김수영은 부정의 정신에 내재한 위험을 간파하고 있어 한편으로 사물과 현상에 대한 욕심, 즉 의미를 고정시키려는 작위성을 지니며, 다른 한편으로 그러한 고정된 의미에 대한 거부로서만 추동되는 타율성을 전제한다.[144] 김수영과 베이다오는 미학적 기제로서 부정의 변증법을 사용

140 배용준, 「변증법적 미학에 있어서 형식과 내용—헤겔과 아도르노의 형식과 내용을 중심으로」, 『동서철학연구』63권, 한국동서철학회, 2012, 99면.

141 아도르노, 김유동 역, 『계몽의 변증법』, 문학과 지성사, 2001, 서문 참조.

142 구태헌, 「부정성의 시학—포우와 스티븐스」, 『현대영미시연구』19, 한국현대영미시학회, 2013, 3면.

143 강웅식, 『김수영 신화의 이면—주체의 자기 형성과 윤리의 미학화』, 청동거울, 2012, 126면.

144 오연경, 「'꽃잎'의 자기운동과 갱생(更生)의 시학—김수영의 「꽃잎」 연작을 중심으로」, 『상허학보』 32집, 상허학회, 2011, 416면.

했으며 이 부정성은 참여의식의 구현하는 데 효과적이다.

김수영의 부정성은 우선 '불온성'에서 기원하며 예술가의 자세나 태도로서 김수영이 제시한 '불온성' 대상은 부당한 정치권력뿐만이 아니라 그 당시를 지배하고 있던 '근대적 이성', '상식', '합리성' 혹은 거부할 수 없는 개인적 운명까지 매우 포괄적이나 구체적으로 그것은 권력의 통제를 받고 있는 언론매체를 주로 지칭했다. 베이다오 또한 살아있는 비판적 지성으로 부정의 대상이 광범위했지만 가장 큰 부정은 '문혁'에 대한 것이었다. 그러나 김수영이 산문을 통해서 언론매체의 검열에 대한 비판적 발언을 어느 정도 자유롭게 할 수 있었던 것에 비해 한국보다 강도 높은 중국의 억압적 분위기에서 베이다오는 오직 시를 통해서만 부정성을 드러낼 수 있었다. 깊은 무의식을 드러내는 쉬르레알리슴이나 몽타주 기법에 더욱 의존했던 것도 언론의 반국가적인 발언을 할 수 없었던 중국의 제도적 상황에 따른 이유가 더욱 컸다.

그러나 이들의 부정은 비판적 대상에 대한 부정의 사유로만 끝나지 않았다. 오히려 부정의 변증법을 통해서 그들이 적대적인 타자와의 관계 속에서 공생의 타자수용의 정치적 미학을 끌어내고 있다는 데 그 특징이 있다. 김수영이 적이 어디에도 없음을 발견하여 내부에서 적을 발견한 것처럼 베이다오 또한 궁극적으로 '아버지'와 연대할 수밖에 없는 타자성을 자신의 내부에서 발견하고 이것과 화해하기 위한 시도를 하게 된다.

방법론적인 측면에서 김수영의 부정에는 위악적인 포즈 같은 것이 들어 있다. 특히 그것은 혁명의 실패와 관련해서 더 뚜렷한 변화를 보여주는데 한동안 김수영은 두 가지 포즈를 취한다. 첫 번째는 일상의 속악함을 전면에 드러내는 포즈이며 두 번째는 위악의 포즈이다.[145] 이 위악적인 포즈는 풍자, 자기 비하, 과장 등을 통해 더 극적으로 표현되며 효과적인 자기부정을 통한 현실부정을 궁극적으로 노출시킨다. 베이다오 또한 패러독스를 많이 사용하는데 베이다오의 패러독스는 자신이 아닌 외부를 향해있다. 패러독스의 상징으로 기존의 전통적인 상징과 위배되는 많은 이미지들이 등장하는데 그 중에서도 '태양'에 대한 강력한 부정은 '신'에 대한 부정과 맞먹을 정도로 큰 의미를 지닌다.

따라서 본고에서는 김수영과 베이다오의 참여가 그들의 생애를 관통한 의식의 변화 속에서 어떻게 시로서 승화되었는지, 그들의 타자인식이 혁명적 경험을 통해 어떻게 사랑의 기술로 이행하게 되었는지 그리고 '부정'을 통해서 무엇을 비판하려고 하였는지에 대해 고찰한다. 아울러 그들의 수사학 논의에서 부정이 어떤 위치를 차지하고 있는지 살펴보고자 한다. 이러한 논의는 궁극적으로 김수영의 시론의 요체인 '몸의 시학'과 베이다오의 '부정시학'을 해명하는 작업이 될 것이다.

2장에서는 한·중 참여시의 태동배경과 문단상황을 비교한다. 참여시의 사회적 배경이 된 4·19 혁명과 4·5천안문 사건의 비교를 통

145 조강석, 「김수영과 시각(視覺)의 문제」, 『김수영의 온몸시학』, 푸른사상사, 2013, 199면.

해 두 혁명의 가장 큰 특징은 모두 성공하지 못하고 진압되었다는 점과 그럼에도 불구하고 두 혁명은 해방 이후의 첫 민주주의 혁명으로, 현대사와 문학사에 하나의 상징적 영향을 끼친 배경을 추적한다. 한국의 4·19는 새로운 주체가 탄생할 수 있는 공간을 열어 놓아 다양한 미적 주체의 형성되는 계기를 마련했고 중국의 4·5 천안문 사태는 80년대 '개인'의 맹아가 발아되는 환경을 조성하였다. 뿐만 아니라 이러한 변화는 문단에도 이어져서 '참여시'와 '몽롱시'라는 각각 다른 사조를 탄생시켰다.

3장에서는 이런 사회적 배경 아래 김수영과 베이다오가 호출된 문단 계기적 상황을 살핀다. 1960년대 활발하게 전개된 순수·참여 논쟁을 살펴보고 특히 그 가운데서 김수영과 이어령의 논쟁에 주목하여 김수영의 예술가적 정체성과 불온성에서 부정성으로의 도정을 구체적으로 해명한다. 김수영의 '불온성'은 초기 시에서부터 말기 시에 이르기까지 김수영의 시 전체를 관통하며, '무의식'과 '의식' 사이에서 예술창작의 중요한 기제로 작동하며 무엇보다 참여시의 전제 조건이 된다. 이는 또한 죽음과도 연결되는데 김수영은 '죽음의 연습'을 참여시의 가장 중요한 전제로 보았다. 이 죽음은 또한 자기희생에 가까운 것으로 죽음의 대상은 자신이며 죽음을 통해서 생성되는 것은 타인에 대한 '사랑'이다. 한국 문단에서 순수·참여 논쟁이 벌어졌던 것처럼 중국에서 또한 몽롱시가 가진 전통과 기존체계에 대한 부정 때문에 문예계에서는 몽롱시 논쟁이 벌어진다. 베이다오는 그 시대를 대표하는 여타 몽롱시인들 중에서 주체적 측면에서 기법적 측면에서 부정성을 가장 강하게 드러낸 시인이다. 베이다오 또한 모더니즘의 영향을 받았으나 모더니즘 기법을 그대로 차용한 것이 아니라 현실에 대한 부정이라는 존재론적인 사유 속에서 그의 가장 큰 부정의 대상은 '문혁'에 대한 것이었는데 그것에 그치지 않고 부정의식을 확대시켜 김수영과 마찬가지로 '모든 것'을 부정하고 회의하는 철저한 비판의식을 드러냄으로 자기투사로서 영웅 및 예술가에 대한 부정으로부터 일상에 대한 부정으로 확대된다. 그러나 김수영이 혁명의 실패 이후, 부정에서 긍정으로 선회 하듯이 베이다오 또한 궁극적으로 '아버지'와 연대할 수밖에 없는 타자성을 자신의 내부에서 발견한다.

4장에서는 구체적인 시 분석을 통해 김수영과 베이다오 시에서 드러난 참여의식의 양상이 어떤 공통점과 차이점이 있는 지를 추적해 보고자 하였다. 1절에는 김수영과 베이다오의 내적 부정의 양상 즉 지식의 의식의 공통점과 차이점을 밝힌다. 그들의 가장 큰 공통점은 자신을 부정함으로서 어두운 현실을 고발하고 있다는 것이다. 둘 다 지식인으로서의 정체성을 뚜렷이 인지하고 있었지만 김수영이 자신의 속물성에 대한 철저한 반성을 보여줬다면 베이다오는 '영웅이 없는 시대'에 병든 시인의 모습을 '환자', '몽유병자', '알콜 중독자', '병든 늙은이' 또한 '스컹크' 등의 초상을 통해서 보여주고 있다. 김수영과 베이다오의 비판대상이 기존 사회의 잘못된 힘의 체계나 가치관을 부정하고 그 배후에는 억압되어 있는 '자유'에 대한 열망이 무엇보다 응축되어 있다는 점에서는 같은 공통점을 지향하고 있지만 김수영의 자기부정은 위악적인 것으로 '자기희생'을 통한 공동의 윤리를 역설적으로 제시한 것이라면 '베이다오의 '자기부정'은 누구나 영웅이 될 수 없음을 부정함으로 영웅만 있고 개인이 없는 시대에 죽음을 두려워하고 사랑을 갈구하는 '개인주의'를 제시하고 있다는 점이다. 그러나 강렬한 '혁명체험'을 계기로 하여 김수영이 타자를 보는 시선이 새롭게 구축되었다면 비록 시기는 다르지만 베이다오가 타자의식의 변화를 거쳐 돌아본 풍경에도 전과는 다른 '아버지 세대의 초상'이 있다. 타자에 대한 새로운 인식 속에는 나와 무관한 타인이 아닌 나의 혈통으로서의 아버지가 등장한다. 김수영이 적의 부재를 발견하고 내부에서 적을 발견한 것처럼 베이다오 또한 궁극적으로 '아버지'와 연대할 수밖에는 타자성을 자신의 내부에서 발견하고 이것과 화해하기 위한 시도를 하게 되며 그 시도는 '모성'을 지닌 '보살'의 자비를 통해 추구된다. 다만 다른 점이 있다면 김수영의 '적'은 독재의 대상에서부터 자신에 이르기까지 다양한데 반해, 베이다오의 '적'은 하나 즉 '아버지'라는 대상이다. 이들은 자기부정을 구현함에 있어 각자 아이러이와 풍자, 패러독스라는 각각의 수사법을 쓰고 있다. 김수영의 풍자가 자신의 속물성, 소시민성 등을 남김없이 폭로해 내는 '도덕적 자기풍자'라고 한다면, 베이다오의 패러독스는 그와 달리 상징적 성격을 갖는다. 그것은 기존의 전통적인 상징과 위배되는 성격을 지칭한다.

2절에서는 김수영와 베이다오의 일상과 혁명의 무경계적인 사유에 대해서 비교해 본다. 그것은 혁명 이전부터 천착해온 일상, 근대적 시공간에 대한 부정의 사유를 통해서 확인될 수 있다. 김수영의 근대적 일상이 '자본의 물신화'에 집중되어 있다면, 베이다오의 부정은 근대성 그 자체라기보다는 한 민족과 한 국가에 대한 불신에 초점이 놓인다. 또한 김수영은 그 도시의 심상들을 사무실이나 거리를 대상으로 하고 있는 것에 반해 베이다오는 '광장'에 천착하고 있다는 점에서 베이다오는 근대 그 자체 보다 민주주의적 '소통의 부재'를 문제 삼고 있음을 확인할 수 있다. 또한 그들의 시간의 인식 차이도 확인할 수 있는데 김수영에게 혁명은 불완전함에도 불구하고 추구해야 되는 '영원한 것'으로서 그것은 '시의 절대성'을 통해 추구된다.

3절에서는 김수영과 베이다오의 공동체의식과 자유의식을 비교한다. 김수영의 현실에 대한 인식은 부정성의 계기를 통해 마련되었고 비단 혁명 이후의 정치현실뿐만 아니라 근대적 일상에 대해서도 부정적 사유를 멈추지 않았다. 이에 비해 베이다오가 인식한 중국의 현실은 문화대혁명의 광기와 민주화혁명의 철저한 탄압으로 인한 비극의 현장이었으며 베이다오 스스로도 자신을 시대의 비극자로 인식하고 있다. 그들은 모두 독재에 대항했지만 완전히 다른 국가체제와 사회적 분위기를 가지고 있었으므로 저항의 방식에 있어서도 차이가 존재할 수밖에 없다. 저항의 주체가 되었던 지식인 및 문학인들 또한 이를 드러냄에 있어서 기존과는 전혀 다른 방식을 선택해야 했다. 예컨대 김수영을 비롯한 한국의 시인들은 기존의 개인지향성 담론에서 민중 지향성 담론으로 바뀌었다면 베이다오를 비롯한 중국의 저항시인들은 '인민' 중심의 사회주의 공동체 담론에서 그에 반(反)한 개인 지향성 담론으로 바뀌게 된다.

김수영과 베이다오는 모두 당시의 정치적 현실에 민감하게 반응하였고 시 작품으로 공론장에 큰 반향을 일으켰으므로 그들이 추구한 자유는 적극적인 자유에 가깝다고 볼 수 있다. 그러나 혁명이 실패하고 나서 독재에서 벗어날 수 없는 현실은 이들로 하여금 '~로부터의 적극적 자유'에서 '~로의 소극적 자유'에로 방향을 틀게 한다. 즉 국가의 역할과 권리에 대해서 적극적으로 주장하는 대신 외부로부터 부당한 간섭을 차단하고, 개인의 선택 가능성을 최대한 보장하는 소극적 자유를 추구하게 된다. 혁명 이후 일상을 자기 풍자 등을 통해 사회를 고발한, 김수영의 일련의 시들은 자기반성을 통해 공동체적 윤리를 꾀하는 내면적 자유로 나아가고 있고 반면 추방이후 고국에 돌아갈 수 없게 된 베이다오는 디아스포라로서 관조적 자유에 접근한다.

김수영은 이미 타계한 시인으로 그의 전 생애에 걸친 작품을 다룰 수 있었으나 70년부터 시작된 베이다오의 시작활동은 현재 진행형으로 아직도 끝나지 않았으며 특히 베이다오가 89년 망명을 시작한 뒤의 시의 경향은 초기와는 달리 '디아스포라 의식'에 경향이 맞추어져 있다. 그러나 초기라도 해도 72년부터 86년에 이르는 14년의 시간은 결코 짧은 시간이 아니며 14년 동안 작성한 베이다오의 시는 91편에 달하는 것으로 시의 변모양상을 충분히 추적할 수 있다고 판단되었다. 본고에서는 김수영과의 참여의식을 비교하기 위해서 '부정성'을 큰 특징으로 볼 수 있는 베이다오의 초기 시에 보다 많은 비중을 두었음을 밝힌다.

제2장

참여의식이 배태된 시대배경과 문예사 비교

김수영과 베이다오의 참여의식 비교연구

01

김수영과 베이다오가 경험한 4·19와 4·5천안문 사태

김수영과 베이다오를 설명함에 있어 그들이 경험한 민주화혁명은 중요한 사건이 된다. 중국과 한국은 해방 이후 급속한 산업화의 유입과 함께 각각 '민주주의', '사회주의'라는 이질적인 정치 체제로 실험을 하게 된다. 그 과정에서 발생하게 된 4·19와 4·5 천안문 사건은 각기 다른 사건이었지만 역사적으로나 사회적으로 일으킨 파장은 비슷하였다.

김수영과 베이다오[146]는 그 당시 직접 혁명에 참여하지는 않았지

146 베이다오는 1949년에 8월 2일, 중화인민공화국의 창립 해에 3남매 중 맏이로 북경에서 태어났다. 본명은 조진개(赵振开)이며 필명으로 석묵(石默),애산(艾珊) 등을 사용한바 있다. 아버지는 중국민주촉진회 조직원 출신의 지식인이었고 어머니는 절실한 천주교 가정에서 성장한 의사였다. 베이징 제4 중·고등학교(北京四中)에 입학하여 고등학교 과정 중 문화대혁명이 시작되면서 학업 중단과 함께 잠시 홍위병 활동을 하였다. 1980년까지 약 11년간 북경제6건축회사(北京第六建筑公司)에서 콘크리트 및 도가니 인부로 일했다. 베이다오가 본격적으로 시를 쓴 것은 1970년부터이며 1974년 에는 중편소설『출렁임(波动)』을 완성하였고 1978년는 자신의 첫 시집『낯선 해변의 모래사장(陌生的海滩)』을 출판하였다. 주요 시집으

만 그들은 4·19, 4·5천안문 사건의 대표시인이라고 할 정도로 큰 영향을 끼쳤다. 김수영은 "4·19 때 나는 하늘과 땅 사이에서 통일을 느꼈소.…… 헐벗고 굶주린 사람들이 그처럼 아름다워 보일 수가 있습니까!"[147]라고 감회에 젖어 서술하였으며 4·19 혁명을 기점으로 정권의 탄압과 압제에 맞서 적극적으로 부정하고 타협하지 않는 정신을 표현하는 시를 썼다. 베이다오 또한 1976년 4월 5일, 천안문 운동에 참여했으며 그 때에 그는 사람들에게 가장 많이 알려진 「회답」을 쓰게 되었다. 커다란 글씨가 박힌 포스터 형식으로 베이징의 민주벽 등에 붙었던 그의 대표작 「회답」(回答)[148] 은 "일종의 선언문이요, 중국 체제에 대한 도전장"으로 중국 사회에서 큰 반향을 일으키게 된다. 그들이 경험한 4·19 혁명과 중국의 4·5 천안문 사태의 성격과 내용, 그리고 이행 후의 발전과정은 상이하다. 그러나 그들이 지향하는 독재에 대한 부정과 자본주의 문명에 대한 태도 및 참여의 자기 갱신적 행보는 어느 정도 보편성을 지닌다.

단순히 사회학적인 관점에서 본다면, 한국의 1960년대와 중국의 1980년대는 많은 공통점이 있다. 한국과 중국은 모두 1940년대 중후반에 해방을 이룩하였으며 한국의 1960년대 초와 중국의 1980년대

로는 『베이다오 시선(北岛诗选)』, 『한밤의 가수(午夜歌手)』, 『영도 이상의 풍경(零度以上的风景)』, 『자물쇠를 열다(开锁)』 및 산문집 『푸른 집(蓝房子)』, 『한밤의 문(午夜之门)』, 『청등(青灯)』과 한동안 중국 본토에서 금서로 취급되었던 『베이다오 시가집(北岛诗歌集)』, 『실패의 책(失败之书)』, 『시간의 장미(时间的玫瑰)』 등이 있다.

147 김수영, 앞의 글, 163면.

148 「회답」은 1978년 12월 『今天』의 제1호에서 모습을 드러낸다. 정주광 저, 『北島詩選』, 문이재, 2003, 146면.

초는 모두 방황기 혹은 다른 시대로의 과도기라고 할 수 있다. 한국은 1960년대에 들어서서 이승만 독재를 전복시킨 4·19를 거쳐 5·16 쿠데타를 겪으면서 경제개발을 지향하는 19년의 박정희군사정권에 이른다. 중국은 1976년에 문화대혁명이 종식되고 2년의 방황기를 겪는데 이 2년 동안 중국 지도층이 바뀌고 1978년 개혁개방을 선언하게 되며 1980년대에 들어서면서 본격적으로 경제개발의 행렬에 들어서게 된다. 사회적 분위기도 비슷하게 형성되었다. 한국은 1960년대 초의 이승만 정권·허정과도정부·장면정권에 저항하고 감시·감독하는 분위기에서 1960년대 말에 들어서면서 박정희 정권에 저항하는 분위기로 발전한다. 중국은 문화대혁명에서 입은 상처를 되새기고 반성하는 분위기가 1970년대 중반부터 시작되어 1980년대를 걸쳐 사실상 1990년대까지 이어졌다고 할 수 있다. 독재체제의 등장과 이에 대한 저항은 현대사에서도 중요한 사건으로 기록되는 동시에 민주주의를 표방한 국가에서도 사회주의 국가 체계 속에서도 비슷한 역사적·정치적·사회적 상황을 재현하였다. 우선 그들이 공통으로 경험했던 4·19와 4·5천안문 사태가 동아시아라는 공간 안에서 어떻게 미적 모더니티 토양을 마련하여 다양한 주체를 생성하는 계기가 되었는지를 살펴보기로 한다.

4·19는 아시아에서 처음으로 시민의 힘으로 민주화를 이룬 경우였다. 한국사회는 처음으로 민주주의적으로 열린 공간을 경험하게 되었다.[149] 일본을 제외한 동아시아 국가들에서는 독재체제가 계속

149 유용태·박진우·박태균, 『함께 읽는 동아시아 근현대사』, 창비, 2011, 200면.

되었고 이는 식민지에서 해방된 신생국들에서 나타나는 공통된 현상이었다. 서구의 제국주의자나 정치학자들은 신생국 지도자들이 민주주의를 전제로 한 정치적 훈련을 받지 못했기 때문에 신생국에서는 정상적인 민주주의적 정치체제가 불가능하다고 보았다. 그러나 한국과 타이완에서는 1960년대부터 민주화를 위한 움직임이 활발히 나타나기 시작했다. 4월 혁명의 현대사적 의미를 논의함에 있어서 4월 혁명은 근본적으로 정치체제의 부정과 부패에 대한 지식층의 윤리적 도전이 정치적으로 형태화된 것이라고 말할 수 있다.[150] 전쟁과 분단에 대한 인식의 심화 역시 4·19 혁명의 경험이 가져다준 산물이었다. 통일의 문제, 외세의 문제, 정치의 민주화 문제, 주체성의 문제 등 이러한 자각과 실천력은 바로 4·19 혁명의 성취로 얻어진 시민의식의 주요한 성취였다.[151] 이처럼 4·19는 식민지통치로부터 벗어난 뒤 한국국민의 민주주의적 요구 혹은 시민사회를 형성하려는 욕망의 배출이며 짧은 시간이었지만 역사에 강력한 흔적을 새긴다.

> 사월의 불길을 민족의, 정신적 혁명으로 이끌어 가야만 한다. 이제 정치적으로 새로운 나라 살림을 시작하려는 찰나에 그 기본되는 정신적 토대를 마련하지 않고서는 모처럼의 정치적 성과(제2공화국)도 사상누각이 될 것이다. 나는 여기서 어떤 특정한 종교나 주의를 제시하려

150 편집부, 「4월혁명과 장면정권」, 『한국정치외교사논총』제15집, 한국정치외교사학회, 1997, 110면.

151 홍문표, 『한국현대문학사Ⅱ』, 2003, 창조문학사, 222면.

> 는 것이 아니다. 혹은 第二공화국의 헌법조문이나 정부의 조직 또는 제도의 장단을 논급할 생각은 더욱 없다. 내가 요긴한 문제로 관심하는 바는 제도나 조직을 낳는 근본적인 것, 즉 조국부흥의 정신인 것이다. 제도와 조직은 모방할 수가 있고 상론하여 택할 수가 있는 것이지마는 조국부흥의 정신은 국민개개의 내성적인 정신혁명 없이 이루어질 수가 없다.[152]

『새벽』의 권두언에서는 '정신적 혁명'을 여러 차례에 걸쳐서 언급하고 있다. 새로운 역사의 무대에서 해야 할 일은 무엇보다 '정신적 토대'를 마련하는 것임을 설파하고 있는데 이는 그 당시 지식인들이 4·19 혁명 이후에 갖는 태도를 단적으로 보여주는 것이다. 특정한 종교나 주의가 아님을 밝히면서 이 글에서 내세우는 '정신'은 개개인으로부터 이루어져야 할 내적인 혁명으로 추상적일 뿐만 아니라 현실적 이념과는 거리가 있어 보인다. 이는 사회적 혁명을 완수할 만한 구체적 이념체가 부재했다는 사실의 증명이기도 했다. 혁명의 구체적 이념체가 존재했다면 구(舊)체제는 철저히 파괴되어야 했기 때문이다. 혁명의 본질이 구제도의 완전한 파괴에 있음에도 불구하고 4·19는 분명 거기까지는 도달하지 못했다.[153] 결국 4·19는 현대 한국 사회의 주요 과제에 대한 문제 제기를 넘어 새로운 변화를 창출해내지는 못했던 내재적 한계를 드러낸다.

152 권두언 「「나」의 혁명」, 『새벽』, 60년 6월호, 27면.

153 박대현, 「4·19혁명이후의 공백과 탈공백」, 『한국문학이론과 비평』 제58집(17권 1호), 한국문학이론과 비평학회, 2013, 221면.

그럼에도 불구하고 4·19는 시민의식의 성숙에 중요한 기폭제가 되었다. 전쟁과 분단에 대한 인식의 심화 역시 4·19 경험이 가져다 준 산물이었다. 통일의 문제, 외세의 문제, 정치의 민주화 문제, 주체성의 문제 등의 자각과 실천력이 바로 4·19의 성취로 얻어졌다.[154] 이는 또한 시민 사회의 저항이 성공한 최초의 경험이었으며, 그것이 성공한 사회운동인 만큼 하나의 전형으로서 이후 사회 운동에 커다란 영향을 미쳤다. 무엇보다도 4·19의 주도 이념이었던 민주주의와 민족주의는 1960년대에서 80년대에 이르는 반독재·반외세 사회 운동의 이념적 지반을 제공했을 뿐만 아니라, 4·19에 대한 집합적 기억은 이후 시민 사회의 저항에서 정서적 공감대의 원천을 이루어왔다.[155] 또한 4·19는 한국적 모더니티를 구성하는 데도 중요한 역사적 계기를 마련해 주었다. 정치적인 의미에서 5·16은 4·19의 배반으로 이해할 수 있지만, 한국적인 모더니티의 두 가지 계기라는 측면에서 4·19와 5·16은 마주 보는 거울과 같은 것이었다.[156] 4·19를 정치적인 단 하나의 사건이 아니라 문화·예술 등 다양한 각도에서 조명하고자 하는 시각은 최근 연구자들 사이에 제기되고 있다. 정치적인 사건으로만 이해했을 때에는 4·19는 5·16에 의해 좌절된 '실패한 혁명'이지만 모더니티의 측면으로 봤을 때 "객관적 사건이라기보다는 특정

154 홍문표, 앞의 책, 222면.

155 김호기, 「4·19의 재조명: 사회학적 해석」, 『기억과 전망12』, 민주화운동기념사업회, 2005,137면.

156 이광호, 「4·19의 '미래'와 또 다른 현대성」, 『4·19와 모더니티』, 문학과지성사, 2010, 44면.

한 문학적 관점과 이데올로기에 의해 각기 달리 소급적으로 구성되는 하나의 구성물"[157]로, "정치적인 사건이고 사회적인 사건이며, 동시에 문화적인 사건이며, 다른 층위에서 미학적인 사건"[158]이기 때문이다.

비록 혁명은 실패했지만 4·19는 새로운 주체가 탄생할 수 있는 공간을 열어 놓았다. 한국의 60년대 문학은 전쟁과 분단, 민족 문제, 시민 사회의 건설, 자본주의적 근대화 등에 대한 새로운 접근을 보여준 시대라고 할 수 있다.[159] 그러나 가장 큰 특징은 무엇보다 자유와 민주주의, 합리성의 정신이 지식인 사회에 정착하면서 사회 현실에 대한 반성적 인식과 합리적 성찰이 가능한 근대적 주체가 출현했다는 점이다.[160] 전근대적인 공동체주의와 집단주의와 변별되는 근대적 주체에 대한 자각이 집단적으로 태동되었던 시기가 바로 1960년대라고 할 수 있을 것이다.[161] 60년대 문학에 나타나는 주체의 복원이란 현상은 아무리 강조해도 지나치지 않으며 이 주체는 현실에 대한 성찰과 상호작용의 기반이 되었다.[162] 세계에 대한 부정과 비판, 내면을 향한 반성적 시선이 긴장을 이루는 지점에 주체의 자리가 형

.....

157 김영찬, 「4·19와 1960년대 문학의 문화정치—이청준의 소설을 중심으로 한 시론(試論)」, 『한국근대문학연구』15, 한국근대문학회, 2007, 141면.

158 이광호, 앞의 글, 45-46면.

159 하정일, 「주체성의 복원과 성찰의 서사」, 『1960년대 문학연구』, 깊은샘, 1998, 41면.

160 임환모, 「1960년대 한국문학의 분기 현상」, 『현대문학이론연구』58권, 현대문학이론학회, 2014, 385면.

161 임환모, 위의 글, 386면.

162 하정일, 앞의 글, 41면.

성된다. 그것은 고정된 실체가 아니라 대상세계에의 경험을 통해서 형성되며, 동시에 스스로 세계를 규정하는 역동적 존재로 드러나게 된다.[163] 4·19의 경험으로 출현된 근대적 주체는 또한 미적 자율성을 추구하였다.

이 미적 주체는 개인의 주체성과 행위의 자율성에 대한 자기의식이 성찰의 깊이에 이르러 이성의 잉여와 합리성의 억압을 비판적으로 발견하는 것이며[164] 공동체가 선험적으로 부여하는 가치에 의존하지 않고 자신의 내면적 가치를 스스로 구성하는 능동적이고 자발적인 근대적 개인을 의미한다.[165] 미적 주체라는 것은, 결국 비판적으로 세상과 사회를 직시하는 현실에서 자신의 힘을 발견하는 것이며 이를 강제적이거나 자기주도적인 방식이 아니라 랑시에르의 용어를 빌자면 타인과의 "감각적 분배"가 가능해짐으로 탄생하게 되는 것이다. 이 미적 주체의 실질적 구성원은 4·19 세대라고 지칭되는 지식인이라 볼 수 있다. 당대 지식인들은 지식을 갖춘 이성적인 존재를 개인으로 호명하였다. 이들은 개인을 시민과 동일시하였으며, 시민 계급이 정치의 주도권을 장악하기를 갈망하였다. 또한 이들은 세대 담론을 동원하여 민주주의 교육을 받은 청년들을 개인으로 부각시켰다. 4·19 혁명의 경험은 이들이 청년, 특별히 대학생들

163 이기성, 「1960년대 시와 근대적 주체의 두 양상—김수영, 신동엽 시를 중심으로」, 『1960년대 문학연구』, 깊은샘, 1998, 143면.

164 이광호, 앞의 글, 59~60면.

165 장세진, 「'아비 부정', 혹은 1960년대 미적 주체의 모험 – 김승옥과 이제하의 텍스트에 나타난 주체 형성과 권력의 문제를 중심으로」, 『상허학보』12, 상허학회, 2004, 125면.

을 역사적 주체로 확정하는 데 결정적인 작용을 하였다.[166] 결국 미학적으로 귀결되는 이와 같은 영향은 문학의 장에도 많은 파장을 끼쳐 한국의 작가·시인, 평론가들의 문학정신과 그들의 의식구조에 심각한 전환을 가져온다. 문학의 허약성을 절감하고 문학의 방향전환을 모색하였고, 문학의 민주화를 천시하던 모더니즘 시인들을 거리로 불러내기도 했다.[167] 그리하여 한국의 60년대는 사회경제적인 차원에서뿐만 아니라 문학사적인 측면에서도 근대성의 기본구조가 형성되고 정착하기 시작하는 또 다른 기점이 되었다. 이 시기에 등단한 작가와 비평가들은 넓은 의미에서의 4·19세대라고 할 수 있으며, 어떤 의미에서든 한국문학의 근대성이라 일컬을 수 있는 일련의 특징들은 그곳에서부터 비롯되었다.[168] 이처럼 실패한 혁명임에도 불구하고 4·19 세대는 새로운 세계와 대면했고 자신의 손으로 그 세계를 구축할 수 있는 정신적 힘을 4·19로부터 넘겨받았다.

사회주의 국가였던 중국은 어떠한가. 4·5천안문 사태의 배경은 한국에 비교될 수 없을 정도로 훨씬 참혹하다. 문혁[169]이 중국인에게 가져온 재난 중에서 가장 끔찍한 것은, 극좌 정치 노선의 통제 아래 이루어진 국가 이데올로기의 심각한 인성 파괴와 훼손이었다. 한마디로 그 시대의 인간은 인간이 아니라 '계급투쟁'의 도구일 뿐이었

166 김미란, 앞의 글, 287면.
167 하상일, 『1960년대 현실주의 문학비평과 매체의 비평전략』, 소명출판, 2008년, 78면.
168 김영찬, 앞의 글, 41면.
169 문화대학명의 준말 이하 '문혁'으로 통일.

다. 일부는 '계급의 적'으로 낙인찍혀 인간으로서의 생존권조차 박탈당했고 또 다른 일부는 '혁명'이라는 명분으로 동포를 파멸할 수 있는 권력을 갖게 되면서 마찬가지로 인간으로서의 존엄성을 상실하였다. '인민'은 하나의 가공된 임의적 개념으로 권력자가 전제(專制)를 실시하고 정치적 사욕을 도모하기 위한 '얼굴 가리개 천'에 불과했으며, 개체로서의 인간은 하나의 '나사못'으로 전락하여 독립의지를 지니는 것은 사실상 불가능했다.[170] 특히 지식인은 문혁의 표적이 되어 그들은 '사령부(司令部), 사구(四舊), 사류(四類)'로 간주되면서 가장 큰 탄압을 받고 엄청난 희생을 치렀다. 1966년부터 1976년까지 10년 동안의 광기의 역사가 지나간 자리는 폐허 그 자체로 정치, 경제, 사회 모든 면들을 마비시키고 거대한 문화적 유산들을 파괴해 버렸다.

1965년 가을부터 1966년 가을까지, 마오쩌둥이 베이징의 문학계와 그것을 보호하던 정치 지도자들에 대해 가한 공격이 점차 사회의 넓은 층으로, 당내의 각급 기관들로 확산되어 갔다. 1966년 6월 폭력의 무대는 중고등학교와 대학으로 퍼져 갔고, 억압적 질서와 부르주아 학문의 상징으로 간주된 학교의 교사들은 광적인 청소년들에 의해 육체적인 폭력과 모욕을 당했으며 몇 주 뒤 수백만 명의 홍위병이 동원되면서 공포는 정점에 이르게 된다.[171] 문혁은 공식적으로는 1969년 4월에 종결되었다. 하지만 다양한 폭력의 형태는 여전히 지속되었다. 1970-1971년에 군의 보안요원들은 날조된 조직인 "5·16

170 천쓰허 지음·노정은, 박난영 옮김, 앞의 책, 334면.
171 마리—클레르 베르제르 지음·박상수 역, 『중국현대사』, 심산, 2009, 186면.

병단"의 구성원들을 무자비하게 색출하여 수천 명이 처형되었지만 과연 비난받은 대로 "5·16병단"이 실제로 존재했는지는 분명치 않다. 1970년에는 농촌에로 그 힘이 확산되었고 "자본주의의 꼬리를 잘라내기" 위해 많은 농민들은 모든 부업을 폐기하게끔 강요되었고 농민들은 굶주림을 면치 못하게 되었다.[172] '문화대혁명'은 중국의 사회와 경제생활에도 중대한 타격이었다. 1978년 12월 13일 예젠잉이 중국 공산당 중앙업무회의에서 한 연설에 따르면 연루된 사람을 포함해서 '문혁' 기간에 해를 입은 사람은 1억 명 이상으로 전국 인구의 9분의 1을 차지한다. 리셴녠이 1979년 12월 20일 전국계획 회의에서 발표한 통계 수치에 따르면, 경제적 측면에서는 "국민 수입 만 5000억 위안의 손실을 보았다. 이 수치는 건국 30년간 시설 투자 전체의 80퍼센트에 해당하고 건국 30년간 전국의 고정자산 총액을 뛰어넘는다." 달리, 말하면 '문혁'은 중국의 경제 자산을 거의 모두 소진시켰다. 가장 큰 문제는 중국의 사회도덕에 대한 충격이다. 가장 먼저 사회에 거짓말하는 습관을 길렀다. 문혁 기간에 사람들은 저마다 자신도 믿지 않는 것을 표현하려고 했다. 오랜 세월이 흐르면서 거짓말하는 것이 일종의 습관이 되어버렸다. 오늘의 중국 사회는 정치적 표현의 측면에서 여전히 거짓말이 주인의 자리에 있다. 이런 거짓말하는 행위는 여전히 사회에서 가장 '정치적으로 정확'한 것이었다. 문혁에서 출현한 인성의 타락은 전적으로 인성 자체의 문

172 존 킹 페어팽크, 멀 골드만 저·김형종, 신성곤 역, 『신중국사』, 가치글방, 2007, 469-470면.

제만은 아닌 제도에 있다. 집권 제도에서 폭력이 모든 것을 압도하면서 인성이 상대적으로 무력해질 수 있고 인성의 빛이 폭력의 사악함을 압도하는 것이 이치에 맞는 것이지만 이것이 증명되는 데는 종종 시간이 필요하다. 특정한 역사적 시기에 과도하게 잔혹하고 폭력적인 사악함은 분명 인성을 압도할 수 있는데 중국의 문혁이 그 예라고 할 수 있다.[173] 문혁의 희생자들은 100만 명에 달하지만 그 숫자적인 희생 못지않게 고통스럽게 각인된 것은 마오쩌둥에 대한 충성과 존경이 '자아비판'이라는 투쟁집회를 통해서 그 사상적 근원이 뿌리를 뽑혔으며 대중들 앞에서의 공공연한 비판은 합리성에 대한 가치의 혼돈을 가져와 더 오랜 시간동안 많은 사람들의 기억과 사유의 냉각을 가져왔다는 것이다.

문화대혁명은 무엇보다 권력 투쟁이었고 사회주의 교육 운동이 무력화되면서 마오쩌둥파가 다른 행위 주체와 다른 방식으로 다시 권력을 장악하는 과정이었다.[174] 그러나 이는 사회주의 기치 아래서 벌어지는 엄연한 독재였으며 정신적 마비 아래, 자각되지도 못한 채 벌어지는 폭력의 현장이었다. 또한 문화혁명은 수많은 정치적 외압들이 여전히 함구한 채 도사리고 있는 복잡한 정치 관계의 은폐된 현장이었다.

마오쩌둥이 농간을 부릴 수 있었던 원인은 중국의 정치 문화와 관계가 있다. 중국의 전통적 정치 문화에서 '위대한 영수', 혹은 현명한

173 왕단 저·송인재 역, 『왕단의 중국현대사』, 동아시아, 2013, 270-271면.
174 마리-클레르 베르제르, 앞의 책, 184면.

성군은 줄곧 높은 기대를 받아왔다. 중국 정치 문화의 특징은 바로 성인에 대한 숭배 속에서 개인을 사라지게 하는 것이었다. 마오쩌둥은 당시 중국인의 마음속에서 이런 맹목적 숭배의 대상이었다. 그와 관련된 모든 것은 신격화됐고 반항이란 것은 더더욱 생각조차 할 수 없었다.[175] 그러나 주목해야 할 것은 100년간 실천해온 '혁명'이라는 주제가 중국 건국 이후에 가진 연속성이다. 어느 정도에서 마오쩌둥이 신봉한 '프롤레타리아 독재하의 계속 혁명' 이론은 아편 전쟁 이후 중국 사회의 주요한 지향의 연속이다. 이런 사회적 분위기는 마오쩌둥 개인의 권력욕에 혁명의 외피를 입혀 장엄하고 엄숙하게 모습을 드러내고 흡인력으로 가득 차게 했다. 이런 의미에서 보면, 마오쩌둥 개인은 중국을 '문혁'으로 확실히 이끌어갔지만 그 자신도 사실은 역사의 조류에서 만들어진 작품이라 할 수 있다.[176] 그리하여 "문화혁명"을 과연 어떻게 볼 것이냐 하는 문제는 대단히 흥미로운 이슈가 된다. 역사란 역사를 평가하는 사람들의 해석에 의해 결정되기 때문이다.[177] 중국 내적으로는 문혁을 바라보는 관점에 있어서 여전한 한계를 가질 수밖에 없었던 것은 정치적 여건 때문이며 문혁 기간 전체를 문화의 불모기로 단정해 온 그간의 관행 때문이기도 하다.[178] 문화대혁명은 근대정치의 가능성과 한계와 관련된 거의 모든

175 왕단 저·송인재 역, 앞의 책, 271면.

176 왕단 저·송인재 역, 앞의 책, 267-268면.

177 이상옥, 『현대중국사』, 전주대학교 출판부, 2010, 100-101면.

178 김소현, 「1970, 80년대 중국 시의 狂氣와 省察」, 中國人文科學, 중국인문학회, 2006, 562면.

질문을 제기했고 나름의 돌파구를 찾아내려는 경계선에 서 있었으나 해결점을 찾지는 못하였다.[179] 문화대혁명의 경험이 보여준 또 하나의 중요한 교훈은 구조의 변혁이나 '권력 빼앗기'의 과정에서 기존의 권력관계나 기존의 지배이데올로기가 동요하거나 무너진 자리를 단순히 '혁명적 이데올로기'가 메우는 것은 아니라는 점이다. 지배이데올로기의 어떤 파편적 요소들은 훨씬 더 기형적이고 '반동적'인 방식으로 대중의 분노를 담아낼 수 있는 가능성을 보여 주었다.[180] 따라서 문화대혁명은 많은 대중들이 동원된 사회운동이었음에도 합리적 '혁명적 이데올로기'가 제대로 관철되지 않았으며 오히려 '눈 먼' 대중들의 분노만 더 키우는 독특한 양상을 만들어냈다.

중국에서 문혁의 기억을 구성하는 원리는 과거가 아니라 현실과 미래이며 현실을 어떻게 해석하고 미래를 어떻게 전망하느냐에 따라 문혁에 대한 기억이 다르게 구성되고 있고 이에 따라 과거의 문혁에 대한 단일한 기억 역시 분화 또는 해체되고 있다.[181] 오늘날 문혁에 대한 중국인들의 평가는 여전히 비판보다는 마우쩌둥의 공을 우선시한다. 사람들의 의식 속에서 마오쩌둥은 명과 암을 모두 간직한, '제우스'같이 영원불멸한 건드릴 수 없는 존재로 석화되어 버렸다. 오늘의 중국인은, 특히 그 시대를 피부로 체감했던 세대들은 더욱더 비판성이 제거된 당연한 사실로서 역사를 수용하거나 혹은 순진한 미래지

179 백승욱, 『중국 문화대혁명과 정치의 아포리아』, 그린비, 2012, 267면.
180 백승욱, 위의 책, 271면.
181 이욱연(李旭淵), 「개혁 개방 이후 중국 지식인과 문혁 기억」, 『中國學論叢』16, 한국중국문화학회, 2003, 338면.

향석인 시각으로 과거를 단절시키는 등의 마비적인 경향을 보이게 된다. 그러나 문화대혁명의 끝자락에서 벌어진 4·5 천안문 사태는, 무거운 침묵과 어둠 속에서 터져 나온 첫 번째 자각이자 함성이었다.

통상 '천안문 사건'이라 하면 1989년에 벌어진 '천안문 사건'과 혼동하게 되는데 중국 현대사에는 두 건의 천안문 사건이 존재한다. 이는 각각 마오쩌둥 체제 말기인 1976년 4월에 있었던 1차 사건과 1989년 6월 4일 미명에 민주화를 요구하며 시위를 벌이던 학생과 노동자 그리고 시민들을 강경진압하면서 수많은 사상자를 낸 2차 사건을 말한다.[182] 본고에서 다루는 1976년 4·5 천안문 사건은 "문화대혁명"중, 발생한 가장 중대한 정치사건 중의 하나이다. 이것은 1989년의 사건과 구별하기 위해 '제1차 천안문 사건', 별칭으로 '4·5운동'으로 불리는 사건이다.[183] 이 사건의 중요성은 무엇보다 그동안 통제

.....

182 1989년 4월 15일, 자유주의적인 지도자로서 실각 후에도 인기가 높았던 후야오방 전 총서기가 심근경색으로 갑자기 타계했다. 이 뉴스를 접한 학생과 지식인들은 그를 추도하고, 업적을 찬양하는 집회를 개최했는데 이러한 움직임이 후야오방의 '명예회복 요구'로 바뀌고 곧 '독재주의, 봉건주의 타도', '헌법에 규정된 기본적인 인권 옹호', '자주적인 학생조직의 결성', '민영신문 발행 허가' 등을 요구하는 민주화운동으로 확대되었다. 이에 당국은 처음에는 묵인했지만 4월 25일에 당샤오핑이 학생운동을 "계획적인 음모이고 동란이다. 그 실질은 당의 지도와 사회주의를 근본부터 부정하는 것이다"라고 엄격하게 비판했다. 이에 이어서 다음날 『인민일보』에는 「기치 선명하게 동란을 반대하자」라는 제목의 사설이 발표되었고, 문주화운동은 또 다시 중단되는 것처럼 보였다. 그러나 학생들이 이 결정에 강력히 반발하면서, 운동의 흐름은 오히려 일시에 확대되었다. 동시에 북한을 방문하고 있던 자오쯔양이 귀국해 학생운동은 '동란'이 아니고 애국적인 민주운동이라고 발언함으로써, 당내 지도부도 덩샤오핑 등 장로파 및 리펑 등 보수파 집단과 자오쯔양 등 적극적인 개혁파 집단 간에 대립이 표면화되었다. 카롤린 퓌엘 저·이세진 역, 『중국을 읽다』, 푸른숲, 2012, 154-161면.

183 4월 4일, 청명절이 오기 1주일 전 대표단들이 줄을 이어 천안문 광장의 인민영웅기념비 앞에 추모 화한을 바쳤다. 수많은 소학교 학생들이 전 총리를 추모했다. 주둔

된 사회의 한복판에서 그만큼 감시가 심하던 수도의 중심에서 발생했다는 사실에 있다.[184] 이것은 건국 이후 최초로 발생한, 정치에 대한 민중의 자발적이고 대규모로 이루어진 '이의 주장' 행위였다.[185]

제3세계 민주화의 과정, 특히 동아시아의 민주화과정이라는 차원

군 포병 부대 그리고 기계 공업 부분에서 파견된 대표들도 – 그것은 분명 우연이 아니었을 것이다 – 합류했다. 따라서 초기에 시위가 급진파에 적대적인 정치 세력에 의해 조직, 통제되고 있었다는 가정을 배제할 수는 없지만 시위는 곧 정치적 통제의 틀을 벗어나 예기치 못한 규모로 확대되어 갔다. 관찰자들에 따르면 4월4일 시위대는 수십만 명으로 불어나 천안문 광장에 집결했다. 시위대는 언론 매체의 지지를 받는 것처럼 꽃다발과 장례 화환을 이용해 종이로 만든 꽃들 위에 메시지를 쓴 기다란 천을 매달았다. 그들은 '사랑하는 저우 총리'를 기리고 그의 정책에 대한 신뢰를 확인해 보았다. – "우리는 당신의 훌륭한 계획을 끝까지 수행해 갈 것입니다." 그러나 그들은 저우언라이의 승계 문제와 미래에 대해 우려하고 있었다. – "별들이 떨어지면 더 이상 빛을 없을 것이다." 몇몇 선언들은 비관적인 논조를 띠고 있었고 시위대는 '늙은 황후(장칭)와' 더럽고 치사한 출세주의자 소집단('우경 번안풍'에 대해 비판 운동을 집단)을 규탄했다. 소요를 종식시키기 위해 공안 책임자들은 4월 4일 밤 화환 철거를 강행했다. 그러한 행동은 표현의 자유에 대한 침해만큼이나 고인에 대한 기억을 말살하려는 불경한 것으로 여겨졌다. 4월 5일 공권력과 시위대 사이에 여러 사건들이 발생하고 오후가 지나갈 때 쯤 베이징 시장 우더는 시위대를 '자본주의 분자들에 의해 사주된 반혁명·전복 활동'이라고 비난했다. 그날 저녁 민병대들이 곤봉으로 마지막 시위대를 해산시켰다. 존 킹 페어뱅크멀 골드만 저, 김형종·신성곤 역, 『신중국사』, 까치, 2011, 229-230면.

184 시위대의 요구가 처음부터 완전히 자발적인 것은 아니었지만 결국 사람들의 마음속 깊은 곳에서 우러나오는 감정의 표출로 변했다. 사람들은 수년 동안 침묵을 지키거나 요구되는 말만을 했을 뿐인데 이제 사람들은 피로와 불만과 희망을 말하게 되었다. "아니다. 중국은 더 이상 옛날의 중국이 아니다. 인민들도 이제 더 이상은 어리석지 않다. ……마르크스 – 레닌주의의를 제대로 이해하지 못하는 모든 학자들은 그들의 오류 속에 그대로 던져 버리자. 4개 현대화가 실현되는 날 우리는 우리를 위해 희생한 고인들 모두에게 가장 고귀한 제물을 바칠 것이다." 4월 5일 저녁 천안문 광장에서 이루어진 진압은 상대적으로 적은 수의 희생자를 내는 데 그쳤지만 뒤이어 여러 날에 걸쳐 체포가 진행되었다. 주민위원회가 동원되었고 그들의 제보를 토대로 경찰이 움직였다. 존 킹 페어뱅크멀 골드만 저, 김형종·신성곤 역, 위의 책, 231면.

185 아마코 사토시 저·임상범 역 『중화인민공화국 50년사』, 일조각, 2003, 122-123면

에서 바라보면, 4·19와 4·5 천안문 사건은 개별국가의 문제를 넘어서는 지역적 차원에서 큰 의미를 지니고 있으며 몇 가지 측면에서 공통점을 보인다. 첫 번째는 근대 이후의 민주운동의 계통을 이어가는 운동이라는 점이다. 4·19는 근대사상 최대의 대중적 거사였던 3·1운동의 '비폭력' 3.1운동을 계승하고 있으며 천안문 사태 또한 1919년의 항일운동을 계승하고 있다. 두 번째는 비록 대중봉기적인 성격으로, 도시빈민층이 중요한 역할을 하고 대학생은 그 마지막 국면을 압도함으로써 이후의 사회·문화적 주도권을 획득하였음에도 불구하고 4·19직후 "4·19는 자유와 민권의 선각자인 이 땅의 지식인들의 손에 의한 혁명"이라고 선언되었다는 점이다.[186] 중국의 4·5 천안문 사건의 주체 또한 인민들을 비롯한 대학생이 주였으며 역사적으로 두 운동의 주체가 학생과 지식인으로 기록되어 있다.

세 번째로 두 혁명의 가장 큰 특징은 모두 성공하지 못하고 진압되었다는 데 있다. 4·19는 5·16이라는 군사 쿠데타에 의해서 진압되었으며 4·5 천안문 사건은 4인방에 의해서 무력 진압되었다. 그럼에도 불구하고 두 혁명은 해방 이후의 첫 민주주의 혁명으로, 현대사와 문학사에 하나의 상징적 영향을 끼쳤으며 이는 또한 서구의 모더니즘 운동과 연결이 되어 독특한 모더니즘 사조를 탄생시켰다.

186 권보드래·천정환, 『1960년을 묻다』, 천년의 상상, 2012, 37-39면.

Ⅰ표 1-1Ⅰ 한국과 중국의 사회 체계

	한 국(1960년)	중 국(1979년)
정 치	이승만 독재	마오쩌둥 당 독재
경 제	자본주의 시장경제 +부분적 계획경제	사회주의 계획경제
이데올로기	자유 민주주의	사회주의

Ⅰ표 1-2Ⅰ 4·19 혁명과 4·5 천안문 운동의 주요 쟁점

	이름	원인	성격	운동주체
한국	• 4·19 • 4·19의거 • 4·19	• 부정선거 • 조병옥의 죽음 • 야당선거원들의 체포와 탄압	• 민주주의혁명	• 마산시민과 학생 • 대학생과 고등학교 학생들 • 일반시민들 • 교수
중국	• 천안문 사건 • 4·5 사건	• 사인방에 항의 • 덩샤오핑의 실각 • 저우언라이 총리 추모	• 체제 전복의 동란에 대한 반혁명 • 민주화운동	• 시민 • 학생 • 노동자, 지식인

대중운동은 해당 사회 전체를 뒤흔드는 중요한 정치 현상이지만, 대개 일회적 사건으로 종결할 뿐 아니라 극소수 성공 사례를 제외하면 대부분 실패로 끝난다. 하지만 연속성도 없고 가시적인 성과도 별로 없는 이런 정치 현상은, 한 사회에 내재한 이런저런 구조적 모순의 존재를 입증하는 징후로 받아들여지고, 장기적으로 끊임없이 기존 정치권력의 정당성을 교란하는 상징적 기원으로 작동한다.[187]

187 김정한, 『대중운동의 이데올로기 연구: 5.18 광주항쟁과 6.4 천안문운동의 비교』, 서강대학교 정치외교학 박사학위 논문, 2010, 8면.

기존 정치세력의 변화를 촉구하며 이는 장기적으로 봤을 때 주체성의 변화로 이어진다.

무엇보다 주목해 볼 수 있는 것은 문혁에 대한 이들 경험이다. 김수영은 4·19 이후에 '혁명'과 함께 본인 스스로도 다시 태어났다고 할 만큼 큰 충격과 의식의 변화를 겪는다. 4·19 혁명이 지속되던 그 13개월 동안, 김수영은 직접적인 참여는 없었지만 단순히 혁명에 열광하고 반동에 분노하는 통상적인 인식을 넘어서서 비록 정치적 실천의 행동에 나서지는 않았더라도 4·19 혁명의 과제가 단지 독재자를 쫓아내는 것이 아니라 반외세 민족민주혁명이며 분단체제의 극복이라는 것, 그리고 그 주체는 민중이라는 것 등을 올바로 파악하고 있었다.[188] 혁명운동의 구체적인 경로와 대안을 찾거나 직접적인 사회적 행동에 참여하지는 않았지만 당시의 정세와 한국이 직면한 문제가 내·외부적으로 다층적인 지원과 해결이 필요함을 정확하게 파악하고 이를 바탕으로 김수영은 수많은 4·19관련 시들을 쏟아낸다.

베이다오는 문화혁명 파벌 충돌에 깊숙이 개입하게 되었으나 실질적인 피해는 없었다. 베이다오는 문혁이 시작될 때 고등학교 1학년이 되었으며 베이다오가 다녔던 제4중학은 고위 간부 자제들이 집중되어있던 학교로 교내의 간부들은 고위급 인사나 된 것 마냥 미쳐 날뛰던 상황이었다. 또한 당시는 '사청운동'직후로 계급노선을 부르짖고 있을 때였다. 대약진운동의 실패로 인하여 류샤오치에 의

188 김명인, 「혁명과 반동 그리고 김수영」, 『한국학연구』19, 2008, 229면.

한 경제적 안정이 성과를 보인 반면 이데올로기와 관련된 문제가 다시 부각되자 마오쩌둥은 관료화, 자본주의화에 문제를 제기하며 '사회주의 교육운동'의 필요성을 제기했다. 그 일환으로 전개된 사청운동은 '경치, 경제, 조직, 사상'에 대한 청소로 확대되어 이는 많은 지역에서 이어지는 연결고리가 되었다. 이런 상황 하에 문혁이 시작되자 제4중학의 고위간부 자제들은 자산계급 교육노선을 비판하는 공개편지를 작성하게 되었는데 제4중학은 단번에 '연동'(수도홍위병연합행동위원회)의 본거지가 되었다. 이 조직은 대부분의 간부자제들이 문혁의 불똥이 자기 아버지들에게 튀자 혈통론에 입각하여 중앙 정부와 대립하는 무장투쟁을 벌이다 진압되었다. 베이다오 또한 이 조직에 투입되어 특권층을 대표하는 고위 간부들과 맞서게 되었다. 그러나 실질적으로 베이다오 집안은 문화대혁명 중에 피해를 받기는 했지만 그래도 운이 좋은 편에 속한다고 할 정도로 큰 피해는 없었다.[189] 오히려 베이다오는 '문혁'은 자신에게 일종의 해방이라고 말한다.

> 계급노선 투쟁에서 받는 압력을 제외하면, 저는 수학 물리, 화학이 별로였기 때문에 '문혁'이 제게는 일종의 해방이었습니다. 다시는 등교할 필요가 없었으니 말입니다. 그건 정말로 혁명의 열정과 뒤엉켜 있는 일종의 광희였습니다.[190]

.....

189 자젠잉 저·이성현 역, 『80년대 중국과의 대화』, 그린비, 2009, 126-127면 참조.
190 자젠잉 저·이성현 역, 위의 책, 127면.

한국에서 4·19이후에 폭발적인 해방감을 맛본 것처럼 80년 또한 문화대혁명의 종결과 4·5 천안문의 열기에 힘입어 '자유의 환희'를 누릴 수 있던 시기였다. 그 당시 청년기를 통과하고 있었던 베이다오에게 있어 이러한 80년대의 분위기는 '개인적 자유'에 대한 가능성을 마음껏 타진할 수 있고 목소리를 낼 수 있는 기회였던 것으로 짐작할 수 있다.

두 번째로 주목해 볼 수 있는 것은 이들이 겪은 육체적인 구속의 경험이다. 김수영은 1950년 한국전쟁이 발발했을 때 미처 피난을 떠나지 못해서 북으로 끌려갔으며 그곳에서 강제 징병돼 훈련을 받고 인민군 의용군 전장에 배치되었으며 1950년 10월 28일 의용군을 탈출해 서울에 왔다가 국군에 체포되며 같은 해 11월 11일 부산 거제리 포로수용소로 옮기게 된다. 국군 포로로 잡히기 전 겪었던 인민군 의용군 생활에 특히 십대 중반밖에 안되는 어린 분대장 밑에서 온갖 욕설을 들으며 통나무를 나르는 노역을 담당했던 체험은 가장 충격적이고 굴욕적인 체험으로 추정된다. 1952년 11월 28일 석방되는 김수영은 25개월간 수감기간 중 무려 20개월을 부산 거제리 포로수용소에서 보내게 된다. 김수영의 30년 안 되는 생애에서 포로수용소에서 보내게 된 25개월은 처절한 폭력과 구속으로 얼룩진 시간이었음은 두말할 것도 없다. 이 당시 체험한 것에 대해 김수영은 「조국에 돌아오신 상병포로 동지들에게」서 사실적인 기술과 대화 및 구체적인 생각으로 잘 드러내고 있다.

베이다오는 자발적인 선택으로 육체의 극한을 경험하게 된다. 베이다오는 1969년부터 1980년에 이르기까지 11년 동안 건축 노동자

생활을 경험하게 되는데 5년은 시멘트 반죽하는 일을 하고 6년을 철장 노릇을 하는 등 철저한 노동자로 중국 저층사회에 깊숙이 들어갔다. 그러나 저층노동자의 삶에 대해서 베이다오는 결코 부정하지 않는다. “그것은 학교에서는 근본적으로 얻을 수 없는 것들이었죠.……만약 자기 체력의 한계에 도전해 보지 않고는 다른 분야에서도 결코 그다지 발전할 수 없다는 점을 말입니다.”[191]라고 하여 베이다오는 고된 육체의 노동을 통해 자신의 한계를 시험했으며 글자를 모르는 일꾼들 속에서 절대적인 고독 상태를 체험함으로써 창작을 할 수 있는 정신적 토양을 만들어 내기도 하였다. 이는 시기적으로나, 베이다오 개인적으로나 80년대에 시가 선구적인 역할을 할 수 있는 잠복기의 시간이기도 하였다. 김수영이 포로수용소에서 육체의 폭력과 압박을 통해 ‘자유’에 대해 실존적으로 체험할 수 있었다면 베이다오는 자발적인 육체적 노동을 통해 이를 체험할 수 있었다.

마지막으로 이들의 독서체험에 주목할 수 있다. 영문학을 전공한 김수영은 그 당시에 독서와 번역을 통해서 서구의 작품과 이론을 자유롭게 접할 수 있었고 누구보다 적극적으로 흡수시켜 나갔다. 하이데거, 바타이유, 트릴링 등과 같은 영·미 시론가들의 영향을 받게 되며 미국의 신비평가에서 시카고 학파, 라이오넬 트릴링, 고백파 비트 시인, 뉴욕 지성인파로 다시 하이데거로 이어지는 흐름의 영국의 엘리어트, 오든 그룹과 C.D. 루이스, 조지 바커, 딜란 토마스, 킹슬리 아미스로 이어지고 다시 프랑스, 독일, 러이사, 폴란드로 넓혀진

191 자젠잉 저·이성현 역, 앞의 책, 129면.

다.[192] 베이다오 또한 지하 독서 경험을 통해 서구의 진보적인 사상들을 접하게 된다. '상산하향'(上山下鄕) 운동시 베이다오는 고위 간부들이 읽던 내부 열람용 도서 일명 '황피서'(黃皮書)라고 일컫는 책들을 읽었으며 그 중 카프카의 『심판』, 사르트르의 『구토』, 에렌부르크의 『인간·세월·생활』 등은 베이다오에게 깊은 인상을 주었다.[193] 황피서는 비판을 위한 고급 간부용 내부 출판물이며, 주로 서구 현대문학과 소련 '해빙문학' 작품을 번역한 번역서였다. 결국 베이다오는 전문적인 이론적 학습보다는 작품 자체에서 느낀 공명과 독서 경험을 중심으로 서구 모더니즘을 이해하였다 고 판단된다. 이는 자신을 둘러싼 현실의 부조리와 이와 맞닥뜨린 개인의 분열과 소외, 그리고 이에 대한 극복을 고민하는 계기가 되었으며 다시 자신의 글쓰기와 보조를 맞추게 된다. 따라서 서구적 기교의 단순한 모방이나 답습이 아닌 내면의 필요성에 의한 정신적인 영향력이 보다 우선적으로 작용했음을 알 수 있다.[194] 또한 '상산하향' 운동 이후 북경의 청년들이 중심이 된 지하 문화를 통해서도 서구의 자양분을 흡수하게 된다. 지하 문화의 대표적인 예로, 마음 맞는 친구들끼리의 '지하 살롱'에서의 다양한 교류와 토론, 그리고 세칭 '포서'(跑書)라 불리는 책 구하기 열풍과 이에 따라 다양한 서적들을 탐독한 '지하 독서' 등을 들 수

192 한명희, 「김수영 시의 영향관계 연구」, 『비교문학』 29권, 한국비교문학회, 2002, 209면.

193 자젠잉 저·이성현 역, 앞의 책, 128면.

194 김종석, 「북도(北島) 단편소설(短篇小說) <행복대가십삼호(幸福大街十三號)>와 <교차점(交叉點)> 연구」, 『중국어문논총』 51권, 중국어문연구회, 2011, 215면.

있는데 북경에서 태어나서 자란 베이다오 역시 문혁 시기 북경4중(北京四中) 출신 동창생을 중심으로 하는 소규모 문학 살롱을 조직한 적이 있다. 또한 당시 北京의 대표적인 '지하살롱'이었던 '쩌우이판'(趙一凡)살롱을 드나들었고, 1972년 이후 망커(芒克)의 문학 살롱 멤버 및 '백양정'(白洋淀) 시 그룹 멤버들과 교류하며 활발한 토론과 창작 활동을 하였다.[195] 이 그룹은 문혁과 문혁 이후를 연결하는 중요한 연결고리로 정치적 지향이나 목적의식을 갖지 않는 순수성과 깊은 관련이 있으며 '몽롱시'의 출발점이 된다.[196] 이들은 1960년대 말부터 1970년대 중반까지 백양정[197]이라는 공간을 중심으로, 문혁의 주류문학 및 문화로부터의 단절을 특징으로 하는 지적 분위기를 형성했던 젊은 세대는 문혁과 상이한 '고독과 추구, 우울, 동경' 등을 내면에 품고 잊혀진 '人性'의 실마리를 탐색했다.[198] 다양한 지하 모임을 통해서 구축해 나갔던 독서체험과 교류는 베이다오 개인의 작품세계를 형성하는 데 중요한 바탕이 되었다.

김수영과 베이다오가 경험했던 4·19와 4·5 천안문 사태는 두 시인뿐만 아니라 문단사적으로 새로운 주체가 탄생할 수 있는 다양한

195 김종석, 위의 글, 210면.

196 김소현, 「逸脫과 回復—白洋淀의 記憶」, 『중국어문논총』 34권0호, 중국어문연구회, 2007, 493-494면.

197 백양정은 북경에서 150km 정도 떨어진 河北省 保定의 300여 개에 달하는 분지로, 분지와 분지는 습지나 호수에 의해 분리되어 크고 작은 마을을 구성하고 있다. 김소현, 「逸脫과 回復—白洋淀의 記憶」, 『중국어문논총』 34권0호, 중국어문연구회, 2007, 475면.

198 김소현, 위의 글, 473면.

공간을 열어 놓았다. 전근대적인 공동체주의와 집단주의와 변별되는 근대적 주체에 대한 자각이 집단적으로 태동되었던 시기가 바로 한국의 1960년대였다.[199] 자유와 민주주의, 합리성을 갖고 사회 현실에 대한 반성적 인식과 합리적 성찰이 가능한 근대적 주체로서의 지식인이 출현했다는 점이 이 시기의 큰 특징이다.[200] 한국의 60년대 문학은 전쟁과 분단, 민족 문제, 시민 사회의 건설, 자본주의적 근대화 등에 대한 새로운 접근을 보여준 시대라고 할 수 있다.[201] 이 당시 미적 주체는 개인의 주체성과 행위의 자율성에 대한 자기의식이 성찰의 깊이에 이르러 이성의 잉여와 합리성의 억압을 비판적으로 발견하는 것이며[202] 공동체가 선험적으로 부여하는 가치에 의존하지 않고 자신의 내면적 가치를 스스로 구성하는 능동적이고 자발적인 근대적 개인을 의미하기도 한다.[203] 미적 주체라는 것은, 결국 비판적으로 세상과 사회를 직시하는 현실에서 자신이 힘을 발견하는 것이며 이를 강제적이거나 자기주도적인 방식이 아니라 랑시에르의 용어를 빌자면 타인과의 "감각적 분배"가 가능해짐으로 탄생하게 되는 것이다.

199 임환모, 위의 글, 386면.

200 임환모, 「1960년대 한국문학의 분기 현상」, 『현대문학이론연구』58권, 현대문학이론학회, 2014, 385면.

201 하정일, 「주체성의 복원과 성찰의 서사」, 『1960년대 문학연구』, 깊은샘, 1998, 41면.

202 이광호, 앞의 글, 59-60면.

203 장세진, 「'아비 부정', 혹은 1960년대 미적 주체의 모험—김승옥과 이제하의 텍스트에 나타난 주체 형성과 권력의 문제를 중심으로」, 『상허학보』12, 상허학회, 2004, 125면.

이 미적 주체의 실질적 구성원은 4·19 세대라라고 지칭되는 지식인이라 볼 수 있다. 당대 지식인들은 지식을 갖춘 이성적인 존재를 개인으로 호명하였다. 이들은 개인을 시민과 동일시하였으며, 시민 계급이 정치의 주도권을 장악하기를 갈망하였다. 또한 이들은 세대 담론을 동원하여 민주주의 교육을 받은 청년들을 개인으로 부각시켰다. 4·19 혁명의 경험은 이들이 청년, 특별히 대학생들을 역사적 주체로 확정하는 데 결정적인 작용을 하였다.[204] 4·19 추종 세력과 도구적 합리성에 입각하여 생산성을 극대화하려는 '기술로서의 근대성'을 추구한 5·16 추종 세력 간의 대립과 갈등, 그리고 더 나아가서 협력 관계를 유지하면서 화려하게 꽃피울 수 있었다. 그래서 이 시기에는 문학의 스펙트럼이 넓고 화려했다. 이들을 통상 '4·19세대'라고 불렀다.[205] 60년대 한국문학 또한 이들에 의해 주도되었으며 이들은 모든 권위와 억압으로부터 자유롭고자 하는 주체의 다양한 미적 분화를 시도한다.

다양한 주체의 시적 분화는 60년대를 대표하는 여러 시인들에게서 발견되었다. 구체적인 시인으로는 김수영, 신동엽, 김춘수 등이 있다. 김수영의 시에서 현대적인 의미의 개인 주체가 드러나는 방식은 상황에 대한 비판적 인식보다는 그 안에서의 자신에 대한 반성적 인식을 통해서이다.[206] 김수영의 사랑의 주체는 미적 주체화가 곧 정치적 주체화인 '내용-형식'을 통해서 주체화되는데, 대의 불가

204 김미란, 앞의 글, 287면.
205 임환모, 앞의 글, 390면.
206 이광호, 앞의 글, 53면.

존재, 표상 불가능한 존재, 언어화 불가능한 존재를 주체화하는 시적 실천은 정치적이면서 동시에 미학적인 실천이다.[207] 신동엽에게 그것은 '생활의 무정부 마을'이라는 시원(始原)적 과거를 창출함으로써 자연과 자유가 동일시되는 정치적 이상을 역사의 필연으로 내세우는 윤리적 근거로 작용한다. 김춘수에겐 아나키적 유일자의 윤리적-정치적 이념을 구상함과 동시에 역사의 악한 의지로부터 개인이 구원되는 방법을 상상케 하는 미학적 초석이 된다.[208] 대표적인 이 세 시인 이외에도 60년대는 시적 주체의 다양한 기투가 시도된 '실험의 장'이었다.

1980년에 거세게 일어났던 사상 계몽 운동에서 1980년대 중국 지식인 또한 중요한 역할을 하게 된다. 1980년대 중국 지식인들이 5·4 시기와 같은 계몽적 지위와 역할을 회복하고 오랜 주변적 위치를 청산하고 정치와 문화, 문학에서 중심으로 서고 (신)계몽주의 시대의 주역으로 활약한 데는 신시기 정부와 문혁에 대한 국가 기억과 미래 역사에 대한 전망을 지식인들이 공유하게 된 이유가 컸다.[209] 사회주의 혁명문화의 전통으로부터 자본주의적 대중문화에 대해 비판적 시각을 가지고 있었을지라도 개혁개방이라는 특수한 시기에 대다수의 지식인들과 대중문화 사이에는 일정한 역사적 공조 관계가 존재한다.[210] 따라서 80년대 중국의 지식인은 '5·4'시기의 청년들처

.....

207 오연경, 「김수영의 사랑과 도래할 민주주의」, 『한국문학과 민주주의』, 소명출판, 2013, 109-110면.

208 강계숙, 앞의 글, 1장 참조.

209 이욱연(李旭淵), 앞의 글, 332면.

럼 민주, 과학, 자유, 독립 등 광범하면서도 모호한 기치 아래 모여 선배들이 다하지 못한 계몽 사업에 공동으로 종사하고자 했다.[211] 이 당시 지청이라 불리는 지식인 문학청년들의 역할도 컸다. 이들은 일정 수준 이상의 교육을 받아 지식과 교양을 갖춘 젊은이들로 구성되었으며 1949년 중화인민공화국 건국 이후 중국 현대사를 관통하는 하나의 핵심적인 키워드가 되기도 한다.[212] 이들에 의해서 만들어진 '지청문학'이라는 용어는 80년대에 들어 유행한 특정한 문학현상을 지칭하는 뜻으로 사용되면서 일반화되었다.[213]

베이다오가 비판을 어느 정도 자유롭게 할 수 있었던 것은 그 당시의 계몽적 분위기와 연결되어 있다. 실제로 자젠잉이 80년대를 겪었던 유명 인사들을 인터뷰하여 묶은 『80년대 중국과의 대화』에서 보면 여러 사람들의 증언에 의하면 80년대는 황금시대였다는 걸 확인할 수 있다. 사람들의 시에 대한 열정과 사랑이 최고조에 달하여

.....

210 안인환, 『중국대중문화, 그 부침의 역사』, 도서출판 문사철, 2012, 458면.

211 그들이 가장 담론시 되는 사상적 기조는 민주였다. '민주'에 대한 정치계, 지식계, 이론계의 관심과 반응은 뜨거웠으며 그 열기는 과열될 정도였다. 그러나 '민주'의 궁극적 목표가 되는 '자유'에 대한 직접적인 논의는 부족했는바 이는 '민주'에 대한 사상적 깊이와 인식이 그 당시에 부족했음을 시사하는 바이기도 하다. 따라서 그 당시 대부분의 지식인들은 문혁의 극좌적 노선에 대한 반성과 반발로 전통과 현대, 중국과 서방이라는 이분법에 기초하여 서구의 현대성을 거의 무비판적으로 수용하게 된다. 자젠잉 저·이성현 역, 앞의 책, 251면.

212 김진공, 「문화대혁명 시기의 知青 문학 연구」, 『중국문학』40집, 한국중국어문학회, 2003, 209면.

213 '지청 문학'에 대해 가장 일반적으로 통용되는 개념 설명을 보면, 첫째는 작가가 文革 중에 上山下鄕되었던 知青 출신의 작품이고 둘째는 그 내용이 文革 중이나 혹은 문혁이 종결되고 도시로 복귀한 이후의 지청들의 삶과 정서를 다룬 작품으로 요약된다. 洪子誠, 『中國當代文學史』, 北京大學出版社, 北京, 1999, 267면.

시가 시내의 목소리를 전달하는 진정한 매개가 되었다. 자젠잉은 “80년대 중국의 지식인은 ‘5·4’시기의 청년들처럼 민주, 과학, 자유, 독립 등 광범하면서도 모호한 기치 아래 모여 선배들이 다하지 못한 계몽 사업에 공동으로 종사했다. 그 시절의 학자들은 보편적으로 사회에 대한 관심을 가지고 있었고 인격의 독립을 존중했다. 관료가 되는 길로 가려고 했던 사람도 없지 않지만 많지는 않았다.”라고 하여 그 시절 다들 공동의 선을 목표로 하고 있었음을 증언한다. 그것은 지극히 짧은 특수한 시기였고 정치적으로 비교적 개방되어 있는 경제 중심의 시대는 아직 도래하지 않은 시기의 황금기였다. 유명한 소설가 아청 또한 “80년대는 거의 전 국민의 지식이 재구성되던 시기”라고 보았는데 그 이유는, 해외에 있는 친척과의 연락이 허락되고 번역서가 쏟아지고 이런 이론, 저런 이론, 이런저런 지식들이 쏟아져 들어옴으로 많은 사람들의 변화를 가속화시키게 된 것이다.[214] 이들은 공동으로 80년대를 혁명의 열기와 참여에 투신할 수 있었던 시대로 회고하고 있다.

214 자젠잉 저·이성현 역, 앞의 책, 145면.

김수영과 베이다오의
참여의식 비교연구

02

김수영의 참여시와 베이다오의 몽롱시

한국에서는 4·19를 계기로 문학작품도 '전쟁'이라는 울타리에서 벗어나 새로운 역사적, 사회적인 주체들을 형성하게 되었고 1960년대 시인들로 하여금 자유와 민주, 역사적 현실에 대한 적극적 관심을 갖게 하는 참여시의 도화선이 되었는데[215] 1960년대 일부 시인들은 현실 참여로 문학행위의 방향을 바꾸면서 새로운 계기를 얻게 된다. 중국에서는 문화대혁명 이후 이를 반성하는 일련의 문예사적인 흐름이 전개되었는데 상흔문학, 반성문학, 뿌리 찾기 문학 등 그 이름은 다소 다르지만 이 또한 현실에 대한 비판의식에서 비롯되었다는 점에서는 '참여문학'의 전개라고 볼 수 있다. 시 방면에서는 현실을 그대로 드러낼 수 없는 사회적 검열 하에 이를 은폐해서 표출할 수밖에 없는 '몽롱시'가 등장하게 된다. 한·중 '참여시'의 문예사적

215 홍문표, 앞의 책, 233면.

비교를 통해 비록 사회체제와 시기는 다르지만 동일한 문제의식을 불러 일으켰고 그리하여 전개된 '참여문학'이 비슷한 궤도를 그리고 있음이 확인되었다.

영향관계가 없고 서로 다른 문화적 토양에 뿌리를 둔 두 시인이 가진 개인적인 특징과 사회제반의 차이성은 감안하더라도 사회문제에 대한 그들의 태도와 시인으로서 이에 관여한 실험적 행보는 어느 정도 보편성을 지니게 된다. 이 보편성을 토대로 그들이 창조해낸 미학적 결과로서 시가 지니는 공통성과 차이점은 또 다른 의미에서 조망되며 시인과의 비교를 통해 문학사 전체를 새롭게 개관할 수 있는 시야를 제공한다. 베이다오와 김수영 두 시인을 비교할 수 있었던 근거는 그들이 역사적 주체로서 대응하는 방식 즉 시의 미학적 실천과 그 속에 내재된 '부정정신'이 비슷한 맥락을 보이고 있었기 때문이다. 그것은 문학사에서 '참여시'와 '몽롱시'라는 각각 다른 사조를 탄생시켰다.

한국에서 60년대는 다양한 미적 주체의 형성과 함께 기존과는 다른 참여문학이 태동된 시기였다. 1960년대 비평사의 주요 논의는 참여문학론에 관련된 것이라고 해도 지나친 말이 아니다.[216] 1960년 1월 순수문예지 『현대문학』이 처음 〈참여문학〉이란 말을 문단에 던졌고 그 해 말은 최인훈의 「광장」론으로 뒤덮였으며 61년은 아주 조용히 지났고 62년에 들어서서는 문단비평과 강단비평이 맞섰고 63년

216 고명철, 『논쟁, 비평의 응전』, 보고사, 2006, 125면.

에는 순수와 참여의 대립이 본격화되기 시작했다.[217] 1960년대 초반의 참여문학론의 비평적 입장이 1950년대의 문학에 대한 부정과 극복 의식의 일환으로 문학과 현실의 관계에 대한 지극히 초보적인 수준의 논의에 머물렀다면 1960년대 중반 이후 참여문학론의 비평적 입장을 견고히 구축하려는 비평담론이 다각도로 생산된다.[218]

참여론은 문화의 자율성에 대한 인식 문제와 충돌하면서 문학의 효용과 가치에 대한 새로운 미학적 기반을 요구하게 되고 문학의 사회적 기능과 작가의 양심이라는 사회 윤리적 가치론의 차원을 리얼리즘의 정신과 방법에 연결시키고자 한 측면에서 중요한 의미를 가지지만 이러한 사고는 문학을 참여와 순수로 나누어버리는 이분법적 사고를 일반화함으로 문학의 본질과 그 포괄성을 단순화시켜 버린 단점이 있다.[219] 특히 '앙가주망'의 개념과 방법론에 대한 이해의 차이로 인해 각각 다른 실천적 태도를 보이게 되므로 순수진영과 참여진영에서 사용한 '참여시'와 김수영이 언급한 '참여시' 또한 다른 층위의 개념화로 이해되어야 한다.[220] 그러나 이러한 한계점에도 불구하고 이 논쟁을 통해서 작가의 사회적인 책무를 되짚어보게 하는 중요한 계기가 되었다. 즉 문학의 사회성에 대한 이러한 생각들은 시에서도 참여시라는 중요한 하나의 축을 만들어내게 된다.[221] '미적

.....

217 오양호, 「순수·참여론의 대립기」, 『한국현대문학사』(김윤식, 김우종 외), 2014, 415-416면.

218 고명철, 앞의 책, 126면.

219 권영민, 『한국현대문학사2』, 민음사, 2007, 196면.

220 김동근, 「김수영 시론의 담론적 의미 : '참여시' 논의를 중심으로」, 『韓國言語文學』 82집, 한국언어문학회, 2012, 349면.

자율성'과 '시적 정치성'이 지닌 간극이 배제와 대립의 형태로 선명하게 정리된 바 있는 문학사적인 예로 이러한 대립적 논리와 미학적 요강은 근대문학사에서 변형된 호명으로 등장하는 모종의 문학사적 구조와 같은 것이다.[222] 한국의 작가들에게 순수문학과 참여문학의 관심을 이끌어낸 이 논쟁은 이후에 나타나게 되는 순수 참여 논쟁의 밑거름이 되었다.

1960년대는 '참여문학'의 시대임과 동시에 '참여시'의 시대이기도 했다. 60년대에서 '참여시'가 참여문학의 선봉에 선 이유는 무엇인가. 참여소설과 다르게 1960년대는 시인들로 하여금 자유와 민주, 역사적 현실에 대한 적극적 관심을 갖게 하는 참여시의 도화선이 되었는데[223] 1960년대 일부 시인들은 현실 참여로 문학행위의 방향을 바꾸면서 새로운 계기를 얻게 되는데 예컨대 순수서정시를 쓰던 박두진의 참여시는 이러한 문단적 분위기를 설명해주고 있다. 시가 갖고 있는 전위성, 부정성 등의 특성들 때문에 시가 선구적인 역할을 하는데 일조한다. "시 또한 산문의 규범들로부터의 체계적인 일탈뿐 아니라 그에 대한 체계적인 위반과 부정의 의해 특징지워지는데 즉 시는 산문과는 '다른 것'이 아니라 그것을 부정하는 '反산문'이라는 사실"[224]로부터 시는 산문과는 '파격적 표현'으로서 참여의 가능

221 문혜원, 「4·19 혁명 이후 우리 시의 유형과 특징」, 『한국 현대시문학사』, 소명출판, 221면.

222 김행숙, 「시적인 것과 정치적인 것」, 『국제어문』37집, 국제어문학회, 2009, 11면.

223 홍문표, 앞의 책, 233면.

224 박성창, 「시와 부정성—쟝 코앙의 부정성의 시학에 대한 고찰—」, 『불어불문학연구』40, 한국불어불문학회, 1999, 112면.

성을 가지게 된다. 김수영, 신동엽 등 양대 산맥으로 위시되는 시인들의 활약이 60년대 한국 문단을 참여시의 시대로 만드는 데 큰 일조를 한다.

1960년대가 '참여시'의 시대였다면 참여시를 이야기할 때 가장 먼저 거론되는 것은 김수영과 신동엽이다. 김수영은 전후에 결성된 '후반기'의 동인으로서 전후 시단에서 중요한 위치를 차지하고 있는 시인이다. 그의 초기 시는 모더니즘적인 경향들을 보이는 가운데, 자신의 정체성에 대한 질문이 주제를 이루고 있다.[225] 문학 또한 그저 주어진 지식의 종합이나 언어의 나열이 아니라 현실비판, 즉 자기 부정을 통해 새롭게 파악하고 인간 옹호와 구제의 문학을 창조해 가는 끊임없는 자기 구제이다.[226] 김수영의 '참여'는 외적인 현실 부정과 내적인 자기 부정을 선회하며 강력한 '자기부정의 장'을 만들어 나갔다.

중국에서는 정확히 '참여'에 직접적으로 대응되는 문학사적 용어는 존재하지 않으나 소위 '참여문학'이 태동하게 된 역사적인 환경은 중국의 문화대혁명이라고 볼 수 있다. 문화대혁명에서의 문화에 대한 탄압으로 인해 소설계에서는 '상처문학', '반성문학', '뿌리 찾기 문학' 등을 통해서 시에서는 '몽롱시'를 통해서 '참여문학'이 전개되었다.

225 이승하 외, 『한국 현대시문학사』, 소명출판, 2005, 223면.

226 장병희, 「한국문학에서의 순수와 참여논쟁 연구」, 『어문학논총』12, 국민대학교 어문학연구소, 1993, 72-73면.

중국의 문화대혁명은 1970년대 중반에 종식되었으며[227] 여기 발을 맞춰 문예계를 지배하고 있던 급진적이던 문학사조도 점차 수그러들게 된다.[228] 극좌적인 사조에서 점차 벗어나 정상적인 문학의 궤도에 들어서게 되는 것이다. 일반적으로 1976년 10월 이후의 문학을 신시기 문학(新時期文學)이라고 한다.[229] 즉 다시 말하면 1976년 이후의 문학 혹은 1980년대 중국문학은 신시기 문학으로 표상이 되며 이는 소위 참여문학과 같은 역할을 하게 된다.

그리하여 76년 말부터 80년대 초에 이르기까지 중국문학의 발전은 새로운 역사시기에 들어서며 이 시기에 드러나고 있는 풍부하고 다원적인 예술 국면, 새로운 시가관념, 새로운 예술 요소의 제기와 발생 및 역사적 의미와 심미적 가치를 가지는 다양한 풍격의 작품들의 탄생 등 이 모든 것은 20여 년과는 비교하기 어려울 정도가 되었다.[230] 이때 나온 문학사조들은 마치 왕조의 흥망성쇠처럼 앞의 사조는 뒤의 사조에 교체되거나 때로는 공존하면서 발전하기도 하였다. 평론계에서는 흔히 이 사조를 '상흔문학(傷痕文學)', '반성문학(反思文學)', '뿌리 찾기 문학(尋跟文學)'으로 개괄한다.[231] 이 세 사조는 이름은 서로 다르지만 '참여'문학의 변형으로 기존의 역사에 대한 비판과 반성이

227 1960년대 중반 문학작품 비판으로 시작된 문화대혁명은 1976년 9월 마오쩌둥이 사망하고 1977년 8월 중국공산당 제11차전국대표대회에서 정식으로 종식을 선언하기에 이른다. 唐培吉 외, 『中國歷史大事年表』, 上海辭書出版社, 1997, 806-812면.

228 孟繁華·程光煒, 『中國當代文學發展史』, 北京大學出版社, 2011, 199면.

229 朱棟霖 외, 『中國現代文學史1917~1997』, 高等教育出版社, 1999, 71면.

230 洪子誠, 劉登翰 저·홍석표 역, 『中國當代新詩史』, 신아사, 2000, 257면.

231 董健 외, 『中國當代文學史新稿』, 北京師范大學出版社, 2011, 277면.

라는 점에서 같은 맥락을 취하고 있다.

우선 대두된 것은 '상흔문학'이다. 1977년 11월에 발표된 리우신우(劉心武)의 「班主任(담임선생님)」과 1978년 8월 발표된 루신화(盧新華)의 「상흔」(상흔)은 바로 이 상흔문학의 시작을 알리는 상징이다. 문화대혁명은 종식되었지만 중국은 그 이데올로기로부터 자유롭지 못했으므로 신시기 문학은 우선 이 문화대혁명이라는 벽을 뛰어넘어야 했다. 따라서 때에 맞춰 출현한 상흔문학은 바로 이 역할을 담당해야 하는 역사적 사명을 안게 되었다. 상흔문학은 바로 이 10년간의 문화대혁명을 주요내용으로 하고 있으며 극좌적인 정치운동이 인민에게 남긴 상처를 고발하고 폭로한다는 측면에서 '참여문학'의 성질을 띠고 있다. 그러나 '상흔 문학'에는 상처의 발견과 인식은 존재했지만, 그것이 어디서 어떻게 비롯되었는지에 대한 근본적인 사고가 결여되어 있어 참여문학의 미성숙한 단계라고 볼 수 있다.

'상흔문학'에 내재된 이러한 불철저성은 문화대혁명으로부터 보다 이성적인 거리를 확보하게 되는 80년대로 접어들면서 더욱 심화되고 구체화되기에 이른다. 왜 이러한 상처를 겪을 수밖에 없었으며 인간이란 무엇인가에 대한 반성적 물음 속에서 소위 '반성(反思)문학'이 출현한다. '반성문학'은 건국 30년 이래 특히 큰 정치적사건에 대한 반성을 내용으로 하는 문학으로[232] 앞서 '상흔문학'을 기초로 발전하였으며 문화대혁명의 상처에 대한 예술적 관조는 필연적으로 진일보의 사유를 가져오게 된다. '반성문학'이 인간의 운명과 인간

232 王万森 외, 『新時期文學』, 高等教育出版社, 2006, 115면.

의 관계에 대한 문제를 제기한다면 '상흔문학'은 문혁 기간 동안의 인간의 정신과 육체의 상처를 제시한다. 상흔문학이 보여주는 역사적 상처는 바로 인간의 기본 생존권에 관한 문제이다.[233] 저명한 문학비평가 리우자이푸(劉再復)는 「문학의 반성과 자아의 초월」[234]이라는 글에서 "우리 작가들은 문화 대혁명의 연옥을 거친 후 확실히 각성과 양지를 가지게 되었고 과거의 역사에 대하여 고통의 반성과 검토를 진행했다"라고 하여, '반성문학'은 과거에 대한 반성과 검토를 거쳐 자아를 찾기 위한 문학이라고 했다. 즉 지식인들의 고통의 역사 돌아보기 즉 '역사의 상처 회고'와 깊은 반성의 호소로 점철되어 있다.[235] 이는 또한 마르크시즘과 휴머니즘에 대한 열린 사색의 공간 속에서 역사와 전통, 인간 주체에 대한 반성과 성찰로 이루어졌는데, 그 핵심은 '인간'의 문제로 집약되었다. 이때부터 인간의 주체성에 대한 사유가 생겨나기 시작했으며 민중에 함몰되어 있던 개인의 존재에 대해서 인지하기 시작한다.

그러나 중국 정부 측에서는 문혁에 대한 비판이 또 다른 측면에서 잠재된 위협을 지니고 있음을 간파하게 되면서 80년대 초 '상흔문학' 글쓰기는 중지되었고 '상흔문학', '반성문학'의 뒤를 이어 '뿌리찾기 문학'으로 옮겨지게 되었다.[236] 1980년대 초반에 지청[237]작가로

233 천쓰허, 앞의 책, 336면.

234 劉再復, 「文學的反思和自我的超越」, 『文藝報』, 1985. 8. 31.

235 김시준, 『중국 당대문학사』, 소명출판, 2005, 319면.

236 안영은, 「전기비비주의의 '반문화' 경향 탐색」, 『중국학연구』, 중국학연구회 43집, 2008. 220면.

237 知靑: 지식청년(知識靑年)의 준말.

불리던 한시오궁(韓少宮), 아청(阿城) 등 신진작가들이 모여 신시기 문학의 새로운 방향에 대해 토론하였다. 이들은 신시기 문학에 문화적 요소가 박약하다는 데 의견을 같이 하면서 문학의 '뿌리 찾기(尋根)' 문제에 대해 토론하였다.[238] 한시오궁은 이렇게 말하였다. "문학에는 뿌리가 있다. 문학의 뿌리는 민족전통문화의 토양에서 자라나야 한다. 뿌리가 깊지 않으면 잎이 무성할 수 없다."[239] 이러한 일련의 문학사적인 계기로 형성된 사조가 바로 '뿌리 찾기 문학(尋根文學)'이다. 뿌리 찾기 문학은 민족문화의 허무를 일소(一掃)하고[240] 중화민족과 민족문화 속에 감춰져 있는 바탕에 대해 재인식하고 반추하려고 했다.[241] 이른바 뿌리 찾기 문화는 단지 민족 문화를 찾아가는 것이 아니라 거기에 대해 반성적 사유를 하고 나아가 문화대혁명이 발발된 원인이 잘못된 민족 문화적 전통에도 있음을 시인하는 것이다.

따라서 뿌리 찾기 문학과 반성문학에는 분명한 경계선이 없었다.[242] 문학계는 직접적인 정치적인 비판을 할 수는 없었으므로 정치적 의견을 표출하기 위해서는 우회적인 방법이 필요했다. 노골적인 비판이나 저항보다는 우회적인 저항을 지향했는데 특정한 정치지도자나 제도를 비판한 것이 아니라 자신의 전통적 민족문화에 대해 반성을 하고 그로부터 원인을 찾아내려고 했다. 이러한 문학 혹은

238 김시준, 앞의 책, 483면.

239 韓少功, 「文學的根」, 『作家』, 作家雜誌社, 1985, 第4期.

240 鄭萬鵬, 『中國當代文學史』, 華夏出版社, 2007, 117면.

241 王萬森 외, 『新時期文學』, 高等教育出版社, 2006, 135면.

242 鄭萬鵬, 앞의 책, 117면.

소설의 문단적 분위기 속에서 시 쪽에서는 다소 늦은 감이 있지만 몽롱시(朦朧詩)[243]가 출현한다. 소설사조가 상처문학, 반성문학에 이르렀다가 노골적인 저항이 아닌 전통을 지향하는 뿌리 찾기 문학으로 굴절된 것처럼 몽롱시의 발생 이유도 비슷하다. 당시의 사회적 현상은 시인에게 시적언어를 어렴풋(朦朧)하고 모호하게 구사할 것을 강요하였고[244] 시인들은 문화대혁명을 회상하고 반성하는 소설계의 일련의 문학사조들을 보면서 시를 통해서도 표현 가능한 활로를 모색하게 된다.

몽롱시는 1978년 말부터 등장한 현대주의의 발현으로 반정치·반형식·반개념·반직설의 혁신 시도요, 정치주의란 문학이 정치에 봉사해야 한다는 사회주의 문학강령에 따라 혁명적 낭만주의와 혁명적 사실주의의 융합적인 표현을 두고 말한다.[245] '몽롱'과 '몽롱시'라는 표현법은 『시간(詩刊)』 1980년 8월호에 실린 장밍(章明)의 『사람을 음울하게 하는 몽롱』(令人氣悶的朦朧)에서 최초로 등장했다. 그는 회삽하고 괴벽하여 알 것 같기도 하고 모르는 것 같기도 하고 심지어 이해할 수 없는 일부 젊은 시인들의 작품에 대해 비교적 온화한 호칭을

.....

243 몽롱시는 대개 1970년대 말 1980년대 초 발생시기로 보고 여기에 가장 유명한 시인은 베이다오(北島), 구청(顧城), 수팅(舒婷)이고 이들 외에도 망커(芒克), 둬둬(多多), 지앙허(江河), 양리안(楊煉) 등이 있다. 1980년8월 장밍(章明)은 『시간(詩刊)』에 「사람으로 하여금 숨 막히게 하는 "몽롱"(令人氣悶的"朦朧")」을 발표하는데 "(이런 시는) 몇 번을 읽어봐도 뚜렷한 인상이 남지 않고, 알듯 하면서도 모르겠고, 절반 정도 알듯 하면서도 모르겠으며, 심지어 전혀 모르겠거나 도무지 이해가 되지 않는다."라고 평가했다. 이를 "몽롱체"라고 부르게 되는데 "몽롱시"라는 명칭은 여기서부터 왔다. 王萬森 외, 『新時期文學』, 高等教育出版社, 2006, 74면.

244 董健 외, 앞의 책, 267면.

245 허세욱, 『중국현대시연구』, 명문당, 1992, 222면.

시용하고자 하여 '몽롱시'라 명명했다.[246] 그러나 그 의미의 모호함과 난삽함 때문에 1980년부터 일부 청년시인들의 창작의 사상 경향과 미학 특징을 둘러싸고 논쟁이 전개되었다.[247] 논쟁은 수년간 지속되었으나 시간이 흐름에 따라 그들의 미학적 추구는 문학사와 폭넓은 독자들에게 인정을 받았으며 이단이 전통으로 변해 신시기 문학에서 중요한 미학적 텍스트를 구성하는 계기가 되었다.[248]

몽롱시는 문혁 이후, 중국적 이데올로기의 결과물로 '당'에 대한 실망과 '사회주의'에 대한 비판 등 그 내용을 공식적으로 발표할 수 없는 상황 아래에서 '감춰진 방식'으로 존재한다.[249] 몽롱시의 기본적 구조는 정치적 이데올로기와 보편적인 인간성이라는 이원대립의 구조를 형성하면서 의미의 장을 형성하고 있다. 즉 인간성의 소외로부터 역사와 현실에 대한 부정적 시각을 확립하고자 했던 것이다. 또한 몽롱시에서 은유와 상징 등 시적인 수법을 통해 객체에 억눌린 주체를 구제하고자 하는 경향을 강하게 나타내게 되는데 은유

246 장밍이 몽롱시란 호칭을 사용한 이후 몽롱과 회삽의 문제, 몽롱시의 불가해성문제를 둘러싸고 등장한 수백편의 글은 몽롱시의 실질과 존재가치를 토론했다. 이들은 몽롱이란 단어는 '함축(含蓄)', '회삽(晦澁)'과는 구별되는 일종의 시미학으로 일부 청년 시인들의 감상적이고 괴이하고 떫떠름하고 이해할 수 없는 시를 몽롱시라 칭하는 것은 옳지 않다고 비난했다. 아울러 이런 시를 '기괴한 시'나 '회삽한 시'로 불러야 한다고 주장했다. 비록 몽롱시란 칭호는 적절하지 않지만 이미 통상적으로 인용되므로 중국 시사에서 시인들의 모더니즘시를 지칭하는 대호로 사용되고 있다. 정성은, 「모더니즘과 몽롱시」, 『梨花馨苑』2, 이화여자대학교 인문과학대학 중어중문학과, 1990, 43-44면.

247 洪子誠, 劉登翰 저·홍석표 역, 『中國當代新詩史』, 신아사, 2000, 205-206면.

248 천쓰허 지음, 앞의 책, 355면.

249 홍자성 저, 박정희 역, 『중국당대문학사』, 비봉출판사, 2000, 221면.

와 상징은 공성과 개성의 긴장과 균형에 의해 이루어지는 문학적 장치로서 기존의 이데올로기가 공성의 객관성과 물질성을 바탕으로 개성을 억압하고 객관적인 이성으로 주체를 길들이는 장치로 활용했다면 몽롱시에서는 개성의 심리적 확장을 지향하면서 주관성의 압도적인 위상을 확립하고자 했다. 그리하여 텍스트들은 객관적 사물이나 현상에 대한 모방이나 재현이라기보다는 심리적인 암시나 환기의 기능을 하게 되면서 '내용'의 모호성, 몽롱시로서의 특징을 구현하게 된다.[250] 문학사에서 몽롱시가 가지는 의의는 몇 가지가 있는데 가장 중요한 핵심은 인간성을 각성으로 문화대혁명을 기억하고 여기에 대해 반성하고 비판하는 것이다. 문화대혁명 직후 비록 동란은 종식되었지만 여전히 이는 민감한 주제였기 때문에 드러내놓고 저항을 하지 못하고 낯설게 하기와 상징주의 수법으로 우회적인 비판을 하게 된다. 물론 소설가와 시인을 비교하면 시인은 한층 더 함축된 언어를 구사하기 때문에 이것이 가능했다. 그 중심에 바로 몽롱시가 있었던 것이다.

중국의 몽롱시를 서구의 모더니즘과 비교를 해 보았을 때 문혁 후 중국 현실문화의 토양에 기초한 자생적인 것으로 서구의 모더니즘과는 다르게 평가 받는다.[251] 형식적으로는 서구 모더니즘과 비슷하지만 경험 내용에서는 역시 5·4 시의 복귀이다. 전자는 외래 문학사조 및 작품과 관련이 있다. 그러나 지하 시기든 공개적 시기든 신시

250 정봉희, 『중국 몽롱시의 텍스트 구조 분석』, 한국문화사, 1991, 3-4면.
251 許子東, 「現代主義與中國新時期文學」, 『文學評論』 제4기, 1989년, 98면.

조류의 이러한 유사성은 일방적 모방이나 학습이 아니라 외래사조 속에서 자기 경험의 세계적 요소를 식별해낸 것에 있다.[252] 서구의 것이 자본주의적 사회관계를 반영한 의식형태의 자연발생적인 변화였다면 몽롱시는 근대적 토대를 갖추지 못한 문혁의 전체주의적 성격에 대한 의식성에서 비롯되었다. 그러면서도 몽롱시는 서구식의 해체보다는 통일을 지향한다.[253] 서구 '모더니즘' 운동은 오랜 세기 동안 서구 사회를 지배해온 두 가지 사상, 즉 기독교 이념과 실증주의적 과학 정신의 붕괴와 비판에서 시작되었다. 그러므로 서구 '모더니즘' 운동에는 전통적인 인습의 파괴라는 의미가 내포되어 있다. 이에 반해 한국과 중국의 '모더니즘'은 전통적인 인습에 대한 부정이라기보다는 현 상태의 정권에 대한 비판에 가까웠고 형식적인 측면만 차용한 것이 허다했다.

신시기 문학에서 모더니즘의 탄생의 사회적 근원과 개인적 기원은 모두 이 세대가 문혁 중 겪은 개인적 경험과 관련이 있다. 이 젊은 시인들은 신념에 대한 열광으로부터 이상이 파멸된 후 절망의 나락으로 떨어진 문혁이라는 공통된 체험을 지니고 있으며 이 세대 청년들 중 가장 먼저 각성하여 반성적 사고를 한 일군이기도 하다. 이상과 현실의 대립으로 인해 그들은 약속이나 한 듯 문학의 방식을 통해 해결을 구하고자 했는데 그들의 역사적 처지는 회의－각성－사고의 여정으로 구현되었다.[254] 문혁 시기 정치적 압력의 틈새에서 형

252 천쓰허, 앞의 책, 354면.
253 김소현, 「몽롱시와 모더니티」, 『중국학』 15집, 대한중국학회, 2005, 265-266면.
254 천쓰허, 앞의 책, 351면.

성된 모더니즘 의식과 예술적 표현은 중국의 모더니즘 의식과 서구의 모더니즘 문학 사이의 중대한 구분을 보여줌과 동시에 앞으로의 발전과정을 예시한다. 서구 모더니즘 문화예술이 서구사회의 현대화 규범에 대한 지식인의 의혹과 절망을 반영하는 반면, 이와 같은 의혹을 받는 '현대화'가 당시 중국사회의 가장 예민한 지식인에게는 여전히 적극적으로 지향해야 할 성전으로 여겨졌다.[255] 신시기 문학의 모더니즘 의식의 탄생은 곧 중국의 특수한 역사적 환경에 의해 조성된 것이라고 볼 수 있다.[256]

중국 신시기 문학의 현대주의는 서구의 모더니즘에서 비롯된 것이기는 하지만 서구의 모더니즘과는 달리 독특한 중국적 특색을 지니고 있었다. 중국 현대주의는 서구의 모더니즘과 마찬가지로 현실에 대한 강한 반발과 저항의 정신을 보여주었지만, 그 저항과 반발이 세계에 대한 비관적 전망에 기초한 것은 아니었다. 중국 현대주의는 새로운 세계에 대한 희망과 기대를 바탕에 깔고 있으며, 상황에 따라 정열적이고 낙관적인 경향을 보이기도 했다. 또한 문혁에 대한 강한 비판에서 출발했기 때문에, 서구의 모더니즘과 달리 인도주의적이고 현실참여적인 색채를 띤다. 이러한 현대주의 사조에 대해 중국에서는 크게 세 가지 관점으로 이해한다.[257]

첫째는 현대주의를 현실주의라는 올바른 흐름에서 일탈한 반현

.....

255 천쓰허, 앞의 책, 351면.

256 천쓰허, 앞의 책, 350면.

257 朱栋霖·朱晓进·龙泉明, 『中国现代文学史』, 北京大学出版社, 2007, 143-148면 참조.

실주의로 보는 부정적인 관점이다. 현대주의를 난해하고 모호한 표현으로 보고, 노골적인 성의 묘사 등을 일상적으로 수행하는 반현실주의적이고 퇴폐적인 것으로 본다. 1949년 건국 이후 중국문학의 중심적인 규범이 되어 온 사회주의 현실주의를 적극적으로 옹호하는 입장을 가지고 있는 이들은 현대주의를 수용하는 것은 바람직하지 않다고 본다.

둘째는 현대주의 사상적 기초와 내용에 대해서는 비판적이지만 기법이나 표현방식의 측면에 대해서는 긍정적으로 수용하려는 관점이다. 이러한 관점은 건국 이후 현실주의가 문학예술계와 학술계를 독점적으로 지배해 오면서 발생한 전체주의와 도식주의의 폐해를 현대주의를 통해 해결할 수 있으리라는 생각에 기초하고 있다. 이러한 관점을 가지고 있는 이들은 기본적으로 현실주의의 지배적 위치를 부인하지는 않으면서 서구의 모더니즘에 뿌리를 두고 있는 현대주의를 현실주의적 시각으로 절충하여 흡수하려고 했다.

셋째는 현대주의를 중국 특유의 현실을 바탕으로 발전한 흐름으로 이해하려는 관점이다. 이들은 현대주의를 서구 모더니즘의 번역어로 받아들이지 않고, 중국화된 모더니즘 또는 중국의 현대적 문예사조로 이해했다. 이러한 관점은 현대주의를 긍정적인 미래지향적 흐름으로 이해하며, 나아가 현대주의를 바탕으로 신시기 문학을 내용과 형식 모든 면에서 과거와 다른 새로운 차원으로 발전시키려는 것이다.

"현실에 대한 비판의식과 부정정신"이라는 측면에서 몽롱시는 모더니즘이 갖고 있는 현실에 대한 인식이나 이를 보는 시각적인 측면에서는 그 방향이 동일하다고 볼 수 있다. 즉 중국의 몽롱시와 한국의 '참여시'가 같은 선상에서 논의될 수 있었던 접점은 '현실에 대한 부정정신'에 있다고 볼 수 있다.

여기에서는 70년대 말에 발생한 중국에서의 몽롱시를 중심으로 전개된 '참여문학'을 한국의 60년대 참여문학과 같은 선상에 놓고 비교될 수 있는데 그 근거는, 20년 격차에도 불구하고 참여문학의 도화선이 되는 역사적 사건들이 지식인들에게 주는 경종은 비슷했기 때문이다.

그러한 사건으로 인해서 사회적 분위기도 비슷하게 형성되었고 문예계에서도 자연스럽게 '참여문학'의 성격을 갖춘 문예사적 현상들이 태동하게 된다. 그리하여 비록 시기는 다르지만 '참여시'가 배태되는 사회 문화적 토양은 적절하게 마련되었다고 볼 수 있다. 그러나 각기 다른 사회 체제로 인해 이들의 참여양상은 다소 다른 방식으로 전개가 되는데 모더니즘 등 외래사조를 한발 앞서 수용했던 한국의 문단에서는 자연스럽게 '참여문학'이라는 구체적인 명칭을 획득하였지만 사회주의라는 체제 안에서 여전히 한국보다 엄격한 '검열'을 받아야 했던 중국에서는 '참여'라는 용어 대신 '상흔문학', '반성문학', '뿌리 찾기 문학' 등과 같은 것으로 참여문학을 조심스럽게 대체하면서 비판을 시도했다. 또한 시의 내용이나 형식적인 측면에 있어서도 주제를 노골적으로 드러낼 수 없었고 많은 제약을 받아 정부에 대한 직접적인 비판은 지양하고 그것을 은유적으로 드러낼 수 있는 무의식 기법을 많이 차용하게 된다. 이것이 소위 몽롱시가 되었다. 몽롱시의 출현은 이전의 당대 문학과는 다른 새로운 인식방법과 새로운 의식, 새로운 수법을 가진 것으로 순간 감각의 포착, 잠재의식의 표현, 공감각, 노골적인 감정묘사, 독특한 연상과 형상, 기이한 언어, 도약적인 이미지 등의 표현수법으로 문단과 독자들로 하여금 많은 관심을 불러 일으켰다. 이는 새로운 미학 즉, 모더니즘의 수용으로 인해 지금까지 억눌려있던 사람의 가치 표준이 정치와 사회의 표준을 초월하여 문학의 주체성을 획득했다는데 큰 의의가 있다.

위에서 언급하다시피 몽롱시 자체가 현실에 대한 강력한 부정성을 띠고 있지만 베이다오는 그 시대를 대표하는 몽롱시인들 중에서 주제적 측면에서나 기법적인 측면에서 특히 더 강하게 부정의식을 드러낸 시인이라고 볼 수 있다. 베이다오, 꾸청, 수팅은 모두 대표적인 몽롱파 시인이지만 그들이 '자아'를 찾는 방식은 달랐다. 베이다오는 남성적인 웅변으로 역사에 도전했고 꾸청은 어린아이와 같은 천진난만함으로 역사에 도전했으며 수팅은 현대적인 여성의 목소리로 현실에 참여했다. 하지만 이 중에서 베이다오의 목소리가 가장 강렬했는바 역사와 현실에 대한 강렬한 부정성은 베이다오로 하여금 80년대 시단을 이끌게 한 가장 큰 이유가 되게 한다. 그의 시 「회답」(回答)은 1979년에 『시간』(詩刊)이라는 잡지 3월호에 실린 이후 독자의 호응을 얻어 '시대의 대변인' 즉 '저항시인'으로 추앙받게 된다.[258] 국내 시인 중에서 베이다오는 독자적으로 행동하는 시인으로

258 杨四平, 「北岛论」, 『涪陵师范学院学报』 第21卷 第6期, 安徽师范大学中国诗学研究中

그의 가장 큰 특징은 일종의 의심, 부정정신으로 세계와 투쟁을 하는 것이며 사회와 인생에 대한 약점과 결함에 대한 비판으로 인류역사의 보편적인 본질에 도달하고자 한데 있다.[259]

대부분 논자들이 인정하는 것처럼 베이다오 시에서 가장 특징적인 것은 강력한 회의와 부정의 정신이다. 한 시인의 내면 속에 가득찬 고통과 불안, 사회와 역사에 대한 책임감은 베이다오로 하여금 현실을 부정하게 만들었다. 특히 그의 대표작인 「회답」에서 "나는 믿—지—않—아—", "하늘이 푸르다고 믿지 않는다, 천둥이 메아리를 믿는 않는다, 꿈이 거짓임을 믿지 않는다, 죽으면 보복이 없다는 것을 믿지 않는다." 등 "믿지 않아"로 반복되는 강렬한 부정의 시구는 문혁 이후의 세대에게 충격과 각성을 불러일으키는 돌풍과 같은 역할을 했으며 사회적으로도 큰 공명을 불러 일으켰다. 영웅부정과 현실부정을 통해서 베이다오가 돌아보고자 한 것은 인간이고 역사에 묻힌 한 명 한 명의 개인이었다. 또한 베이다오는 자신에 대한 부정을 통해 현실과 자아에 대한 통찰을 측면을 멈추지 않고 있는데 '아이러니'와 '풍자' 및 역설 등을 사용했다는 측면에서 김수영과 비슷한 면모를 보인다.

心, 2005, 26면.

259 王亚斌, 「北岛诗歌夜意象分析」, 『滁州学院学报』 第11卷 第1期, 滁州学院继续教育学院, 2009, 30면.

제3장

참여론 논쟁을 통해 본 참여의식

김수영과 베이다오의
참여의식 비교연구

01

순수·참여논쟁과 김수영의 참여의식

1.1 | 1960년대 사르트르 수용과 순수·참여논쟁

해방이후 사르트르와 카뮈의 실존주의는 당대의 전후 분위기에서 한국인들에게 가장 공감을 주는 사상 혹은 철학으로 받아들여진다. 그러나 사르트르가 대변하는 프랑스의 실존철학은 그에 대한 본격적인 연구보다는 단편적인 소개와 문학작품을 통한 이해와 수용으로 이루어진다.[260] 사르트르의 『문학이란 무엇인가』는 문학의 신비화, 물신적 숭배를 깨트린 저서로서 마르쿠제, 아도르노의 문화사회학적 진전을 이루는 데 큰 기여를 하였으며 50년대 새로운 문학을

260 그 이유로는 첫째로는 일제치하로부터 한국에서의 철학연구는 일본의 영향을 받아 독일철학의 수용이 주류를 이루어왔다는 사실과 둘째는 해방 이후의 좌·우익 대립과 6·25전쟁 이후에 고착된 냉전체제를 들 수 있다. 강충권, 「사르트르 한국 수용사 연구 : 구조주의 및 후기구조주의 흐름 속에서의 사르트르 수용」, 『프랑스어문교육』37집, 한국프랑스어문교육학회, 2011, 208면.

가능하게 한 기폭제가 되었다.[261] 사르트르가 이 시기에 관심의 대상이 되었다면 주로 당시 문단의 순수·참여 논쟁에 있어 그의 참여문학론이 거론되었기 때문이다.[262]

순수－참여 논쟁에서 사르트르가 직접 인용되는 부분은 1947년에 발표한 『문학론』의 앙가주망 이론이다. 사르트르는 『문학론』을 통해 "쓴다는 것은 무엇이고, 왜 쓰며, 누구를 위해 쓰는가?"라는 참여문학의 원론을 작성하며 문학이 '영구 혁명 중인 사회의 주관성'이 될 것을 주장했다. 그러나 『문학론』 이후 사르트르는 마르크스주의와 공산주의 운동에 대한 적극적인 수용 의사를 표명하게 된다. 이러한 사르트르의 전향은 한국의 정치적 상황에 부딪히며 심한 굴곡을 보이게 된다. 자본주의 경제 논리를 받아들이고 반공을 국시로 내걸게 된 국내의 정황상 사르트르의 좌경화는 초기의 우호적인 수용자들까지도 등을 돌리게 만들었기 때문이다.[263]

서구 이론 수입 초기에는 적극적으로 실존주의를 옹호하던 이들도 후기에 이르면 참여문학이 주장하는 작가의 사회적 책임론과 과격한 혁명적 이데올로기로 인해 문학의 절대성과 순수성으로 선회하게 된다. 실존주의 이입 초기에 비평과 창작에서 창작론을 주장하던 김붕구, 선우휘, 이어령 등은 사르트르의 참여문학론을 '용공문학'으로 비판하며 입장을 선회한 대표적인 경우이다.[264] 사르트르와

261 김현, 「사르트르의 문학비평」, 『현대문학』, 1980년 3월호, 330면.

262 강충권, 앞의 글, 208면.

263 윤정임, 「사르트르의 비평을 중심으로 본 한국의 사르트르 수용」, 『실존과 참여』, 문학과지성사, 2012, 246-247면.

참여론의 수용 문제를 적시 1967년 '세계문화자유회의 한국본부 주최 원탁토론' 세미나에서 김붕구가 발표한 「작가와 사회」라는 글은 '앙가즈망'에 대한 협소한 이해와 인식에도 불구하고 지식인 사회에 꽤 큰 파동을 일으켰다.

> 사회적 자아는 한 생활인으로서 다른 시민과 공유하는 영역에 속하며 창조적 자아야말로 일개 생활인을 작가로 만들어주는 본질임은 자명한 일이다. 이렇듯 자명함에도 불구하고 유행사조를 좇아 사회적 자아를 앞세우고(주로 〈사회참여〉론) 그것을 정당화하기 위하여 아무리 그럴사한 이론을 주장하거나(작가측) 또는 제시·강요(평가측) 한다 하더라도 그것으로 작품이 되는 것도 아니요, 또(일시적 인기는 몰라도) 항구적인 힘을 지닌 작품이 빚어질 리로 만무하다.
>
> 김붕구, 「작가와 사회」 부분[265]

이 글에서 김붕구의 첫 번째 논지는 무엇보다 '사회적 자아'와 '창조적 자아'를 구분하고 있다는 것이다. 그 배경에는 이른바 나 즉 자아에 대한 김붕구 나름의 성찰에 의한 개념이 전제되어 있다. 그럼에도 불구하고 이 '자아' 개념은 다소 모호하게 풀이된다. 김붕구는 자아를 ① "항구적인 존속성"을 가진 ② "고유한 유형의 경향, 가능성의 총괄적인 싹"으로 보았으며 ③ 심지어 '운명'과도 연결 짓고 있

264 윤정임, 위의 글, 247면.

265 홍신선 편, 『우리문학의 論爭史 : 純粹, 參與論을 中心으로』, 語文閣, 1985, 103면.

다. 또한 이 자아는 후천적인 환경에 의하여 "구조적 동일성"을 지닌 "유일무이한 개인성"에 이른다고 보았다. 위에서 열거한 김붕구의 자아는 이처럼 모호함에도 불구하고 이에 딱히 반박할 거리는 없어 보인다. '자아'라는 것의 실체에 대해서 철학적으로 심리학적으로 방대한 층위를 밝히고자 많은 학자들이 논증해 왔듯이 결국은 하나의 개념으로 소거되지 않은 중층적이고 유동적인 '의식'의 복합체이기 때문이다.

그러고 나서 김붕구는 곧바로 '자아'를 '창조적 자아'와 '사회적 자아'로 구분한다. "창조적 자아"는 "생활인을 작가로 만들어주는 본질" 즉 예술가적 정체성과 같은 것이고 사회적 자아는 생활인 혹은 시민으로서 사회와 관계 맺는 자아라는 것이다. 김붕구의 궁극적인 논점은 '창조적 자아'가 자연발생적인 앙가주망에 투신하였을 때 좋은 작품이 나온다는 것이다. 김붕구는 이를 '의식적인 참여'를 주장한 사르트르와 '예술로의 참여'를 주장한 카뮈와의 대비를 통해 전개하고 있다.

그러나 이러한 '창조적 자아'와 '사회적 자아'라는 구분이야말로 순수·참여의 이분법의 대전제가 되는 것임을 김붕구는 간과하고 있었다. 비록 "미분화상태의 공유지"와 "역사적 전통"의 공유지를 갖고 있다는 전제에도 불구하고 결과적으로 예술창작의 원천이 되는 '창조적 자아'를 우선순위에 놓음으로 '창조적 자아'는 순수로, '사회적 자아'는 참여로 이어지는 이분법적 도식을 다시금 상기시키는 형국이 된다. 또한 한국의 시대상황에 비추어 봤을 때 '창조적 자아'의 강조는, '참여'에 대한 요구를 더욱 부추기는 계기가 되었다.

김붕구의 이러한 비평적 주장을 통해 1960년대 초반부터 지속되어 온 순수·참여문학 논쟁 이후 획득한 비평적 성과물이, 문학지평에 육화되지 못한 현실을 지켜볼 수 있다.[266] 그러나 이러한 현실 참여의 논의는 문제적 현실을 향한 '부정', '고발', '증언'의 현상적 논의로 그칠 뿐 구체적으로 어떻게 실현해야 할지, 누구를 위해 문학의 현실 참여를 강조해야 하는 것인지에 대한 정치한 논의가 부재하였다.[267] 김붕구가 비판을 받게 된 주된 이유는, 그가 사르트르를 비판하는 데서 드러나듯 이론화된 앙가주망은 필연적으로 프롤레타리아 혁명의 이데올로기로 귀착될 수 밖에 없다는 그의 주장때문이었다.[268] 이철범은 「한국적 상황과 자유」라는 글에서 김붕구가 사르트르를 논함에 있어서 「唯物論과 革命의 理論」과의 관계를 밝히지 못한 점, 앙가주망을 이데올로기에 대한 추종으로 곡해한 점을 지적하여 한국의 참여문학은 한국의 구체적인 현실에 기반되어 그 대상과 방향을 다시금 추적해 나가야 하는 것임을 강조하고 있다.

> 한 인간으로서의 체험을 통하여 작가는 문제를 제기할 밖에 없다. 그러나 처음부터 초역사, 비정치의 순수성 내지 예술지상에 매달리는 개인 취향은 사회 참여에 역행한다.
>
> 선우휘, 「문학은 써먹는 것이 아니다」 부분[269]

.....

266 고명철, 『논쟁, 비평의 응전』, 보고사, 2006, 127면.

267 고명철, 위의 책, 130면.

268 이상갑, 『근대민족문학비평사론』, 소명출판, 2003, 236면.

269 홍신선 편, 앞의 책, 109면.

> 〈理論化된 앙가즈망〉이란 처음부터 없는 것이고, 다만 그 작가가 처해 있는 구체적인 조건 속에서 구체적으로 양성되는 작가의식이 있을 뿐이다. 구체적 조건을 떠난 일반론으로서의 앙가즈망 이론의 정립이란 경화된 교조요, 姑息的 發想이고, 작가란 그런 것과 처음부터 상관이 없다. 이호철, 「作家의 現場과 世俗的 現場」 부분[270]

선우휘는 '창조적 자아'를 통한 '참여'를 개인적 취향으로 몰아붙이고 '민중적 자아' 즉 '우리로서의 나'를 통해서만 '참여'가 가능하다고 보고 이호철은 앙가즈망은 처음부터 없는 것이라 보고 작가는 작가의식을 통해서만 말을 할 수 있다고 주장한다. 그러나 이들 모두 논쟁을 위한 논쟁 즉 두 주장의 극단에 서서 하나의 입장만을 드러낼 뿐 현 상황에서 한국문단에서 '참여 문학'이 호출된 당위성과 나아가야 할 방향을 제대로 제시하는 못했다. 이러한 찬반논쟁에서 벗어나, 논쟁 자체의 문제점과 사르트르와 참여론의 수용 문제를 적시한 것은 김현이다.

> 그러므로 나로서는 참여라는 말은 우리 시대의 이 혼란된 양상의 근본적 구조를 밝히는 고고학적 노력으로 바뀌어지지 않으면 안된다고 생각한다. 우리 문화의 고고학, 우리의 발상법은 무엇이며, 그것은 서구의 발상법과 어떤 연관 아래 묶여져 있는가를 탐색하는 길만이 김붕구씨의 「작가와 사회」라는 것에 대한 가장 올바른 반박과 이해가 될

270 홍신선 편, 앞의 책, 117면.

것이다. 김현, 「參與와 文化의 考古學」 부분[271]

김현은 「참여와 문화의 고고학」이란 글에서 김붕구의 창조적 자아와 사회적 자아의 구분이 우리에게 적용 가능한가에 대한 문제제기와 함께 '참여'라는 논쟁의 혼란된 양상의 기저에는 서구와 다른 우리 문화만의 발상법이 필요함을 지적한다. "문학논의에서 점차 현실적 헤게모니를 장악하고 있는 참여문학론의 도식적 주장에 대한 근원적 반성과 문제의식을 제기했지만 1960년대의 비평지형에서 참여에 대한 심도 있는 고고학적 연구를 실제 보여주고 있지는 않다."[272] 즉 거시적인 입장에서 논쟁의 문제점과 갈등의 환부만 드러내고 구체적인 대안은 제시하지 못했다.

그 뒤에 임중빈은 「한국문단의 현황과 그 장래」라는 글에서 지금까지의 순수·참여 문학논쟁의 혼란성은 지적하나 '참여의 필요성'을 '시대정신의 형성'에 역점을 두고 있다는 데 있어서는 김현보다 좀 더 미시적인 입장에서 접근했다고 할 수 있다. 임중빈의 논리에 의하면, 창조적 작가라 하더라도 집단사회와의 관련을 통해 인간 실체는 증명하는 도전방법이 곧 참여문학에 대한 문제제기이며 예술성을 상실하지 않는 전제하에 집단의식과 자아의식의 결합작용으로써 문학의 변증법적 발전요인을 찾아야 한다는 것이다.[273] 김현은 "그동안 한국문학이 지향해 온 바의 참여의 형식은 시대적 산물"임

271 홍신선 편, 앞의 책, 123면.

272 고명철, 앞의 책, 131면.

273 강소연, 『1960년대 사회와 비평문학의 모더니티』, 역락, 2006, 221면.

을 지적하면서 지금 시점에서 참여는 시대정신의 형성에 필요에 의해서 제기되는 문제이며 이는 구체적인 작품을 통해서만 그 개념이 실증되는 것임을 피력하고 있다.

임헌영은 "앙가주망의 문제는 작품에서의 문제이지 작가 개인의 기본 시민권을 가지고 왈가왈부해서는 안된다"[274]라고 하여 창조적 자아의 의미만을 강조한 김붕구와 그에 동조한 선우휘에 일침을 가한다. 정명환은 참여의 개념을 "집단에 대한 의식과 자아의식의 결합 관계로서의 집단의식이며 집단의 고민을 드러내며 거기서 비롯되는 위험을 각오하는 문학이 참여문학"이라고 주장하여 사르트르의 참여론과 한국문단의 현실이 결코 그 방향이 일치할 수 없음을 드러낸다.[275] 참여론 논쟁에서 사르트르의 『문학론』에 대한 비판은 주로 그의 사상 시비로 집중된다. 사르트르의 모습에는 실존주의자, 앙가주망 주창자, 공산주의자, 마르크스주의자의 모습이 모두 혼재되어 있다. 공산당이나 마르크스주의로 전향하기 전에 쓰인 『문학론』을 이후의 행보에 연결시켜 비난한 것은 작품의 이해에 앞서 저자에 대한 사상 공세로 넘어갔다는 혐의에서 자유로울 수 없었다.[276]

이들 누구도 참여 자체를 부정하지 않았다는 점에서 불과 3,4년 사이에 변전한 분위기를 느끼게 해준다. 임중빈의 표현을 빌자면

274 임헌영, 「현실동면족」, 홍신선 엮음, 『우리 문학의 논쟁사』, 1985, 128면.

275 정명환, 「문학과 사회참여」, 홍사단 금요강좌, 1968; 윤정임, 「사르트르의 비평을 중심으로 본 한국의 사르트르 수용」, 『실존과 참여』, 문학과지성사, 2012, 250-251면, 재인용.

276 윤정임, 앞의 글, 251면.

"오늘날 참여는 필연적인 양식의 결정체"라는 단언이 나오는 정황이 된 것이다.[277] 김붕구로부터 논의의 틀 자체를 거부한 김현에 이르기까지 모두가 '참여'의 당위성에 대해서 긍정적이며 이 논쟁은 주로 문학의 현실 참여가 어떤 방법으로 이루어져야 하는가에 대한 방법적 측면에 대한 논의가 이루어 졌다는 점에서 이 논쟁은 60년대 초반의 순수·참여론의 단계에서 한 걸음 나아갔다.[278] 결과적으로 논쟁은 문학의 본질에 대한 근본적인 고민에 앞서 "문학적인 것의 자격 조건"에 대한 인식의 틀을 마련하고자 함과 동시에 순수·참여 논쟁을 재점화시킨 전초전으로 평가되며 논자들 모두 참여문학 자체의 당위성을 부정하고 있지 않았다[279]는 점에서 의미 있는 논쟁이라 볼 수 있다.

참여론은 문화의 자율성에 대한 인식 문제와 충돌하면서 문학의 효용과 가치에 대한 새로운 미학적 기반을 요구하게 되고 문학의 사회적 기능과 작가의 양심이라는 사회 윤리적 가치론의 차원을 리얼리즘의 정신과 방법에 연결시키고자 한 측면에서 중요한 의미를 가진다. 그러나 사고는 문학을 참여와 순수로 나누어버리는 이분법적 사고를 일반화함으로 문학의 본질과 그 포괄성을 단순화시켜 버린 단점이 있다.[280] 특히 '앙가주망'의 개념과 방법론에 대한 이해의 차

.....

277 유문선, 「1960년대의 순수·참여 논쟁」, 『논쟁으로 본 한국사회 100년』(역사비평 편집위원회), 역사비평사, 2007, 38면.

278 임영봉, 『한국 현대문학 비평사론』, 역락, 2000, 167면.

279 김은송, 「1960년대 순수·참여 논쟁에 대한 고찰」, 『한국말글학』28, 한국말글학회, 2011, 58-59면.

280 권영민, 앞의 책, 196면.

이로 인해 각각 다른 실천적 태도를 보이게 되므로 순수진영과 참여진영에서 사용한 '참여시'와 (그 뒤에 또 한번 논쟁의 불씨가 된) 김수영이 언급한 '참여시' 또한 다른 층위의 개념화로 이해되어야 한다.[281] 그러나 이러한 한계점에도 불구하고 이 논쟁을 통해서 작가의 사회적인 책무를 되짚어보게 하는 중요한 계기가 되었다. 즉 문학의 사회성에 대한 이러한 생각들은 시에서도 참여시라는 중요한 하나의 축을 만들어내게 된다.[282] '미적 자율성'과 '시적 정치성'이 지닌 간극이 배제와 대립의 형태로 선명하게 정리된 바 있는 문학사적인 예로 이러한 대립적 논리와 미학적 요강은 근대문학사에서 변형된 호명으로 등장하는 모종의 문학사적 구조와 같은 것이다.[283] 한국의 작가들에게 순수문학과 참여문학의 관심을 이끌어낸 이 논쟁은 이후에 나타나게 되는 순수 참여 논쟁의 밑거름이 되었다.

이러한 시대적·역사적 요청에서 시인 김수영의 등장은 어쩌면 시대의 호응에 화답한 것인지도 모른다. 김수영은 뜬 구름 잡기의 논지만이 아닌 직접적인 시 창작으로 '참여시'의 모험에 적극 뛰어 들어 시의 언어로 '참여'를 실증했으며 그 과정에서 축적된 다양한 사유의 궤적 속에서 자신만의 '참여시론'을 구축해 나갔다.

·····

281 김동근, 「김수영 시론의 담론적 의미 : '참여시' 논의를 중심으로」, 『韓國言語文學』 82집, 한국언어문학회, 2012, 349면.

282 문혜원, 「4·19 혁명 이후 우리 시의 유형과 특징」, 『한국 현대시문학사』, 소명출판, 2005, 221면.

283 김행숙, 앞의 글, 11면.

1.2 | 김수영의 예술가적 정체성과 '불온성'

1968년 초부터 김봉구의 것과는 계보를 달리한 또 하나의 참여논쟁이 김수영(金洙映)과 이어령(李御寧) 사이에 〈조선일보(朝鮮日報)〉 지상에서 전개되었다.

'불온시' 논쟁은 구체적인 문화적 상황에 대한 인식의 차이에서 출발하며, 특히 김수영의 작품과 시 비평에 대한 태도를 문제 삼음으로써 논쟁 자체의 발전적 지평만이 아닌 작품론을 수반한 비평론으로서의 가능성을 기대할 수 있었던 의미 깊은 논쟁으로 평가되기도 한다.[284]

> 그러나 학원을 비롯하여 ①오늘날의 정치권력이 점차 문화의 독자적 기능과 그 차원을 침해하는 경향이 있다 할지라도 〈문화의 침묵〉은 문화인 자신들의 소심증에 더 많은 책임이 있는 것이다. 어린애들처럼 존재하지도 않는 막연한 〈에비〉를 멋대로 상상하고 스스로 창조의 자유를 제한하고 있다. 이어령, 「〈에비〉가 지배하는 文化」 부분[285]

> 사냥꾼들도 남획을 하지 않는다. 동물을 사랑해서가 아니라, 오히려 동물을 더 많이 잡기 위해서 그들은 보호와 사육에도 힘쓴다. 그러나 이러한 〈문화의 밀렵자〉들 보다도 더욱 한심한 것은 상업주의 문화에

284 김은송, 앞의 글, 64면.

285 김수영의 산문은 (김수영, 『전집2—산문』, 민음사, 2003)를 참조하였으며 이하 주석은 생략한다.

스스로 백기를 드는 ②문화인 자신의 타락일 것이다.

이어령, 「〈에비〉가 지배하는 文化」 부분

논쟁은 이어령의 「〈에비〉가 지배하는 文化」라는 글에서부터 시작된다. 이어령은 '에비'라는 단어를 통해 오늘날 문화인들의 막연한 두려움과 소심증을 비판하고 있다. ①에서 보면 이어령 또한 오늘 날의 정치권력이 문화를 침해하고 있다는 것은 인정하고 있는데 이러한 현실에 대한 인식은 사실 처음부터 김수영과 큰 차이가 없다. 부분만 비교해 본다면 사실 김수영과 갈등을 일으킬 소지가 없어 보인다. ②에서도 이어령은 사냥꾼으로 지칭되는 문화 스폰서를 비판하고 있지만 그보다도 문화인 자신의 타락을 더 지적하고 있다. 즉 이어령은 그 책임을 위정자들에게보다는 문화인들에게 더 많이 묻고 있다. 비평가로서의 이어령이 겨냥한 것은 정치적 현실이 아니라 문화인이었다. 이어령은 비평가로서의 정체성을 분명히 갖고 있었으므로 예술인들과는 거리를 둔 지점에서, 그들의 "응전력과 창조력 고갈"을 비판한다.

김수영은 이어령의 이와 같은 글에 대해서 「지식인의 사회참여」라는 글을 통해 두 가지를 반박한다. 첫 번째는 이어령이 지적한 〈문화의 침묵〉이 문화인의 소심증과 무능에서보다는 '유형무형의 정치권력의 탄압'에 더 큰 원인이 있다는 것이다. 같은 전제에도 불구하고 이들이 문제제기하는 대상이 달랐던 이유는 김수영은 비평가로서의 정체성보다 예술인으로서의 정체성을 가지고 사태를 바라보았기 때문이다. 시평활동도 하는 등 비평가로서도 왕성하게 활동을 전개 했지만 김수영에게 있어서 시인으로서의 정체성이 보다 우위에 있다. 이는 그가 '참여론' 논쟁에서 일관되게 주장하는 '예술론'을 통해 확인할 수 있다.

김수영은 이어령이 비판적으로 제시한 '에비'에 대해서는 오히려 긍정한다. 이어령이 벗어나야 한다고 주장했던 〈幼兒言語〉야말로 예술의 본질을 드러낼 수 있는 돌파구임을 정면에서 부정하고 있는 것이다.

> 우리는 그 치졸한 유아언어의 〈에비〉라는 상상적 강박관념에서 벗어나 다시 ① 성인의 냉철한 언어로 예언의 소리를 전달해야 할 시대와 대면하고 있는 것이다. 이어령, 「〈에비〉가 지배하는 文化」 부분

> ② 소설이나 시의 〈예언의 소리〉는 반드시 냉철할 수만은 없다. 오히려 그것은 예술의 본질을 생각해 볼 때 필연적으로 〈想像的 강박관념에서 벗어나〉지 않는 〈幼兒言語〉이어야 할 때가 많다.
>
> 김수영, 「지식인의 사회참여」 부분

이어령은 ①에서 시대극복의 힘으로 이른바 "성인의 냉철한 언어"를 제시하고 있다. 이어령이 여기서 언급한 행동의 주체인 '우리는' 문화인 전체를 아우르는 범위지만 무엇보다 비평가로서의 자신을 염두에 둔 것이다. 즉, 보다 논리적이고 치밀한 지식인의 접근방식을 제시하고 있다면, 김수영은 ②에서 '예언의 소리'가 소설이나 시와 같은 작품을 통해서 가능해진다고 주장한다. 김수영이 제시하는

'시나 소설'은 철저히 예술적인 것으로 그 언어 또한 논리성을 뛰어넘은 비약적이고 상징적인 것을 통해 가능해진다. 이른바 김수영은 전복적이고 전위적인 예술을 통해 시대극복의 가능성을 보고자 했으므로 이어령과 접근방식이 완전히 달랐다. 이 둘 사이에는 구원의 방식에 대한 그들의 접근방식은 처음부터 논리와 예술이라는 서로 다른 층위에서 거론되었으므로 논쟁은 초기부터 이미 어긋나 있었다.

이 글의 마지막 부분에서 김수영은 구체적인 정치권력 탄압의 예로, 시인인 자신이 발표하지 못하고 서랍 속에 넣어둔 불온시에 대한 얘기를 꺼내게 되는데, 이것이 불씨가 되어 이어령과의 한층 더 치열한 접전이 벌어지며 '불온성'이라는 개념 또한 논쟁의 도마 위에 올려 진다. 김수영이 논쟁에서 사용한 불온이라는 용어의 개념을 김수영은 "모든 문화와 예술의 창조적 원동력으로서 통용되는 전위성을 포괄적으로 지칭하기 위한 개념"으로 이해하고 있는 반면에[286] 이어령이 주장한 "'문화적 순수함'이란 정치 사회적인 이데올로기와 같은 일체의 외부적인 요소들로부터 거리를 두는 것을 말하며 이와 같은 이어령의 태도는 문화적인 것의 선험성과 고유성에 대한 확고한 신념에 기반을 둔 것이다."[287]

金洙暎씨는 「知識人의 社會參與」란 글의 전반부에선 한국의 문화인

.....

286 김유중, 「김수영 시의 모더니티—'불온시' 논쟁의 일면: 김수영을 위한 변명」, 『정신문화연구』 28, 한국학중앙연구원, 2005, 160-163면.

287 김유중, 위의 글, 168-169면.

> 들이 본질적인 발을 못하고 외곽에서 맴도는 시평태도를 마땅치 않게, 그리고 준엄하게 꾸짖고 있다. 그리고 후반부의 글에서 내 글을 비판할 때는 「문화의 침묵」이 문화인 자신의 책임보다도 그들을 그렇게 만든 사회와 위정자들에게 있다고 한다. 이것은 모순도 이만저만이 아니다. 이어령, 「서랍 속에 든 〈不穩詩〉를 分析한다」 부분

우선 이어령은 김수영의 위의 글에 대해서 모순을 제기한다. 이어령이 제기한 것처럼 「지식인의 사회참여」라는 글에서 김수영은 비평가와 시인 모두의 입장에서 비판을 전개하는 자기 분열적인 모습을 보이고, 그런 분열성이 이어령에게는 하나의 '모순'으로 읽혀진다. 김수영이 비판하는 일간신문의 문화논설을 비평할 때에 김수영은 비평가를 비평하는 비평가의 입장으로 초점을 피해가는 그들의 논조와 태도를 꾸짖지만, 문화인 책임을 묻는 이어령의 글에서는 다시 예술가의 입장이 되어 이를 반박하고 있다. 이어령과 김수영 사이에는 이토록 비평가와 예술가라는 입장차이가 팽팽하게 대립되어 있었다. 김수영은 비평을 하고 있지만 그의 비평은 정확한 개념에 기초한 현상에 대한 논리적 고찰이기라기보다는 자신의 주장을 전개하기 위한 상대적인 비평에 가깝다. 이어령의 이런 글들은 60년대 '참여문학'에 대한 논의를 심화시켰다기보다는 그저 "문학을 정치 이데올로기로 저울질하고 있는" 사상성의 문학 내지는 "오도된 사회 참여론자들"을 경계하는 의도였다고 볼 수 있다.[288]

288 강소연, 『1960년대 사회와 비평문학의 모더니티』, 역락, 2006, 224면.

그렇다면 김수영이 사용한 '불온성'이라는 개념은 과연 온당했을까? 이 '불온성'의 사전적 의미는 "사상이나 태도 따위가 통치 권력이나 체제에 순응하지 않고 맞서는 성질이 있는" 것으로 정치적 현실에 대한 '불온성'으로 읽힌다. 이어령 또한 이런 맥락에서 '불온성' 개념을 이해하고 김수영을 현실에서는 정작 '옴짝달싹 못하는' 참여론자로 낙인찍고 있다.

> 참여론자는 〈영광된 사회〉가 와서 서랍 속에 보류된 자신의 불온한 시를 해방시켜줄 것을 원하고 있는 예술이 아니라, 거꾸로 그 〈불온한 시가 영광된 사회〉를 이루도록 행사시키는 데서 그 의의를 발견하는 일종의 戰士인 것이다.
>
> 이어령, 「서랍 속에 든 〈不穩詩〉를 分析한다」 부분

> 참여는 싸워서 이기는 것이다. 간섭은 부당한 것이지만, 부당한 간섭과 탄압을 전제로 하지 않고는 참여이론은 성립되지 않는다.…… ① 참여론자는 사회와 정치를 아내로 맞이한 사람, 자기예술의 런닝메이트로 선택한 사람이다. 그에 비해 ② 순수문학론자는 정치와 사회로부터 이혼을 하고 독신주의자임을 선언한 사람이다.
>
> 이어령, 「서랍 속에 든 〈不穩詩〉를 分析한다」 부분

그러나 우리는 김수영이 누구보다 '온몸의 시학'을 강조했던 사람이고 현실에 침묵하거나 역사의 뒷북을 치는 시인이 아니었음을 잘 알고 있다. 또한 김수영의 불온성은 그 뒤의 글에서도 밝히지만 전

위성과 연결되는 상당히 광적인 개념으로 사용되고 있다. 다만 이 글에서 제기한 '불온성' 개념은 누가 봐도 오해를 불러일으킬 소지가 있는 범주의 것이었고 이어령 또한 '참여'의 개념을 협소한 의미로만 풀이하고 있다. 이어령이 주장하는 '참여'는 순수와 대립되는 것으로 "참여론자는 사회와 정치를 아내로 맞이한 사람", "순수문학론자는 정치와 사회로부터 이혼을 하고 독신주의자임을 선언한 사람"이라고 하여 정치와 사회에 따른, 이분법의 잣대를 취하고 있다.

특히 이어령은 참여론자를 해방시키는 것은 "예술이 아니라", "일종의 戰士"라고 표현함으로서 참여론자는 예술에 몰입하는 사람이 아닌 행위로 나서서 투쟁하는 사람만을 지칭하는 듯한 뉘앙스로 '참여론자'를 못 박는다. 또한 시와 산문의 언어를 구분함으로 순수와 참여를 분리한 도식으로 김수영에게 시의 언어를 왜 선택하게 되었는지에 대한 질문을 던지고 있다.

> 산문의 언어는 전달을 목적으로 한 도구로서의 언어이요, 시의 언어는 대상언어, 즉 사물을 화한 오브제, 랑가쥬라고 했다. 당신들은 어느 쪽인가? 도구와 같은 언어라면 당신들은 왜 산문을 쓰지 않고 시를 쓰는가? 목적이 참여에 있다면 왜 소설을 통해서 저널리즘을 통해서 조직을 통해서 참여하지 않고 〈시〉라는 장르를 통해서 하는가 그리고 그것은 다른 수단을 사용한 참여와 어떻게 다른가?
>
> 이어령, 「서랍 속에 든 〈不穩詩〉를 分析한다」 부분

이어령은 시와 산문의 언어를 구분한 사르트르를 빌어 참여는 목적이 뚜렷한 산문언어로 해야 함을 전제하면서 시의 참여는 한계가 있지 않냐는 질문을 하고 있다. 이어령의 논의를 따라가 보면 시라는 장르는 언어 전달이 아닌, 보다 순수한 문학의 장르이므로 이것이 참여와 어떻게 연결이 되느냐의 것이다. 순수문학을 주장하는 이어령 또한 순수문학의 참여 가능성을 배제할 의도는 사실 없었으나 순수와 참여를 이분법화 시키고 '참여'라는 개념의 한계와 범주에 대해 명확히 선을 긋고 있기 때문에 이른바 '순수를 통한 참여'를 주장하고 있는 셈이다. 즉 '참여'가 우선이 아니라 '순수 문학자'의 입장이 먼저 오는 것이고 그 일례로 토마스만이나 괴테를 예로 들고 있다. '참여'보다는 '순수'를 우선순위에 두는 이러한 논법은 모두 '참여'에 대한 개념 범주를 이어령은 협소하게 보고, 김수영은 개념 범주를 정확히 밝히지 않아서 생기는 오해였다. 궁극적으로 문학의 참여 가능성에 대해서 이어령도 결코 부정하지 않았기 때문이다. 즉 '참여'라는 개념을 소거하고 보면 이어령 또한 문학과 예술의 사회적 기능에 대해서는 긍정하는 셈이다. (다만 현 시점에서의 문학작품의 부진을 사회보다는 문학인에 책임을 묻고 있는 것이다.)

그렇다면 잘못 사용된 '불온성' 개념에 대한 김수영의 변명은 어떠할까. 김수영은 '불온성' 개념을 확장하여 '전위성'과 연결을 시킨다. 위의 글에 대한 반박으로 쓴 「실험적인 문학과 정치적 자유」라는 글에서 김수영은 불온성에 전위성이라는 개념을 첨가하여 자신의 논지를 전개하고 있다.

> ① 모든 전위문학(A)은 불온하다(B). 그리고 ② 모든 살아 있는 문화(C)는 본질적으로 불온한 것이다(B).
>
> 김수영, 「실험적인 문학과 정치적 자유」 부분

'불온성' 개념을 보완하기 위하여 김수영은 위와 같은 명제를 과감하게 제시하였다. (그러나 이어령에 의해서 곧 반박되지만) 이 명제는 상당히 비논리적인 것으로 ①과 ②를 전제로 했을 때 'A는 C' 즉 '모든 전위문학'은 '모든 살아 있는 문화'이 된다. A와 C를 동급관계가 아니라 A를 C의 내포관계라도 보아도 '살아 있는 문화'에 대한 범주는 모호하다. 뿐만 아니라 김수영은 이미 A와 C를 지칭할 때 '모든'이란 관형사를 씀으로 인해 논리가 빠져나갈 구멍을 만들어 놓지 못했다. 즉 '모든 A는 B다.'라는 전제부터 이미 논리적인 오류를 포함하고 있다.

그러므로 김수영의 이 표현은 사실 논리적인 것이 아니라 시적인 표현으로 봐야 한다. 이런 논리적인 오류에 대한 지적보다 비약적인 표현을 통해 김수영이 이야기하려고 한 것은 무엇인 지에 더 초점을 두고 볼 필요가 있다.

김수영은 이 글에서 계속하여 "무서운 것은 문화를 정치사회의 이데올로기와 동일시하는 것이 아니라, 문화를 단 하나의 이데올로기와 동일시하는 것이다."라고 주장하고 있다. 이제까지 주장하던 현 정권의 부당한 정치권력의 침해에서 돌연 문제제기의 대상이 이동하고 확대되는 것을 알 수 있다. 예컨대 이제까지 문화의 자유를 방해하는 주체를 김수영은 '현 정치권력'이라 보고 이어령은 '대중의 검열자를 두려워하는 문화인 자신'으로 팽팽하게 맞섰다면, 이 글에서 김수영은 또 다른 숨은 검열자 〈에이전트〉를 언급한다.

> 따라서 내가 생각하기에는 오늘날 우리들이 두려워해야 할 〈숨어 있는 검열자〉는 그가 말하는 「大衆의 檢閱者」라기보다도 획일주의가 강요하는 대제도의 유형무형의 문화기관의 〈에이전트〉들의 검열인 것이다. 단 하나의 이데올로기를 대행하는 것이 이들이고, 이들의 검열제도가 바로 〈대중의 검열자〉를 자극하는 거대한 테제가 되고 있는 것이다.…… 대제도의 검열관 역시 그에 못지 않게 눈으로는 볼 수 없는, 자각조차 할 수 없이 숨어 있는 것이다. 이들의 대명사가 바로 질서라는 것이다.
>
> 김수영, 「실험적인 문학과 정치적 자유」 부분

김수영이 제기했던 대로 문화기관의 에이전트는 정치권력을 대행하여 검열자의 역할을 하는 것은 분명하다. 그러나 에이전트는 단순히 정치권력만 대행하지 않으며 '근대' 또한 자본주의 사회라는 더 큰 시스템 속에서의 에이전트로도 작동한다. 그리하여 '단 하나의 이데올로기'는 현 정치권력만이 아닌 근대화가 강요하는 획일성 또한 포함하는 것이어야 한다. 위 논의에서 이것은 간과해서는 안 되는 중요한 전제인데 김수영은 이것을 '질서'라는 대명사로 포괄하여 명명한다. 이 '질서'는 법에 의해 유지되는 '질서'고 자본에 의해 유지되는 '질서'이며 더 크게는 '근대'라는 이데올로기에 의해 유지되는 복합적인 '질서'이다. 김수영은 이 질서에 대한 도전으로 '불온성'과 '전위성'을 운운했으므로 그의 '불온성'이 꼭 정치적인 불온만을 의미하지는 않았던 것이다.

그러나 이어령은 김수영의 이 같은 저의보다는 '불온'과 '전위'와 '훌륭한 예술'을 동급에 놓은 듯한 문맥의 논리적 결함을 지적하면서 김수영이야말로 "산술적인 이데올로기로의 편견에 가득 차 있다"고 비판한다. 이어령으로서는 '불온'이 정치적 불온만을 의미한다는 대전제가 굳건하게 깔려 있으므로 김수영이 '불온'을 전위와 연결시킬수록 김수영의 '불온성'에 대한 의심만 증폭될 뿐이다. 이어령 또한 김수영과의 논쟁을 통해 순수문학의 참여 가능성에 대한 자신의 논의를 좀 더 확실하게 다지는 계기를 마련한다.

> 지금까지 문학의 순수성이 정치로부터 도망치는데 이용되었다 해서 순수성 그 자체를 부정해선 안된다. 오늘의 과제와 우리의 사명은 문학의 순수성을 파괴하는 데 있는 것이 아니라, 그 순수성을 여하히 이 역사에 참여시키는 데 있다. 정치화되고 공리화된 사회에서 꽃을 꽃으로 볼 줄 아는 유일한, 그리고 최종의 증인들이 바로 그 예술가이다. 그 순수성이 있으니 비로소 그 왜곡된 역사를 향한 발언과 참여의 길이 값이 있는 것이다. 또 강력히 요구되는 것이다.
>
> 이어령, 「文學은 權力이나 政治理念의 侍女가 아니다」 부분

이분법적인 논쟁 속에서 이어령은 문학의 순수성을 더욱더 굳건하게 옹호하면서 순수성의 영역에 서 있는 예술가들만이 비로소 진정한 참여의 길을 걸을 수 있는 최종의 증인이라고 주장한다. 이어령은 '순수'를 참여의 필요충분조건으로 보고 참여를 하는 길이 '순

수'를 통과하여야만 비로소 문학사적으로 가치가 있음을 논증하고 있다. 이에 대해서 김수영은 '불온성'에 대한 오해의 심각성을 눈치채고 「不穩性에 대한 非科學的인 억측」이라는 글에서 다양한 역사적 인물들을 거론하며 부연설명을 하고 있다. 김수영은 이 글에서 이어령의 불온성이야말로 정치적인 불온성만 지칭하고 있다고 하면서 이어령 자신이 오히려 불온성을 이데올로기에 봉사하는 전체주의의 동조자 정도로 몰아버리고 있다고 한다.

> 이런 재즈의 전위적 불온성이 새로운 음악의 꿈의 추구의 표현이었다는 것을 알고 있다. 이러한 예는 재즈에만 한한 것이 아닌 것은 물론이다. 베토벤이 그랬고, 소크라테스가 그랬고, 세잔느가 그랬고, 키에르케고르가 그랬고, 마르크스가 그랬고, 아이젠하워가 해석하는 사르트르가 그랬고, 에디슨이 그랬다.
>
> 김수영, 「不穩性에 대한 非科學的인 억측」 부분

이에 김수영은 다시 '불온성'이야말로, '예술과 문화의 원동력이 되는 것'이라고 밝히고 있다. 그러면서 김수영이 제시한 인물들은 베토벤, 소크라테스, 세잔느, 키에르케고르, 고흐, 마르크스 등 다양한 분야의 예술가, 과학자, 철학가, 사상가 등을 총칭하고 있는데 이들의 특징은 모두 기존의 체계와는 다른 관점으로 새로운 길을 제시하였다는 점이다. 그러나 사실 이들을 모두 '불온'과 연결시킬 수 없는 것이, 그들은 처한 환경, 시대부터가 이미 달랐다. "사상이나 태도 따위가 통치 권력이나 체제에 순응하지 않고 맞서는 성질"이라는 불온성의 사전적 의미에 비추어 봤을 때, 인류 역사를 바꾼 전위적인 예술가들이 그 당시의 편견과 상식을 뒤엎은 건 사실이지만, 그들이 다 통치 권력이나 체제와 맞서면서 새로움을 창출해 나갔던 것은 아니었다.

강력하게 덴마크국교회를 비판했던 키에르케고르나 독일혁명의 전선에 서서 직접 싸우면서 민주주의 사상을 전개해 나갔던 마르크스나 '문학자의 사회 참여'를 직접적으로 주장해 온 사르트르 등의 철학가나 사상가들의 경우에 당시의 주도 세력과 싸웠지만 베토벤이나 세잔느나 고흐와 같은 예술가들은 단지 자신의 운명과 싸웠을 뿐이다. 30살에 청력을 완전히 잃은 베토벤은 고전적 소나타 악장의 배열을 파괴하여 소나타 형식의 개혁을 했고 부유한 은행가의 아들이었던 화가 세잔은 아카데미 입학 초기에 다른 학생들에 비해 자신의 기교가 뛰어나지 못하다고 생각되어 우울증까지 걸렸으나 꺾이지 않고 독자적인 화풍을 개척했으며 정신 병력을 가지고 결국 자살로 생을 마감한 고흐 또한 자신만의 필법과 색채로 특유의 화풍을 전개시킨다.

김수영은 이들을 '전위적 불온성'이라는 하나의 카테고리 안에 묶고 있음으로 '불온성'의 개념을 더욱 종잡을 수 없이 확대시켜 버린다. 그러면서 그러한 자신의 의도를 파악하지 못하고 '불온성'을 정치적인 의도로 좁혀, 논리적으로 반박한 이어령이 "비과학적인 억측"을 하고 있다고 잡아뗀다. 논쟁이 거듭될수록 처음, '불온성'을 잘못 사용한 김수영은 개념을 확장시키기에 급급하고 이어령 또한 김수영의 불온성이 광의의 의미에서 출발한 것이라고 한다면, 결국

'문화를 보는 시각'이 자신의 시각과 다를 바 없음을 확인한다.

> 그런데 씨가 不穩性을 광의로 말했다면 문화의 본질을 보는 눈이 나의 경우와 조금도 다를 것이 없었음을 이제와서 고백하는 결과가 된다.
>
> ……그 이유는 내가 그 시평에서 주장한 것이 바로 정치적 자유와 문화 검열의 문제였으며 그 결론 또한 정치적 이데올로기와 동일시하는 문학관의 위험성이었기 때문이다. 그 논지에 대한 반론일 경우, 상식적으로 보나 논리적으로 보나 그 不穩性은 정치적인 협의로 좁혀질 수 밖에 없다.
>
> 김수영, 「不穩性 여부로 文學을 評價할 수는 없다」 부분

우선 이 논쟁에서 다음과 같은 두 가지를 알 수 있다. 첫 번째는 이 당시의 거듭된 논의에도 불구하고 '순수'와 '참여'의 이분법에서 벗어날 수 없었다는 것이다. 이것은 그 당시 최고의 비평가였던 이어령의 논지에서 알 수 있는 바, 그 당시 '참여문학'을 정치적 참여로만 한정 짓는 '참여' 개념의 한계성 때문이다. 두 번째는 이어령과 김수영의 시종일관 어긋나는 논지에서 알 수 있듯이 김수영의 참여는 단순히 정치적인 참여에만 그치지 않는다는 점이다. 이 시기에 김수영은 정치적인 참여에 특히 민감하게 반응하고 정부의 규제와 탄압이 문학의 자유를 억압하고 있다고 강하게 주장하고 있지만, 김수영 자신이 의식하지 못할 만큼 '참여'에 대한 인식의 범위가 넓었다. 김수영의 '참여'는 광적인 의미에서 '불온성'과 연결되는 것이고 그 불온

성이라는 것은 위에서 언급되었다시피 비단 문학가들뿐만 아니라 정치가, 예술가, 과학자, 철학자 등 모든 인류의 문화와 역사, 예술에 도전적으로 앞장 선 선구적인 지식인, 예술가들이다. 예술가의 자세나 태도로서 김수영이 제시한 '불온'의 대상은 부당한 정치권력뿐만이 아니라 그 당시를 지배하고 있던 "근대적 이성", "상식", "합리성" 혹은 거부할 수 없는 개인적 운명—이유 없이 겪은 육체의 고통(베토벤의 경우)까지 모두 그 대상이 되었다. 이것이 바로 김수영이 얘기한 '수난의 역사'이기도 하다.

그렇다면 김수영의 '불온성'을 과연 어떻게 해석해야 하는 것일까. 시작은 ① 현 정치권에서는 발표할 수 없는 '작품'에서 출발했으나 곧 ② '모든 전위문학', '모든 살아 있는 문화'로 지칭된다. 다시 범위가 확대되어 ③ 시대가 다르고 불온의 대상이 전혀 다른 다양한 역사의 인물(베토벤, 소크라테스, 세잔느, 키에르케고르, 마르크스, 아이젠하워, 사르트르, 에디슨 등)로 통칭되고 "예술과 문화의 원동력"이 되기도 한다. 김수영은 4·19이후, 정치권력의 문화 탄압에 대해서 유독 강력한 비판의 목소리를 내고 있지만 김수영의 '불온' 또한 이 시기에만 한정된 것이 아니었다. 광적(廣的)인 의미에서 그의 '불온성'은 초기 시에서부터 말기 시에 이르기까지 김수영의 시 전체를 관통하고, 예술창작의 중요한 기제로 작동하며 무엇보다 김수영의 예술가적 정체성, 자세, 태도와도 연결되어 있다.

예술가의 자세나 태도로서 김수영이 제시한 '불온성'은 일차적으로 모더니즘의 부정성과 연결을 가지고 있다. 영문학을 전공한 김수영은 그 당시에 독서와 번역을 통해서 서구의 작품과 이론을 자유롭게 접할 수 있었고 누구보다 적극적으로 흡수시켜 나갔으며 하이데거, 바타이유, 트릴링 등과 같은 영·미 시론가들의 영향을 받게 된다.[289] 특히 4·19 이전까지 김수영은 「아메리칸 타임지」(1947), 「가까이 할 수 없는 서적」(1947) 등을 통해서 서구서적에 대한 동경을 드러내며 모더니즘 색채가 강한 일련의 시들을 작성하게 된다. 그러나 4·19의 실패와 함께 현대성의 추구만으로는 이 땅에서 혁명이 성취되기 어려움을 간파하고 김수영은 부정에서 긍정으로 선회한다.

현대성의 핵심은 파괴(부정)에 있으며 일차적 부정의 대상은 "부르주아 세계의 습관적 풍속과 '제가치' 등"이지만 가장 "온화한 세계" 역시 부정의 대상이 된다.[290] 미적 모더니즘이 강조하는 자율성 개념, 사회와 단절되는 특수한 미적 공간이 긍정적 가치를 띠는 것은 그것이 소유하는 부정성 때문이다. 미적 형식은 자본주의 원리를 탈취하면서 동시에 그런 원리를 미적으로 비판하고 따라서 미적 형식은 사회적 형식을 물고 늘어지면서 그 형식을 비판하고 이런 비판이 부정개념과 통한다.[291] 모더니즘에 내재된 '긍정

289 김수영의 시와 산문에서 거론하고 있는 영·미 시인과 시론가를 시대적으로 나열하는 것은 영미문학사를 개관하는 것과 같다. 미국의 신비평가에서 시카고 학파, 라이오넬 트릴링, 고백파 비트 시인, 뉴욕 지성인파로 다시 하이데거로 이어지는 흐름의 영국의 엘리어트, 오든 그룹과 C.D. 루이스, 조지 바커, 딜란 토마스, 킹슬리 아미스로 이어지고 다시 프랑스, 독일, 러이사, 폴란드로 넓혀지기 때문이다. 한명희, 「김수영 시의 영향관계 연구」, 『비교문학』 29권, 한국비교문학회, 2002, 209면.

290 강웅식, 앞의 글, 167면.

291 이승훈, 『모더니즘의 비판적 수용』, 작가, 2002, 222면.

석 가치'로서의 부정성은 주로 자본주의 원리에 대해 일삼는다. 그러나 김수영의 부정성은 부당한 정치권력뿐만이 아니라 그 당시를 지배하고 있던 "근대적 이성", "상식", "합리성" 혹은 거부할 수 없는 개인적 운명까지 매우 포괄적이며 시 작품을 통해 외적 세계에 대한 부정뿐만이 아니라 자신 또한 부정의 대상으로 구현시켰다는 측면에서 '부정'의 방법론을 철저히 내면화시킨 시인이란 걸 알 수 있다.

반성적으로 자기 자신을 대상으로 취함으로써 모더니즘은 소외된 예술의 지위에 대한 비판을 가능하게 했고 예술을, 변형된 '삶의 실천' 속에 다시 통합함으로써 예술을 위한 예술이 극복하려 했던 사회적 소외를 넘어서려는 열망을 가능케 했다.[292] 모더니즘의 자기인식 속에는 현실을 재현할 수 없다는 강박관념이 포함되어 있다. 모더니즘의 자기인식적 특성은 주체의 우월에 의한 것이 아니라 〈현실로부터 소외〉에 따른 것이다.[293] 아도르노가 "예술의 부정적 인식"이라고 부른 예술적 현실 비판이란, 모더니즘이 리얼리즘처럼 〈내용적〉으로 현실을 비판하는 것이 아니라 자기인식적 〈형식〉 자체 속에 그 힘을 포함시키는 것이다. 이러한 자기인식(현실과 주체의 연관) 속에는 주체와 화해할 수 없는 모순된 현실에 대한 부정이 내포되어 있다.[294] 김수영은 모순된 현실에 대한 비판을 부정적 자기인식 속에

292 알렉스 캘리니코스 저·임상훈, 이동연 역, 『포스트모더니즘 비판』, 1994. 89면.

293 현실의 사물화와 파편화로 인해 주체는 현실 반영에 의한 총체성을 포기하고 내면적 자기인식으로 돌아선 것이다. 이 점에서 모더니즘의 자기인식은 낭만주의처럼 자발적인 것이 아니라 현실모순의 심화에 의해 〈강요된〉 것이라고 할 수 있다. 나병철, 『모더니즘과 포스트모더니즘을 넘어서』, 소명출판사, 2001, 187면.

서 시적으로 승화시켜 나갔으며 내용적으로는 자기풍자 등을 통해서 전략적으로 드러내고 있으며 일상어와 산문성의 도입을 통한 형식 파괴를 통해 부정 미의식을 구현하고 있다. 그러나 김수영의 부정은 부정으로만 끝나지는 않고 타인에 대한 사랑을 발견하고 공동체적 연대를 구축해 나가려고 했다는 점에서 서구 모더니즘과의 변별성이 있다.

부정이란 변증법으로 풀이할 때 한 상태에서 다른 상태로의 지양이며 지적 판단 아래서 행해진 발전적인 도약이지만 사회가 발전보다도 포괄적인 조화를 추구하는 동양 사회에서는 정상적인 성장을 기대할 수가 없었다.[295] 부정 대신 공동체적 질서와 조화를 추구해온 유교의 오랜 전통은 근대 이후에도 사회 속에 깊숙이 뿌리내려 있었으므로 해방 전 후 짧게 축적된 현대성의 경험으로는 서구의 민주주의를 성취하기가 어려웠다. 5·16의 실패가 무엇보다 그 사실을 잘 설명해준다. 자기부정을 통해 타자수용으로 확장해간 김수영의 '자기부정'은 궁극적으로 타인에 대한 사랑과 연결되고 공동체의 윤리를 위한다는 측면에서 유교의 仁정신과 맞닿아있다. "자신의 고통을 감수하며 이웃에 봉사하거나 자신의 이익을 양보하여 남을 위하는" 인(仁)은 유가의 중심사상이며 타인에 대한 자비와 인간애, 동정심을 뜻하기 때문이다. 따라서 혁명 전에는 서구의 모더니즘을 적극적으로 수용해 온 김수영에게 있어 혁명의 좌절은 한국의 현실 속에 배

294 나병철, 위의 책, 186면.
295 최하림, 『시와 부정의 정신』, 문학과 지성사, 1994, 46면.

태된 전통의 문제를 다시 돌아보고 부정의 변증법에서 긍정으로 선회하는 계기가 된다.

1.3 | 현대성 극복으로서의 '영원'과 '사랑'

5·16 혁명 이후부터 김수영은 자신의 시론과 시평을 통해 현대시에 대해 탐구해 나가기 시작하는데 이는 그 이후 참여시를 구축해가는 전제가 된다. 현대성의 극복으로서 '사랑'과 '영원'에 대한 발견은 김수영만의 참여시를 구축해 나가는 계기가 된다. 61년에 「새로움의 모색—슈뻴비엘과 비어레크」(1961.9.28.)이란 논평을 통해서 현대시에 대해서 처음으로 언급을 하게 되며 그 뒤에는 「〈難解〉의 帳幕—1964年의 詩」(1965.2), 「모더니티의 문제」(1965.3), 「文脈을 모르는 詩人들 —「〈詐欺〉論」에 대하여」(1965.9) 등을 통해서 지속적으로 현대시의 요건에 대해서 탐색해 가지만 이는 현대성의 경도가 아닌 극복을 위한 일련의 과정으로 봐야 한다.

> 현대시는 그 〈새로움의 모색〉에 있어서 역사적인 徑間을 고려에 넣지 않으면 아니 될 필연적 단계에 이르렀다. 연극성의 와해를 떠받치고 나가야 할 역사적 지주는 이제 개인의 신념이 아니라 인류의 신념을, 관조가 아니라 실천하는 단계를 밟아 올라가고 있다. 그리고 이러한 실천은 윤리적인 것 이상의, 作品의 image에까지 강력한 영향을 끼치는, 보다 더 근원적인 것으로 되어있다. 현대의 순교가 여기서 탄생

> 한다. 죽어가는 자기를 바라볼 수 있는 자기가 아니라, 죽어가는 자기—그 죽음의 실천—이것이 현대의 순교다. 여기에서는 image는 바라볼 것이 아니라, 자기가 바로 image이다. 이러한 의미에서 그것은 image의 순교이기도 하다.
>
> 김수영, 「새로움의 모색—슈뻴비엘과 비어레크」 부분

현대시에 대해서 처음으로 언급한 이 글에서 김수영이 강조하고 싶은 것은 지금 시점에서 현대성에 필수조건으로서의 '역사성'이다. 이 역사성이 바로 눈앞에 임박한 공동의 책임임을 무섭게 인식하고 있음은 "인류의 신념"과 "실천하는 단계" 등에서 알 수 있다. 서구에서 유입된 '현대성'의 개념이 한국적인 상황에서 어떤 효용성을 가지고 김수영에게 있어서 어떻게 작동하는 지는 바로 이 지점에서 분리된다. 김수영은 죽음을 관조나 관념이 아니라 '실천'이라고 강조한다. 즉 '시인의 양심'이라는 윤리적인 태도를 먼저 강조하며 '죽음'을 통해 영원과 사랑에 도달하려고 하는 것은 김수영만의 참여의식의 특징이다. 이는 또한 나를 죽임으로서 타인을 구원하는 '순교'적 의미에 가까운 죽음으로 김수영은 그것을 "현대의 순교"라고 한다. 작품 속에서 그것은 시인이 불어넣은 '이미지'로 전환되며 이때조차 관조가 아닌 철저한 자기투신을 통한 '이미지의 순교'로 실천된다.

> 나는 미숙한 것을 탓하지 않는다. 또한 환상시도 좋고 抽象詩도 좋고 환상적 시론도 좋고 技術詩論도 좋다. 몇 번이고 말하는 것이지만 기술의 우열이나 경향 여하가 문제가 아니라 시인의 양심이 문제다. 시의

> 기술은 양심을 통한 기술인데 작금의 시나 시론에는 양심은 보이지 않고 기술만이 보인다. 아니 그들은 양심이 없는 기술만을 구사하는 시를 주지적이고 현대적인 시라고 생각하고 있는 모양이다. 사기를 세련된 현대성이라고 오해하고 있는 모양이다.
>
> 김수영, 「〈難解〉의 帳幕—1964年의 詩」 부분

위의 글에서 '현대성'에 대해 투신으로서 '죽음의 실천'을 강조했다면 '시인의 양심'은 그 투신을 실제로 하느냐 즉 진짜 현대적인 시냐 아니냐를 가르는 기준이 되기도 한다. 난해한 언어를 구사하며 현대시라고 내세우는 일부 시인들에 대해서 김수영은 신랄하게 비판하면서 그들이 "내면에서 우러나오는 진정한 지성"이 부족하다고 거듭하여 지적한다. 현대시에 대한 김수영의 관심은 특히 64년에 뜨겁게 달구어 졌는바, 시평에도 이와 같은 관점으로 접근하고 있다. 김수영은 현대시의 모더니티의 요소를 ① 역사성, ② 자기투신으로서 '죽음의 실천', ③ '시인의 양심'에서 찾고 있는데 이것은 또한 '육체'와도 연결된다. 그런데 여기서 육체는 물질적인 육체가 아니라 '죽음'을 넘어서 영원과 접하는 정신성의 통로이다.

> 모더니티란 외부로부터 부과하는 감각이 아니라 내면에서 우러나오는 지성의 火焰이며, 따라서 그것은 ① 시인이—육체로서—추구할 것이지 詩가—기술면으로—추구할 것이 아니다. 그런 의미에서 젊은 시인들의 모더니티에 대한 태도가 근본적으로 안이한 것 같다.
>
> 김수영, 「모더니티의 문제」 부분

> ② 이 시에 나타나있는 현대성은 육체에서 나오고 있는 것이다. 그것은 시를 쓰기 전에 준비되어 있는 것이다. 우리 시단에서 가장 아쉬운 것이 이것이다. 진정한 현대성은 생활과 육체 속에 자각되어있는 것이고, 그 때문에 그 가치는 현대를 넘어선 영원과 접한다.
>
> 김수영, 「진정한 현대성의 지향 —朴泰鎭의 詩世界」 부분

육체는 거짓말을 하지 않는다. 육체의 감각을 통한 모더니티의 발현이란 현대를 인식하는 가장 진실된 첫 번째 통로이다. 김수영은 그 육체성이 "외부에서 부과하는 감각"이 아니라 "내면에서 우러나오는 지성의 화염"이라고 한다. 이 내면성은 '양심의 감각'으로 "현대를 넘어선 영원과 접하게 된다." 김수영은 '현대'라는 역사적 현실을 민감하게 의식하고 있지만 그의 시야가 향해 있는 궁극적인 지점은 현대가 아닌 '영원'이다. 그 '영원성'에 도달하기 위해서 오히려 '생활'이라는 구체적 현실 속에서 치열하게 깨어 있을 것을 주장한다. 육체는 "역사적 현실"이라는 외부와 "시인의 양심"이라는 내부를 이어주는 역할을 하지만 그 사이엔 뚜렷한 경계가 없으므로 결국 육체는 이 둘을 합치시키는 '장소'로서도 역할한다. 육체는 안팎으로 깨어있는 '정신'이고 '지성'이며 '양심'으로 '현실'과 '영원'의 매개역할을 하기도 한다. 그렇다면 시 속에서 그것은 어떻게 구현되는가. 박태진의 시평을 통해서 김수영은 육체를 통해 영원을 파악하는 시도를 엿볼 수 있다.

> 歷史가 알 리 없는…/ 나의 초조한 걸음을/ 나의 지지한 작은 일들을/

歷史가 알 리 없는/ 西大門 근방은 먼지가 많다/ 그러기에 하늘은 멀리만 보이고/ 이미지가 不毛하던 이유를/ 人生만이 알 수 있다고 하자/ 꿈없는 길이 새문안을 향하여

특색없이 굴르는 合乘길을/ 다만 나와 더불어 희미한 길을/ 나는 꿈을 부어줄 수 있을까/ 歷史가 알 리 없는 나의/ 삶의 자취는 나의 어저께

낡은 나와 생각들이 남을 수 없는/ 車道와 步度 사이에서 언젠가 無智가 죄로 소박맞은 女人이 울던/ 이 길은 사랑도 미움도 어지빠른데/ 순간마다 변하는 구름길이 더욱 길다./ 歷史가 알아줄 리 없는 나의/ 응달진 過去에 謝過는 없다.

길은 都市를 안고 경사지며/ 나의 형적없이 경사진 나이에 기대어/ 오늘의 일을 한줌 손에 펴본다/ 내가 할 수 있는 일 못하는 일 나의 人生이라고 하자/ 그러나 비가 내리며/ 내 이마를 소리없이 적실 그리고/ 소리없이 젖을 街路樹의 리듬을/ 나는 진정 알고 있다.

박태진, 「역사가 알 리 없는…」 전문

이 시는 "역사가 알리 없는—"이라는 수식의 반복을 통해 소소한 '자기의 인생'을 역설하고 있다. '역사는 알리 없지만' 나의 발걸음, 나의 작은 일들은 끊임없이 행해지고 기록되어진다. 1연에서 "먼지 많은 서대문 근방"과 "새문안" 등은 역사의 구체적인 현장이지만 정작 그 속에 있는 나의 "초조한 걸음"은 방향은 있되 꿈은 상실된 채 향해가며 그렇기에 미래에 대한 비전으로 그려져야 할 "하늘도 멀리만 보일 뿐이다." 소소함으로 점철된, 미래를 알 수 없는 인생은 2연에서 "특색없이 굴르는 합승길", "희미한 길" 등으로 표현이 된다.

그리하여 3연에서 시인의 시야는 과거의 '삶의 자취'로 돌아가고 있다. 3연에서는 "무지로 죄를 소박맞은 여인"이 등장한다. 이 여인은 물론 특정한 여인이 아닌 무지해서 결국 자신의 주권을 행사할 수 없었던 우리들의 서글픈 초상이다. 이런 "응달진 과거"를 회상하면서도 시적화자는 결코 '사과'는 없다고 한다. 그 이유는 이 시에서 반복적으로 등장하는 "역사가 알아줄 리 없는—" 과거이기 때문이다. "알아준다—"라는 것은 존재 자체를 긍정하고 수용하고 인정해 주는 것인데 '역사가 알아주지 않음으로' 나는 여전히 역사와 단절된 상태로 존재하게 되면 그런 답답한 현재성은 "응달진 과거"에도 사과하지 않으려는 '서운한' 마음으로 대변되는 것이다.

이 시에서 현대의 풍경들은 3연에서 점차적으로 드러나는데 "도로와 보도", "순간마다 변하는 구름길" 등은 또 발 빠르게 변해가는 현대의 속도들을 잘 얘기해준다. 4연에서 "도시를 안고 경사진 길" 그리고 그 경사진 도시처럼 "경사진 나이" 등은 김수영이 위에서 언급한 현대시의 육체적 이미지라고 볼 수 있다. "내가 할 수 있는 일과 못하는 일을 나의 인생"이라고 규정하는 시인은 결국 역사의 외면 앞에서 "오늘의 일을 한줌 손에 펴보는" 생활의 사소한 실천을 통해 삶을 영위해 나간다. 김수영이 "생활과 육체 속에 자각된 현대성"을 구비한 것으로 평가한 이 시는 그렇게 역사 앞에서 울부짖는 영웅적인 존재가 아닌 현대생활을 유지하고 있는 개인의 감각과 비애를 소소하게 드러내고 있다. 그런데 이 시에는 '죽음'도 또한 죽음을 초월하는 '영원성'도 잘 드러나지 않는다. 김수영은 육체를 통해서 감각하는 현대성에 대해서 "그 가치는 현대를 넘어선 영원과 접한다."라고 하고 있다고 하는데 "이 시는 육체"를 통한 현대성에만 머물고 있다. 김수영은 바로 뒤에 「文脈을 모르는 詩人들」이라는 그 '현대성의 영원'은 '구원'과도 연결이 됨을 밝히고 있다.

> 후자의 경우에는 한국같은 무질서한 시단의 모범이 될만한 진정한 현대시가 나온다. 전자의 경우의 신념은 시를 죽이는 비참을 초래하지만, 후자의 경우의 신념은 아무리 혼란한 시대에서 굳건히 대지에 발을 붙이고 힘차게 일어설 수 있는 구원의 시를 낳는다. 또 오해가 있을까보아 미리 주석을 달아두지만, 필자가 말하는 구원의 시는 단테나 글로델流의 宗教詩만을 가리키는 것이 아니다. 오든의 시, 디킨슨의 시, 포오의 시에서부터 멀리 호머나 李太白의 시에 이르기까지 진정한 시 작품은 모두가 구원의 시라고 볼 수 있다.
>
> 김수영, 「文脈을 모르는 詩人들 —「〈詐欺〉論」에 대하여」 부분

여기서 후자는 〈지성인으로서의 基底에 신념이 살아있〉는 것을 지칭하고 전자는 〈시에 신념있는 일관성〉을 뜻한다. 이 글은 전봉건과의 한 차례 논쟁을 통해 김수영이 다시 그 글을 반박하기 위한 글인데 문제가 된 부분은 바로 '지성인으로서의 신념'에 관한 부분이다. 김수영은 '전자의 경우의 신념은 시를 죽이는 비참을 초래하지만, 후자의 경우의 신념은 구원의 시를 낳는다.'고 하여 전자와 후자가 큰 차이가 있음을 구분하고 있다. 그러나 이 글에서 김수영이 '오해를 살 요지가 있다'라고 스스로 밝혔듯이 '신념'이라는 것 자체가 다소 모호하다. 무엇을 굳게 믿느냐는 대상의 문제가 부재하기 때문

이다.

김수영은 현대시를 '현대'라는 시대적인 것에 한정짓지 않고 '영원'이라는 구원의 문제에까지 연결시키는 비약적인 전개를 보인다. 여기서 '구원'은 김수영도 밝히고 있지만 종교적인 구원이라기보다는 '죽음'의 문제를 극복하고 "혼란한 시대에서 굳건히 대지에 발을 붙이고 힘차게 일어설 수 있는" 현실적인 구원을 일컫는다. 이를 논증하기 위해 오든, 디킨슨, 포오, 호머, 이태백까지 거슬러 올라가고 있는데 오든, 디킨슨, 포오, 호머와 같은 서구 시인은 차치하더라도 중국의 시인 이태백까지 언급한 것은 '현대시'를 '시대적인 것'에만 한정짓지 않고 이를 통해 무언가를 극복하려 한 '초월'의 가능성으로 현대시를 대면하고 있음을 알 수 있다.

이처럼 김수영이 강조하는 현대시는 서구에서 유입된 현대시의 개념에서 좀 더 확장되고 포괄적인 것으로 거기에는 '현대시'를 통해 '영원'에 도달하려는 야심마저 갖고 있다. 그렇다면 시인으로서 김수영은 자신의 현대시에 대해서 어떻게 '죽음'의 부정과 영원의 긍정에 이르는가.

> 현대시로서의 진정한 자질을 갖춘 처녀작이 무엇인가 하고 생각해 볼 때 나는 얼른 생각이 안 난다. 요즘 나는 리오넬 트릴링의 「쾌락의 운명」이란 논문을 번역하면서, 트릴링의 수준으로 본다면 나의 현대시의 출발은 어디에서 시작되었나 하고 생각해보기도 했다. 얼른 머리에 떠오르는 것이 10여년 전에 쓴 「屛風」과 「瀑布」다. 「屛風」는 죽음을 노래한 詩이고 「瀑布」는 懶惰와 안정을 배격한 시다. 트릴링은 쾌락의

> 부르죠아적 원칙을 배격하고 고통과 불쾌와 죽음을 현대성의 자각의 요인으로 들고 있으니까 그의 주장에 따른다면 나의 현대시의 출발은 「屛風」 정도에서 시작되었다고 볼 수 있고, 나의 진정한 詩歷은 불과 10년 정도밖에는 되지 않는다. 그러나 트릴링도 떠나서 ① 다시 나대로 또한번 생각해보면, 나의 처녀작은 지난 6월 2일에 쓴 아직도 발표되지 않은 「미역국」이라는 최근작 같기도 하고, 또 ② 좀더 깊이 생각해 보면 아직도 나는 진정한 처녀작을 한 편도 쓰지 못한 것 같다. 야단이다.
>
> 김수영, 「演劇하다가 詩로 전향—나의 처녀작」 부분

이 글에서 김수영은 자신의 작품에서 "진정한 현대시의 출발"을 찾고 있다. 「屛風」과 「瀑布」도 언급하고 아직 발표되지 않은 「미역국」도 언급하고 있지만 결론적으로 "진정한 처녀작을 한 편도 쓰지 못한 것 같다."라고 한다. 이를 통해 두 가지를 읽어낼 수 있다. 첫 번째는 ①에서 알 수 있듯이 김수영이 트릴링을 언급하고 있지만 트릴링과는 다른 자신만의 현대시에 대한 기준을 가지려 한다는 것이고 두 번째는 그럼에도 불구하고 ②에서 "처녀작을 한 편도 쓰지 못했다."라고 고백하듯이 '영원에 도달하는 구원의 현대시'를 아직 쓰지 못했다는 것이다. 그렇다면 서구에서 유입된 소위 '현대성'이라는 개념과 김수영의 '현대성'에는 어떠한 간극이 존재하는 것일까.

트릴링은 현대성 자각의 요인으로 "쾌락의 부르죠아적 원칙을 배격하고 고통과 불쾌와 죽음"을 들고 있다. "트릴링이 '죽음 충동'을 이끌어 온 것은 현대의 정신성에 내재해 있는 부정성(부르주아 이데

올로기와의 절연)을 강조하기 위함이었다."[296]

"트릴링은 쾌락의 부르조아 원칙을 배격하고 고통과 불쾌와 죽음을 현대성의 자각의 요인으로 들고 있으니까 그의 주장에 따른다면 나의 현대시의 출발은 「병풍」 정도에서 시작되었다고 볼 수 있고 나의 시작은 불과 10년 정도밖에 되지 않는다."라고 한 김수영의 주장에 따른다면 「屛風」은 죽음을 언급하고 있으므로 트릴링이 말한 현대성의 원칙에 어느 정도 부합한다고 볼 수 있다. 그렇다면 어떤 측면에서 이 시가 '죽음'을 노래하고 있는 지 한번 살펴보기로 하자.

> 병풍은 무엇에서부터라도 나를 끊어준다./ 등지고 있는 얼굴이여/ 주검에 취(醉)한 사람처럼 멋없이 서서/ 병풍은 무엇을 향(向)하여서도 무관심(無關心)하다./ 주검의 전면(全面) 같은 너의 얼굴 위에/ 용(龍)이 있고 낙일(落日)이 있다./ 무엇보다도 먼저 끊어야 할 것이 설움이라고 하면서/ 병풍은 허위(虛僞)의 높이보다도 더 높은 곳에/ 비폭(飛瀑)을 놓고 유도(幽島)를 점지한다./ 가장 어려운 곳에 놓여 있는 병풍은/ 내 앞에 서서 주검을 가지고 주검을 막고 있다./ 나는 병풍을 바라보고/ 달은 나의 등 뒤에서 병풍의 주인 육칠옹해사(六七翁海士)의 인장(印章)을 비추어 주는 것이었다.
>
> 김수영, 「병풍」 전문

병풍은 원래 바람을 막거나 무엇을 가리는 기능이 있지만 장식용

296 강웅식, 앞의 글, 169면.

이나 주술적인 쓸모로도 애용된다. 병풍은 늘 생활하는 공간에 놓여 있기 때문에 병풍의 그림은 인간의 욕망과 꿈을 상징하는 주제들을 담고 있다. 공간을 만들어주는 벽이면서 동시에 인간의 내면을 투사하는 거울과 같은 역할을 하고 있는 것이다. 과거에는 장례를 치를 때 사용되기도 했으며 살아 있는 사람과 차가운 주검을 구분하기 위해서 사용하기도 했다.

따라서 김수영의 이 시 속에도 '병풍'은 「달나라의 장난」에서의 팽이처럼 도달하기 어려운, 단순히 시적화자의 이상향을 거울처럼 투사해 내는 역할을 넘어선다. 병풍은 "허위의 높이보다 더 높은 곳에 비폭을 놓고 유도를 점지하며" 또한 "가장 어려운 곳에 놓여 있음"으로 그곳은 "허위의 실체가 까발릴 수 밖에 없는" 인간의 힘으로 도달하기 어려운 '죽음'의 영역임을 알 수 있게 한다. 이 시에서 병풍이 갖고 있는 가장 큰 속성은 "주검을 가지고 주검을 막고 있다."는 것이다. 즉 '죽음'을 수용하면서도 또한 죽음을 지양하는 두 가지 속성을 동시에 갖고 있다. 이는 병풍의 중층적인 기능과도 연결되는데 병풍은 인간의 욕구를 드러내는 동시에 또한 공간을 구획함으로 감추고 숨기는 양가적인 속성을 갖고 있기 때문이다. 김수영은 병풍을 통해서 '죽음'에 대한 공포와 수용을 동시에 표현하고 있다. 바로 이 지점이 트릴링의 "고통과 불쾌와 죽음"을 직면한 것이라 볼 수 있다. 그러나 이 시에서 '죽음'과의 대면은 있지만 이 죽음을 초월한 '영원'의 흔적은 보이지 않는다. 김수영은 자기 나름의 '현대성'의 기준에서 궁극적인 '영원'에 대한 탐구로 더 나아가지 않은 점 때문에 이 시를 진정한 현대시라고 보지 않는다. 그리하여 내적 기준에서 김수영은 다시 최근에 쓴 「미역국」이란 시를 찾고 있다.

> 미역국 위에 뜨는 기름이/ 우리의 歷史를 가르쳐준다 우리의 歡喜를/ 풀 속에서는 노란 꽃이 지고 바람소리가 그릇 깨지는/ 소리보다 더 서걱거린다—우리는 그것을 영원의 소리라고 부른다
>
> 해는 淸敎徒가 大陸 東部에 상륙한 날보다 밝다/ 우리의 재(灰), 우리의 서걱거리는 말이여/ 人生의 말의 간결—우리는 그것은 戰鬪의 소리라고 부른다
>
> 미역국은 人生을 거꾸로 걷게 한다 그래도 우리는/ 三十대보다는 약간 젊어졌다 六十이 넘으면 좀더/ 젊어질까 機關砲나 뗏목처럼 人生도 人生의 부분도/ 통째 움직인다—우리는 그것을 貧窮의/ 소리라고 부른다
>
> 오오 歡喜여 미역국이여 미역국에 뜬 구름이여 구슬픈 祖上이여/ 가뭄의 백성이여 退溪든 丁茶山이든 수염난 영감이든/ 福德房 사기꾼도 도적놈 地主라도 좋으니 제발 순조로와라/ 自稱 藝術派詩人들이 아무리 우리의 能辯을 욕해도—이것이/ 歡喜인 걸 어떻게 하랴
>
> 人生도 人生의 부분도 통째 움직인다—우리는 그것을/ 結婚의 소리라고 부른다
>
> 김수영, 「미역국」 전문

첫 번째 연에서 김수영은 "영원의 소리"를 찾아내고 있다. 그것은 어떤 영원인가. '미역국'은 민족의 전통음식으로 김수영은 미역국을 통해 '우리의 역사'와 역사 속의 '환희'를 짚어내고 있다. 한국은 출산 시 미역국을 먹는 유일한 나라이기도 하며 생일상에도 빠질 수 없는

음식이나. 미역국에서는 한 생명을 출산하는 산고(産苦)와 출생의 환희(歡喜)가 동시에 담겨있다. 따라서 출생의 기억을 떠올리게 하는 미역국의 변천사는 민족의 순환되는 생명 역사의 기록이라고 볼 수 있다.

이제는 여유가 있어서 소고기를 넣고 끓일 수 있어서 미역국에도 기름이 뜨지만 가난하던 시절 기름기 하나 없는 미역국을 먹으면서 한 해 한 해 자신의 삶을 영위해 나갔던 조상들의 빈궁한 역사가 미역국에 그대로 비쳐 있다. 그리하여 김수영은 "퇴계든 정차산이든 수염난 영감이든 복덕방 사기꾼 심지도 도적놈 지주라도 좋으니 제발 순조로와라"라고 한다. "인생도 인생의 부분도 통째로 움직이는 것"은 개인과 개인이 만나서 한 가족들이 되고 그 가족의 단위가 다시 모여 민족의 역사가 되기 때문이다.

각 연에서 귓전에 울리는 "전투의 소리", "빈궁의 소리", "결혼의 소리" 등은 모두 한 개인의 역사이기도 하지만 "통째로 움직"여 온 민족수난의 역사이기도 하며 이는 첫 번째 연의 "영원의 소리"에 귀결된다. 이 영원은 지난한 과거에 대한 부정의 부정 위에서 찾아낸 수용으로서의 긍정의 전환이며 "고통과 불쾌와 죽음" 위에서의 '歡喜'에 대한 발견이기도 하다. 그러나 "좀더 깊이 생각해보면 아직도 나는 진정한 처녀작을 한 편도 쓰지 못한 것 같다."라는 고백에는 이 '영원성'에 대한 탐구가 아직 끝나지 않았음을 알 수 있다. 다만 김수영의 '영원성'이 전통과 현대 사이, 민족주의와 세계주의, 개인주의와 민중 사이에서 어느 한 쪽에도 치우치지 않고 "사회적 윤리와 인간적 윤리를 포함한" 사랑을 향해 끝없이 길항해 나가는 영구한 혁명의 현재적 성격임을 알 수 있다. 이를 바탕으로 67년에 김수영은 자신만의 참여시를 구축해나간다.

> 신동엽의 이 시에는 우리가 오늘날 참여시에서 바라는 최소한의 모든 것이 들어 있다. 강인한 참여 의식이 깔려 있고, 시적 경제를 할 줄 아는 기술이 숨어 있고, 세계적 발언을 할 줄 아는 지성이 숨쉬고 있고, 죽음의 음악이 울리고 있다. 김수영, 「참여시의 정리」 부분

김수영은 참여시의 기준에는 몇 가지가 있지만 신동엽의 시를 언급하면서 최소한의 조건을 나열하고 있다. 여기서 물론 가장 주목할 수 있는 요소는 '죽음의 음악'이다. 이처럼 김수영의 '동시성'은 무의식과 의식의 동시, 외부와 내부의 동일성, 사유와 행동의 일치로서 그것은 궁극적으로 죽음으로 향해가는 도정이다. 전범으로 극찬한 신동엽의 시는 다음과 같다.

> 아니오/ 미워한 적 없어요,/ 산마루/ 투명한 햇빛 쏟아지는데/ 차마, 어둔 생각 했을 리야.
>
> 아니요/ 괴뤄한 적 없어요,/ 陵線 위/ 바람 같은 음악 흘러가는데/ 뉘라, 색동눈물 밖으로 쏟았을 리야.
>
> 아니오/ 사랑한 적 없어요,/ 세계의/ 지붕 혼자 바람 마시며/ 차마, 옷 입은 都市 계집 사랑했을 리야. 신동엽, 「아니오」 전문

김수영은 위의 시에서 "죽음의 야무진 음악을 듣는다."고 했고 참여시에 있어서 事象이 죽음을 통해서 생명을 획득하는 기술이 여기

에 있다고 했다.[297] 여기서 사상이 죽음을 통해서 생명을 획득하는 기술이라는 것은 곧 김수영이 생각하는 참여시의 본질과도 연결이 된다. 즉 참여의식은 죽음을 불사한 생명의지를 고수하고 있으나 이를 구현하는데 있어서는 오히려 '부정'의 방법을 통하고 있음을 보여준다. '아니요'라는 부정어와 거듭되는 반복은 '죽음'에까지 밀고 나가는 강렬한 태도를 전제로 진행되며 궁극적으로 죽음을 통과하게 된다.

> 진정한 시는 자기를 죽이고 타자가 되는 사랑의 작업이며 자세인 것이다.
>
> 김수영, 「로터리의 꽃의 노이로제」 부분

이처럼 김수영의 '참여시'에 있어 의식과 무의식, 사유와 행동, 형식과 내용, 외부와 내부 등은 모두 동일한 것이고 동시에 진행되는 것이어야 하나 사실 그것은 불가능의 형태이다. 그러므로 그것은 '죽음'을 통해서만 가능해지며 '죽음'이 전제되고 '죽음의 보증'으로서의 시적언어야말로 진정한 참여시의 언어가 된다. 김수영은 '죽음의 연습'을 참여시의 가장 중요한 전제로 보았다. 이 죽음은 모든 것을 소멸시키는 허무의 죽음이 아니라 새로운 '생명을 획득하기 위한' '생성'으로서의 죽음이다. 이 죽음은 또한 자기희생에 가까운 것으로 죽음의 대상은 자신이며 죽음을 통해서 생성되는 것은 타인에 대한 '사랑'이다. 그러므로 김수영의 죽음은 궁극적으로 영원을 향한 사랑과 맞닿아있다.

297 김수영, 「참여시와 신동엽」, 『신동엽 전집』, 창작과 비평사, 1975. 405면.

김수영과 베이다오의 참여의식 비교연구

02

몽롱시 논쟁과 베이다오의 참여의식

2.1 몽롱시 논쟁과 부정정신

몽롱시의 전통과 기존체계에 대한 부정정신 때문에 문예계에서는 이에 대한 논쟁이 벌어진다.[298] 이 논쟁은 일찍이 1979년부터 일기 시작하여 1983년 1월에 서경아가 몽롱시를 대표적 현대시로 평

.....

298 그 논쟁의 시작은 다음과 같다. 1979년 봄 公체는 "蒲公英" 신문에 실린 꾸청의 연작시 〈无名的小花(이름 없는 작은 꽃)〉을 읽고서 〈新的课题—从顾城同志的几首诗谈起(새로운 과제—고성 종시의 몇 수 시로부터 얘기하다)〉라는 문장을 1979년 10월 "星星" 복간호에 게재한 것이 논쟁의 서막이라 할 수 있다. 그 후 1980년 초 "福建文学"이 수팅의 시들에 대해 "新谈发展问题 討論" 특집을 게재함으로써 1985년경까지 논쟁은 세차게 이어졌다. '몽롱'과 '몽롱시'라는 표현법은 1980년 8월에 부정파인 章明이 "詩刊"에 〈(사람을 답답하게 하는 몽롱)〉을 게재함으로 등장했다. 그는 '含蓄', '晦澀' 하다고 하여 '몽롱시'라고 칭하였는데 이것은 시에 대한 평가절하의 의도가 내재된 것으로, 현실사회를 비판하고 폭로하는 몽롱시의 정치내용에 대한 공격이었다. 이를 계기로 많은 이들은 통상적으로 사용하였기 때문에 청년시인들의 모더니즘 시를 지칭하는 칭호로 쓰였다. 박종숙, 「"現代主義"와 舒婷의 "朦朧詩"」, 『中國學論叢』, 한국중국문학학회, 1993, 65면.

가함으로 몽롱시 논쟁은 최고조에 달한다. 그 중에서 가장 대표적인 것은 부정파의 시에미앤(謝冕), 쑨소우쩐(孙绍振), 쉬징아(徐敬亚)에 의한 세 편의 글들이 '몽롱시의 궐기'를 주제로 하여 도마 위에 올려진 것이다.

어떤 사람들은 이런 시들이 「시의 현대화」 작업을 알리는 신호일 뿐만 아니라 시 발전의 창의성과 탐색성을 촉진시키기에 마땅히 긍정해야 한다고 주장한다. 우리는 이와 같은 의견의 다양성들이 시의 사회적 기능을 어떻게 취급해야 하느냐 하는 문제와 더불어 시의 창작이나 감상 과정의 여러 문제들과도 연관이 있다고 생각하기에 토론을 전개할 필요성을 느낍니다. 시에 관심을 가지고 계신 동지 여러분, 본 잡지에서 관계있는 문제를 발견하시면 견해를 표명해 주시기 바랍니다.[299]

시에미앤, 「새로운 궐기 앞에서」 부분

사면은 「새로운 궐기 앞에서」라는 글에서 서구 현대시의 표현방법을 도입하여 격식에 얽매이지 않으려는 새로운 시인의 출현을 이단이나 독초로 여기지 말고 시대조류로 긍정해줄 것을 요구하였다. 이에 대해서 띵리(丁力)는 「기괴시 논의에 관한 질문」이라는 글로 사면의 위의 글을 조목조목 비판하였다.

사면 동지는 기괴시가 아닌 「대담하게 서방 현대 시의 표현 방식들

299 謝冕, 「在新的崛起面前」, 『光明日報』, 1980年 5月7日.

을 흡수했다」고 주장한다. 본래 외국 시들의 유익한 예술 표현 방식들을 참고하고 이용하는 것은 필요한 것이나 기괴시가 흡수한 것은 오로지 상징법, 암시법, 은유법, 자유연상법, 천주법 등으로 어렵고 뜻을 알기 힘든 것을 그 특징을 삼는다. 그것은 「자아를 표현하고자 하는」 개인의 내면 세계를 감싸고 여러 층의 굴절을 추구하여 일순간의 환각, 번뜩 떠오른 상상, 찰나의 느낌, 변덕스럽고 막막한 관념 등만을 포착하고자 한다. 그 결과는 곧 시적 형상이 애매모호해져 분위기가 산산조각나고, 묘사하고자 하는 대상도 임의적이고 비정상적으로 변하여, 사상, 감정, 상상, 연상이 까닭없이 비약된다.[300]

띵리, 「기괴시 논의에 관한 질문」 부분

이런 띵리를 앞세운 기성 시인들의 몽롱시 비판에 관해 가장 도전적이고 대담한 문제를 제기한 비평가는 쑨소우쩐이라고 볼 수 있다. 쑨소우쩐은 한 좌담회에서 "예술은 그 자체의 발전 법칙을 가지고 있다"고 부정하면서 "오직 생활의 반영에 초점을 맞추지 못하고 시적 미학을 무시한다."고 지적했다.[301] 이에 쑨소우쩐도 『시간』에 「새로운 미학원칙이 일어나고 있다.」라는 글을 기고하여 새로운 젊은 시인들에게서 보이는 특이한 미학 원칙들을 언급한다.

첫 번째는 시대정신을 반영하는 클라리온으로 간주되는 것에도, 자

300 丁力, 「古怪论质疑」, 『诗刊』, 1980年 12月.

301 정우광, 『뻬이따오의 시와 시론』, 고려원, 1995, 234-235면.

> 아의 감정세계 이와의 그 어떤 용맹한 공적이나 위대한 업적을 표현하는 것에도 가치를 두지 않는다. 둘째는 우리가 잘 아는 인물들의 경력, 용맹한 투쟁들, 노동 장면들을 쓰는 것을 회피한다. 셋째는 생활을 직접적으로 찬미하지 않고, 마음속에 용해되어 있는 생활의 비밀을 추구한다.[302] 쑨소우쩐, 「새로운 미학원칙이 일어나고 있다.」 부분

쑨소우쩐은 이 글에서 사면의 글을 옹호하면서 몽롱시의 출현은 사면이 말한 "신인의 궐기"라기 보다는 "새로운 미학의 궐기"라고 함이 타당하다고 주장했다. 그의 시평은 사상해방 이래 휴머니즘을 내걸고 있는 반성철학의 색채를 띠고 있는 것으로 인간성, 사람의 가치, 자아표현 등 당시 매우 민감한 문제에서 출발하여 몽롱시를 평가했다. 이 글은 큰 반응을 불러일으켰고 다음날에는 따이씨(代熙)를 비롯한 평자들의 비판을 받았다.

> 첫째, 서구 모더니즘 문학가, 예술가들은 거의 모두 그들 자신의 '자아'를 유일한 표현 대상으로 삼아 문예를 부르주아나 쁘띠부르주아의 개인주의, 반이성적인 무정부주의를 표현하는 유일한 수단으로 여긴다. 또한 그들은 의식적으로 현실 세계의 객관성을 배척하기 때문에 상징, 이미지, 잠재의식 등을 통해 꿈처럼 그들의 '자아'를 표현하려고 한다. 그들이 표현하고자 하는 것은 현실이 아니라 작가, 예술가의 머릿속에 있는 개인의 주관의식이다. 그래서 몽롱, 황탄, 황홀, 회삽 등이

302 孙绍振, 「新的美学原则在崛起」, 『詩刊』, 1981年 第3期.

> 서구 모더니즘의 하나의 공통된 특색으로 되고 있다. 셋째는 서구 모더니즘은 그들 자본주의 체제에 대한 낙관적인 분위기가 지식인들 사이에서 동요되며 출현한 것이다.[303]
>
> 쉬징아, 「궐기하는 시인들—우리나라 시의 현대적인 경향을 평함」 부분

서경아는 「궐기하는 시인들—우리나라 시의 현대적인 경향을 평함」에서 몽롱시운동을 중국모더니즘의 흥기라고 개괄하였다. 또한 서구 모더니즘시의 위기의식과 일맥상통하는 것이며 40년대 이래의 리얼리즘 전통을 부정하는 것이라고 했다. 그러나 1984년 정부와 기성작가들의 강요에 의해 서경아의 자아비판 글이 『인민일보』에 실리는 것을 마지막으로 몽롱시 논쟁은 대단원의 막을 내린다. 그러나 몽롱시 논쟁의 주요 쟁점이었던 중국 사회주의 문학전통 거부에 관한 문제, 시의 모더니즘 문제, 자아표현의 문제는 논쟁만 벌이다 결론을 내리지 못한 채 끝을 맺게 된다.

이 뿐만 아니라 1980년대 문예계에서는 적지 않은 논쟁이 있었으나[304] 1980년대 말부터 문예계는 공동적, 통일적 문화 현상에서 벗어나 '다원화', '개인화' 경향으로 변화하기 시작했다. 이러한 현상을 문학 사가들은 '후신시기 문학' 현상이라고 칭한다. 몽롱시는 점차 쇠퇴하고 신세대 시인 집단의 실험성이 강한 시로 변모하고, 소설은 선봉소설 곧 아방가르드로 변모하여 신시기 초기의 모더니즘과는

303 徐敬亚, 「崛起的诗群—评我国诗歌的现代倾向」, 『當代文藝思潮』, 1983年 第一期.
304 예를 들어 '이화', '인도주의', '문화열' 등의 논쟁이 그것이다.

다른 모더니즘 즉 포스트모더니즘으로 변화하였는데 이를 중국 문단에서는 후현대주의사조라고 불렀다.

또한 6·4 천안문 사태 이후에는 활동적인 문인과 전문출판인들이 들어서는 등 문예계는 크게 변하기 시작했다. 그 중 가장 큰 변화는 문학계가 순수문학(엄숙문학)과 대중문학(통속문학)으로 명확히 양분되기 시작했다는 점이다. 또 정부의 지원이 감소 또는 중단되면서 문학단체의 구성도 변하였다. 우선 동인들이 모여 단체를 구성하고 독자적으로 문예지를 운명하면서, 그들 나름의 문학정신을 수립하는 순수문학파가 나왔다. 한편 정부의 통제에서 벗어나 상업성과 오락성을 갖춘 작품을 써서 생활하는 대중 문학파들이 등장했다.[305] 그 결과 1993년 이후 통속적 대중문학이 성행하면서 중국 문단은 순수문학의 위기를 맞게 되었다

1993년부터 1995년까지 문단에서 있었던 '인문정신'논쟁은 지식인 작가들의 모임인 순수문학계에서는 어떻게 하여야 문학이 현실사회에 참여하고, 어떤 문학적 입장에서 서서 독자들을 바른 사회로 이끌어 문학의 사명을 다할 수 있는가에 대해 연구하고 토론했다. 이 토론과 논쟁의 핵심은 소비성 문화시대와 개인화시대에 지식인의 정신적 가치를 어디에 둘 것이며, 또 그들의 사회적 기능은 무엇인가에 대한 것이었다. 물론 이런 토론이 쉽게 결론에 도달할 수는 없었으나, 지식인 작가들은 사뭇 진지하게 논의를 거듭했다. 순수문학계에서는 새로운 탐색적이고 실험적 문학이 꾸준히 모색되었다.

305 株栋霖·朱晓进·龙泉明, 앞의 책, 255-256면 참조.

1990년대 중반기에 들어서면서 문예사조의 관념이 점차 엷어지는 현상이 나타나기 시작했다. 선봉문학이 점차 퇴조하고 신사실소설도 점차 쇠잔해지면서 '신역사소설'과 '신체험소설' 등이 등장했다.[306] 이러한 경향은 문예계가 과거의 같은 공동의 인식에서 벗어나 개인화 다원화되어 가는 현상을 반증하는 것이라고 하겠다.

그럼에도 불구하고 한국 문단에서의 순수 참여 논쟁이 가져온 의의가 순기능이 더 많았던 것처럼 몽롱시 논쟁도 몇 가지 간과할 수 없는 의의가 존재한다. 가장 중요한 핵심은 인간성을 각성으로 문화대혁명을 기억하고 반성하고 비판하는 것이 화두가 된 것이다. 문화대혁명 직후 비록 동란은 종식되었지만 여전히 이는 민감한 주제였기 때문에 드러내놓고 저항을 하지 못하고 우회적으로 표현 할 수밖에 없었던 실정에서 좀 더 압축적이고 은유적인 표현을 쓸 수 있는 시의 특성상 시는 소설에 비해서 어떤 면에서는 좀 더 과감하게 부정정신을 드러낼 수가 있었다. 또한 몽롱시는 앞서 사면이나 서경아가 지적했던 것처럼 서구 모더니즘의의 정신 즉 위기의식과도 상통하는 면이 있다.

중국의 몽롱시를 서구의 모더니즘과 비교를 해 보았을 때 문혁 후 중국 현실문화의 토양에 기초한 자생적인 것으로 서구의 모더니즘과는 다르게 평가 받는다.[307] 서구의 것이 자본주의적 사회관계를 반

306 株栋霖·朱晓进·龙泉明, 앞의 책, 257-265면 참조.

307 許子東,「現代主義與中國新時期文學」,『文學評論』, 1989年 第4期.

영한 의식형태의 자연발생적인 변화였다면 몽롱시는 근대적 토대를 갖추지 못한 문혁의 전체주의적 성격에 대한 의식성에서 비롯되었다. 그러면서도 몽롱시는 서구식의 해체보다는 통일을 지향한다.[308] 서구 '모더니즘' 운동은 오랜 세기 동안 서구 사회를 지배해온 두 가지 사상, 즉 기독교 이념과 실증주의적 과학 정신의 붕괴와 비판에서 시작되었다. 그러므로 서구 '모더니즘' 운동에는 전통적인 인습의 파괴라는 의미가 내포되어 있다. 이에 반해 한국과 중국의 '모더니즘'은 전통적인 인습에 대한 부정이라기보다는 현 상태의 정권에 대한 비판에 가까웠고 형식적인 측면만 차용한 것이 허다했다.

그러나 "현실에 대한 비판의식과 부정정신"이라는 측면에서 몽롱시는 모더니즘이 갖고 있는 현실에 대한 인식이나 이를 보는 시각적인 측면에서는 그 방향이 동일하다고 볼 수 있다. 즉 중국의 몽롱시와 한국의 '참여시'가 같은 선상에서 논의될 수 있었던 접점은 '현실에 대한 부정정신'에 있다고 볼 수 있다.

2.2 | 베이다오 참여의식의 부정성

위에서 언급하다시피 몽롱시 자체가 참여로서의 현실에 대한 강렬한 부정성을 띠고 있지만 베이다오는 그 시대를 대표하는 여타 몽롱시인들 중에서 주제적 측면에서나 기법적인 측면에서 특히 더 강

308 김소현, 「몽롱시와 모더니티」, 『중국학』 15집, 대한중국학회, 2005, 265-266면.

하게 부정의식을 드러낸 시인이라고 볼 수 있다. 그것은 같은 몽롱파 대표시인인 꾸청과 수팅 등의 비교를 통해서 확인할 수 있는데 베이다오를 언급함에 있어 이 세 몽롱파 시인은 여타 몽롱시인들에 비해서 하나의 범주로 묶이고 또 대표성을 갖고 자주 언급되곤 한다.[309] 이 절에서는 몽롱시의 가장 대표적인 세 시인을 비교함으로 베이다오의 부정의식이 그들과 어떤 지점에서 유사성과 차별성을 가지는 지를 밝히고자 한다. 이는 몽롱시라는 문학적 지형도에서 베이다오가 가지는 시의 특성을 다각적으로 볼 수 있는 유효한 접근방식이다.

우선 수팅은 성장배경이 베이다오와 크게 다르지 않다. 수팅은 1952년 복건성(福建省) 석마진(石馬鎭)에서 태어나 하문(夏門)이라는 큰 도시에서 자랐다. 베이다오와 마찬가지로 중학교를 졸업하기도 전에 낙향 청년으로 농촌에 내려가 농민교육을 받았으며 도시로 회귀한 후에는 정식 직원으로 취직하지 못하고 여러 가지 임시직을 전전하면서 생계를 유지했다. 1969년부터 습작을 시작했으며 그녀의 시는 낙향한 지식청년들 사이에서 회자될 정도로 유행되었다고 한다. 1979년부터 민간지 『오늘』에 시를 발표하고 그해에 공식간행물 『시간(詩刊)』에서 장장 1년에 걸쳐 그녀의 시를 논하는 자리를 마련했으며 그때부터 몽롱시인으로 거국적인 주목을 받기 시작했다.[310] 우선 수팅

309 '몽롱시'가 당시 시단의 주류였다면 비록 유파를 형성하지는 못했지만 '서사시를 지향'하는 일부 움직임이 생겨나기 시작했다. 베이다오, 꾸청, 수팅, 쟝허, 양이랜은 대표적인 몽롱시인이었으나 그 중에서 쟝허와 양이랜은 서사시로 전향하게 된 것이다. 이처럼 모더니즘 기법의 '몽롱시'를 쓰면서 저항했던 몽롱시파 시인들과 달리 전통적 방법의 '서사시'를 통해서 저항했던 쟝허, 양리앤 같은 시인들은 그 지향은 같았지만 방법적인 면에 있어서는 뚜렷한 대조를 이룬다고 볼 수 있다.

을 몽롱시의 반열에 올려놓고 그녀의 대표작으로 불리는 시를 통해 그의 몽롱시의 내적 저항성이 어떻게 작동하고 있는 지를 살펴보자.

> 내가 만일 당신을 사랑한다면/ 절대 기대어 사는 능소화를 닮지 않으리/ 당신의 어깨를 빌어 자신을 뽐내지 않으리/ 내가 만일 당신을 사랑한다면/ 치정에 빠진 새처럼 녹음을 위해/ 단조로운 노래를 부르지 않으리/ 긴긴 세월 청량한 위안만을 보내는/ 샘의 원류에 그치지 않으리/ 당신의 키를 높이고 당신의 위엄을 배려하는/ 험악한 봉우리에 그치지 않으리/ 나아가 햇볕이 되고/ 나아가 봄비가 되어/ 아니, 이도 부족하니/ 차라리 당신 곁의 한그루 木棉이 되어/ 나무의 이미지로 당신과 함께 서리/ 뿌리는, 지하에 굳게 내리고/ 잎은, 구름에 닿아/ 바람이 스쳐갈 적마다/ 우리는 서로 인사를 나눈다/ 우리들 언어/ 아는 이는 없어라/ 당신의 그 구리 가지와 철의 줄기는/ 칼 같고 검 같고/ 미늘창 같다/ 나는 석대한 붉은 꽃송이/ 무거운 탄식 같기도 하고/ 용감한 횃불 같기도 하다/ 우리는 구름과 안개와 무지개를 즐긴다/ 영원히 떨어져 나간듯하지만/ 종신토록 함께 한다,/ 그것이 바로 거룩한 사랑/ 굳은 절개 이곳에 있나니/ 당신의 우람찬 거구도 사랑하고/ 견지하는 당신의 위치와 족하의 대지도 사랑한다.[311] 수팅, 「상수리 나무에게」 전문

310 1981년에는 복건성 문예연합협회 소속으로 전문적인 창작활동을 전개했으며 그 후 중국작가협회 이사, 복건성 작가협회 부주석으로 활약했다. 정봉희, 『중국 몽롱시의 텍스트 구조 분석』, 한국문화사, 2010년, 95면.

311 “我如果爱你－/ 绝不学攀援的凌霄花/ 借你的高枝炫耀自己/我如果爱你－/ 绝不学痴情的鸟儿/ 为绿荫重复单调的歌曲/ 也不止像泉源/ 常年送来清凉的慰藉/ 也不止像险峰/ 增加你的高度/ 衬托你的威仪/ 甚至日光/ 甚至春雨/ 不、这些都还不够!/ 我必须是你近旁的一株木棉/ 作为树的形象和你站在一起/ 根、紧握在地下/ 叶、相触在云里/ 每一阵

이 시는 서정적인 언어로 가득한 사랑의 시지만 수팅의 시 세계를 잘 보여주는 완성도 높은 시로 평가된다. “내가 만일 당신을 사랑한다면”이라는 가정을 통해서 사랑에 대한 가치관을 다양한 비유의 이미지로 제시하고 있다. 수팅 자신의 사랑에 빗댄 가치관이 기존의 가치관과 다른 점이 있다면 무엇보다 전통적인 여성의 이미지에서 벗어나 자주적이고 독립적인 사랑을 주장하고 있다는 점이다. 풍부한 감성으로 쏟아낸 필치답게 사랑의 서정은 시 전반에 깔려 있지만 ‘—않으리’라는 어미의 반복을 통해 나약하고 순종적인 사랑관을 부정하고 있으며 상대와 동등한 입장에서 사랑에 대한 자신의 당한 포부와 강렬한 소망을 거침없이 드러내고 있다.

수팅의 세계는 여성의식을 중심으로 초기에는 여성의 주체성을 소외시키는 역사와 현실을 고발하고 그에 대한 저항과 의지를 불태우고 의미화 과정에서는 자아와 타자의 균형을 강조하면서 민주적인 사유 구조를 드러내고 있다.[312] 수팅은 구체적인 사물로 출발하여 상상, 연상의 이미지 조합을 통해 풍부한 서정을 표현해내고 있는데 복잡한 감정을 여성 특유의 섬세함으로 표현한다. 수팅의 시는 미려한 상징을 통해 조밀한 사유의 궤적을 드러내고 있으며 사실 그의

.....

风过/ 我们都互相致意/ 但没有人/ 听懂我们的言语/ 你有你的铜枝铁干/ 像刀, 像剑/ 也像戟/ 我有我红硕的花朵/ 像沉重的叹息/ 又像英勇的火炬/ 我们分担寒潮、风雷、霹雳/ 我们共享雾霭、流岚、虹霓/ 仿佛永远分离/ 却又终身相依/ 这才是伟大的爱情/ 坚贞就在这里/ 爱—/ 不仅爱你伟岸的身躯/ 也爱你坚持的位置/ 足下的土地”, 「致橡树」.

312 1981년에는 복건성 문예연합협회 소속으로 전문적인 창작활동을 전개했으며 그 후 중국작가협회 이사, 복건성 작가협회 부주석으로 활약했다. 정봉희, 위의 책, 103면.

시는 꾸청과 베이다오에 비해 몽롱하지 않다. 그러나 수팅이 즐겨 쓰는 수사는 은유와 상징으로 직설적인 토로는 피하고 있다. 수팅의 시는 낙관주의는 아니지만 애상을 담고 있으며 그렇다고 비관에 빠지지는 않는다. 베이다오에 비해서 역사와 개인주의의 가치에 대한 회의는 희석되어 표현되며 "신여성주의"의 주체정신이 잘 드러나고 있다라고 보았다. 베이다오의 시가 역사의 울타리를 깼다면 수팅의 시는 화해를 향한 끊임없는 시도였다.

수팅과 베이다오 이 두 시인의 풍모는 강으로 비유하자면 하나가 난류이고 다른 하나는 차가운 강이라고 볼 수 있다. 하나는 열정으로 충만하고 하나는 냉정함이 가득 차 있으며 하나는 생활의 기운이 가득하고 다른 하나는 역사 감각이 구비되어 있다. 그리하여 신시기 문학을 대표하는 두 개의 다른 조류로서 역할하게 되었다.[313] 북경출신인 베이다오와 하문출신인 그들의 시적 경향은 그들의 지리적 특성과 문화적 풍토만큼이나 달랐지만 몽롱시의 대표주자로 자리를 굳히게 된 것은 기존의 가치관에 대한 부정과 은유, 상징 등의 수사기법을 전보다는 다른 방식으로 구사하고 있다.

그렇다면 꾸청은 어떠한가. 그 기이한 행적으로 "천재", "미치광이", "동화시인"으로 불리는 꾸청은 보다 시 창작에 있어 독특한 상상력을 보여주는데 보통의 일상적인 사물들조차 그에게는 각종 기이한 이미지로 변신한다. 그는 대자연에 주로 천착하고 있으며 티없이 순수한 어린이의 시선으로 본 자기만의 동화 세계를 순수함의

313 邢富君, 앞의 글, 57면.

언어로 그려내고 있다.

꾸청은 베이징 출신으로 군문예계 소속의 시인으로 어린 나이에 문화대혁명을 맞아 부친과 함께 산동성 산골에 내려가 여러 해 동안 돼지를 키우다가 1974년에야 베이징에 돌아왔다. 귀경 후에도 페인트공과 목공으로 노동을 하다가 출판사에 배속되었으며 1977년부터 시를 쓰기 시작했다. 비록 베이징에서 태어났으나, 어린 시절 산골의 대자연 속에서 고독하게 지내면서 삶에 대한 막연한 동경을 키우며 성장한 꾸청의 이력은 같은 베이징 출신이지만 도시에서 줄곧 자란 베이다오와 비교했을 때 시적 풍모가 구분될 수밖에 없다. 베이다오가 도시체험을 중심으로 바탕으로 시에서 관련 이미지를 주로 드러내고 있다면 꾸청은 자연을 중심으로 자신만의 동화세계를 표현하고 있다.

꾸청은 1974년, 북경으로 전입하면서 노동자로 변신했고, 노동자의 시야로 중국을 진단하기 시작했다. 1980년 초부터 지하문학지 『오늘』을 비롯하여 국영 시전문지인 『시간』, 『별』 등에 「한 세대 사람」, 「종막」, 「멈과 가까움」, 「느낌」, 「눈을 깜박인다」, 「촬영」 등 비수의 짧은 언어로 촌철살인하는 비평시가 세상을 놀라게 했다.[314] 꾸청의 시에는 '근대성' 담론에서 벗어나려고 하는 현대중국의 비극적인 한 단면이, 사회적 거대담론에서 개인적 미시담론으로 넘어가는 현대중국의 비극적인 한 단면이 예리하게 부각되어 있다.[315]

314 허세욱, 「천재와 미치광이 사이: 꾸청에 대하여」, 『현대시』9, 한국문연, 1998, 25면.
315 꾸청 지음, 김윤진 옮김, 『잉얼1』, 실천문학사, 1997, 194면.

그는 자전 에세이에서 1976년 4월 5일 천안문광장에선 청명절 시가혁명을 만나 금빛 화염과 파아란 연기가 요란한 환호성 속에 솟아오름을 보곤 마침내 그 환호성 속에 내 몸을 바치고 싶다는 결심과 함께 “나는 불을 끄는 소방 호스를 잘라버리고, 나는 인민과 함께 이 암흑의 순간을 불 태워버리고 싶다”고 절규한다. 1982년 『上海文學報』기자 와의 대담 중에서 꾸청은 다음과 같이 말한 적 있다.

> 저는 진정으로 ① 아름다운 시에는 적극적인 사회의식이 갖춰져 있어야 한다고 생각합니다. 장미와 검은 결코 대립하는 존재가 아닙니다. ② 투쟁은 목적이 아니라 이 세계를 보다 아름답게 만들기 위한 수단인 것입니다. 이런 면에서 볼 때 검은 장미를 위해 존재한다고 할 수 있겠지요.
>
> ② 우리는 엄청난 대가를 지불하고 나서야 비로소 이해하기 시작했습니다. 정치가 모든 것을 대체할 수 없듯이 물질도 모른 것을 대체할 수 없다는 사실을 말입니다. 한 민족이 전진하기 위해선 전자기술과 과학적 관리가 필요할 뿐 아니라 고도의 정신문명도 필요합니다. 그리고 이 가운데는 ③ 새로운 유형의 현대적 심미의식을 수립하는 것도 포함됩니다.[316]

꾸청 또한 정치적 현실에 예민하고 반응하고 있었지만 미학을 분리시키지 않았을 뿐만 아니라 “투쟁이 목적이 아닌”, “아름다운 세

316 꾸청 지음, 김태성 옮김, 『나는 제멋대로야』, 실천문학사, 1997, 212면.

계의 실현"을 더 우선순위에 두었다. 아름다운 시를 논함에 있어 미학성만 있어서는 안 되지만 또 '참여'를 위한 참여 또한 목적이 아님을 밝히고 있다. 정치와 미학의 관계에 있어서 미학이 선행하지만 정치의식은 필요한 것이며 그 결합이 세상을 변화시키는 힘이라고 생각했다. 이처럼 미학에 천착한 꾸청의 대표시를 통해 그가 베이다오와 어떤 공통점과 차별성이 있는 지를 구체적으로 고찰해보도록 한다.

> 어둔 밤은 내게 검은 눈동자를 주었으나/ 나는 오히려 그것으로 세상의 빛을 찾는다.[317]
> 꾸청, 「한 세대」 전문

지금도 많이 회자되고 있는 이 시는 두 행밖에 안 되는 짧은 시지만 안에는 많은 것들이 함축되어 있다. 제목이 「한 세대」라고 되어 있듯이 이것은 한 세대가 처한 시대적 배경에 대한 인식을 명료하게 드러낸다. 그것은 '어두운 밤'이라고 분명하게 명시되어 있다. 한 시대의 어둠은 사회는 물론, 사회를 구성하는 한 개인에게도 짙은 어두움을 드리운다. 그러나 이 어두움을 '시대의 어둠'으로 인식할 수 있는 힘은 시인에게 있다. 거기에 그치지 않고 시인에게서 이 어두움은 '검은 눈동자'로 전환된다. 눈동자는 본래 검은 것인데 어둔 밤을 뚫고 나가기 위해 더욱 검어진다. 광명을 보기 위해서 어두움의 끝, 나락까지 닿아야 함을 꾸청은 잘 알고 있었다. 어둠과 빛은 서로

317 "黑夜给了我黑色的眼睛/ 我却用它寻找光明", 「一代人」.

분리된 것이 아니라 연결된 것이며 어둠을 밀어내는 빛의 도래는 그 어두움의 심연이 절정에 다랄 때 비로소 다가오는 것이기 때문이다. 그러므로 어둠을 밀어내는 힘은 '더 깊은 어둠'에 있다고 할 수 있다. '더 깊은 어둠'을 꾸청은 자신의 내면에서 소환해낸다. 그것은 어두운 시대를 전복하려는 힘이고 세계를 뒤집으려는 힘이며 빛의 시대를 이끌어내려는 주체적인 힘이다.

자신만의 '응시'로 세상을 보고 주체적인 생의 의지를 찾아가려고 했다는 점에서 꾸청은 수팅과 베이다오와 함께 사회주의 중국에서 "주체의 발견과 참여"라는 몽롱시가 가지는 큰 특징을 구현해내고 있다. 그러나 수팅은 여성적 어조에 보다 치우쳐 있고 여성의 주체성에 초점을 맞추고 있다는 측면에서는 베이다오와 꾸청과는 또 구분된다. 꾸청 또한 '사회참여'에 방점을 두기보다 미학적인 측면을 궁극적으로 지향했다는 점에서는 또한 베이다오와 구분된다.

대부분 논자들이 인정하는 것처럼 베이다오 시에서 가장 특징적인 것은 강력한 회의와 부정의 정신이다. 한 시인의 내면 속에 가득 찬 고통과 불안, 사회와 역사에 대한 책임감은 그로 하여금 늘 현실을 부정하게 만들었다. 특히 그의 대표작인 「회답」에서 "나는 믿—지—않—아—", "하늘이 푸르다고 믿지 않는다, 천둥이 메아리를 믿는 않는다, 꿈이 거짓임을 믿지 않는다, 죽으면 보복이 없다는 것을 믿지 않는다" 등 "믿지 않아"로 반복되는 강렬한 부정의 시구는 문혁 이후의 세대에게 충격과 각성을 불러일으키는 돌풍과 같은 역할을 했으며 사회적으로도 큰 공명을 불러 일으켰다. 영웅부정과 현실부정을 통해서 베이다오가 돌아보고자 한 것은 인간이고 역사에 묻힌 한 명 한 명의 개인이었다. 또한 베이다오는 자신에 대한 부정을 통해 현실과 자아에 대한 통찰을 멈추지 않았는데 '아이러니'와 '풍자' 및 역설 등을 사용했다는 측면에서 김수영과 비슷한 면모를 보인다.

베이다오의 이미지 배열은 복잡한 구조를 지닌 듯 보이나 그 기호의 상징적 의미는 비교적 명확하다. 예컨대 비둘기, 별, 하늘, 물보라 등은 개인이 지니는 가치를 표현하나 밤, 까마귀, 그물, 허물어진 담벽 등은 생명과 자유의 생성을 방해하는 것들의 상징이다. 또한 강한 남성성을 가진 목소리로 냉엄하고 비장하며 확고한 부정성을 통해 현실의 추악함 등을 폭로한다. '사람'은 이 몽롱시 중에서 중요한 부분이고 '인본주의 가치관'은 그의 핵심 사상이며 시 속에서 표현된 인문의식은 아주 강렬하였고 다른 두 시인 꾸청과 수팅에 비교를 해서도 그의 시는 특히 강렬하였다.

베이다오, 꾸청, 수팅은 모두 주체성에 도전한 몽롱파 시인으로 그들은 역사에 대한 각각 다른 시선으로 대응하고 있는데 그들의 '자아'를 찾는 방식은 너무나 달랐다. 베이다오는 남성적인 웅변으로 역사에 도전했고 꾸청은 어린아이와 같은 천진난만함으로 도전했으며 꾸청은 현대적인 여성의 목소리로 참여했다. 하지만 이 중에서 베이다오의 목소리가 가장 강렬했는바 역사와 현실에 대한 강렬한 부정성은 베이다오로 하여금 80년대 시단을 이끌게 한 가장 큰 이유가 되게 한다. 국가를 '아버지'에 비유한다면 이 세 시인은 모두 '부친의 독재'에 대한 저항과 역사적 현실에 대한 문제의식을 공통적으로 갖고 있었으나 내적 주체를 내세우는 방식은 사뭇 달랐다.

수팅은 여성적인 어조로 남성적인 힘에 귀속되지 않은 자립적인 사랑의 주체성을 내세웠고 꾸청은 아이와 같은 눈으로 어두운 세상에서 자신만의 동화적인 세상을 구축하려는 순수성을 내세웠으며 베이다오는 '장자'와 같은 책임감과 남성적인 어조로 현실의 부조리와 억압에 대해 강력한 부정성을 내세우고 있다. 이 절에서는 베이다오의 부정 시학이 구체적으로 어떤 양상을 지니며 무엇을 부정하고 어떻게 부정하는 지 그리하여 궁극적으로 부정을 통해 베이다오가 무엇을 취하려고 하는지를 고찰하려고 한다. 이는 또한 그 다음 절에 나올 베이다오 '시' 분석의 전초가 될 것이다.

베이다오의 부정시학은 '개인이 없는 중국의 문화'에 대한 저항이며 '개인 시학'으로도 지칭된다. '개인'은 베이다오가 찾고자 하는 방향이었으며 베이다오는 무엇보다 "내적으로 충분히 사유된 개인의 목소리"가 반영된 세계를 건립하고자 하였다. '자기의 세계', '내적인 수요', '개인의 목소리' 즉 개인체험이야말로 베이다오 시 창작의 근원이라고 할 수 있다. 베이다오는 자신의 시 창작 과정에 대해 다음과 같이 말한 적 있다. "나는 자신의 시 창작 과정의 개요를 서술하려고 한 적은 있으나 매번 달랐다. 그리하여 나는 그것을 밝히려는 시도를 포기할 수밖에 없었는데 내가 생각하건데 창작은 생명의 발로이다. 그것은 생명의 지표를 뚫고 나오는 것으로 예측하기 어렵다. 바깥의 환경은 그렇게 중요하지 않다."[318]

베이다오가 직접 언급했듯이 베이다오에게 있어 창작의 첫 번째

318 唐晓渡,「北岛—我一直在写作中寻找方向」,『诗探索』第3-4辑, 2003, 48면.

지표는 개인적 체험을 바탕으로 한 '생명의 발로'였다. 베이다오 시 중에 개인이 체험한 '고독'은 시 중에서 일종의 '우울'한 정신 상태로 드러나는데 시인은 고독과 우울에서 시작하여 '사회 부조리'에 대한 부정, 반항과 투쟁을 진행했고 결과적으로는 다시 '자신'에게로 돌아오고 있다.

이러한 특성 때문에 중국의 어떤 연구자들은 베이다오를 헤밍웨이에 비유한다. 베이다오가 단지 강렬한 회의, 비판정신과 같은 부정의식을 표현하고 있기 때문만이 아니라 이러한 회의와 비판이 궁극적으로 자신에게도 향해 있기 때문이다.[319] 이러한 목소리는 사유하는 자의 목소리이며 그 사유의 핵심에는 "나는 믿지 않는다."라는 부정성이 깔려 있다. 베이다오의 의심, 비판과 부정 그리고 사회에 대한 반항과 시간에 대한 투쟁은 결국 본인 특유의 사유를 유지하는 것에 있었으며 자신뿐만 아니라 개인으로 하여금 사회와 개체를 향하여 '사유하는 자'가 되게 하는 데 있었다.

왕쉬에둥(王学东)은 베이다오의 '부정시학'은 '방아쇠 시학'[320]이라고도 보았다. '방아쇠 시학'이라 함은 두 가지 의미가 있는데 첫 번째는 현대사회에서 시는 문제해결이 아닌, 단지 방아쇠의 작용밖에 못한다는 것이다. 방아쇠는 당기는 순간에 이미 역할이 끝나며 그렇게 오랜 영향력을 발휘하지 못하기 때문에 시 또한 이와 마찬가지로 마치 한 줄기 분수같이 솟아오르고 나서 다시 땅속으로 잦아들어간다

319 洪子诚, 「北岛早期的诗」, 『海南师范学院学报』, 社会科学版, 2005, 4면.
320 王学东, 「北岛诗学与中国现代诗学的当代转型」, 『当代文坛』, 2010, 104면.

고 보았다. 두 번째는 방아쇠가 일체화, 규범화, 단일화, 문화의 표준화, 동질화 등에 대해 반동이라면 이 방아쇠를 당김으로 사회와 자아에 대한 경각심을 불러일으키게 한다고 보았다. 그러나 베이다오의 시가 그 효용성이 짧은 방아쇠 역할밖에 못한다고 할지라도 사회주의 국가에 베이다오가 던져준 '시'적인 사유는 사회주의 반항과 생명에 대한 투쟁으로 자기존재의 근거를 마련할 수 있게끔 돌아보는 데 큰 울림과 반향을 일으켰다. 이처럼 베이다오에게 있어 부정성의 첫 번째 대상은 사회를 포함한 자신에게 있었으며 혁명의 시간이 끝난 뒤에도 날카로운 비판과 부정의 사유를 멈추지 않았다.

부정성이 사회를 향하고 있을 뿐만 아니라 자기 자신을 향해 있다는 측면에서 베이다오는 김수영의 부정과 상당히 유사한 측면을 보인다. 김수영이 아이러니와 풍자를 통해서 부정성을 드러냈다면 베이다오의 부정의식은 패러독스와 역설을 통해서 드러난다. 패러독스는 부정성으로 베이다오가 세계를 관조하는 방법이기도 했다.[321] 패러독스식 사고는 현실과 역사에 대해 더욱 심층적으로 사유할 수 있도록 해준다. 패러독스는 시인으로 하여금 세계를 알게 하는 독특한 방법 중의 하나로서 작용하며 실제적으로 베이다오의 필치 아래서는 논리적인 언어적 층위를 초월하여 사람들에게 세계상에 많은 일들이 논리를 벗어나 있음을 알려주고 있다.[322] 중국현대문학에도 이런 패러독스 이미지의 근원이 있는데 그것은 바로 노신의 "야초"

321 吴晓东, 「走向冬天」, 『阳光与苦难』, 汇文出版社, 1999, 54면.
322 吴晓东, 위의 글, 55면.

이다. 야초에서는 대립적인 가치 관념과 인식, 정서, 감정 등이 현실에서 꿈으로, 다시 현실로 나아가는 나선적 순환구조를 보여주고 있는데 우울하고 비극적인 시대정서와 조우한다. 패러독스적인 사유 또한 비극성에 기초하고 있는데 그것은 영혼의 투쟁과 고통을 체현하고 있기 때문이다. 하지만 인간은 모순을 통해서 사물의 진실을 캘 수 있으므로 모순을 통한 선택 투쟁 즉 그로부터 얻어지는 목소리야말로 진정한 생명의 노래임을 알 수 있다.[323]

패러독스식 사고는 많은 상징체계의 해체, 분열과 파괴를 가져온다. 이미지는 상징과 조험을 거쳐 하나의 은유가 될 수 있다. 하지만 그것이 한 번에 그치지 않고 계속해서 반복된다면 그것은 하나의 상징 즉 시인의 내적인 세계가 된다.[324] 베이다오의 시에서 또한 기존의 전통적인 상징과 위배되는 많은 이미지들이 등장하는데 그 중에서도 '태양'의 상징에 대한 강력한 부정은 큰 의미를 지닌다. 니체의 "신은 죽었다"는 선언은 서구 세계의 '신'에 대한 견고하고도 신성한 가치관을 깨뜨림으로 사람이 돌아갈 거처, 목표 가치도 모두 없어지게 했다. 베이다오 또한 '신'과 맞먹는, "태양의 죽음"을 몸으로 체험하게 된다. '문혁'을 통해 그는 이제껏 믿고 왔던 진리가 일순간 사라짐을 깨달았으며 모든 민중들이 확고하게 믿고 있었던 종교에 가까운 마오쩌둥—태양이 없음을 발견하게 된다. "나는 믿지 않는다."라는 베이다오의 자각과 외침은 전면적으로 세계에 대한 의심을

.....

323 龙吟娇·柏桦,「论北岛诗歌中的悖论意象」,『西南交通大学学报』14, 2013, 30면.

324 勒内·韦勒克, 奥斯汀·沃伦 著, 刘象愚·刑培明·陈圣生等译,『文学理论』, 江苏教育出版社, 2005, 178면.

제기하여 독자로 하여금 베이다오 내면에서 경험한 황당한 현실에 대해 공감하게 하려는데 있다.

> 나는 몽타주기법을 나의 시에 도입하여 이미지의 부딪침과 신속한 전환을 이끌어냈다. 이로써 인간의 상상력을 끌어올리게 하여 큰 도약이 낳은 공백을 메우게 하였다.[325]

스스로도 인정하고 있듯이 베이다오는 몽타주기법을 즐겨 사용하고 있으며 이는 그의 시 속에서 상반되고 상충되는 이미지들을 표현하는데 효과적으로 운용된다. 몽타주를 통해 서로 연관성이 없어 보이는 이미지들을 나열하고 비유기적인 이미지들을 조합하는 것은 언뜻 보면 개연성이 없어 보이지만 충격 기법을 통해 오히려 더 큰 내적 관계를 추적 할 수 있다. 몽타주는 미학적, 기호학적 관점에서 일종의 관계의 효과라고 볼 수 있다. 이는 또한 모더니즘 정신과도 연결이 된다.

> "예전에는 서구 고전주의·낭만주의 시를 읽었는데, 영원히 목마름을 채울 수 없었지만 서구 모더니즘 작품은 내면의 고민을 풀어줬다… 모더니즘은 인간의 분열이며 우리는 모더니즘에서 모종의 정신적 대응물을 찾았으며 이는 글쓰기와 맞물렸다."[326]

325 北島, 「談詩」, 『青年詩人談詩』, 北京大學五四文學社, 1985, 2면.
326 郭玉洁, 「北岛:变革年代的诗人」, 『生活』, 2008, 35면.

베이다오 시에서 보여지는 황당함, 불합리성, 부정성, 상실감 등으로 인해서 기존 연구자들은 베이다오 시에서 모더니즘적 특성을 찾는다. 베이다오 또한 자신이 찾고 있는 "모종의 정신적 대응물"을 모더니즘 정신에서 찾았으며 그것이 자신이 추구했던 글쓰기의 방식과 맞물렸음을 고백한다. 그러나 그렇다고 해서 모더니즘 기법을 그대로 차용했다거나 거기에서 많은 영향을 받았다고 볼 수는 없다.

> "나의 시가 외국 영향을 받은 것에는 한계가 있다. 주요한 것은 여전히 충분히 내면적인 자유를 표현하는 필요성에 있다. 시대가 우리 이 세대의 고통과 특정된 정서 및 사상을 조성했다."[327]

베이다오는 자신의 시가 외국의 영향을 받은 것은 인정하지만 그것은 한계가 있는 것이며 이는 단순히 모더니즘 기법을 적용한 것이 아니라 세대적인 '정서와 사상'의 표출, 현실에 대한 깊은 반영 등이 시 속에 투사되고 있는 것이라고 밝힌다. 이처럼 베이다오의 현실에 대한 부정은 단순한 체제의 폭력성에 대한 저항이 아니라 실존주의적 사유와 깊은 연관을 맺고 있다.

베이다오는 "시는 반드시 나로부터 시작해야 한다. 시인은 반드시 자신과 외부세계 사이에서 임계점을 찾아야 한다."[328] "시인은 작품을 통해 자기의 세계를 구축하되 그것은 진실되고 독특한 자기만의

327 王明伟, 「访问北岛」, 『争鸣』, 香港, 1985, 24면.
328 林平乔, 「北岛诗歌的三个关键词—北岛前期诗歌简论」, 『理论与创作』, 2005, 39면.

세계여야 하며 정의와 인성이 살아 숨 쉬는 세계여야 한다."[329] "자신에 대해서도 의심하고 회의하는 정신이야말로 우리로 하여금 시인의 힘을 느끼게 하는 것이다."[330]라고 하여 낡은 가치체계에 대한 희망과 목적이 없는 현실의 상태로부터 회의와 부정정신을 탐색하게 되었음을 강조하고 있다.

"베이다오의 이러한 주체의 존재는 삶의 과정과 자신에 대한 집착이며 이는 서구의 현대 모더니즘 정신과 다른 것으로 어떤 의미에서 보면 굴원의 '구색'이며 또한 노신의 '과객' 정신의 계승이기도 하다."[331] 이는 중국의 문화 배경에서 그 원인을 찾을 수 있을 것이다. 베이다오는 이처럼 자신의 '깨어있음'에서 출발하여 동란 시대의 황당한 현실을 이겨내고자 하였다. 가장 큰 부정의 대상은 '문혁'에 대한 것이었는데 그것에 그치지 않고 김수영과 마찬가지로 '모든 것'을 부정하고 회의하는 철저한 비판의식을 드러냈다. 영웅에 대한 부정, 예술가에 대한 부정은 자아부정이 확대된 것이며 '혁명의 부정'에서 일상에 대한 부정, 도시 문명에 대한 부정으로 그 범위를 넓혀갔다.

329 吴秀明,『中国当代文学史写真』, 浙江大学出版社, 2002, 89면.
330 晓东,「走向冬天」,『阳光与苦难』, 汇文出版社, 1999, 55면.
331 晓东, 위의 글, 57면.

제4장

시를 통해 본 참여의식의 변모양상

김수영과 베이다오의
참여의식 비교연구

01

지식인 의식의 위악적 부정과 사랑의 긍정

1.1 | 김수영의 자기반성과 우리연대

김수영의 자기부정은 타자와 사회를 향해서 끊임없이 지향해 가는 관계 지향의 부정이며 자기부정을 통해 더 큰 사회적 부정을 끌어낸다. 또한 지속적인 부정을 통해 자기갱신을 수행하고 있으며 지속적인 자기성찰을 이루어낸다. 부정을 통해서 김수영은 의식의 변모와 자의식의 죽음을 통과해 '사랑'이라는 타자에 도달하고 있다.

> 갱생 = 변모 = 〈자기개조〉 = 력 = 생 = 자의식의 = 애정[332]
> (更生) (變貌) 생리의 변경 (力) (生) 괴멸

332 김수영, 앞의 책, 436면.

1963년에 작성된 「시작노트3」에서 나오는 등식으로 자신의 시 「후란넬 저고리」의 수정에 대한 후기이다. 김수영은 갱생과 변모, 자기 개조와 생의 에너지로서의 힘과 자의식의 죽음을 궁극적으로 타자에 대한 애정과 등치시키고 있다. 이는 김수영이 평생 추구해 나아갈 자의식의 지도를 단적으로 드러내주는 공식이라고 볼 수 있다. 무엇보다 의식의 죽음을 '괴멸'이라고 표현함으로 '자의식의 죽음'이 자신의 주동적인 힘이 아닌 외부적인 것에 의해서 멸하여지는 수동적인 것임을 알 수 있다. 즉 의식의 죽음은 단 한례의 부정으로도 성취되는 것이 아닌 끊임없는 부정의 변증법을 통해 개조되는 변모의 과정이며 대타자와의 조우 속에서 힘의 겨루기를 통해서 스스로 한 발 물러서는 상호적인 것임을 알 수 있다. 4·19를 통해서 김수영은 의식의 전환을 겪게 되며 자기부정성 또한 더욱 노골적이고 심해진다.

또한 김수영은 「후란넬 저고리」라는 시에 대해서 "〈인찌끼〉인 줄 모르는 〈인찌끼〉 독자들에게"라며 이 시가 '인찌끼'라고 밝힌다. '인찌끼'는 부정, 사기, 속음을 뜻하는 일본 말이다. 이 시는 자신의 50행에 달하는 시가 결국 19행으로 수정되어 '불가해한 시'가 된 것에 대한 안타까움의 독백이었다. 자신의 시가 '자살'에 가까운 교정을 거칠 수밖에 없는 상황과 '후란넬 저고리'가 결코 노동복이 아니라 부끄러운 고급양복이라는 것을 밝히는 시인의 독백에는 시를 결국 '자살' 행위로 내몬 자신에 부정과 시를 마음껏 발표할 수 없는 현실에 대한 부정 등 두 가지가 모두 들어있는데 그리하여 김수영의 자기 부정 또한 궁극적으로 두 가지를 꾀한다. 첫 번째는 국가권력과 자본권력으로 구성된 아비투스의 해체이며 두 번째는 위의 등식에서 타자성과의 합치를 위한 의식의 변증법적 부정을 통한 갱생과 변모를 거듭하여 결국에는 의식의 죽음에 도달하게 되고 죽음을 통해서 얻게 되는 것은 타자에 대한 애정임을 알 수가 있다.

또한 방법론적인 측면에서 김수영의 자기 부정에는 위악적인 포즈 같은 것이 들어 있다. 특히 그것은 4·19 혁명이 변질, 좌절되고 새로운 권력이 들어서고 난 후 더욱 심해지는데 한동안 김수영은 두 가지 포즈를 취한다. 첫 번째는 일상의 속악함을 전면에 드러내는 포즈이며 두 번째는 위악의 포즈이다.[333] 이 위악적인 포즈는 풍자, 자기 비하, 과장 등을 통해 더 극적으로 표현되며 자기부정을 통해 궁극적으로 현실부정을 노출시킨다.

마지막으로 김수영의 자기 부정은 예술적인 창조론과도 통한다. 방법적인 차원에서 부정성은 브레히트의 '소격효과' 혹은 '소외효과'와도 연결이 된다. 말 그대로 익숙함을 소외시키는 지점에서부터 창조적 예술이 시작된다는 것이다. 즉 '나'라는 익숙함을 부정하고 소외시키는 순간에야 비로소 다른 지평이 열리게 된다.

> (1) 귀납과 연역 …… 비호와 무비호 …… 시와 반시의 대극의 긴장, 무한한 순환, 원주의 확대, 곡예와 곡예의 혈투, 뮤리엘 스파크와 스프트니크의 싸움, 릴케와 브레흐트의 싸움, 앨비와 보즈네센스키의 싸움,

333 조강석, 「김수영과 시각(視覺)의 문제」, 『김수영의 온몸시학』, 푸른사상사, 2013, 199면.

더 큰 싸움 …… 반시론의 반어 김수영, 「반시론」 부분

(2) 시인은 영원한 배반자다. 촌초(寸秒)의 배반자다. 그 자신을 배반하고, 그 자신을 배반한 그 자신을 배반하고, 그 자신을 배반한 그 자신을 배반한 그 자신을 배반하고…… 이렇게 무한히 배반하는 배반자. 배반을 배반하는 배반자…… 이렇게 무한히 배반하는 배반자다.(…)

김수영, 「시인의 정신은 미지(未知)」 부분

(3) '제정신'을 갖고 산다는 것은, 어떤 정지된 상태로서의 '남'을 생각할 수도 없고, 정지된 '나'를 생각할 수도 없는 일이다. 엄격히 말하자면 '제정신'을 갖고 사는 '남'도 그렇고 '나'도 그렇고, 그것이 '제정신을 가진' 비평의 객체나 주체가 되기 위해서는 창조생활(넓은 의미의 창조생활)을 한다는 전제가 필요하다. 그리고 이러한 모든 창조생활은 유동적이고 발전적인 것이다. 여기에는 순간을 다투는 어떤 윤리가 있다. 이것이 현대의 양심이다.

김수영, 「제 精神을 갖고 사는 사람은 없는가」 부분

(1)과 (2)에서 김수영은 반어를 통한 반시론과 그 자신마저 배반하고자 하는 시인의 정신을 밝힘으로 종래 주체와 객체의 동일성을 지향하는 서정시를 지양하고, 반역의 정신에 기초한 반시의 길을 제시한다.[334] 시인으로 스스로를 배반하고 또 배반하는 것, 그것은 내적

334 이미순, 「김수영의 시론에 미친 프랑스 문학이론의 영향—조르주 바타이유를 중

인 운동성을 가지고 끝없이 활동하는 힘이다.

(3)에서 김수영은 "모든 창조생활은 유동적이고 발전적인 것이다."라고 하여 어떤 '정지된 상태'를 근본적으로 부정한다. 정지된 상태에서는 사물을 투명하게 인식할 수 없고 사물의 본질을 꿰뚫을 수도 없다. 김수영이 생각하는 제대로 된 비평과 인식은 끊임없는 의식의 유동성을 전제한다. 이 유동성은 단순한 의식의 순환이 아니라 변화를 전제로 한 변증법적 유동성으로서 거기에는 창조를 가능하게 해 주는 어떤 운동성이 있다. 자기부정을 통해 이른바 주체는 '부정하는 자기'와 '부정되는 자기'라는 분열이 생기며 둘 사이에는 팽팽한 긴장과 함께 내적 운동력이 발생한다. 이 운동력으로 인해서 의식의 발전과 함께 창조로서의 시가 탄생하지만 이런 창작욕구 또한 '죽음'에 이르는 절망까지 다다라야 한다고 김수영은 봤다.

김수영의 시 속에서 자기부정은 혁명 실패 이후에 더욱 극명하게 드러난다. 그것은 풍자, 반어, 열거, 반복 등을 통해서 강조되고 있는데 부정의 대상은 주로 자신의 속물성을 겨냥하고 있다. 김수영은 자신의 소시민성을 그대로 드러냄으로 자기반성을 이끌어내고 있으며[335] 자기에게 속한 모든 것을 드러냄으로써 비로소 자기비판과 자기부정이 가능하게 된다.[336] 김수영 시는 소시민의 자기 각성과 항의를 주로 다루고 있는데 한반도의 정치적 상황을 주어진 것으로 인

심으로」, 『比較文學』42, 한국비교문학회, 2007, 104면.

335 유종호, 「시의 자유와 관습의 굴레」, 『전집 별권』, 민음사, 1981, 252면

336 김인환, 「한 정직한 인간의 성숙과정」, 민음사, 『전집 별권』, 217면.

정한다는 점에서 그는 소시민이지만 그것을 수락하지 않고 그것의 의미를 탐하고 그것을 가능한 표현하려고 애를 썼다.[337] "자기 문학을 불신한다."는 명제는 김수영에게서 자기 아이러니로 나타나는데 자신의 문학을 부정하면서 확정하는 과정은 무엇인가에 도달하려는 깨어남의 과정이며 방금 일어난 일처럼 다가오는 과거를 지우고 변증법적으로 현재를 확정하는 과정이다.[338] 즉 김수영의 자기부정은 끊임없이 새로운 자기를 만들어 나가기 위한 '지우기'라고 볼 수 있다. 김수영이 아이러니의 수사로 잡은 대상은 혁명 이후, 점점 혁명의 순수성을 잃어가고 속세에 물들어가는 자기 '자신'이다. 김수영의 시 속에서 자기는 반복적으로 나타나지지만 동시에 반복적으로 부정되며, 이는 뫼비우스의 띠처럼 안과 밖이, 자아와 타자가 구분되지 않은 채 반복되는 세계의 일부이다.

> 하얀 종이가 옥색으로 노란 하드롱지가/ 이 세상에는 없는 빛으로 변할 만큼 밝다/ 시간이 나비모양으로 이 줄에서 저 줄로/ 춤을 추고/ 그 사이로/ ① 4월의 햇빛이 떨어졌다/ 이런 때면 매년 이맘때쯤 듣는/ ② 병아리 우는 소리와/ 그의 원수인 쥐 소리를 혼동한다
>
> 어깨를 아프게 하는 것은/ 노후(老朽)의 미덕은 시간이 아니다/ ③ 내가 나를 잊어버리기 때문에/ 개울과 개울 사이에/ 하얀 모래를 골라 비둘기가 내려앉듯/ 시간이 내려앉는다

.....

337 김윤식·김현, 『한국문학사』, 민음사, 1973, 445면.

338 신동옥, 앞의 글, 227-228면.

> 머리를 아프게 하는 것은/ 두통의 미덕은 시간이 아니다/ 내가 나를 잊어버리기 때문에/ 바다와 바다 사이에/ 지금의 3월의 구름이 내려앉듯/ 진실이 내려앉는다
>
> 하얀 종이가 분홍으로 분홍 하늘이/ 녹색으로 또 다른 색으로 변할 만큼 밝다/ —④ 그러나 혼색(混色)은 흑색이라는 걸 경고해준 것은/ 소학교 때 선생님……[339]
>
> 김수영, 「백지에서부터」 전문

②에서 "병아리 우는 소리와 그의 원수인 쥐 소리를 혼동하는"건 시간의 문제가 아니라 바로 내가 "나를 잊어버렸기 때문이다." 시간이 지나도 변하지 말아야 할 그 무언가를 지켜내지 못한 것은, 그 무엇도 아닌 바로 자기 자신임을 시간과 몸의 감각을 통해 고통스럽게 인식하고 있다. 시간에 의해 또 빛에 의해 모든 색이 변하는 것처럼 진실 또한 망망한 바다와 바다 사이에 내려앉은 "3월의 구름"처럼 가볍고 허무한 것이 되어 버린다. 그러나 다양한 색의 섞임이 결국 흑색과 같은 무채색이 되어버린 상식적인 사실을 간과하지 않으려는 듯, 시적 화자는 마지막 연에서 소학교 선생님의 '경고'를 떠올린다. 순수한 혁명의 열정이 조금씩 변질되어 가고 다른 색과 섞이는 것, 그것의 주범은 결국 '자기 자신'임을 김수영은 시간과 색채의 감각과의 대비를 통해서 부정하고 있다.

시 속에서의 자기부정은 또한 몸을 통해서 촉발되고 발견된다. 아

339 김수영 시는(김수영, 『전집1－시』, 민음사, 2003)을 인용하였으며 이해 주석은 생략한다.

픈 어깨와 두통의 고통을 통해서 구체화된다. "몸하는 몸의 자기 함량 운동은 먼 곳에서부터 먼 곳으로 우회하는, 원거리적인 동시에 무거리적인 자기 촉발 운동이다. 고통은 그 촉발에 대한 이름이다."[340] '몸'은 자기를 의식하는 가장 직접적이고 구체적인 장소이며 그 속에서 촉발되는 '고통의 감각'은 먼 거리의 4·19 경험을 환기시키며 다시 '자기'에게로 돌아와 '부정적 자기의식'을 드러낸다. '고통의 감각'과 "자꾸 잊어버리는 것"은 '기억'과 '재생'의 두 극점에서 가장 먼 거리로 대칭되어 있음에도 불구하고 둘 사이의 '관계'는 '자기'라는 인식의 주체에 의해서 '극적 긴장감'을 이루며 '부정성'의 운동을 하게 된다.

저이는 나보다 여유가 있다/ 저이는 나보다도 가난하게 보이는데/ 저이는 우리집을 찾아와서 산보를 청한다/ 강가에 가서 돌아갈 차비만 남겨놓고 술을 사준다/ 아니 돌아갈 차비까지 다 마셨나보다/ 식구가 나보다도 일곱 식구나 더 많다는데/ 일요일이면 빼지 않고 강으로 투망을 하러 나온다고 한다/ 그리고 반드시 4킬로 가량 걷는다고 한다

죽은 고기처럼 혈색없는 나를 보고/ 얼마전에는 애 업은 여자하고 오입을 했다고 한다/ 초저녁에 두번 새벽에 한번/ 그러니 아직도 늙지 않지 않았느냐고 한다/ 그래도 추탕을 먹으면서 나보다도 더 땀을 흘리더라만/ 신문지로 얼굴을 씻으면서 나보고도/ 산보를 하라고 자꾸 권한다

.....

340 김상환, 앞의 책, 178면.

> 그는 나보다도 가난해 보이는데/ 남방셔츠 밑에는 바지에 혁대도 매지 않았는데/ 그는 나보다도 가난해 보이고/ 그는 나보다도 짐이 무거워 보이는데/ 그는 나보다도 훨씬 늙었는데/ 그는 나보다도 눈이 들어갔는데/ 그는 나보다도 여유가 있고/ ① 그는 나에게 공포를 준다
>
> 이런 사람을 보면 ② 세상사람들이 다 그처럼 살고 있는 것 같다/ 나같이 사는 것은 나밖에 없는 것 같다/ 나는 이렇게도 가련한 놈 어느 사이에/ 자꾸자꾸 소심해져만 간다/ 동요도 없이 ③ 반성도 없이/ 자꾸자꾸 소인이 돼간다/ 속돼간다 속돼간다/ 끝없이 끝없이 동요도 없이
>
> 김수영, 「강가에서」 부분

위의 시에서 자신의 이와 같은 속물성에 대한 부정은 또한 타자와의 비교를 통해서 더욱 강조된다. 나보다 가난함에도 불구하고 나보다 여유가 있고 삶을 더 즐겁고 풍요롭게 사는 '그'는 원시적 생명을 가진 타자의 총칭이다. 그런 그가 "나에게 공포를 주는" 것은 내가 그렇게 살고 있지 못하고 있기 때문이다. ②에서 "세상 사람들은 다 그처럼" 살고 있다고 생각하며 화자는 타인에 대해서는 비교적 너그러운 것에 비해 자신에 대해서는 강박증적인 부정인식을 드러내고 있다.

③에서는 점점 "속돼가는" 자신의 모습을 "동요도 없이 반성도 없이"라고 고백하고 있지만 이런 고백 자체가 이미 어느 정도 반성을 의미하고 있다. 세속성을 자각한다는 것은 윤리의 개인성과 입법성을 재확인하는 조건이다.[341] '세속성'은 정확한 입법 기준을 갖고 있지 않으며 '많은 타자들의 기준'이 뒤섞여 있는 '풍속'에 가까운 것

으로 그 속에서 자신의 윤리성을 측정하기 위해서는 결국 '타자'라는 바로미터를 가져올 수밖에 없다. 김수영이 이 시에서 '바로미터'로 가져온 '그'는 결코 윤리적인 인간형이라고 볼 수 없다. "애 업은 여자와 오입질"하는 등 오히려 어떤 면에서 더 세속적이다. 그럼에도 불구하고 그를 비교의 잣대로 가져오고 '그'를 통해서 "공포를 느끼는 것"은 세속적인 세상에서 세속적으로 적응하지 못하는 시인 자신의 '윤리성' 때문이다. 이 윤리성은 아이러니하게도 '자기 부정'이라는 자학의 방식을 통해서 드러난다. "끊임없이 속돼가고", "끊임없이 소인이 되간다."는 '자기부정'의 고백을 통해 아이러니의 방식으로 자신의 윤리성을 체현하고 있는 것이다. 김수영의 이러한 위악은 '자기부정'을 통해서 도달하기 어려운 윤리의 높은 고지(高地)를 더욱 절실하게 드러내준다.

> 풍경이 풍경을 반성하지 않는 것처럼/ 곰팡이 곰팡을 반성하지 않는 것처럼/ 여름이 여름을 반성하지 않는 것처럼/ 속도가 속도를 반성하지 않는 것처럼/ 졸렬과 수치가 그들 자신을 반성하지 않는 것처럼/ 바람은 딴 데에서 오고/ 구원은 예기치 않은 순간에 오고/ 절망은 끝까지 그 자신을 반성하지 않는다
>
> 김수영, 「절망」 전문

341 세속성에 대한 이해를 통해서 관념적인 시간의식이 사라지고 일상의 인간이 된다. 김수영은 범속한 시간 속에 던져진 개인을 발견하라고 이른다. 신동옥, 「김수영의 시적 이행의 함의와 초월적 사랑의 윤리」, 『동아시아 문화연구』56, 한양대학교 동아시아문화연구소, 2014, 235면.

첫 연에서 언급되는 "풍경, 곰팡이, 여름, 속도"는 모두 자연적이고 비인격적인 것으로 스스로 반성할 수도 없고 반성할 필요도 없는 것이다. 그것이 소소한 세균체인 곰팡이라고 하더라도 인간과는 다르게 자연 그대로의 모습으로 존재하고 있다.

그것에 비해 '졸렬'과 '수치'는 인간만이 느끼는 감정이지만 김수영은 그것 또한 반성하지 않는다고 한다. 이유는 그것이 이미 '졸렬'과 '수치'이기 때문이다. '졸렬' 그 자체는 이미 비겁하기 때문에 반성할 필요가 없는 감정이고 '수치'는 '타인의 시선'이라는 반성의 프리즘을 통과한 감성이다. 그렇다면 마지막에 언급된 '절망'은 어떤가. 절망 또한 "바라볼 것이 없게 되어 모든 희망을 끊어 버리는 것"으로 다시 되돌이킬 여지가 없어야 비로소 '절망'으로 명명된다. 결국 "졸렬", "수치", "절망"들이 "~반성하지 않는 것"은 그것들이 반성하기 힘든 부정성을 띠고 있기 때문이다.

절망과 부정이라는 양면적 의식으로 특징 지워진 니힐은 기성적인 가치에 저항하는 적극적인 의지로 볼 수 있다는 점에서 새로운 가치창조의 정신으로 파악되고 있다. 니힐의 정신은 부정의 미학을 만들어내며 그 저변을 이루고 있는 것은 '반항'이다.[342] '반항성'을 기저에 은폐하고 있는 '절망과 부정'은 이처럼 새로운 '창조'를 가능하게 하는 극점(極點)을 지니고 있다. "끝까지 반성하지 않는 절망"의 반항성은 '절망'을 해석하는 또 다른 시각을 열어주며 이는 또한 구원과도 연결이 된다. 구원이란 다름이 아니라 주체가 더 이상 물러

342 강소연, 앞의 책, 99면.

날 곳이 없는 지점에서 스스로 머리를 돌려 다른 방향을 보게 하는 '인식의 새로움'에 있기 때문이다. 미리 이를 알고 '절망'을 거두어들이는 자에게 진정한 '구원'은 오지 않으며 스스로 머리 돌리는 자는 이미 '구원'에서 멀어져간 자이기도 하다. 진정한 구원은 의식의 차원에서 아니라 무의식의 영역에서 고집스런 주체가 의식하지 못하는 "예기치 않은 순간에 바람처럼" 찾아오기 때문이다.

"그것은 주체의 의지와는 무관한 어떤 것의 도착이다. 이 우연적 계기를 받아들이기 위해 필요한 것은 반성과 부정이 아니라 절망을 절망의 자율성에 맡기는 긍정의 정신이다."[343] "구원의 깨달음은 저 '텅 빔'의 아이러니로 절망과 반성은 그 대상과 이유가 텅 비어 있다는 지점에 가서야 완성된다."[344] 따라서 김수영이 "반성하지 않은 절망"을 통해 '구원'에 이르고자 한 데는 이처럼 아이러니의 극대화라는 방법이 요구되었다. '절망의 절망'은 절망이 아닌 '긍정'임을 아이러니하게도 "반성하지 않는 태도"를 통해서 드러내는 것이다. '부정의 부정'은 이처럼 도달하기 어려운 '구원'이라는 절대성에 이르기 위한 김수영만의 고집스러운 '저항'의 포즈임을 알 수 있다.

> 혁명이 실패하고 사회적인 억압으로 비판이 간접화될 수밖에 없는 상황에서 그는 현실에 무능한 자신을 풍자함으로써, 그 원인인 사회

343 오연경, 「'꽃잎'의 자기운동과 갱생(更生)의 시학—김수영의 「꽃잎」 연작을 중심으로」, 『상허학보』 32집, 상허학회, 2011, 418면.

344 이현승, 「오장환과 김수영 시 비교 연구」, 『우리문학연구』35, 우리문학회, 2012, 309-400면.

현실을 간접적으로 풍자하는 방식을 취한다.……"[345] 풍자는 김수영이 시에서 즐겨 쓰는 수사지만 혁명이 실패하고 나서 풍자의 대상이 외적 대상에서 내적 대상인 '나'로 전환된다.

풍자는 희극적인 장르 중에서 골계의 하위개념으로 지정되어 있다. 그것은 위트보다 더 직접적이고 개별적이며 직설적이다.[346] 김수영이 풍자를 중요한 문학의 한 전략으로 제시한 것은 그가 당대현실을 부정적으로 사유한데서 기인한다. 사실 풍자는 이상과 현실의 차이에서 나오는 수사법이다. 그런데 김수영은 '풍자'를 자본주의나 사회주의 비판과 관련하여 논의한다. 김수영이 부정하고자 하는 일차적인 대상은 물론 "부르좌 세계의 특수한 사상의 제조와 양식", 즉 자본주의 사회이다.[347] 그 속에서 속물처럼 살아가는 자신을 풍자함으로 궁극적으로 자신을 포함한 타자들의 속물성까지 함께 까발리고 있다. 외부를 겨냥한 직접적인 풍자보다 자신에 대한 풍자를 통해서 풍자의 대상을 확대하고 은밀하게 드러내는 우회적인 풍자가 독자에게는 한층 더 효과적이다.

.....

345 이승훈, 앞의 책, 227면.

346 회화적인 비틀기나 그로테스크한 과대 묘사 또는 낯설게 하기라는 양식 수단과 더불어 개인적 오류, 도덕적 약점, 사회적 불공정, 정치적 음모 또한 예술작품과 그 저자들이 벗겨져서 웃음거리가 된다. 풍자성의 기본 정조는 적개심으로 가득 차 있고 그 의도는 웃음거리로 만들고 가면을 벗겨 알리는 것이다. 볼포하르크 행크만, 김진수 역, 『미학사전』, 예경, 1999, 355-357면.

347 이미순, 「김수영의 시론에서의 "풍자"의 의미」, 『국어교육』123, 한국어교육학회, 2007, 509면.

① 겨자씨같이 조그맣게 살면 돼/ 복숭아 가지나 아가위 가지에 앉은/ 배부른 흰 새모양으로/ 잠깐 앉았다가 떨어지면 돼/ 연기 나는 속으로 떨어지면 돼/ 구겨진 휴지처럼 노래하면 돼

가정을 알려면 돈을 떼여보면 돼/ 숲을 알려면 땅벌에 물려보면 돼/ 잔소리 날 때는 슬쩍 피하면 돼/ —채귀(債鬼)가 올 때도—/ 버스를 피해서 길을 건너서는 어린 놈처럼/ 선뜻 큰길을 건너서면 돼/ ② 장시(長詩)만 장시만 안 쓰려면 돼

*

오징어발에 말라붙은 새처럼 꼬리만 치지 않으면 돼/ 입만 반드르르하게 닦아놓으면 돼/ 아버지 할머니 고조할아버지 때부터/ 어물전 좌판 밑바닥에서 결어 있던 것이면 돼/ 유선(有線) 합승자동차에도 양계장에도 납공장에도/ 미곡창고 지붕에도 달려 있는/ 썩은 공기 나가는 지붕 위의 지붕만 있으면 돼/ ③ 〈돼〉가 긍정에서 의문으로 돌아갔다/ 의문에서 긍정으로 또 돌아오면 돼/ 이것이 몇 바퀴만 넌지시 돌면 돼/ 해바라기 머리같이 돌면 돼

깨꽃이나 샐비어나 마찬가지 아니냐/ 내일의 채귀를/ 죽은 뒤의 채귀를 걱정하는/ 장시만 장시만 안쓰려면 돼/ 영원만 영원만 고민하지 않으면 돼/ 오징어에 말라붙은 새처럼 6월이 와도/ 9월이 와도 꼬리만 치지 않으면 돼

트럭 소리가 나면 돼/ 아카시아 잎을 이기는 소리가 방바닥 밑까지 울리면 돼/ 라디오 소리도 거리의 풍습대로 기를 쓰고 크게만 틀어놓으면 돼

겨자씨같이 조그맣게 살면서/ 장시만 장시만 안 쓰면 돼/ 오징어발

> 에 밀라붙은 새처럼 꼬리만 치지 않으면 돼/ 트럭 소리가 나면 돼/ 아카시아 잎을 이기는 소리가 방바닥 밑까지 콩콩 울리면 돼/ 흙 묻은 비옷이 24시간 걸려 있으면 돼/ ④ 정열도 예측 고함도 예측 장시도 예측/ 경솔도 예측 봄도 예측 여름도 예측/ 범람도 예측 범람은 화려 공포는 화려/ 공포와 노인은 동일 공포와 노인과 유아는 동일……/ ⑤ 예측만으로 그치면 돼/ 모자라는 영원이 있으면 돼/ 채귀가 집으로 돌아가면 돼/ 성당으로 가듯이/ 채귀가 어젯밤에 나 없는 사이에 돌아갔으면 돼/ 장시만 장시만 안 쓰면 돼
>
> 김수영, 「장시1」 전문

이 시는 일상에서 구체적으로 행해지는 자신의 속물성을 반어법으로 까발리고 있다. 전체에 걸쳐 "~으면 돼"의 나열이라고 볼 만큼 시적 구성은 단순하다. 그러나 "~으면 돼"의 긍정성은 결코 단순한 긍정이 아닌 역설로서 부정을 내포한다. "가정을 알려면 돈을 떼어보면" 되고 "잔소리 날 때나 채귀가 올 때"는 "슬쩍 피하면" 되는 등 일상 속에서 근신하는 이런저런 처세는 풍자성을 띠고 있기까지 한다. "현실의 낙후성과 모순을 들추어낸다는 점에서 풍자는 반어법과 유사하지만 풍자는 반어법보다 더 날카롭고 노골적인 공격의 의도를 지니고 있으며 보다 더 신랄하다. 풍자는 낙후성에 맞서는 책임의식, 부정성을 해부하는 예리함에서 반어법을 능가한다."[348] 이처럼 반어법이나 아이러니보다 그 독성(毒性)이 더 강한 풍자를 사용하게 되는 것은 4·19의 실패로 인한 좌절감과 그럼에도 세속적인 일상

348 김상환, 앞의 책, 54면.

을 똑같이 반복해 가는 자신에 대한 자조의식 때문이다. '혁명'을 장기화시켜 진정한 '변혁' 및 '영구혁명'으로 이끌어내지 못하고 짧은 '단기 혁명'에 그친 것에 대한 아쉬움과 무력감은 '장시'와 '영원'에 대한 집착으로 이어진다. '장시'를 쓰고 싶고 '영원'을 구현하고 싶은 욕망은 이것을 하지 못하는 상황적 부정에 의해서 '자기 스스로의 부정'으로 내면화 되어가기 때문이다.

"장시만 안쓰려면 돼", "오징어밭에 말라붙은 새처럼 꼬리만 치지 않으면 돼" "영원만" 등의 몇몇 구절과 단어를 반복함으로서 더 강한 부정을 드러내고 있다. 장시는 아니지만 제목은 「장시」라고 짓고 있으며 장시에 가까운 꽤 긴 분량을 구사하고 있다. ③에서는 시인 스스로 〈돼〉의 긍정이 어떻게 부정을 간과하고 의문을 거쳐 다시 긍정으로 돌아가는 지를 밝히는데 여기서 "넌지시"를 통해서 탈락된 부정의 자리가 더욱 크게 드러난다.

그렇다면 "~돼"의 나열을 통해서 궁극적으로 무엇을 부정하고 싶었던 것일까. "풍자와 해탈이라는 이질적 구조를 이해할 때 그 뜻이 풀리게 되는 그 등식은 끊임없는 자기 부정을 요구한다. 이는 시인으로서 삶과 생활인으로서의 삶의 경계에서 그를 끊임없이 억압하고 있는 자본의 집요함과 타락 때문이다."[349] 그것은 ④와 ⑤에 나와 있듯이 "정열", "고함", "장시"와 같은 것을 '예측'만 하고 행동을 못하며 또한 세상과 점점 타협해 가고 있고 위축되어가는 자신을 축조해가는 세상에 대한 부정이다. 점점 자본의 일상 속으로 용해되어

349 이민호, 앞의 글, 341면.

가는 사신을 풍자함으로 혁명 이후에도 소리 없이 반복되는 생활의 비루함에 대해서 고발하고 있는 것이다.

> 왜 나는 조그만 일에만 분개하는가/ 저 왕궁 대신에 왕궁의 음탕 대신에/ 오십 원짜리 갈비가 기름덩어리만 나왔다고 분개하고/ 옹졸하게 분개하고 설렁탕집 돼지 같은 주인년한테 욕을 하고/ 옹졸하게 욕을 하고
>
> 한 번 정정당당하게/ 붙잡혀간 소설가를 위해서/ 언론의 자유를 요구하고 월남 파병에 반대하는/ 자유를 이행하지 못하고/ 이십 원을 받으러 세 번씩 네 번씩/ 찾아오는 야경꾼들만 증오하고 있는가// 옹졸한 나의 전통은 유구하고 이제 내 앞에 정서로 가로놓여 있다/
>
> 이를테면 이런 일이 있었다/ 부산에 포로수용소의 제14야전병원에 있을 때/ 정보원이 너어스들과 스폰지를 만들고 거즈를/ 개키고 있는 나를 보고 포로경찰이 되지 않는다고/ 남자가 뭐 이런 일을 하고 있느냐고 놀린 일이 있었다/ 너어스들 앞에서/
>
> 지금도 내가 반항하고 있는 것은 이 스폰지 만들기와/ 거즈 접고 있는 일과 조금도 다름없다./ 개의 울음소리를 듣고 그 비명에 지고/ 머리에 피도 안 마른 애놈의 투정에 진다/ 떨어지는 은행잎도 내가 밟고 가는 가시밭/
>
> 아무래도 나는 비켜서 있다.
>
> 절정위에는 서 있지 않고 암만해도 조금쯤 옆으로 비켜서 있다/ 그리고 조금 옆에 서있는 것이 조금쯤/ 비겁한 것이라고 알고 있다!
>
> 그러니까 이렇게 옹졸하게 반항한다/ 이발쟁이에게/ 땅주인에게는

> 못하고 이발쟁이에게/ 구청직원에게는 못하고 동회직원에게도 못하고/ 야경꾼에게 이십 원 때문에 일 원 때문에/ 우습지 않으냐 일 원 때문에
>
> 모래야 나는 얼마큼 적으냐/ 바람아 먼지야 이것아 나는 얼마큼 적으냐/ 정말 얼마큼 적으냐 김수영, 「어느날 고궁을 나오면서」 전문

김수영의 후기시라고 볼 수 있는 이 시에서, "비켜서 있는" 자신의 속물성과 소인됨은 산문 형식으로 서술되고 있다. "~이를테면"이라는 접속사를 사용하여 마치 지나간 일을 회상하듯이 부산 포로수용소의 일화를 자세히 기술하고 있으며 "절정 위에 서 있지 않고 옆으로 비켜서 있고", "옹졸하게 반항하는" 자신을 고백 성사하듯 낱낱이 폭로해 내고 있다. 이 자기고백의 서사성은 자기 풍자를 짙게 띠고 있다. 이 풍자는 자신의 속물성, 소시민성 등을 남김없이 폭로해 내고 있으나 이는 궁극적으로 "옹졸하게 반항"할 수밖에 없는 현실을 드러내기 위한 것이다. '도덕적 자기반성'이 현실의 부조리를 드러내는 '역할'을 한다면[350] 도덕적 자기풍자 또한 현실의 부조리를 드러낸다. 자신이 겪고 있는 현실적 문제에 대해 나약한 자신을 설정함으로 독자로 하여금 무엇이 바른 것인지 도덕적 풍자로 설명하고 있으며 직설적 풍자보다 배가된다.[351] 이 '도덕적 풍자'는 그 비판성이 자기에게로 향하고 있음에도 불구하고 가식 없는 언어를 통해

350 김종윤, 『김수영 시 연구』, 연세대학교 박사학위논문, 1987, 113-121면.
351 정현덕, 『김수영 시의 풍자 연구』, 경기대학교 박사논문, 2002, 107면.

전개되는 거친 독백은 타자 전체를 포섭하는 울림을 지니고 있으며 이는 현실의 부정성을 같이 공유하게 하는 '부정적 동질성'을 마련한다.

그러나 김수영이 말하는 풍자는 생활에 밀착되어 있고 동시에 보다 나은 현실을 지향한다는 점에서 긍정적인 측면이 있다. "김수영은 풍자론을 전개하면서 '조소'를 언급하지 않고 '의지'를 '행동'을 나아가 '사랑'"[352]을 말하기 때문이다. 김수영의 자기풍자의 힘은 근본적으로 웃음을 공유할 수 있는 타자들 특히 부정적 현실을 함께 뛰어 넘을 수 있는 집단주체를 발견하였기 때문에 가능한 것이며 이는 사랑과 연결된다.[353] 속물화되어가는 자신을 남김없이 까발림으로 자신을 타자의 거울로 제시하고 있는데 자신은 정작 가장 '속물적인 소인'으로 취급되어 풍자의 대상이 되고 있다. '俗惡'적인 면을 거침없이 드러냄으로 자신을 대상화시키고 타자화 시켜 '윤리의 제단'에 '제물'로 바치는 '순교적인' 성격마저 지닌다. 이는 타인에 대한 사랑과 자기희생이 없으면 불가능한 '풍자의 윤리'이다.

> 권용태(權龍太)의 정치를 풍자한 「손오공선생」은 조그만 규모 안에서 비교적 견고한 수준을 보여주고 있다. 조그만 규모라고 한 것은 이런 유의 풍자시가 현대시로서의 수준을 확보하려면 〈정치에 대한 풍자로 그치는 것이 아니라 ① 현대의 정치에 대한 풍자로 그쳐야 할 것이기

352 이미순, 앞의 글, 504-505면.

353 남기혁, 「웃음의시학과탈근대성」, 『한국현대문학연구』17, 2005, 343-351면.

> 때문이다. 그러기 위해서는 시인의 지성은 우선 세계에 걸쳐서 우리나라로 돌아와야 한다. 오늘날 우리 시단은 모든 참여시의 숙제가 여기에 있다. 작은 눈으로 큰 현실을 다루지 말고 큰 눈으로 작은 현실을 다루게 되어야 할 것이다. 큰 눈은 지성이고 그런 큰 지성만이 현대시에서 독자를 리드할 수 있다.
>
> 요즘에 나온 「못자고 깬 아침」 같은 작품을 보면 이제까지의 풍자를 위한 풍자가 많이 가시고 사회의 일시적인 유동적 현실에 집중되어 있는 ② 풍자의 촉수가 소시민의 생활 내면으로 접근해 들어가려는 차분한 노력이 보인다.
>
> 그의 작품은 그 내용이 풍자적이라기보다도 이 〈스토리성〉이 곧 풍자가 된다. 더 정확하게 말하자면 ③ 〈스토리〉의 선천적인 풍자성이 그의 작품의 내용적인 풍자성을 비극으로 연결시키고 있다. 이와 같은 form과 content의 identification은 다른 여러 시인들한테서도 옹색하지 않게 볼 수 있는 것이지만, 내가 슈뻴비엘한테서 특히 좋아하는 것은 점잖은 주제를 취급하면서도 어딘지 모르게 풍기는 그의 俗臭와 雅氣 때문이다.
>
> 김수영, 「새로움의 摸索」 부분

김수영이 비평가로서 시인들의 작품을 평가한 것에서 풍자에 대한 그의 생각의 일단을 엿볼 수 있다. 김수영은 풍자를 위한 풍자 혹은 정치를 빗댄 풍자가 아닌 ① 현대의 풍자 ② 소시민의 생활 내면의 풍자를 강조하고 있으며 그것을 시적으로 드러나는 방식은 ③ 스토리를 통해서이다. 스토리는 그 자체가 풍자성을 띠고 있고 '내용적인 풍자성을 비극으로 연결시키고 있기 때문이다.' 김수영이 생각하는 풍자시 또한 참여시의 실천을 고려하고 있으며 풍자를 통해 현대시에서 참여를 어떻게 구현할 것인가 하는 지점까지 동시에 고민하고 있다.

그렇다면 ①에서 '정치'란 무엇이고 '현대의 정치'란 또 무엇인가. 김수영은 '현대'라는 것에 방점을 두어 그냥 '정치'가 아닌 '현대의 정치'를 풍자하라고 이른다. 그러기 위해서 시인의 지성은 현대를 바라보고 있어야 하며 "시인의 지성"은 변화하는 현대의 흐름을 예민하게 포착하여야 한다. 김수영은 '풍자를 위한 풍자'가 아닌 유동하는 현실세계의 풍자를 추구했으며 자신이 처한 자본생활의 일상에서 겪는 소시민의 비극과 애환을 담아내는 것이야말로 진정한 '현대의 풍자'라고 보았다. 따라서 김수영의 풍자시는 현대인으로서의 감각과 생활인의 비애를 담고 있으며 풍자의 대상을 '자신'으로 설정하여 자신의 속물성과 소시민성에 대한 철저한 까발림을 통해 스스로 '제물'이 되는 '풍자의 윤리'를 실천하고 있다.

③에서 김수영은 또한 슈펠비엘을 언급하면서 "〈스토리〉의 선천적인 풍자성이 그의 작품의 내용적인 풍자성을 비극으로 연결시키고 있다."라고 한다. 즉 김수영은 "내용의 풍자"와 "스토리의 풍자"를 구분하고 있으며 스토리의 풍자 즉 줄거리 자체의 풍자가 있어야 비극성이 드러난다고 한다. 여기서 줄거리는 김수영의 자기 고백적 시에서도 알 수 있듯이 상상력을 발휘한 소설적 허구가 아니라 지극히 현실적이고 구체적이며 생활과 밀착된 자신의 이야기임을 수 있다.

이처럼 김수영은 자기부정을 통해 의식의 변모와 자의식의 죽음을 통과한 '사랑'이라는 타자에 도달하고 있음을 확인할 수 있다. 그러나 김수영은 단 한 번에 사랑에 도달하지 않았다. 김수영의 시 속에서 타자는 처음에는 부재의 양상을 띠다가 점차 자신의 '죽음'을 통과하여 획득되어지는 변증법적 과정을 거친다. 김수영의 시에서 타자는 초기에는 적대의 개념이었지만[354] 혁명 이후에는 나에게서 분리된 대척점이 아닌 나를 포함하는 개념으로 인식되며 타자는 '사랑의 발견'을 통해 동일화의 근원임을 확인해 나가게 된다.

김수영의 시에서 '너'는 다양한 타자의 상징으로 존재한다. 시적 화자와 관계를 맺고 있는 특별한 존재 여성성을 지닌 인격체이기도 하고 '현대'를 의미하기도 하고 '적'이 되기도 한다. 김수영의 초기 시에 나타나는 타자는 부재의 상태로 호출된다. 그러나 초기 시에서의 '부재'는 결코 부재에서만 그치지 않는다. 우선 부재의 상태로 존재하고 있는 '너'의 부재부터 확인하도록 하자.

> 늬가 없어도 나는 산단다/ 억만 번 늬가 없어 설워한 끝에/ 억만 걸음 떨어져 있는/ 너는 억만 개의 모욕이다
>
> 나쁘지도 않고 좋지도 않은 꽃들/ 그리고 별과도 등지도 앉아서/ 모래알 사이에 너의 얼굴을 찾고 있는 나는 인제/ 늬가 없어도 산단다
>
> 늬가 없이 사는 삶이 보람 있기 위하여 나는 돈을 벌지 않고/ 늬가

354 전병준은 초기 시에서의 타자의 부재를 '분리'와 '적대'라는 개념으로 보았다. 전병준,「김수영 초기 시에서 사랑의 의미화 과정 연구」, 한국어문학국제학술포럼, 2013, 203면.

구는 모욕의 억만 배의 모욕을 사기를 좋아하고/ 억만 인의 여자를 보지 않고 산다

나의 생활의 원주(圓周) 위에 어느 날이고/ 늬가 서기를 바라고/ 나의 애정의 원주가 진정으로 위대하여지기 바라고

그리하여 이 공허한 원주가 가장 찬란하여지는 무렵/ 나는 또 하나 다른 유성을 향하여 달아날 것을 알고/ 이 영원한 숨바꼭질 속에서/ 나는 또한 영원히 늬가 없어도 살 수 있는 날을 기다려야 하겠다/ 나는 억만무려(億萬無慮)의 모욕인 까닭에. (1953)   김수영, 「너를 잃고」 전문.

이 시에서 '너'라는 타자는 단순한 '너'가 아니라 '늬'로 표현된다. '나'는 일상적인 대명사인 '나'이지만 '너'는 일상적이지 않은 특별한 존재로서 '늬'로 호칭된다. '나쁘지도 않고 좋지도 않은' 꽃과 별로 기호화된 일상적이지 않는 타자들 속에서도 화자는 어렵게 '너의 얼굴'을 찾고 있다. 그러나 '늬'는 일상적이지 않은 까닭에 쉽게 찾아지지 않는다. '나'와는 억만 걸음이나 떨어져 있고 어쩌면 영원히 찾지 못할 대상으로서 '너'는 결코 이 세상에 존재하지 않는 생활의 또 다른 극점에 서 있는 초월적인 존재이다. 어쩌면 세상의 모든 시름과 고통을 잠재울 수 있는 대상으로 '아니마'이기도 하고 또한 궁극적으로 추구하는 '자유'와 '사랑'의 대상, 그럼에도 결국 영원히 융합할 수 없는 모든 타자들의 상징이라고도 볼 수 있다.

너의 부재로 인하여 나는 서러움을 느끼고 모욕을 느끼지만 이를 지탱하는 힘은 속물성과 일상성을 제거한 극한의 삶이다. 즉 '모욕'을 수반함 삶을 견디어 냄으로서 나는 너의 부재를 긍정함과 동시에

극복하고자 한다. 그러나 '늬'가 결코 닿을 수 없는 그림자와도 같은 관계임은 그 아래 구절에서 명료하게 드러난다. "영원한 숨바꼭질"을 해야 하기 때문이다.

즉 마지막 연에서 언급된 것처럼 "영원한 너의 부재"에도 불구하고 시적 화자는 살아갈 수 있는 힘을 찾고자 한다. 부재의 결핍은 시적 화자로 하여금 타자의 동일화에 접근하고 싶은 또 다른 욕망 즉 사랑의 욕망을 추동한다. "사랑이 형성되기 위해 필수적인 둘의 존재 가운데 하나가 사라진 상황에서 오히려 사랑에 대한 충실함을 유지하겠다는 태도가 새로운 사랑의 출현을 가능하게 한다."[355] 초기시에 등장하는 '너'의 부재는 부재 확인에만 그치는 것이 아니라 '너' 대한 지속적인 탐색과 타자에 대한 다각도의 통찰을 시도하게 한다. 타자로서의 '너'가 그 누구의 소유도 아닌 자유로운 존재임을 발견할 때, '너의 부재'는 서러운 현실이 아닌 새로운 사랑의 돌파구가 될 수 있기 때문이다.

> 이것은 누구에게도 보이지 않을 글이기에/ (아아 그러한 시대가 온다면 얼마나 좋은 일이냐)/ 나의 동요없는 마음으로/ 너를 다시한번 치어다보고 혹은 내려다보면서 무량의 환희에 젖는다
>
> 꽃 꽃 꽃/ 부끄러움을 모르는 꽃들/ 누구의것도 아닌 꽃들/ 너는 늬가 먹고 사는 물의것도 아니며/ 나의 것도 아니고 누구의것도 아니기에/ 지금 마음놓고 고즈너기 날개를 펴라/ 마음대로 뛰놀 수 있는 마당

355 전병준, 위의 글, 183면.

은 아닐지나/ ① (그것은 골고다의 언덕이 아닌/ 현대의 가시철망 옆에 피어있는 꽃이기에)/ 물도 아니며 꽃도 아닌 꽃일지나/ 너의 숨어있는 인내와 용기를 다하여 날개를 펴라

물도 아닌 꽃/ 물같이 엷은 날개를 펴며/ 너의 무게를 안고 날아가려는 듯

늬가 끊을 수 있는 것은 오직 생사의 선조뿐/ 그러나 그 비애에 찬 선조도 하나가 아니기에/ 너는 다시 부끄러움과 주저를 품고 숨가빠하는가

결합된 색깔은 모두가 엷은 것이지만/ 설움이 힘찬 미소와 더불어 관용과 자비로 통하는 곳에서/ 네가 사는 엷은 세계는 자유로운 것이기에/ 생기와 신중을 한몸에 지니고

② 사실은 벌써 멸하여있을 너의 꽃잎 우에/ 이중의 봉오리를 맺고 날개를 펴고/ 죽음 우에 죽음 우에 죽음을 거듭하리

김수영, 「구라중화(九羅重花)—어느 소녀에게 물어보니
너의 이름은 글라지오라스라고」 전문

이 시는 첫 연에서부터 "~아닐 것이다"라는 부정의 반복을 통해 존재의 부정성을 강하게 드러내고 있다. "꽃도 아니고", "물도 아닌 것"은 그럼 과연 무엇인가. 물이 맺힌 영롱한 꽃송이는 위 시에서 언급한 '늬'와 어떤 의미에서 상통하지만 간과할 수 없는 큰 변별점이 하나 있다.

위에서 언급된 '늬'는 무수한 타자들 가운데서 특수한 존재로서의 초월적인 의미망도 포함하고 있는데, 이 시에 등장하는 타자 또한

시적 화자와 관계를 맺고 있는 특별한 존재이기는 하지만 보다 실존적이고 꽃이라는 형태를 갖춘 물질적인 타자이다. 그것이 '꽃'으로 형상화 된 것으로 보아 '여성성'을 지닌 대상임을 유추할 수 있는데 "어느 소녀에게 물어보니 너의 이름은 글라지오라스라고"라는 부제에서 그 근거는 더 확실해진다.

그렇다면 이 꽃은 위의 '늬'와 어떤 다른 속성을 지니는가. 그것은 여덟 번째 연에서 잘 드러난다. 그 꽃은 무엇보다 누구에게도 소유되어 있지 않은 자유로운 속성을 갖고 있다. 심지어 특별한 관계를 갖고 있는 나조차도 소유할 수 없는 존재로 '현대'라는 척박한 토양 위에 피어있다. ①에서 '현대'라는 공간은 골고다와는 현저한 대비를 이룬다. '골고다'[356]처럼 역사적이고 신화적인 '구원'의 공간이 아니라 지극히 힘들고 부조리하며 현실적인 공간으로도 작동한다. 그 가운데서 생존하는 것은 결코 쉬운 일이 아니다.

생존하기 힘든 척박한 현실에서 생은 죽음과 한 끗 차이로 공존한다. ②에서 어쩌면 이미 "멸하였을" 존재는 그러나 다시 봉오리를 맺고 소생하여 또 죽음을 반복한다. 육체의 한계성을 지닌 존재는 이처럼 생과 죽음을 거듭함으로서 그 한계성을 벗어나 자유를 성취하게 되는 것이다. 그러므로 김수영은 누구의 소유도 아닌 꽃의 부정과 죽음을 통해서 현실적인 존재가 다다를 수 있는 자유에 대해서 역설하고자 했다. 이 현실적 존재는 자신을 포함한 타자이며 그 타

356 일명 '갈보리'(Calvary). 예수께서 십자가에 못 박히신 곳으로, 인류 구원을 위한 핏빛 역사의 현장이다. [네이버 지식백과] 골고다(언덕) [Golgotha] (교회용어사전 : 교회 일상, 2013. 9. 16., 생명의말씀사)

자가 소유될 수 없는 자유롭고 독립적인 개체임을 인정할 때 자신의 자유 또한 인정되는 것이다. 이는 '죽음'을 통해서 완성되는데 이 '죽음'은 너와 나를 분리시키는 동시에 '죽음'에 대한 공포는 타자와 연대하게 만드는 궁극의 지점이다.

> 남자도 그렇고 여자도 그렇고 죽음이라는 전제를 놓지 않고서는 온전한 형상이 보이지 않는다. 그리고 이러한 눈으로 볼 때는 여자에 대한 사랑이나 남자에 대한 사랑이나 다를 게 없다. 너무 성인 같은 말을 써서 미안하지만 사실 나는 요즘 이러한 運算에 바쁘다. 이런 운산을 하고 있을 때가 나에게 있어서 가장 행복한 시간이다. 나의 여자는 죽음 반 사랑 반이다. 나의 남자도 죽음 반 사랑 반이다. 죽음이 없으면 사랑이 없고 사랑이 없으면 죽음이 없다.…중략…자식을 볼 때에도 친구를 볼 때에도 아내를 볼 때에도 그들의 생명을, 그들의 생명만을 사랑하고 싶다.
>
> 김수영, 「나의 연애시」 부분

김수영이 시론에서 밝히고 있듯이 김수영에게 있어 사랑은 죽음을 떼어놓고는 생각할 수 없는 것이다. 죽음의 사랑의 필수조건으로 전제된다. 그렇다면 여기서 죽음은 누구의 죽음을 지칭하는가? 일차적으로는 나의 죽음이다. 나의 '죽음', 순교야말로 타자성에 일차적으로 도달할 수 있는 길이다. 그러나 '나'가 타자의 연속이고 타자와 내가 서로 연결되어 있다는 사실을 깨달을 때 '나의 죽음'은 타자의 죽음과도 겹치며 우리는 모두 거대한 '죽음의 공동체' 안에 귀속해 있는 것이다. "죽음은 저마다 고유한 시간으로 살게 만드는 것이면서 동시에 타자와의 차이와 구별을 승인하게 만드는 것이기도 하다."[357] 죽음은 타자의 고유함에 대한 인정이며 동시에 타자 또한 나와 똑같이 죽음에 처해 있다는 사실을 알게 되면 타자는 더 이상 나와 적대적인 관계가 아닌 죽음의 '공동체험'을 향한 예비적 동지가 된다. 이제 김수영은 더 이상 타자의 부재로 인한 감정적 결핍에 시달리지 않으며 방향을 전환하여 '사랑'에 가속도를 붙이고 있다.

> 너를 딛고 일어서면/ 생각하는 것은 먼 나라의 일이 아니다/ 나의 가슴속에 흐트러진 파편들일 것이다
>
> 너의 표피의 원활과 각도에 이기지 못하고 미끄러지는 나의 발을/ 나는 미워한다/ ① 방향은 애정—
>
> 구름은 벌써 나의 머리를 스쳐가고/ 설움과 과거는/ ② 오천만분지일의 부감도(俯瞰圖)보다 더 조밀하고 망막하고 까마득하게 사라졌다/ 생각할 틈도 없이/ 애정은 절박하고/ 과거와 미래와 오류와 혈액들이 모두 바쁘다
>
> 너는 기류를 안고/ 나는 근지러운 나의 살을 안고
>
> 사성장군(四星將軍)이 즐비한 거대한 파티 같은 풍성하고 너그러운 풍경을 바라보면서/ 나에게는 잔이 없다/ 투명하고 가벼웁고 쇠소리 나는 가벼운 잔이 없다/ 그리고 또 하나 지휘편(指揮鞭)이 없을 뿐이다.
>
> ① 정치의 작전이 아닌/ 애정의 부름을 따라서/ 네가 떠나가기 전에/ 나는 나의 조심을 다하여 너의 내부를 살펴볼까/ 이브의 심장이 아닌

357 오문석, 「자유의 시간을 위하여」, 『백년의 연금술』, 박이정, 2005, 333면.

너의 내부에는/ ③「시간은 시간을 먹는 듯이 바쁘기만 하다」는/ 기계가 아닌 자옥한 안개 같은/ 준엄한 태산 같은/ 시간의 퇴적뿐이 아닐 것이냐

⑤ 죽음이 싫으면서/ 너를 딛고 일어서고/ 시간이 싫으면서/ 너를 타고 가야 한다/ 창조를 위하여/ 방향은 현대—

김수영,「네이팜 탄」[358] 전문

김수영이 스스로 각주를 단 이 시의 제목은 '네이탄 팜'이다. 이 유도탄은 2차 대전 초 미국이 만든 것으로 일본이 동남아 침공으로 미국의 고무 플랜테이션이 거의 전멸하면서 이의 보완책으로 나온 것이다.

그러므로 여기에서의 '너'가 지칭하는 것은 위의 두 시에서 언급한 인간적인 타자로서의 대상이 아니라 고도의 과학기술로 창조되는 현대 문물의 상징이다. 엄청난 파괴력을 자랑하지만 그것의 방향은 인간생명의 말살이 아니라 '애정'이어야 함을 ①에서 화자는 역설한다.

첫 연에서부터 시적 화자의 시선을 따라가다 보면 우리는 시인이 유도탄 위에 탑승한 듯이 자신의 시점을 설정한 것을 발견할 수 있다. ②에서 유도탄은 하늘로 날아올라 시인은 무려 "오천만분지 일의 부감도"를 조망할 수 있는 높이에 위치한다. 그러나 이때 조망하는 풍경은 진짜 풍경이라기보다는 설움으로 상정되는 과거 즉 너무

358 네이팜 탄은 최근* 미국에서 새로 발명된 유도탄이다.(원주)

나도 서러운 우리의 역사이다. 이제 그것은 되돌릴 수 없을 만큼 멀어져갔고 그것을 대신해야 할 미래가 숨 가쁘게 오고 있다.

그 모든 것을 조망하고 있으면서 비록 축배를 들 잔과 이 모든 것을 지휘 할 실질적인 기술은 없지만 시인은 다만 시인만이 볼 수 있는 예리한 눈으로 그것의 내부를 꿰뚫어 보고 있다. 그렇다면 그것의 속성은 과연 무엇인가. ⑤에서 그것은 시간임을 알 수 있다. 마치 '시간이 시간을 먹는' 일은 근대적 일상에서 새롭게 재구성된 '시간'이라고 볼 수 있다. 그것은 탐욕스러운 괴물과도 같아서 엄청난 속도도 양으로 증가하여 아무리 부정을 하여도 이미 우리 삶의 깊은 곳에 스며들었다.

그렇다면 그것을 극복하는 길은 무엇인가. ③와 ④에서 그 해답이 나온다. 바로 '애정'이라는 방향성을 가지고 나아가는 길이다. 극복할 수 없는 죽음처럼, 초극할 수 없는 현대의 시간위에 탑승하여 유도탄의 방향을 조절하는 것이다. 타자의 부재와 부정을 통해서 김수영이 도달하고자 한 곳이 결국 '사랑'임을 알 수 있다.

김수영의 타자 인식의 변화는 혁명 이후에 본격화된다는 것에 많은 평자들은 동의하고 있다.[359] 그 변화는 무엇보다 타자에게서 사랑

359 김지녀는 그 기점을 1960년 4·19라고 보았다. 김지녀, 「김수영 시에 나타나는 타자의 "시선"과 "자유"의 의미—사르트르와의 상관성을 중심으로」, 『한국문예비평연구』 34권, 한국현대문예비평학회, 2011, 140면; 김수영은 혁명의 실패로부터 부정성의 한계를 깨닫고 사랑의 변증법을 모험하는 '혁명 이후의 주체'로 거듭났다. 오연경, 「'꽃잎'의 자기운동과 갱생(更生)의 시학—김수영의 「꽃잎」 연작을 중심으로」, 『상허학보』 32집, 상허학회, 2011, 436면; 김수영의 시적 주체는 진정한 시에 대한 욕망 추구의 과정에서 보였던 전일적인 타자 부정의 태도를 지양하고,

을 발견하고자 하는 김수영의 태도에서 확인된다. 즉 자기부정과 죽음은 새로운 타자의식의 생성과 함께 타자성을 내 안으로 소환하여 타자와 다시 새로운 관계를 형성하는 기반이 된다. 혁명이후의 김수영은 이 변화가 특히 두드러지며 '번개'와도 같이 강렬한 '혁명' 체험은 타자를 새롭게 보는 사랑의 시선을 구축하는 계기가 된다. 이는 혁명 직후에 작성된 「신귀거래」 연작을 통해 모색된다. 김수영의 신귀거래 연작은 총 9편으로[360] 5·16 직후인 1961년 6월 3일부터 1961년 8월 25일까지 두 달도 안 되는 사이에 모두 씌어졌다. 김수영의 24년(1945-1968) 창작생애에서 작성된 150여 편의 시 중에서 두 달도 안되는 사이에 9편의 연작을 소화했다는 것은 5·16 직후 김수영이 직면한 현실에 대한 당혹감과 그 속에서 미래에 대해 숨 가쁘게 모색하고 있음을 알 수 있다. 특히 김수영은 이 9편의 연작 직후에 「먼 곳에서부터」와 「아픈 몸이」라는 두 편의 시를 통해 치열한 고민과 탐색에 따른 열병의 육체적 징후를 드러내고 있으며 「시」라는 제목의 시를 통해서는 드디어 "변화가 끝났음"을 선언한다. 그 뒤에 작성된 「적」은 김수영의 참여의식의 변화를 보여주며 김수영이 부정에서 긍정으로 전환하고 '적'의 부재와 사랑을 발견하였음을 확인

자신의 욕망 충족을 위해 전제되어야 할 '타자의 자립성'에 대한 긍정의 태도를 획득한다. 남민우, 「욕망론의 관점에서 본 김수영 시의 특징」, 『청람어문교육』47권, 청람어문교육학회, 2013, 343면.

360 「여편네의 방에 와서－신귀거래1」, 「격문－신귀거래2」, 「등나무－신귀거래3」, 「술과 어린 고양이－신귀거래4」, 「모르지?－신귀거래5」, 「복중－신귀거래6」, 「누이야 장하고나－신귀거래7」, 「누이의 방－신귀거래8」, 「이놈이 무엇이지?－신귀거래9」.

할 수 있다.

따라서 「귀거래사」의 9편 연작은 김수영이 '부정'의 변증법 속에서 '사랑'이라는 중심축을 발견해내는 치열한 과도기에 놓여진 작품이라고 할 수 있다. 중국 송나라 시인인 도연명이 관직을 버리고 전원으로 돌아가서 자연의 섭리를 발견하듯 김수영 또한 혁명이 실패하고 정권이 뒤바뀐 현실을 벗어나 자연 속에서 답을 찾으려는 의지의 소산이다.

> 여편네의 방에 와서 起居를 같이해도/ 나는 이렇듯 少年처럼 되었다/ 興奮해도 少年/ 計算해도 少年/ 愛撫해도 少年/ 어린놈 너야/ 네가 성을 내지 않게 해주마/ 네가 무어라 보채더라도/ 나는 너와 함께 성을 내지 않는 少年
>
> 바다의 물결 昨年의 나무의 體臭/ 그래 우리 이 盛夏에/ 온갖 나무의 追憶과/ 물의 體臭라도/ 다해서/ 어린놈 너야/ 죽음이 오더라도/ 이제 성을 내지 않는 법을 배워주마
>
> 여편네의 방에 와서 起居를 같이해도/ 나는 점점 어린애/ 나는 점점 어린애/ 太陽 아래의 단하나의 어린애/ 죽음 아래의 단하나의 어린애/ 언덕 아래의 단하나의 어린애/ 愛情 아래의 단하나의 어린애/ 思惟 아래의 단하나의 어린애/ 間斷 아래의 단하나의 어린애/ 點의 어린애/ 베개의 어린애/ 苦悶의 어린애
>
> 여편네의 방에 와서 起居를 같이해도/ 나는 점점 어린애/ 너를 더 사랑하고
>
> 오히려 너를 더 사랑하고/ 너는 내 눈을 알고/ 어린놈도 내 눈을 안

다/ 섬네일

김수영, 「여편네의 방에 와서—신귀거래(신귀거래1」, 전문

김수영의 귀거래는 진짜로 자연에 귀의하는 도연명의 귀거래사와 달리 보다 상징적이고 은유적인 의미에서 탐색되고 있다.

귀거래사 연작 시리즈 중 첫 번째에 해당하는 이 시는 혁명의 좌절 이후, 현실에서 벗어나 새로운 탈출구를 찾는 김수영의 첫 시도를 보여준다. 그런데 김수영이 찾은 '여편네의 방'은 탈출의 공간이라기보다는 '연마(鍊磨)의 장'으로 작동하며 그 이유는 김수영이 어떤 의미에서 이미 내면의 변화를 꾀했기 때문이다.

첫 번째 연에서 김수영은 "여편네의 방에 와서 기거를 해도 소년이 되었음"을 고백한다. 소년은 순수하고 때 묻지 않은 것이 특성인데 생물학적으로 이미 성인이 된 김수영은 결코 완벽한 순수성으로 회귀할 수는 없다. 첫 번째 연에서 김수영은 자신의 내면에 도사리고 있는 '너'에 대해서 성을 내지 않으리라 다짐한다. 이 '너'는 이미 남성이 된 김수영의 성적 충동, 리비도이기도 하지만 또 한편 아무데서나 불같이 화를 냈던 다혈적인 기질의 성격적 특성을 의미하기도 한다. 그것이 본능적 충동에서 오는 것일지라 하더라도 밖으로 드러냈을 때는 이미 타인과 모종의 갈등을 야기하게 되므로 김수영은 자신의 이 같은 충동성을 제거하는 길이 궁극적으로 타인을 사랑하는 길임을 깨닫게 된 것이다. 그것이 얼마나 어려운 일인지는 2번째 연에서 잘 드러내고 있다. '죽음을 감수할 만큼'의 의지가 선행되어야 하며 의식적으로 늘 깨어야 있어야 하기 때문이다.

어린이의 순수성에 대한 회귀는 김수영으로 하여금 그 누구의 흉내도 내지 않고 영향도 받지 않는 '단독자'로서의 실존적 통찰을 가능하게 한다. "태양", "죽음", "언덕", "애정", "사유", "간단", "점", "베개", "고민" 아래에서 "단 하나의 어린애"로 남으려 하기 때문이다. 현실의 실패와 절망을 통해 오히려 생의 실존을 자각하는 단독자로 우뚝 서려는 모습은 역설적으로 욕망을 제거한 어린이를 통해서 제시되고 있다. 그러나 여기서 끝이 아니라 김수영은 모든 것을 제거하고 나서 비로소 순도 높은 진짜 사랑을 획득하게 된다. 욕망이 소거된 자리에 절대정신의 투명한 사랑만 남게 되며 그것은 영혼의 창인 서로의 '눈'을 통해서 확인된다. 즉 변화를 모색하는 첫 번째 시도에서 김수영은 그것의 해답이 '사랑'에 있음을 통찰하게 된다.

자신의 내면으로 회귀하여 과거의 것을 깨끗이 버리고자 하는 의지는 두 번째 귀거래서 시리즈「檄文」에서 더욱 강하게 드러난다.

> 마지막의 몸부림도/ 마지막의 洋服도/ 마지막의 신경질도/ 마지막의 茶房도/ 기나긴 골목길의 巡禮도/ [어깨]도/ 虛勢도/ 방대한/ 방대한/ 방대한/ 模造品과/ 막대한/ 막대한/ 막대한/ 막대한/ 模倣도/ 아아 그리고 저 道峯山보다도/ 더 큰 憎惡도/ 屈辱도/ 계집애 종아리에만/ 눈이 가던 稚氣도/ 그밖의 무수한 잡동사니 雜念까지도/ 깨끗이 버리고/ 깨끗이 버리고/ 깨끗이 버리고/ 깨끗이 버리고/ 깨끗이 버리고/ 깨끗이 버리고/ 깨끗이 버리고/ 農夫의 몸차림으로 갈아입고/ 석경을 보니/ 땅이 편편하고/ 집이 편편하고/ 하늘이 편편하고/ 물이 편편하고/ 앉아도 편편하고/ 서도 편편하고/ 누워도 편편하고/ 도회와 시골이 편편하고/ 시

> 꼴과 노회가 편편하고/ 신문이 편편하고/ 시원하고/ 버스가 편편하고/ 시원하고/ 하수도가 편편하고/ 시원하고/ 펌프의 물이 시원하게 쏟아져 나온다고/ 어머니가 감탄하니 과연 시원하고/ 인제 정말/ 내가 정말 시인이 됐으니 시원하고/ 시원하다고 말하지 않아도 되니/ 이건 진짜 시원하고/ 이 시원함은 진짜이고/ 자유다
>
> 김수영, 「격문(檄文)—신귀거래2」 전문

혁명의 실패가 확인되고 김수영은 내적으로 더욱 침잠하며 '신귀거래'라는 시를 통해 이를 역설적으로 표현한다. '마지막 몸부림'이 좌절된 시점에서 모든 것을 정리하고 현실적인 세계와 거리를 두고자 하는 김수영은 '깨끗이 버리고'를 무려 7번이나 반복하고 있다. 숫자 7은 생명의 변화와 성장을 나타내는 시간리듬이며 7은 동서양을 넘나들며 하늘을 이루는 근원적인 수로 여겨지게 되었고, 나아가 우주의 의미를 해명해주는 신성한 수이자 음양오행의 동양사상을 담고 있는 수로 도연명의 '귀거래사'를 차용한 시의 제목과도 상통한다. 도연명이 관직에서 물러나 농촌으로 돌아가듯 김수영 또한 허세, 모방, 굴욕, 치기, 잡념 등과 같은 속세적인 것을 모두 버리고 농부의 순수한 마음으로 세상을 바라보려 하기 때문이다.

물론 김수영은 도연명처럼 실제로 농촌에 가지는 않았고 고향 자체가 도시므로 돌아갈 농촌도 없었지만 현실과 단절하고자 하는 마음은 '귀거래사'를 통해 충분히 표현된다. 이 시에서 또한 5·16에 대한 직접적인 언급은 없지만 4·19 이전의 산문형의 시와는 다르게 반복을 통한 강조와 과격한 토로를 통해 혁명의 실패에 대한 좌절과

분노를 토로하고 있음을 알 수 있다. 김수영은 스스로 깨끗이 버리는 행위를 통해서 더러워진 세상 속에서 자신을 정화시키고 있으며 그렇게 정화된 마음으로 세상을 바라보며 "이제 진짜 시인이 되었다"고 한다. 결코 편편하지 않은 세상을 편편하다고 12번씩 되뇌고 시원하지 않은 것들을 시원하다고 반복적으로 토로하는 그의 발화 속에는 세속적인 것을 벗어나 예술가, 진정한 시인이 되고자 하는 강렬한 의지가 내포되어 있다. 현실적인 자유가 억압된 상황에서 시인의 승화욕구는 한층 더 강화되고 김수영은 그것을 역설적으로 표현해내고 있다.

두 줄기로 뻗어올라가던 놈이/ 한 줄기가 더 생긴 것이 며칠 전이었나/ 등나무 ①

밤사이에 이슬을 마신 놈이/ 지금 나의 혼을 마신다/ 무휴(無休)의 태만의 혼을 마신다/ 등나무 등나무 등나무 등나무 ②

얇상한 잎/ 그것이 이슬을 마셨다고 어찌 신용하랴/ 나의 혼, 목욕을 중지한 시인의 혼을 마셨다고/ 염천의 혼을 마셨다고 어찌 신용하랴/ 등나무? 등나무? 등나무? 등나무? ③

그의 주위를 몇번이고 돌고 돌고 돌고/ 또 도는 조름같은 날개의 날것들과/ 갑충의 쉬파리떼/ 그리고 진드기/ 「엄마 안 가? 엄마 안 가?」/ 「안 가 엄마! 안 가 엄마! 엄마가 어디를 가니?」/ 「안 가유?」/ 「아 가유! 하……」/ 「으흐흐……」/ ④

두 줄기로 뻗어올라가던 놈이/ 한 줄기가 더 생긴 것이 며칠 전이었나/ 난간 아래 등나무/ 넝쿨장미 위의 등나무/ 등꽃 위의 등나무/ 우물 옆의 등나무/ 우물 옆의 능꽃과 활련/ 그리고 철자법을 틀린 시/ 철자법을 틀린 인생/ 이슬, 이슬의 합창이다/ 등나무여 지휘하라 부끄러움 고만 타고/ 이제는 지휘하라 이카루스의 날개처럼/ 쑥잎보다 훨씬 얇은/ 너의 잎은 지휘하라/ 배적삼, 옥양목, 데드롱, 인조견, 항라,/ 모시치마 냄새난다 냄새난다/ 냄새여 지휘하라/ 연기여 지휘하라/ 등나무 등나무 등나무 ⑤

우물이 말을 한다/ 어제의 말을 한다/「똥, 땡, 똥, 땡, 찡, 찡, 찡……」/「엄마 안 가?」/「엄마 안 가?」/「엄마 가?」/「엄마 가?」 ⑥

등나무 등나무 등나무 등나무/「야, 영희야, 메리의 밥을 아무거나 주지 마라./ 밥통을 좀 부셔주지?!」/ 등나무? 등나무? 등나무? 등나무?/「아이스 캔디! 아이스 캔디!」/「꼬오, 꼬, 꼬, 꼬, 꼬오, 꼬, 꼬, 꼬, 꼬」/ 두 줄기로 뻗어올라가던 놈이/ 한 줄기가 더 생긴 것이 며칠 전이었나 ⑦

김수영, 「新歸去來(신귀거래) 3—등나무」 전문

첫 번째 연에서 김수영은 마당 앞의 등나무를 관찰하게 된다. 김수영이 등나무를 주시하게 된 것은 등나무가 "두 줄기에서 한 줄기가 더 생겨난" 왕성한 생명력을 자랑하기 때문이다. 등나무의 거대한 생명성은 "태만에 빠진" 시인의 혼을 강렬하게 끌어당긴다. 그리하여 다음 연에서 김수영은 "나의 혼을 마신" 등나무와 영적 접속을 통해 내밀한 소통을 이어가게 된다. 사물을 의인화하고 의인화한 사물과 소통하는 김수영의 특유의 시작법은 이미 달나라의 장난, 백의 등에서 많이 드러나 있지만 이 시에서 등나무는 김수영이 반성의 바로미터로 삼았던 여타의 사물들과 달리 거울로서의 타자가 아니라 강력한 '끌림'에 의해서 등나무와 하나가 된다. 그 '끌림'은 생명 자체에 대한 끌림이며 모든 자연의 생명은 이미 하나로 연결되어 있는 우주의 강력한 중심이라고 볼 수 있다.

등나무의 거대한 생명력은 5·16의 좌절로 인해 중심을 상실하고 현실의 벽을 대면한 김수영에게 원초적인 생명의 뿌리를 돌아보게 만든다. 등나무를 싸고도는 갑충과 쉬파리떼, 진드기들마저도 모두 거대한 생명의 한 줄기에서 나왔으며 그들은 등나무의 일부분이고 또한 자연생태계의 일부분이기도 하다. 그리하여 이 시에서 사람과 식물과 동물과 곤충의 경계는 모두 사라지고 모두 하나의 생명으로서 그들의 목소리만 남게 된다. 그 목소리는 생명의 근원이 되는 '엄마'에게로 향해있다. 엄마에게 어디 가냐고 묻는 아이의 목소리는 어딘가 가고 싶어하는 아이의 순진하고도 위험한 욕망을 담고 있다. 다이달로스와 그의 아들 이카루스의 미궁 탈출 신화는 대모험의 이야기로 이카로스의 날개는 미지의 세계에 대한 인간의 동경을 상기한다. 이카로스는 몇 가지 유형의 상징을 지니고 있지만 20세기 말부터 작가의 미래에 대한 시각과 접목되어 다루어지며 현대에는 '이상주의'로 묘사되고 있다.[361] 그리하여 5행에서 김수영은 등나무에게 '부끄러움을 고만 타고 지휘하라'고 한다. 그것은 곧 자신에게 던

361 첫째, 고귀한 여성(태양)에 대한 주체할 수 없는 사랑의 열정을 불태우다 결국 좌절하는 아름다운 남성. 둘째, "노래하는 백조" 예술 작품을 탁마하는 시인의 유형을 지칭하며 극단을 추구하다가 끝내 비극적 삶을 자청하는 인물. 셋째, 비밀스러운 지식을 추구하다 비극적 최후를 맞이하는 유형. 넷째, 망각의 대상으로서의 아키로스. 박설호, 「서양 문학에 나타난 이카로스의 유형 연구」, 『독일어문학』 14권4호35집, 한국독일어문학회, 2006, 56-57면.

지는 말이기도 하다. 신화 속 이카루스처럼 실패를 할 지언정 새로운 세계로 향해 나아가고자 하는 욕망, 수동적 끌림에서 적극적인 결단으로 향해 나가는 의지의 전환이 5행에서는 잘 드러나 있다. 따라서 6행에서 벌어진 엄마와의 대화에서의 질문 또한 '엄마 안가?'에서 '엄마 가?'로 전환된다. 강렬한 탈출의 욕망이 부정어법에서 긍정어법으로 바뀐 것이다.

또한 5행에서 "철자법이 틀린 시"와 "철자법이 틀린 인생"이 현재 김수영이 처한 현실의 제도 속에서 인식하고 있는 시인의 자아상이라면 넝쿨 위에, 등꽃 위에, 우물 옆에 등 지천에 핀 등나무는 현실법칙을 넘어선 자유롭고 생명력이 넘치는 자연의 상(像)이다. 그 상(像) 속에서 식물과 동물과 인간을 포함한 다양한 존재들은 완벽한 조화와 질서를 유지하고 있으며 등나무는 강력한 생산성을 바탕으로 이들을 사랑으로 끌어안고 포용하고 있다.

> 「낮에는 일손을 쉰다고 한 잔 마시는 게라/ 저녁에는 어둠을 맞으려고 또 한 잔 마시는 게라/ 먼 밭을 바라보며 마늘장아찌에/ 취하지 않은 듯이 취하는 게라/ 지장이 없느니라/ 아무리 바빠도 지장이 없느니라 술 취했다고 일이 늦으랴/ 취하면 취한 대로 다 하느니라/ 쓸데없는 이야기도 주고받고 쓸데없는 일도/ 찾아보면 있느니라」
>
> 내가 내가 취하면/ 너도 너도 취하지/ 구름 구름 부풀 듯이/ 기어오르는 파도가/ 제일 높은 사안(砂岸)에/ 닿으려고 싸우듯이/ 너도 나도 취하는/ 중용(中庸)의 술잔/ 바보의 가족과 운명과/ 어린 고양이의 울음/ 니야옹 니야옹 니야옹

술 취한 바보의 가족과 운명과/ 술 취한 어린 고양이의 울음/ 역시/
니야옹 니야옹 니야옹 니야옹

김수영, 「신귀거래4—술과 어린 고양이」 전문

김수영은 이 시에서 술 마시는 것을 중용에 비교하고 있다. 첫 번째 연에서 농부의 말을 빌어 "일에 지장 없이 술에 취한 듯 취하지 않은 듯"이라고 표현한 것은 '중용'과 상통되는 어떤 상태라고 볼 수 있다. 중용에서 중은 어느 한쪽으로 치우치거나 기대어 있지 않아 지나치거나 모자람이 없는 것이다.[362]

농부가 술을 마시고도 제 몫의 일을 하고 시인이 술을 마시고 세상을 보는 것은 모두 세상을 도외시하는 것이 아닌 세상과 더불어 조화를 이루기 위한 것이다. 「신귀거래」 연작에서 끊임없이 변화를 시도해온 김수영은 이 시에서 세상과의 소통을 위해 술을 매개로 삼았다. 이 술은 절대적인 '중용의 덕'을 실천하여 '취한 듯 취하지 않은 듯' 마셔야 하는 술로 안 마시기보다 더욱 힘든 도의 경지이다. 이는 김수영이 이성의 힘으로만 세상과 대적했던 싸움에서 물러나 다른 방식으로 세상을 수용하려는 시도이다.

정치적 현실에서 느낀 좌절감을 극복하기 위해 김수영은 자신의 일상과 밀접하게 연결된 방으로 돌아와 다양한 시도를 통해 그 해답을 찾고 있다. 이 시에서 술에 취해 발견한 일상은 그 다음의 연작시

362 심우섭, 「중용사상에 관한 연구」, 동국대학교 박사학위 논문, 1981; 한국민족문화대백과, 한국중앙연구원.

「모르지?」에 와서는 타자들과의 관계 속에서, 감춰진 내면 풍경을 드러내면서 더욱 확장되고 있다.

> 이태백이가 술을 마시고야 시작(時作)을 한 이유,/ 모르지?/ 구차한 문밖 선비가 벽장문 옆에다/ 카잘스, 그람, 쉬바이쩌, 에프스타인의 사진을 붙이고 있는 이유,/ 모르지?/ 노년에 든 로버트 그레브스가 연애시를 쓰는 이유,/ 모르지?/ 우리집 식모가 여편네가 외출만 하면/ 나한테 자꾸 웃고만 있는 이유,/ 모르지?/ 그럴때면 바람에 떨어진 빨래를 보고/ 내가 말없이 집어걸기만 하는 이유,/ 모르지?/ 함경도친구와 경상도 친구가 외국인처럼 생각돼서/ 술집에서는 반드시 표준어만 쓰는 이유,/ 모르지?/ 오월혁명 이전에는 백양을 피우다/ 그후부터는/ 아리랑을 피우고/ 와이샤쓰 윗호주머니에는 한사코 색수건을 꽂아뵈는 이유,/ 모르지?/ 아무리 더워도 베와이샤쓰의 에리를/ 안쪽으로 집어넣지 않는 이유,/ 모르지?/ 아무리 혼자 있어도 베와이샤쓰의 에리를/ 안쪽으로 집어넣지 않는 이유,/ 모르지?/ 술이 거나해서 아무리 졸려도/ 의젓한 포오즈는/ 의젓한 포오즈는 취하고 있는 이유,/ 모르지?/ 모르지?
>
> 김수영, 「新歸去來(신귀거래)5—모르지?」 전문

이 시에는 김수영은 "모르지?"라는 질문으로 다양한 타자들과 접속하고 있다. 김수영의 시선은 타인들의 삶에 대한 외부적 관찰에만 머문 것이 아니라 그들의 속 깊이 감춰진 상처와 무의식적 욕망까지 들추어내고 있다는 점에서 5·16 혁명 이후 확장된 타인에 대한 관심을 분명히 드러내준다. 시는 "이태백이가 술을 마신" 이유부터 거창

하게 시작하지만 김수영의 시선이 더 많이 머문 곳은 어느 선비, 식모와 같은 주변의 소소한 인물들이며 일상적 인물들에 대한 관찰로 시작해 자신에게로 돌아오고 있다. 문밖 선비가 벽장문에 붙인 카잘스는 에스파냐 내란 이후에 프랑크 정권에 항거하여 런던에서 연주활동을 하였으며, 프랑코 정권을 승인하는 나라에서는 출연을 거부할 정도로 저항의식이 뚜렷한 예술가이다. 또한 염색법을 개척하여 인류에 공헌한 그람과 아프리카 의료봉사로 평생을 헌신한 슈바이처 등은 모두 선비가 동경하는 이상적인 인물이다. 그들의 사진을 굳이 벽장문 옆에 붙이는 이유는 자신의 자랑스러운 욕망을 타인에게 어느 정도 보여주기 위함이며, 고상함을 가장한 속물성은 현대를 살아가는 지식인의 은폐된 욕망을 드러내기도 하다. "여편네가 없으면" 나에게 자꾸 웃음을 날리는 식모 또한 생존을 위한 무의식적 정치 행위를 하고 있다. "함경도 친구와 경상도 친구가 외국인처럼 생각돼서" 반드시 표준어만 쓰고 아무리 더워도 베 와이셔츠의 칼라를 집어넣지 못하는 시적 화자의 사소한 행동도 감춰진 욕망을 드러내준다. 그러나 이들을 보는 김수영이 시선은 부정과 비판이 아닌 이해와 수용을 전제하고 있다.

> 삼복의 더위에 질려서인가 했더니/ 아냐/ 아이를 뱄어/ 계수가 아이를 배서 고생하고/ 식모 아이는 사랑을 하는 중이라네
>
> 나는 어찌나 좋았던지 목욕을 하러 갔지/ 개구리란 놈이 추락하는 폭격기처럼/ 사람을 놀랜다/ 내가 피우고 있는 파이프/ 이건 2년이나 대학에서 떨어진 아우놈 거야

> 너무 조용한 것도 병이다/ 너무 생각하는 것도 병이다/ 그것이 실개울의 물소리든/ 꿩이 푸다닥거리고 날아가는 소리든/ 하도 심심해서 정찰을 나온 꿀벌의 소리든/ 무슨 소리는 있어야겠다
>
> 여자는 마물(魔物)야/ 저렇게 조용해지다니/ 주위까지도 저렇게 조용하게 만드는 마법을 가졌다니
>
> 나는 더위에 속은 조용함이 억울해서/ 미친 놈처럼 라디오를 튼다/ 지구와 우주를 진행시키기 위해서/ 어서어서 진행시키기 위해서/ 그렇지 않고서는 내가 미치고 말 것 같아서
>
> 아아 벌/ 소리야!
>
> 김수영, 「복중(伏中)—신귀거래6」 전문

6번째 연작에 해당되는 이 시는 조용하지만 생명의 신비로 가득 차 있다. 김수영이 미처 눈치 채기 못하는 사이에, 생명의 잉태가 소리 없이 이루어지고 잉태를 위한 사랑의 속삭임들이 여기저기서 진행되기 때문이다. 생명을 잉태하는 '여성'의 세계는 남성인 김수영이 체험할 수 없는 육체성을 갖고 있으므로 그것은 김수영에서 '알 수 없는 세계'에 대한 공포를 야기시킨다. 이에 대응하기 위해서 김수영은 담배를 피우기도 하고 라디오를 틀기도 하지만 이런 행위는 부정적인 반응이라기보다는 낯선 사태에 어떻게 대비할 줄 모르는 호들갑에 가깝다. 네 번째 연에서 김수영이 여자를 '마물(魔物)'이라고 칭하듯이 결국 김수영 또한 그 신비로운 힘에 영향 받고 이끌려 간다. 시끄러운 '소리의 세계'는 그 힘 때문에 세상을 진행시키는 듯 보이지만 사실 존재를 만들어내고 지탱시키는 사랑의 힘은 '침묵의 세계'에 있음을 알 수 있다. 소리와 침묵의 대결 구도 속에서 생경하고

어색한 '여성의 세계'에 반응하는 김수영의 자세는 불편해 보이지만 그가 그 세계에 귀를 기울이고 있다는 점은 주목할 만한 변화이다.

> 누이야/ 풍자가 아니면 해탈이다/ 너는 이 말의 뜻을 아느냐/ 너의 방에 걸어놓은 오빠의 사진/ 나에게는 〈동생의 사진〉을 보고도/ 나는 몇 번이고 그의 진혼가를 피해 왔다/ 그전에 돌아간 아버지의 진혼가가 우스꽝스러웠던 것을 생각하고/ 그래서 나는 그 사진을 10년 만에 곰곰이 정시(正視)하면서/ 이내 거북해서 너의 방을 뛰쳐나오고 말았다/ 10년이란 한 사람이 준 상처를 다스리기에는 너무나 짧은 세월이다
>
> 누이야/ 풍자가 아니면 해탈이다/ 네가 그렇고/ 내가 그렇고/ 네가 아니면 내가 그렇다/ 우스운 것이 사람의 죽음이다/ 우스워하지 않고서 생각할 수 없는 것이 사람의 죽음이다/ 8월의 하늘은 높다/ 높다는 것도 이렇게 웃음을 자아낸다
>
> 누이야/ 나는 분명히 그의 앞에 절을 했노라/ 그의 앞에 엎드렸노라/ 모르는 것 앞에는 엎드리는 것이/모르는 것 앞에는 무조건하고 숭배하는 것이/ 나의 습관이니까/ 동생뿐이 아니라/ 그의 죽음뿐이 아니라/ 혹은 그의 실종뿐이 아니라/ 그를 생각하는/ 그를 생각할 수 있는/ 너까지도 다 함께 숭배하고 마는 것이/ 숭배할 줄 아는 것이/ 나의 인내이니까
>
> 「누이야 장하고나!」/ 나는 쾌활한 마음으로 말할 수 있다/ 이 광대한 여름날의 착잡한 숲속에/ 홀로 서서/ 나는 돌풍처럼 너한테 말할 수 있다/ 모든 산봉우리를 걸쳐 온 돌풍처럼/ 당돌하고 시원하게/ 도회에서 달아나온 나는 말할 수 있다/ 「누이야 장하고나!」
>
> 김수영, 「신귀거래7—누이야 장하고나!」 전문

「신귀거래」 연작의 일곱 번째에 해당하는 이 시는 '죽음'에 대한 김수영의 사유의 전환을 단적으로 드러낸다. 김수영에게 '죽음'은 생명의 신비만큼이나 직시하기 어려운 미지의 세계였다. 특히 가족의 죽음은 직시하기 더 어려운 것이었는데 1959년에 작성된 「아버지의 사진」에서 김수영은 돌아가신 아버지의 사진을 숨어 보는 자신을 고백한 바 있다. 이 시에서 김수영은 아버지가 아닌 돌아간 동생의 사진을 10년 만에 정시(正視)하는 놀라운 태도의 전환을 보이고 있다. 물론 그것은 '누이'를 통해서였고 여전히 끝까지 직시하지는 못하고 "거북스러워서 누이의 방을 결국 뛰쳐나온다." 그러나 과거, 아버지의 진혼가를 우스꽝스럽게 생각하던 것과는 확연히 다른 '죽음'에 대한 적극적인 수용의 태도를 보이고 있다.

세 번째 연에서 김수영은 동생의 죽음과 그 죽음을 10년 동안 애도한 누이 앞에서 결국 엎드리게 된다. 죽음에 대한 수용은 '죽음'을 직시하고 사랑으로 껴안은 누이에 대한 숭배, 모르는 것에 대한 숭배로 이어진다. 그리하여 마지막 연에서 김수영은 5·16 이후의 자신을 "모든 산봉우리를 걸쳐 온 당돌한 돌풍"에 비유한다. 현대사의 다사다난한 질곡을 거쳐서 드디어 "여름날의 착잡한 숲속"에 들어선 김수영은 부정의 부정에서 긍정에 이르는 회심의 변화를 성취해 냈으며 그 긍정은 '누이'라는 사랑의 매개를 통해서 가능해진다. 그러면서 동시에 그동안 자신이 구축해왔던 애착의 대상에 대해서는 부정과 회의를 던지기도 한다.

똘배가 개울가에 자라는/ 숲속에선/ 누이의 방도 장마가 가시면 익어가는가/ 허나/ 인생의 장마의/ 추녀 끝 물방울 소리가/ 아직도 메아리를 가지고 오지 못하는/ 8월의 밤에/ 너의 방은 너무 정돈되어 있더라/ 이런 밤에/ 나는 서울의 얼치기 양관(洋館) 속에서/ 골치를 앓는 여편네의 댓가지 백 속에/ 조약돌이 들어 있는/ 공간의 우연에 놀란다/ 누이야/ 너의 방은 언제나/ 너무도 정돈되어 있다/ 입을 다문 채/ 흰 실에 매어달려 있는 여주알의 곰보/ 창문 앞에/ 안치해 놓은 당호박/ 평면을 사랑하는/ 코스모스/ 역시 평면을 사랑하는/ 킴 노박의/ 사진과/ 국내 소설책들…/ 이런 것들이 정돈될 가치가 있는 것들인가/ 누이야/ 이런 것들이 정돈될 가치가 있는 것들인가

김수영,「신귀거래8—누이의 방」 전문

「누이의 방」이라는 시에서 김수영은 '누이'의 방에 대해서 얘기하고 있는 듯 보이지만 사실은 누이를 빌어 자신의 이야기를 하고 있다. 자신이 그동안 평면적으로 추구해 온 세계의 일부인 "킴 노박의 사진과 국내 소설책들……"을 위시한 정돈된 세계가 과연 가치가 있는 것인지, 그 근원적인 것에 대해 질문을 던지고 있다. 이는 그동안 자신을 구성해왔던 가치에 대한 회의와 부정이며 이를 확장시키기 위한 방법으로 김수영은 평면을 깨고 부수는 것이 아닌 새로운 카오스에로의 진입을 시도하고 있다. 그것은 '적'은 반드시 존재한다는 2차원적이고 평면적인 논리와 시각에서 벗어나 그 '적' 또한 누군가에게는 '사랑의 대상'일 수 있다는 역발상의 전환이며 현실의 법칙들을 전복해 놓은 자리에 새로운 '사랑의 가치'를 수립하려는 시도이다.

4·19 이후, 김수영은 분명하고 뚜렷한 목소리로 적을 비판해 왔지만 5·16 이후에는 그런 자신의 모습조차 반성하고 있다. 그동안 평면적으로만 보아왔던 시선의 전복을 통해 카오스적인 세계에 다가가려는 노력은 "누이의 정돈된 방의 가치"에 대한 질문으로부터 시작되고 있다. "정돈된 방"이 그동안 고수해왔던 가치 체계의 상징이라면 김수영은 이제 자신의 협소한 방에서 벗어나 다양한 가치가 공존하는 타인의 방으로 가고자 한다. 김수영은 자신이 구축해 온 "정돈된 방"에서 탈출하여 보다 넓고 혼란스러운 타인의 세계에 발을 들여놓기 시작했다.

신귀거래 마지막 연작에 해당하는 「이놈이 무엇이지?」라는 시를 끝으로 김수영은 한 차례의 치열한 내적 탐색을 마무리한다. 이 9편의 시들은 '귀거래'라는 고향 중심의 모티브를 바탕으로 매 편마다 외부가 아닌 내부에서 탈출의 가능성을 찾고 있으며 자기변화에 대한 강렬한 의지가 수반되어 있다. 동서양에서 숫자 9는 분열, 성장하게 하는 양수의 마지막 변화 단계를 뜻하며 성장의 끝에는 큰 충격이 생기며 현자들은 이 시점에 세상에 큰 변국이 닥친다고도 본다. 또한 9는 금을 뜻하고 가을을 뜻하는 수이기도 하며 가을은 만물을 익게 하고 통일, 결실하는 완성의 계절이기도 하지만 여름에서 가을로 넘어갈 때 반드시 살기가 생기는데, 기후로는 서리가 치며 가을은 봄, 여름에 풀어놓은 모든 것들을 심판한다는 뜻도 있다. 김수영의 9편의 「신귀거래」 또한 가을의 시작과 함께 끝이 나 있으며 김수영은 육체적 고통을 통해 통과의례의 마지막 성장통을 겪게 된다.

먼 곳에서부터/ 먼 곳으로/ 다시 몸이 아프다

조용한 봄에서부터/ 조용한 봄으로/ 다시 내 몸이 아프다

여자에게서부터/ 여자에게로

능금꽃으로부터/ 능금꽃으로……

나도 모르는 사이에/ 내 몸이 아프다

김수영, 「먼 곳에서부터」 전문

이 시는 "~에서부터", "~으로"의 격 조사의 반복으로 전체 연이 전개되어 있으며 짧은 5행 속에서 "몸이 아프다"가 세 번이나 반복되고 있다. 범위의 시작 지점이나 어떤 행동의 출발점이 되는 "~에서부터"와 움직임의 방향과 변화의 방향을 나타내는 격 조사 "~으로"는 시간적인 것이든 공간적인 것이든 출발과 끝에 이르는 과정을 드러내며 그 사이에는 계량 불가능한 다양한 거리들이 함축되어 있다. 그런데 김수영의 이 시에서 그 출발점과 끝점은 똑같다. 먼 곳에서부터 가까운 곳으로 이어지는 것이 아니라 다시 먼 곳으로 가며 여자에게서부터 남자에게로 이르는 것이 아니라 다시 여자에게로 돌아오고, 능금꽃에서부터 시작해서 다시 능금꽃으로 돌아오는, 시작과 끝의 동일한 순환성을 보여준다. 김수영은 자신의 방에서 나가서 찾고자 했던 것들이 결국 다시 자신한테서 찾아야 하는 것임을 깨닫고 그 영구적 순환의 고리 속에서 놀라운 '수용'의 변화를 이루어내고 있다. '아픈 육체'는 동일한 순환이 아니라 성숙과 성장을 동반한 변증법적 순환을 이루어낸 물리적 주체이다. 따라서 "~에서부터", "~으로"의 회귀에도 불구하고 김수영은 그 속에서 극복 가능한

새로운 주체를 생성시키고 있다. 그러나 그 생성은 단 한번으로 이루어지지 않는다. 부정에서 긍정으로의 전환은 수없이 반복되는 육체의 고통과 연습을 통해서 가까스로 이루어지고 있다. 그 무한한 연습의 시도는 바로 다음 작품인 「아픈 몸이」라는 시에서 잘 드러난다.

> 아픈 몸이/ 아프지 않을 때까지 가자/ 골목을 돌아서/ 베레모는 썼지만/ 또 골목을 돌아서/ 신이 찢어지고/ 온몸에서 피는/ 빠르지도 더디지도 않게 흐르는데/ 또 골목을 돌아서/ 추위에 온몸이/ 돌같이 감각을 잃어도/ 또 골목을 돌아서
>
> 아픔이/ 아프지 않을 때는/ 그 무수한 골목이 없어질 때
>
> (이제부터는/ 즐거운 골목/ 그 골목이/ 나를 돌리라/ —아니 돌다 말리라)
>
> 아픈 몸이/ 아프지 않을 때까지 가자/ 나의 발은 절망의 소리/ 저 말(馬)도 절망의 소리/ 병원 냄새에 휴식을 얻는/ 소년의 흰 볼처럼/ 교회여/ 이제는 나의 이 늙지도 젊지도 않은 몸에/ 해묵은/ 1,961개의/ 곰팡내를 풍겨 넣어라/ 오 썩어가는 탑/ 나의 연령/ 혹은/ 4,294알의/ 구슬이라도 된다/ 아픈 몸이/ 아프지 않을 때까지 가자/ 온갖 식구와 온갖 친구와/ 온갖 적들과 함께/ 적들의 적들과 함께/ 무한한 연습과 함께
>
> 김수영, 「아픈 몸이」 전문

김수영은 "아픈 몸이 아프지 않을 때까지 가자"고 한다. 이 아픔은 부정에서 긍정으로 선회하는 과도기적 아픔이며 "감각을 잃을 정도

로 춥고", "신이 찢길 정도"로 많은 연습이 필요한 마찰과 자기 연마의 과정이다. 여기서 '골목'이 무수한 타자들과 만나는 갈등과 불이해의 접점이라고 볼 때 김수영은 "그 무수한 골목이 없어질 때"까지 그리하여 아픈 몸이 아프지 않을 때까지 가자고 선언한다.

> 어서 일을 해요 변화는 끝났소/ 어서 일을 해요/ 미지근한 물이 고인 조그마한 논과/ 대숲 속의 초가집과/ 나무로 만든 장기와/ 게으르게 움직이는 물소와/ (아니 물소는 호남 지방에서는 못 보았는데)/ 덜컥거리는 수레와
>
> 어서 또 일을 해요 변화는 끝났소/ 편지봉투모양으로 누렇게 결은/ 시간과 땅/ 수레를 털털거리게 하는 욕심의 돌/ 기름을 주라/ 어서 기름을 주라/ 털털거리는 수레에다는 기름을 주라/ 욕심은 끝났어/ 논도 얼어붙고/ 대숲 사이로 침입하는 무자비한 푸른 하늘
>
> 쉬었다 가든 거꾸로 가든 모로 가든/ 어서 또 가요 기름을 발랐으니 어서 또 가요/ 타마구를 발랐으니 어서 또 가요/ 미친놈 뽄으로 어서 또 가요 변화는 끝났어요/ 어서 또 가요
>
> 더러운 일기는 찢어버려도 짜장 재주를 부릴 줄 아는 나이와 詩/ 정말 무서운 나이와 詩는/ 동그랗게 되어가는 나이와 詩/ 사전을 보면 쓰는 나이와 詩/ 사전이 詩 같은 아니와 詩/ 사전이 앞을 가는 변화의 詩/ 감기가 가도 감기가 가도/ 줄곧 앞을 가는 사전의 詩/ 詩.
>
> 김수영, 「시」 전문

그리고 그런 시도와 방황, 육체적 고통을 동반한 '변화의 연습'이

나 끝났음을 보여주는 시가 「아픈 몸이」 뒤에 바로 작성된 「시」라는 시이다. 이 시에서 김수영은 첫 번째 연에서부터 변화가 끝났음을 선언하고 다시 앞으로 가고자 하는 전진의지를 보여준다. 「신귀거래」 연작을 통해 보여준 탈출의 시도가 정지된 상태에서의 수직 상승에 대한 욕구와 길 찾기를 보여줬다면 치열한 고뇌와 시도를 통해 해답을 찾은 뒤에는 다시 수평적인 걷기로 전환한다. 그것이 가능한 이유는 시에서도 언급되었듯이 김수영 스스로 암중모색을 통해 사랑이라는 변화를 이루어냈기 때문이다.

두 번째 연에서 김수영은 그런 자신을 수레에 비유하고 있다. 다시 일상의 시간으로 돌아온 김수영에게 앞으로 나아가는 새로운 지혜가 필요했으며 욕심으로 울퉁불퉁한 세속의 길을 가기 위해서는 더욱 '기름'에 비유되는 융통성이 필요했다. 그것은 곧 타인을 나의 한 부분으로 포용하고 받아들이는 '사랑의 윤활제'라고 볼 수 있다. 김수영은 "기름을 주라"고 반복적으로 선언하고 있지만 이미 스스로 윤활제를 생성할 수 있는 충분한 연습이 된 상태였다. 세 번째 연에서는 모든 준비를 마친 채 앞으로 꾸준히 나아가고가 하는 강한 의지와 지체된 시간에 대한 다소 급박함이 한 연 안에서 다섯 번이나 반복된 "어서 또 가요"를 통해서 보여진다.

> 어둠 속에서도 불빛 속에서도 변치 않는/ 사랑을 배웠다 너로 해서
>
> 그러나 너의 얼굴은/ 어둠에서 불빛으로 넘어가는/ 그 찰나에 ① 꺼졌다 살아났다/ 너의 얼굴은 그만큼 불안하다
>
> 번개처럼/ 번개처럼/ 금이 간 너의 얼굴은
>
> 김수영, 「사랑」 전문

「사랑」이라는 시에서 '너'라는 타자를 통해서 결국 도달하게 된 것이 사랑이라는 방향성임을 확실하게 드러낸다. 주목할 수 있는 건, 그 사랑을 발견하였음에도 너의 얼굴은 여전히 불안하고 온전치 못하다는 것이다. "어둠에서 불빛으로 넘어가는" 그 순간, 부정에서 긍정으로, 시적 화자의 내적인 에너지의 방향성이 전환된다. '꺼졌다 살아나는' 그 순간은 짧은 찰나지만, '죽음'을 통과한 부활이라는 측면에서 거대한 방향성을 가지고 있다. 죽음의 역사는 여전히 금으로 남아 있지만, 그 얼굴에서 '사랑'을 읽어내는 김수영의 타자 부재와 '부정'은 엄청난 내적 전환을 통해서 긍정으로 가고 있다. "금이 간 얼굴"은 단순한 얼굴이 아니라 영구혁명의 시금석이 되는 혁명의 짧은 순간을 체험한 얼굴이며 그리하여 이 체험을 통해 주체와 타자는 새로운 관계의 지평을 열게 된다.

> 더운 날/ 적(敵)이란 해면(海綿) 같다/ 나의 양심과 독기를 빨아먹는/ 문어발 같다
>
> 흡반 같은 나의 대문의 명패보다도/ 정체 없는 놈/ 더운 날/ 눈이 꺼지듯 적이 꺼진다
>
> 김해동(金海東)— 그놈은 항상 약삭빠른 놈이지만 언제나 부하를 사랑했다/ 정병일(鄭炳一) — 그놈은 내심과 정반대되는 행동만을 해왔고, 그것은 가족들을 먹여살리기 위해서였다/ 더운 날/ 적을 운산(運算)하고 있으면/ ②아무 데에도 적은 없고
>
> 시금치밭에 앉는 흑나비와 주홍나비모양으로/ 나의 과거와 미래가 숨바꼭질만 한다

「적이 어디에 있느냐?」/ ②「적은 꼭 있어야 하느냐?」

순사와 땅주인에서부터 과속을 범하는 운전수에까지/ ③나의 적은 아직도 늘비하지만/ 어제의 적은 없고/ 더운 날처럼 ④어제의 적은 없고/ 더워진 날처럼 어제의 적은 없고

김수영,「적」 전문

'적'은 이제 실재하는 타자로서의 자리를 점유하게 되는데[363] 이런 전환과 함께 대결의 대상으로 의식했던 '적' 또한 부재함을 발견하게 된다. 그 적의 정체라는 것이 언제든지 뗐다 버릴 수 있는 '대문의 명패보다도' 더 실체가 없는 것임을 깨닫기 때문이다. 그 구체적인 예로 김해동과 정병일을 들고 있다. 그들 모두 자신의 부하와 가족들 앞에서는 사랑의 약자가 된다. 그들 속성이 결코 악랄해서가 아니라 그들 또한 어떤 힘에 의해 굴복당한 피해자이며 하나의 고정된 이념으로 규정짓기 이전에 하나의 실존적인 인간이기 때문이다.

그렇게 "아무 데에도 적은 없다"라고 선언했음에도 불구하고 그 다음 연에서 김수영은 다시 "적이 꼭 있어야 하느냐?"라고 되묻고 있다. 김수영은「적」 연작을 통해 혁명의 대상을 재설정하고 있다. 사고의 전환은 새로운 답을 찾는 것이 아니라 새로운 질문을 던지는 것으로부터 시작된다.[364] "'적'은 단순히 소거되어야 하는 것이 아니라 차라리 계속적으로 발전되고 새롭게 발견되어야 하는 실체이자

363 강계숙, 앞의 글, 117면.

364 오연경,「'꽃잎'의 자기운동과 갱생(更生)의 시학—김수영의「꽃잎」 연작을 중심으로」,『상허학보』 32집, 상허학회, 2011, 410면.

개념"[365] 으로 전환된다. 이 전환 속에는 너와 나의 이분법에서 벗어나 나를 타자와 공유하는 김수영만의 윤리가 생성된다. 그런 의미에서 이 시는 또한 타자의식의 변화의 궁극적인 지점에 있는 시라고 볼 수 있다.

타자에 대한 이해와 수용으로부터 그들이 영원한 적이 될 수 없음을 깨달았음에도 불구하고 다시 이렇게 질문을 던지는 이유는 혁명은 끝났지만 일상성과의 싸움을 끝나지 않았기 때문이다. 그 일상성과의 대결에서 '나의 적'이 아직도 존재하기 때문이다. 그 적은 너무나 많고 또 일상 속에 포진되어 있으며 무엇보다도 타인 자체가 아닌, 타인에게 투사된 내 안에 있는 어떤 속물성을 의미한다. 김수영에게 있어 타인은 결투의 대상이 아니라 수용의 대상이면서 사랑의 대상으로 성공적으로 성취되어간다.

그렇다면 김수영의 타자에 대한 사랑은 과연 어떤 형태인가. 김수영 시에서의 '사랑'은 완성된 형태로 존재하기보다 미완성인 채로 끝없이 진행되는 가치로[366] 타자에 대한 사랑, 한국의 후진적 정치, 문화에 대한 인식과 관심, 괴로운 현실의 껴안고자 하는 등 중층적, 복합적인 의미를 지닌다.[367] 김수영의 사랑은 각박한 정치 현실에 대한 수용이면서 그 실천으로서 끊임없이 변화해가는 세상에서 변화하는 타자를 향해 부단히 뻗어가는 이해의 몸짓이다.

365 김행숙, 앞의 글, 19면.

366 이승규, 앞의 책, 148면.

367 서준섭, 「김수영의 후기 작품에 나타난 '사유의 전환'과 그 의미」, 『한국현대문학연구』23, 498면.

김수영이 사랑의 의미를 획득하게 되는 과정은 '적극적 수동성'으로 특징지을 수 있다. 인격적 주체로서 타인과 만나게 되는 사랑의 확인을 통해 타자와 역사에 대한 새로운 인식을 하게 되는 것이다.[368] 또한 부정의 단계를 거쳐서 사랑이 완성되고, 부정적인 것들 역시 사랑의 총체에 계기적인 것으로 참여하고 있다.[369] 이처럼 여러 논자들의 다양한 견해를 바탕으로 해서 보았을 때도 김수영의 사랑은 부정의 변증법을 통해 도달하게 된 타자와의 화해의 지점임을 알 수 있다. 그 변증법적 순환과정은 '다리'로 지칭되기도 한다.

> 그러나 문제는 이러한 반항에 있지 않다/ 저 젊은이들의 나에 대한 사랑에 있다/ 아니 신용이라고 해도 된다/ 「선생님 이야기는 20년 전 이야기지요」/ 할 때마다 나는 그들의 나이를 찬찬히/ 소급해 가면서 새로운 여유를 느낀다/ 새로운 역사라고 해도 좋다
>
> 이런 경이는 나를 늙게 하는 동시에 젊게 한다/ 아니 늙게 하지도 젊게 하지도 않는다/ 이 다리 밑에서 엇갈리는 기차처럼/ 늙음과 젊음의 분간이 서지 않는다/ 다리는 이러한 정지의 증인이다/ 젊음과 늙음이 엇갈리는 순간/ 그러한 속력과 / 속력의 정돈 속에서/ 다리는 사랑을 배운다/ 정말 희한한 일이다/ 나는 이제 적을 형제로 만드는 실증을/ 똑똑하게 천천히 보았으니까!
>
> 김수영, 「현대식 교량」 부분

368 전병준, 「김수영 시에 나타난 사랑의 의미 연구」, 『국제어문』43, 국제어문학회, 2008, 247면.

369 권혁웅, 「현대시에 나타난 리듬의 변주 — 『사랑의 변주곡』(김수영)을 중심으로」, 『현대문학의 연구』 56, 한국문학연구학회, 2015, 350면.

이 시에서 현대식 문물의 상징인 교량과 그 다리를 건너는 젊은 세대의 등장은 세월의 무게를 실감케 하는 것이며 이는 더 큰 포용력과 사랑을 가지고 타인을 수용케 한다. 젊음에서 늙음으로 이행하고 구세대에서 젊은 세대로 교체되는 것은 피부로 느낄 만큼 시간의 속력이지만 그것들을 공존케 하는 것은 '사랑'이라는 보이지 않는 연결고리가 작동하기 때문이다. '선생님'으로 호칭되는 김수영에게 이제 이런 여유가 생겼다는 것은 그 또한 새롭게 다가올 역사를 긍정적으로 바라보고 과거라는 시간에 대해서도 수용하고 있음을 알 수 있다. 현대식 교량을 식민지화의 가속과 지연("속력과 속력의 정돈"이라는 위기의 순간—한일협정 같은 신식민지화의 유력한 사건—을 암시하는 알레고리적 이미지)으로 보는 관점도 있다. 즉 과거로부터 망각된 기억을 호명하여 주체의 분열을 유도함으로 역사적 모순과 위기를 극복하려고 한 점이다.[370] 그러나 무엇보다 '다리'는 그 모든 극점에 있는 존재들을 다시 한 무대에 설 수 있게 연결시켜 주고 그들의 간극을 메워주는 '통로' 그 자체이다. 현대적인 속도를 추구했던 김수영에게 있어 '정지'는 속도에 대한 부정이 아니라 '역사의 증인'으로 그 자리에 서는 것이다. 분명한 것은 "「현대식 교량」에 이르러 김수영은 필사적으로 '죽음'과 '침묵'으로부터 벗어나서 '사랑의 확인'에 도달[371]"한다는 것이다.

370 박연희, 「김수영의 전통 인식과 자유주의 재론—「거대한 뿌리」(1964)를 중심으로」, 『상허학보』 33집, 상허학회, 2011, 230-231면.

371 손종업, 「김수영 시에 나타난 주체와 환대의 양상」, 『국어국문학』169, 국어국문학회, 2014, 239면.

그녀는 노벽이 발견되었을 때 완성된다/그녀뿐이 아니라/나뿐이 아니라/ 천역(賤役)에 찌들린/나뿐만이 아니라/여편네뿐이 아니라 안달을 부리는/여편네뿐만이 아니라/우리들의 새끼들까지도/ 아무것도 모르는 우리들의 새끼들까지도

그녀가 온 지 두 달 만에 우리들은 처음으로 완성되었다/처음으로 처음으로

김수영, 「식모」 전문

김수영이 이 시에서 시적 대상으로 다루고 있는 '그녀'는 여러 면에서 김수영 자신과 대척점에 있는 인물이다. '그녀'는 사회적 계층의 지위에 있어서도 아래에 있으며 지식인으로 대변되는 김수영과 다르게 다른 육체의 노동으로 자본과 교환하는 직업을 갖고 있다. 또한 남성이 아닌 여성이고 '우리 집에 온지 두 달밖에' 되지 않은 낯선 타인이다. 이렇게 사회적 지위와 생각의 장이 다른 낯선 타자와 공감하고 연대할 수 있게 된 것은 아이러니하게도 '도벽'을 통해서이다. 범법행위에 속하는 '도벽'이란 행위로 인하여 "우리들은 처음으로 완성되었다."고 한다. 우리들은, 나뿐만 아니라 여편네 "심지어 아무것도 모르는 우리들의 새끼들"까지도 이 사건에는 모두 연루되어 있다. 이 도벽은 "'도벽'과의 대면을 '그녀'만의 사건이 아니라 '우리'의 사건"[372]이다. 저지르지 않은 범법행위 속에 모두가 연루하게 된 것은 그녀의 '도벽'에는 공동체 구성원 모두의 책임이 부과되어 있기 때문이다. 그것은 눈에 보이지 않지만 동일한 공간과 동일한

372 강계숙, 앞의 글, 120면.

시간 속에서 서로에게 부여된 것이다. 그녀가 갖고 있는 '죄' 또한 우리 모두의 '죄'로 인식된다. 김수영은 자신과는 극점에 있는 '그녀'의 '죄'에 동참함으로서 자신과 사회적 동일성이 없는 타자에 대한 사랑의 지평을 무한히 넓혀나간다.

혁명 이후에 본격화된 김수영의 타자 인식의 변화는 혁명 직후에 작성된 「신귀거래」 연작을 통해 모색된다. 짧지만 치열한 두 달 여의 탐색을 통해 김수영은 부정에서 긍정으로 전환하게 되며 '사랑의 발견'과 '적의 부재'는 「사랑」, 「적」이라는 시를 통해서 확인된다. '번개'와도 같이 강렬한 '혁명' 체험은 타자를 새롭게 보는 사랑의 시선을 구축하는 계기가 된다. 김수영의 사랑은 이처럼 동질성이 아닌 이질성에 대한 천착과 수용으로 타자인식에 대한 자신의 한계를 끊임없이 뛰어넘은 '사랑의 윤리'를 실천하고자 하였다.

1.2 | 베이다오의 우상부정과 공범의식

김수영과 베이다오는 모두 예술가로서의 자신의 정체성을 그 누구보다 분명하게 인지하고 있었다. 김수영이 자신의 속물성에 대한 철저한 반성을 보여줬다면 베이다오는 '영웅이 없는 시대'에 예술가로서 병든 시인의 모습을 '환자', '몽유병자', '알콜 중독자' 등의 초상을 통해서 보여주고 있다. 베이다오 시 중에서 빈번하게 등장하는 '석두'(石頭) 즉 돌의 이미지는 또한 '자의식'의 산물로 많이 등장한다.

> 가서 무 사오거라/ —엄마가 말했다/ 여봐, 안전선을 잘 봐야지/ —경찰이 말했다/ 바다여, 너는 어디에 있느냐/ —주정꾼이 말했다/ 어떻게 가로등마다 다 터졌지/ —내가 말했다/ 길을 지나가던 장님이/ 민첩하게 대나무 장대를 들어올렸다/ 마치 안테나를 뽑아 당기듯/ 날카로운 비명과 함께 온 구급차는/ 나를 병원으로 보냈다
>
> 그래서 나는 모범 환자가 되었다/ 우렁차게 재채기를 하며/ 눈 감고 밥 먹을 때를 궁리하며/ 한 번 두 번 피를 빈대에게 주며/ 탄식할 틈도 없이/ 결국엔 의사의 직분을 떠맡아/ 굵직한 주사기를 쥐고/ 복도를 왔다갔다 거닐며/ 밤을 지새웠다[373] 베이다오, 「예술가의 생활」 전문

이 시는 예술가로서 베이다오의 가치관이 무엇보다 잘 반영된 시로 예술가로서의 정체성이, 다양한 타인들의 언술을 통해서 드러나고 있다. 엄마는 화자에게 '무 사오라'는 일상적인 심부름을 시킨다. 경찰은 내가 '안전선'을 넘었다고 경고하며 술에 취한 주정꾼은 바다를 찾고 있다. "거리마다 다 터진 가로등"은 명시적으로 컴컴한 중국의 현실에 대한 시대상의 반영이다. 그런데 주목할 것은 다양한 타자들 가운데서 화자만이 그 사실을 인지하고 있으며 화자만이 가

.....

373 "去买一根萝卜/ 母亲说/ 嘿、注意安全线/ —警察说大海呵、你在哪儿/ —醉汉说/ 怎么街灯都炸了/ —我说/ 一个过路的瞎子/ 敏捷地举起了竹竿/ 象拉出一根天线/ 尖叫而来的救护车/ 把我送进了医院 于是我成了模范病人/ 响亮地打着喷嚏/ 闭上眼睛盘算着开饭的时间/ 一次次把血输给臭虫/ 没有工夫叹息终于我也当上了医生/ 提着粗大的针管/ 在走廊里踱来踱去/ 消磨着夜晚", 「艺术家的生活」, 베이다오의 시는 (北岛, 『午夜歌手(1972~1994)—北岛诗选』, 歌出版社有限公司, 1995; 北岛, 『北岛诗选』, 海南:南海出版公司, 2003; 北島, 정우광 역, 『북도시선』, 문이재, 2003北島, 배도임 역, 『한밤의 가수』, 문학과 지성사, 1993)을 참고하였으며 이하 주석은 생략한다.

로등이 터진 거리의 어두움을 대면하고 있다는 사실이다. 다음 순간 길을 지나가던 눈 먼 장님에 의해 결국 나는 병원으로 후송된다. 여기서 '눈 먼' 장님이 '눈 뜬' 나를 신고해서 병원에 가게 만든 사실은 참으로 아이러니한 상황이다. 어두운 현실을 바로 직시한 나는 결국 눈먼 장님의 세계에서 병자로 취급되어 병동에 갇힌다.

두 번째 연에서 예술가의 생활은 자유를 송두리째 빼앗긴 채, 병원에서의 환자의 생활로 전환된다. 밥 먹기만을 기다리고 사유의 힘조차 마비된 예술가의 비애가 고스란히 드러난다.

> 당신 옷소매로부터 질질 끌려진 영혼은/ 한도 끝도 없다, 당신이/ 밤낮으로 빠져 나간 끊임없는 문장들과/ 골목들, 당신이/ 태어났을 때 당신은 벌써 늙어 있었다/ 비록 당신 야망이 예전처럼/ 당신 대머리 가장자리를 따라 성장할지라도/ 당신이 틀니를 뽑자, 당신은/ 더욱 앳되어 보였다/ 당신은 등을 돌리자마자 이름을/ 공공변소의 벽에다 써 갈겼다/ 발육부진에 기인해, 당신은/ 매일 몇 알의 호르몬 약을 삼켜야만 했다/ 목청을 溫柔하게 만들고자/ 옆집 발정 난 고양이처럼/ 연거푸 아홉 번 재채기를/ 모두 종이에 떨어뜨렸다, 당신은/ 반복을 개의치 않았다/ 누차 돈은 깨끗하지 않다고 말하면서도/ 사람들은 그것을 매우 좋아했다/ 소방차는 미친 듯이 외쳐댔다/ 당신에게 찬양토록 일깨우며/ 보험료를 지불한 달빛이니/ 보험료를 지불치 않은/ 넓적한 도끼를 찬양토록, 묵직한 도끼는/ 思想보다 더 무게가 나갔다/ 날씨는 더럽게 추웠다, 피/ 모두 어두워지자, 밤은/ 동상에 걸린 발가락마냥/ 그렇게 마비되었다, 당신은/ 절름거리며/ 길가 덤불 속을 드나들었다/ 월계관을 쓴 얼

> 가니들을 만나며/ 나무마다/ 각자의 부엉이가 있기에/ 아는 사람을 만나는 것은 정말 골치가 아팠다/ 그들은 늘 과거사를 꺼내기 좋아했다/ 旣往之事를, 당신과 나는/ 모두 스컹크였다[374]
>
> 베이다오, 「청년 시인의 초상」 전문

이 시 또한 3인칭으로 전개되고 있지만 이는 제3의 인물이라기보다는 자신의 이야기에 가깝다. 이렇게 자신을 타자화시켜 관찰함으로 자의식의 세계를 좀 더 객관적인 거리에서 볼 수 있으며 초라한 시인의 초상을 담담히 서술할 수 있게 된다.

당신 즉 나는 태어났을 때부터 이미 늙어 있어 틀니를 끼고 있고 대머리를 하고 있으며 발육부진에 호르몬 약을 달고 산다. 이는 아이러니하게도 '젊은 시인의 초상'과는 정반대인 노쇠하고 허약하며 무기력한 늙은이의 초상에 가깝다. 이 시는 아이러니를 통해서 현실의 부조리와 젊은 시인의 무기력을 드러낸다. 그 아이러니는 타인과 제반환경에 대한 서술에서도 잘 드러난다. ①에서 "돈이 깨끗하지 않다고 말하면서도 그것을 매우 좋아한다."고 하여 사람들의 돈에 대한 언행불일치의 가식적이고 이중적인 욕망을 보여준다. ②에서

374 "那从袖口拽出的灵感/ 没完没了、你/ 日夜穿行在长长的句子和/ 胡同里、你/ 生下来就老了/ 尽管雄心照旧沿着/ 秃顶的边缘生长/ 摘下假牙、你/ 更象个孩子/ 一转身就把名字写在/ 公共厕所的墙上/ 由于发育不良、你/ 每天都要吞下几片激素/ 让嗓音温顺得/ 象隔壁那只叫春的猫/ 一连九个喷嚏都/ 落在纸上、你/ 不在乎重复/ 再者钱也未必干净/ 可人人都喜欢/ 救火车发疯似地呼啸/ 提醒你赞美/ 交过保险费的月亮/ 或者赞美没交保险费的/ 板斧、沉甸甸的/ 比起思想来更有分量/ 天冷得够呛、血/ 都黑了、夜晚/ 就象冻伤了的大脚指头/ 那样麻木、你/ 一瘸一拐地/ 出入路边的小树林/ 会会那帮戴桂冠的家伙们/ 每棵树/ 有每棵树的猫头鹰/ 碰上熟人真头疼/ 他们总喜欢提起过去/ 过去嘛、我和你/ 大伙都是烂鱼", 「青年诗人的肖像」.

"소방차는 당신을 찬양토록 일깨우는데" 불을 끄는 소방의 업무를 하는 것이 아니라 아이러니하게 찬양의 불을 지피는 권력의 하수꾼 역할을 하고 있다. ③에서는 "보험료를 지불한 달빛"과 "보험료를 지불하지 않은 넓죽한 도끼"가 등장한다. 보험료를 지불할 필요가 없는 달빛은 보험료를 지불하고 위험한 도끼는 보험료를 지불하지 않는 아이러니한 상황이다. 또한 이 도끼는 사람들로 하여금 찬양토록 강요하며 ④에서처럼 그 어떤 사상보다도 더 무겁다. 이러한 세계의 부조리와 아이러니는 결국 젊은 시인을 허약한 늙은이로 만들어버리고 "월계관을 쓴 얼간이"들을 스컹크 족으로 만들어버렸다.

베이다오는 이 시의 마지막을, "당신과 나는 모두 스컹크였다."라고 밝힌다. 밤에만 활동하고 지독한 냄새를 풍기는 스컹크는 세계에서 가장 역겨운 냄새를 풍기는 동물로 그들은 귀여운 얼굴로 살아남기 위해 항문 옆에 또 하나의 냄새 분사기를 갖고 있다. 동물세계에서 악취는 생존방식이다. 스컹크의 냄새는 그러나 공격용이 아니라 방어용이다. 젊은 시인의 생존방식은 스컹크와 닮아있다. 자신을 방어하기 위해서 지독한 냄새를 풍겨야 하는 고독하고 외로운 스컹크식의 방어로만 살아남을 수밖에 현실에 처해있기 때문이다.

이렇게 자신을 병든 늙은이 또한 스컹크로 부정함으로, 어두운 현실에 대한 고발은 현실의 아이러니를 통해 더욱 거칠게 드러난다. 이는 김수영의 자기부정, 풍자와 유사한 측면이 있다.

> 그가 출생할 때 살림이 크고 장엄했지만/ 지금은 작고 낡은 채/ 창틀 하나도 없다/ 탁상등 하나가 유일한 빛/ 그는 그 실내 온도에 만족하곤/

> 큰 소리로 보이지 않게 흐린 날씨를 저주한다./ 원한의 술병 하나하나를 담벽 구석에 세우곤/ 병 마개를 열지만 누구와 대작할지 모른다./ 그는 담벽에다 죽어라고 못을 박는다. 상상의 절름발이 말이 장애를 밟고 넘으라고[375]
>
> 베이다오, 「싱글룸」 전문

위의 시들과 마찬가지로 이 시에서 시적 화자의 병든 자의식은 독신자의 '몰락한 생활'을 통해서 잘 표현되고 있다. '싱글룸'이라는 제목 속에는 혼자만의 세계에서 세상과 대적하는 시적 화자의 철저한 고독과 분노의 그림자가 짙게 드리워져 있다. "출생할 때 크고 장엄했던 살림이 이제 창틀 하나도 없는" 낡고 초라한 살림이 되었다. "탁상등 하나가 유일한 빛"인 살림임에도 시적 화자는 아이러니하게 실내의 온도에 만족한다. 이는 현실에 타협한 무기력한 화자의 순응이다. 그럼에도 그 내면에는 여전히 바깥 세상에 대한 울분과 원한이 켜켜이 쌓여 있어. 알콜 중독자와 다름없는 모습으로 술로 원한을 달래지만 시적화자의 주변에는 아무도 없다. 스스로 '장애'라고 지칭할 만큼 병들어 있으며 단지 "못을 행위로" 화풀이를 할 만큼 무기력하고 답답한 '그'의 모습에는 소통되지 못한 채 단절되고 왜곡되어 있는 시인의 병든 자의식이 짙게 투영되어 있다.

.....

375 "他出生时家具又高又大又庄严/ 如今很矮小很破旧/ 没有门窗、灯泡是唯一的光源/ 他满足于室内温度/
却大声诅咒那看不见的坏天气/ 一个个仇恨的酒瓶排在墙角/ 瓶塞打开、不知和谁对饮/ 他拼命地往墙上钉钉子/ 让想象的瘸马跨越这些障碍", 「单人房间」.

해저의 石鐘은 두드려 울려 퍼져/ 울려 퍼져, 파도를 넘실거리게 한다
울려 퍼지는 것은 팔월/ 팔월의 정오엔 태양도 없다
젖으로 부풀려진 삼각돛은/ 표류하는 시체 위로 높이 치솟는다
높이 치솟는 것을 팔월/ 팔월의 사과들은 산마루로 굴러 떨어진다
오래 전에 꺼졌던 등대는 뱃사람들의 눈길 속에서 빛을 발한다
빛을 발하는 것은 팔월/ 팔월의 장터는 첫서리와 아주 가깝다
해저의 石鐘은 두드려 울려 퍼져/ 울려 퍼져, 파도를 넘실거리게 한다
팔월의 몽유병자는 한밤중에 태양을 보았다[376]

베이다오, 「팔월의 몽유병자」 전문

이 시는 특징적으로 8월이란 계절을 시대적 배경으로 하고 있다. 8월은 전반적으로 시의 시간적 배경이 될 뿐만 아니라 "팔월의 정오", "팔월의 사과", "팔월의 장터", "팔월의 몽유병자" 등 사물을 수식하는 형용사로 빈번하게 쓰인다. 팔월은 열두 달 중에서도 가장 더운 달이며 동시에 모든 것이 무럭무럭 자라는 생명력을 발하는 계절이기도 하다. 따라서 팔월은 침범할 수 없는 자체적 생명력으로 가득 차서 '태양'에도 맞설 수 있는 힘과 에너지가 용솟음친

376 "海底的石钟敲响/ 敲响、掀起了波浪
敲响的是八月/ 八月的正午没有太阳
涨满乳汁的三角帆/ 高耸在漂浮的尸体上
高耸的是八月/ 八月的苹果滚下山冈
熄灭已久的灯塔/ 被水手们的目光照亮
照亮的是八月/ 八月的集市又临霜降
海底的石钟敲响/ 敲响、掀起了波浪
八月的梦游者/ 看见过夜里的太阳", 「八月的梦游者」.

다. 그리하여 ②에서 언급된 것처럼 시적화자는 "팔월의 정오엔 태양이 없다"고 한다. 뜨거운 팔월, 그것도 하루 중에서 가장 더운 시간대인 정오에 "태양이 없다는 것"은 자연물로서의 태양이 없다는 것이 아니라 "태양"의 상징인 마오 독재의 탄압을 의미한다. 스스로도 생명력과 저항 에너지로 가득 차 있기 때문에 탄압이 있다고 해도 그것은 "있다"라고 느껴지지 않는다. 또한 팔월의 사과들은 익을 대로 익어 "산마루로 굴러 떨어지며", 팔월은 그 자체로 "빛을 발하게 된다."

그런데 팔월의 몽유병자는 아이러니하게도 "한밤중에 태양을 보게 된다." 팔월의 정오에도 없었던 태양을 깜깜한 밤에 보았다고 하는 것이다. 팔월의 정오에 태양이 없는 상황도 아이러니하지만 한밤중에 태양을 보는 상황은 더욱 아이러니하다. 그러나 후자는 '보는 주체'를 몽유병자라고 밝히고 있어 이러한 비논리의 모순성을 타개할 실마리를 얻게 된다. 몽유병자는 보는 것, 그것은 정상적인 상태가 아니기 때문에 충분히 가능한 것이다. 몽유병자는 한밤중에 태양을 볼 수도 만질 수도 있다.

그렇다면 이 몽유병자가 보는 태양은 단지 꿈속에서 잘못 본 허상인가. 아니면 몽유병 환자야말로 한밤중에까지 침투한 태양의 실체를 제대로 꿰뚫어 본 것인가. 다른 사람들이 다 자는 밤에 깨어난 몽유병자는, 모두가 잠들어 있을 때 깨어나 어두운 세상을 바라봐야 하는 시인, 베이다오의 자신이 투영된 것이라 볼 수 있다. 그들이 봐야 하는 중국의 현실, 그러나 진실임에도 불구하고 자신이 맞다라고 정당하게 선언하기 힘든 상황에서 오히려 몽유병자에 빗대서 자신의 정체를 드러내고 있는 것이다.

시 속에서 "해저의 石鐘은 두드려 울려 퍼져 울려 퍼져, 파도를 넘실거리게 한다"라는 구절은 두 번이나 반복해서 등장한다. 바다 깊은 곳의 석종은 하나의 소리지만 그 울림은 커다란 움직임이 되어 '파도'와 같이 존재들을 움직이고 있다. 이 구절은 시의 첫 끝과 마지막 두 번째 연에서 두 번 반복이 되는데 이는 몽유병자의 '깨어남', 즉 '무의식의 깨어남'과 연관이 깊다. 석종으로 인해 존재들은 더러 깨어나기 때문이다.

베이다오 시는 목소리를 내는 과정에 있어 처음에는 자연을 향해서 외친다. 「안녕, 백화산」이라는 시에서 보면 산을 향해 크게 외치고 돌아오는 메아리에 집중한다. 아이들은 메아리에 지대한 관심을 갖고 있는데 심리학적 관점에서 보면 이는 자아의식 생성의 '거울단계'라고 볼 수 있다. 만약 계속 이 단계에만 머물러 있다면 베이다오는 꾸청과 다를 바가 없었을 것이다. 하지만 베이다오는 자연과 동화되지 않았고 타자를 향해 목소리를 낸다. 즉 베이다오의 흥미는 산에 있는 것이 아니라 '선대-아버지 세대'에 있다. 그리하여 베이다오는 그 메아리의 동기를 찾아 광장에까지 이른다.

> 나는 광장이 필요하다/ 하나의 광활한 광장이/ 그릇 하나, 숟가락 하나/ 외딴 연의 그림자를 늘어놓기 위해
> 광장을 점거하고 있는 사람들은 말한다/ 이것이 불가능하다고
> 새장 속의 새는 산보가 필요하다/ 몽유병자는 빈혈적 햇빛이 필요

하다/ 길이 맞닥뜨려지면/ 평등한 대화가 필요하다[377]

베이다오, 「백일몽6」 부분

「백일몽6」이란 시에서 베이다오는 "광장이 필요하다"고 한다. 베이다오는 통 크게 부친 권력의 광장을 자신의 놀이터로 개조한다.[378] 처음으로 광장에서 베이다오의 소리를 듣게 되었을 때 그는 이미 "분노하는 청년"이 되었다. 그는 이미 많이 변해 있었다. 응석부리고 울던 아이는 이제 독립적이고 자주적인 목소리를 내게 되었다. 그리하여 광장은 두 세대 간의 전쟁의 요지가 되었다.

중국 역사에서 볼 때 아들과 아버지의 대항관계는 이미 오랜 역사를 갖고 있으며 이십세기에 와서 이 관계는 오히려 악화되었다. 이십세기 중국역사를 보면 대체적으로 아들이 아버지에 대항하는 역사였다. 하지만 이는 동시에 자신의 아들을 부단히 제물로 바친 역사이기도 했다. 이에 대해서 제일 일찍 폭로한 작가는 노신이다. 노신은 먼저 가족관계를 묘사하고 역사 속에서 부친이 지닌 상징적인 권력관계를 묘사했다.[379] 70년대 말부터 80년대 초까지 중국에서 발기한 청년 시인들 또한 표면적으로 봤을 때는 모두 제각각 다른 모습을 하고 있었지만 그들은 근본적으로 형제적 속성을 갖고 있

377 "我需要广场/ 一片空旷的广场/ 放置一个碗、一把小匙/ 一只风筝孤单的影子
占据广场的人说/ 这不可能
笼中的鸟需要散步/ 梦游者需要贫血的阳光/ 道路撞击在一起/ 需要平等的对话", 「白日梦」.

378 张闳, 「北岛、或关于一代人的"成长小说"」, 『当代作家评论』, 1998, 87면.

379 张闳, 위의 글, 89면.

었다. 꾸청이 가장 나이가 적은 막내라면 베이다오는 장자에 가깝다고 할 수 있는데 그는 엄숙하고 정직하며 책임감을 갖고 있는 등 맏이로서의 성격적인 특징을 지닌다.

왕치앤(王茜)은 이들 세대를 '아버지'로부터 버림받았고 역사로부터 버림받았고 시간으로부터 버림받았으며 최종적으로 길에서 버림받아 마치 고아와도 같게 되었다[380]고 한다. 이는 베이다오의 세대가 조우한 역사로서 그들의 정신사 과정은 그렇게 폐허로부터 전개되었다.

> 시골 모기 한 무리가 도시/ 가로등을 공격하고 있다, 유령의 얼굴/ 호리호리한 다리가 밤하늘을 지탱하고 있다
>
> 유령이 생겼다, 역사가 생겼다/ 지도상에 표기하지 않은 지하 광맥은/ 프라하의 굵직한 신경이다
>
> 카프카의 어린 시절이 광장을 가로질렀다/ 꿈이 무단결석한다, 꿈은/ 구름 속에 앉아 있는 무서운 부친이다
>
> 부친이 생겼다, 상속권이 생겼다/ 쥐 한 마리가 황궁 복도에서 어슬렁거린다/ 그림자의 시종들이 앞뒤 떼를 지어 둘러싼다
>
> 세기의 대문에서 출발한 간이 마차/ 도중에 탱크가 되었다/ 진리는 그것의 적을 선택하고 있다
>
> 진리가 생겼다, 망각이 생겼다/ 주정꾼이 수술처럼 바람 속에서 흔들린다/ 먼지의 이단을 밝혀낸다
>
> 불타바 강 위의 시간을 뛰어넘은/ 다리, 눈부신 대낮을 향해 간다/

380 王茜, 「冷色世界有光亮」, 『教研天地』, 2008, 29면.

오래된 소각상들이 적의로 가득 찬다

적의가 생겼다, 영광이 생겼다/ 소상인이 신비하게도 양탄자를 벌려놓았다/ 진주가 가득한 맑은 날씨 사려![381]

베이다오, 「프라하」 전문.

이 시는 프라하에 대한 시이지만 베이다오와 아버지로 지칭될 수 있는 '조국' 사이의 관계를 카프카에 빗대어서 성찰하는 시이기도 하다. 프라하는 1968년 '프라하의 봄' 당시 소련의 탱크 앞에 무참히 무너졌지만, 공산권 사회에 자유화 운동의 도화선이 되었던 역사적인 도시이다. 체코는 1989년에 피 한 방울 흘리지 않은 벨벳 혁명으로 사회주의를 종식하고 의회민주주의로 이양하여 20년간 지체된 역사를 복원하고 새로운 봄을 준비하고 있다. 시인은 백탑의 황금 도시 천년고도 프라하에서, 도시를 가로지르는 다리 열세 개 중 어느 한 다리 위에 서서 프라하의 봄 향기 속에, 블타바 강을 바라보며 방랑자의 신분으로 서 있다.

그러나 이 시에서 주목해 볼 수 있는 것은 카프카와 그의 부친 및 광장에 대한 언급이다. 카프카의 부친은 아들이 글 쓰는 것을 좋아하지 않았으며 카프카는 장남의 의무감을 평생 짐처럼 여기며 살았

381 "一群乡下蛾子在攻打城市/ 街灯、幽灵的脸/ 细长的腿支撑着夜空/ 有了悠灵、有了历史/ 地图上未标明的地下矿脉/ 是布拉格粗大的神经/ 梦在逃学、梦/ 是坐在云端的严厉的父亲/ 有了父亲、有了继承权/ 一只耗子在皇宫的走廊漫步/ 影子的侍从前簇后拥/ 从世纪大门出发的轻便马车/ 途中变成了坦克/ 真理在选择它的敌人
有了真理、有了遗忘/ 醉汉如雄性蕊在风中摇晃/ 抖落了尘土的咒语/ 越过伏儿塔瓦河上时间的/ 桥、进入耀眼的白天/ 古老的雕像们充满敌意/ 有了敌意、有了荣耀/ 小贩神秘地摊开一块丝绒/ 请卖珍珠聚集的好天气",「布拉格」.

다. 카프카의 생가 또한 프라하 광장 근처에 있는 것이지만 이러한 사실을 떠나서도 '광장'은 아버지와의 관계에서 베이다오가 끊임없이 천착하던 상징적 공간이다. 시 속에서 "어린 시절의 카프카는 광장을 가로지른다." 베이다오 또한 끊임없이 광장에 나가기를 원했다. 카프카의 광장과 베이다오의 광장은 이들에게 각각 다른 의미를 갖고 있지만 그들은 모두 강압적이고 '무서운 부친'에 의해서 제대로 된 자신의 '광장'을 갖지 못했다는 공통점이 있다. 아버지와 아들을 이어주는 '다리'는 제대로 역할을 하지 못하고 있으며 "오래된 조각상들은 적의로 가득 찬다." 베이다오에게 있어서 가족 즉 부친의 막강한 권력에 대한 '적의'는 평생에 걸쳐서 자신의 예술 작품으로 승화시켜야 하는 것이었다.

김수영이 적의 부재를 발견하고 내부에서 적을 발견한 것처럼 베이다오 또한 궁극적으로 '아버지'와 연대할 수밖에는 타자성을 자신을 내부에서 발견하고 이것과 화해하기 위한 시도를 하게 되며 그 시도는 '모성'을 지닌 '보살'의 자비를 통해 추구된다.

> 수많은 세월이 지나갔다, 雲母는/ 진흙 속에서 빛을 발하고 있다/ 사악하면서도 환하게/ 살무사 눈 안의 태양처럼/ 손들의 밀림 속, 무수한 갈림길들이 나타났다 사라지는/ 그 젊은 사슴은 어디에 있는가/ 어쩌면 묘지만이 바꿀 수 있을 것이다/ 이곳의 황량함을, 그리고 시가지들을 이룰 것이다/ 자유란/ 사냥꾼과 사냥감 사이의 거리에 불과한 것이다/ 우리가 뒤돌아 바라보니/ 아버지 세대 초상들의 광활한 배경 위에

서/ 박쥐가 그린 圓孤는 땅거미와/ 함께 사라진다

우리에게 죄가 없지는 않다/ 오래 전에 우리는 거울 속의 역사와/ 공범이 되었다, 그날을 기다리며/ 화산 마그마 속 깊숙이 저장되었다 기어나와/ 차가운 샘으로 변하여/ 다시 어둠을 만나는 그날을[382]

베이다오, 「공범」 전문

이 시는 타자에 대한 베이다오의 의식변화가 가장 두드러지게 나타난 시라고 볼 수 있다. 초기 시에서 타자는 '태양'과 '너'로 이분화 되어 대립적인 구도가 선명하게 드러났다면 이 시에서는 그 경계가 점차 사라지고 내 안에 또한 죄가 있음을 발견하여 선악의 대립적인 구도는 사라지고 거대한 역사 앞에서 우리는 '공범'임을 인정하게 되는 의식의 변화 과정을 보여준다. 그것을 가능하게 해 준 것은 "수많은 세월"로 지칭되는 시간의 세례를 통해서이다. 수많은 세월이 지나가고 운모는 진흙 속에서 빛을 발하고 있다. 운모는 화강암 가운데 많이 들어 있는 규산염 광물의 하나이다. 이는 베이다오 시 속에서 자아의 상징으로 자주 등장하는 '석두'의 속성이 변한 것으로도 볼 수 있다. 운모는 단사 정계에 속하는 결정으로 흔히 육각의 판 모양을 띠며 얇은 조각으로 잘 갈라지는 성질이 있어 기타 화강암보다는 훨씬 부드러운 성격을 가진다. 베이다오 또한 젊은 시절 비분강개에 차 딱딱한

382 "很多年过去了、云母/ 在泥沙里闪着光芒/ 又邪恶、又明亮/ 犹如腹蛇眼睛中的太阳/ 手的丛林、一条条歧路出没/ 那只年轻的鹿在哪儿/ 或许只有基地改变这里的/ 荒凉、组成了市镇/ 自由不过是/ 猎人与猎物之间的距离/ 当我们回头望去/ 在父辈们肖像的广阔背景上/ 蝙蝠划出的圆弧、和黄昏/ 一起消失/ 我们不是无辜的/ 早已和镜子中的历史成为/ 同谋、等待那一天/ 在火山岩浆里沉积下来/ 化作一股冷泉/ 重见黑暗", 「同谋」.

시선으로 세상을 보던 것에서 벗어나 좀 더 부드럽고 쪼개지기 쉬운 운모와 같은 속성으로 변한 내면으로 세상을 다시 바라보고 있다.

그 내면은 그런데 "살무사 눈 안의 태양"처럼 "사악한 속성"도 띠고 있다. "젊은 사슴은 어디에 있는가"라고 베이다오가 질문을 던지듯이 선하기만 했던 젊은 시절의 베이다오 또한 이제 역사의 뒤안길로 사라지고 없다. 여기서 베이다오는 '자유'에 대해 중요한 깨달음 하나를 던진다. "자유란, 사냥꾼과 사냥감 사이의 거리에 불과"하다는 것이다. 이는 역설적인 표현으로 자유란 결코 존재하지 않다는 의미이기도 하다. 거대한 생태계의 먹이사슬에서 그 어떤 존재도 벗어날 수 없듯이 사냥꾼과 사냥감 또한 거시적인 관점에서 보면 먹이사슬의 일부로서 작동한다. 잡고 잡히는 그 사이의 거리만큼 자유는 존재하지만 그 자유는 생명과 죽음의 사이의 거리만큼 멀고도 가깝다. 즉 자유는 지척에 있으면서도 '생명'과 '죽음'을 담보로 한 만큼 긴장된 관계 속에서 가까스로 지탱되는 어떤 균형일 수도 있다. 사냥꾼이 사냥감에게는 위협이기도 하지만 먹이사슬의 구도에서 보면 그 사냥감도 누군가에게는 사냥꾼이 될 수도 있기 때문이다.

이는 또한 과거를 돌아보는 반성을 통해서 구체화된다. 베이다오가 돌아본 풍경에는 박쥐의 형상과 함께 "아버지 세대의 초상"들이 있다. 타자에 대한 새로운 인식 속에는 나와 무관한 타인이 아닌 나의 혈통으로서의 아버지가 등장한다. 그들은 비록 역사의 뒤안길로 사라져 가지만 여전히 광활한 대지 위에서 우리의 배경이 되어 왔음을 자각하게 된 것이다. 그리하여 베이다오는 우리 또한 죄가 있음을 고백한다. 오래 전 "우리는 거울 속의 역사와 공범이 되어" 이미

피의 역사를 써왔음을 선언한다. 그 차가운 인식 속에는 그러나 여전히 혁명에 대한 기다림과 기대가 잠재되어 있다.

이 시는 김수영의 「적」이라는 시와도 비슷한 양상을 보인다.

> 탑 그림자가 잔디밭을 가로지른다, 너를 향하기도/ 나를 향하기도 하면서, 시시각각/ 우리는 단지 한걸음의 거리/ 헤어지거나 다시 만남은/ 하나의 반복 출현하는/ 주제: 미움은 단지 한걸음의 거리/ 하늘이 흔들린다, 공포의 지반 위에서/ 건물이 창문을 사방으로 열어 젖혔다/ 우리는 생활한다, 그 안에서/ 혹은 그 바깥에서: 죽음은 단지 한걸음의 거리/ 꼬마는 벽과 말하는 법을 배웠다/ 이 도시의 역사는 노인들에게 봉해져/ 그들의 마음속에 존재한다: 늙어 감은 단지 한걸음의 거리[383]
>
> 베이다오, 「이 한걸음」 전문.

이 시의 제목처럼 베이다오의 타자의식도 시간을 향해, 죽음을 향해 한 걸음 더 나아갔음을 잘 보여준다. 베이다오는 자신이 더 이상 젊은 혈기의 왕성한 청년이 아님을, 세월이 자신의 젊음과 생활을 거쳐 갔음을 인정한다. 위의 시에서 내 안에 적이 있음을 인지한 것처럼 '너'와 '나 사이', '젊음'과 '늙음'과 사이엔 뚜렷한 경계나 절대적인 거리가 없이 단지 '한 걸음'일 뿐이다. ①에서처럼 "헤어지거나 다시

383 "影在草坪移动、指向你/ 或我、在不同的时刻/ 我们仅相隔一步/ 分手或重逢/ 这是个反复出现的/ 主题、恨仅相隔一步/ 天空摇荡、在恐惧的地基上/ 楼房把窗户开向四方/ 我们生活在其中/ 或其外、死亡仅相隔一步/ 孩子学会了和墙说话/ 这城市的历史被老人封存在/ 心里、衰老仅相隔一步",「这一步」.

만남"은 주체에게 있어서나 객체에게 있어서 유일무이한, 절대적인 경험이 아니라 영원히 순환하듯 "반복 출현하는 주제"이다. 생활의 바깥과 생활의 안도 결국 명확한 경계가 없이 똑같이 작동한다. 그것은 "하늘이 흔들리는 공포의 지반 위"라고 할지라도 단지 한 걸음의 차이일 뿐이다. 베이다오는 여기서 한 발 나아가서 젊음과 늙어감, 삶과 죽음의 거리 또한 한 끗 차이라고 한다. 그것은 "너를 향해 있기도 하고 나를 향해 있기도 하며 시시각각 단지 한 걸음의 거리"로 표현된다. 한 걸음의 거리라고 하는 것은 결국 큰 차이가 없다는 것이며 내 안에도 네 안에도 모든 타자성의 요소가 포함되어 있음을 인정하는 것이다. 이는 타자성의 무한한 확장이라고 볼 수 있다.

"꼬마는 벽과 말하는 법을 터득"하고 "도시의 역사는 노인들에게 봉해져 있다." 시간이 흘러 모든 것은 변하고 모든 고정된 가치도 그 경계가 무화되는 가운데 역사 또한 과거 속에 봉해져 마음속에만 존재하게 된다.

새 한 마리가/ ① 유선형의 원시적 동력을 유지한다/ 유리 갓 속에서/ 괴로운 건 감상자/ 열어젖힌 문 두 짝의/ 대립 가운데서

바람이 밤의 한쪽 귀퉁이/ 구식 스탠드 아래서 일었다/ 나는 ② 별이 총총한 하늘을 다시 만들 가능성이 생각났다.[384]

베이다오, 「별이 총총한 하늘을 다시 만들자」 전문

......

384 "一只鸟保持着/ 流线型的原始动力/ 在玻璃罩内/ 痛苦的是观赏者/ 在两扇开启着的门的/ 对立之中
风掀起夜的一角/ 老式台灯下/ 我想到重建星空的可能", 「重建星空」.

'밤'이라는 시간대에 혁명의 가능성을 사유해 온 베이다오에게 있어 '밤하늘을 다시 만든다는 것'은 세계를 다시 구축한다는 것이다. 그런데 베이다오는 자신감에 찬 어조로 "별이 총총한 하늘을 다시 만들 가능성"이 생각났다고 한다. '별'은 베이다오 시에서 자주 등장하는 상징으로 앞서 개인의 능력, 재능 등을 의미하는 것이라고 언급한 적 있다. "별이 총총한 하늘"은 그런 자유롭고 독립적인 개인들로 가득 찬 이상적인 세계를 뜻한다. 그런 자유의 하늘이 어떻게 가능한 것인가. 그것은 "새 한 마리가 유선형의 원시적 동력을 유지한다."는 것에서 그 실마리를 찾을 수 있다. 새가 자유롭게 하늘을 날 수 있는 건 바로 "유선형의 원시적 동력"에 있다. '유선형 동력'은 물이나 공기의 저항을 최소한으로 하기 위하여 앞부분을 곡선으로 만들고 뒤쪽으로 갈수록 뾰족하게 한 형태의 동력이다. 즉 하늘에 뜨기 위해서는 물리적 저항을 최소한으로 줄여야 하며 저항을 줄이기 위해서는 마찰이 가장 큰 부분을 둥글게 깎아내려야 한다. 뒤에서는 그 날카로움을 드러내더라도 앞부분은 곡선을 유지해야 균형을 잡고 하늘에서 자유롭게 날개를 펼칠 수가 있는 것이다.

베이다오는 개인이 사회라는 밤하늘에서 총총히 빛을 내며 존재할 수 있는 가능성 또한 '유선형 동력'에서 찾고 있는 듯 보인다. 저항을 최소화할 수 있게 사람들한테 보여지는 외적인 면은 둥글게 깎아내되 날카로움은 뒤로 숨기는 것, 그것은 무수한 타인들과 공존하는 방법이며 그렇게 해야만 추락하지 않고 자유롭게 떠 있을 수 있음을 베이다오 스스로 발견한 것이다.

별들이 세낸 빛 아래/ 장거리 선수가 죽음의 도시를 가로지른다

양과 터놓고 얘기한다/ 우리 공동으로 맛있는 술과/ 탁자 아래 범죄 행위를 함께한다

안개가 밤의 노래로 끌려들어간다/ 화롯불이 위대한 헛소문인 양/ 바람에게 인사한다

만약 죽음이 사랑하는 이유라면/ 우리는 부정(不貞)의 정(情)을 사랑한다/ 실패한 사람/ 그 시간을 살피는 눈을 사랑한다.[385]

베이다오, 「영원에 관하여」 전문

이 시는 '죽음'을 관통하는 영원에 대한 사유로 점철되었다. '별들이 세낸 빛' 아래의 도시는 죽음으로 가득 차 있다. 그러나 이 죽음이야말로 누군가는 사랑할 수 있는 이유가 되고 '부정의 정'까지도 허락하는 이유가 된다. 여기서 부정은 "여자가 정조를 지키지 않아 행실이 조촐하지 않음"을 뜻하는 남녀 사이의 부정으로 이 '부정의 정'도 긍정할 수 있는 건 궁극적으로 '죽음'이라는 유한의 생명성과 마주하고 있기 때문이다. '영원'에 비추어 봤을 때 '죽음'은 인간의 한계를 드러내는 것으로 인간의 모든 약점도 포괄한다. 때문에 '실패한 사람'조차도 사랑할 수 있으며 '범죄 행위'에도 동참할 수 있다.

92년 즉 후기 시로 간주되는 이 시에서 베이다오 또한 '죽음'을 통

385 "从群星租来的光芒下/ 长跑者穿过死城
和羊谈心/ 我们共同分享美酒/ 和桌下的罪行
雾被引入夜歌/ 炉火如伟大的谣言/ 迎向风
如果死是爱的理由/ 我们爱不贞之情/ 爱失败的人/ 那查看时间的眼睛", 「关于永恒」.

해서 인간의 부정적인 측면을 수용하려 하고 '죽음'을 통해 영원성에 도달하려는 의식의 변화를 엿볼 수 있다. 영원성에 대한 사유는 인간의 모든 부정적인 측면 예컨대 '범죄행위'나 '부정의 행위'나 인간적 '실패'마저도 수용하고 오히려 부정성의 경험을 통해서 '시간을 살피는 눈'이 생기기도 한다. 베이다오는 이마저 '사랑한다'라고 긍정한다.

> 과부가 찢기어진 눈물로 공양을 했다/ 偶像 앞에서, 어머니 젖을 기다리는 것은/ 세상에 갓 태어난 굶주린 늑대 새끼들이었다/ 그들은 삶과 죽음의 경계를 하나씩 하나씩 벗어났다/ 산봉우리도 우뚝 치솟으며, 나의 울부짖음을 전달하자/ 우리는 함께 농장을 포위했다
>
> 너는 밥짓는 연기가 감도는 농장으로부터/ 들국화 화환을 바람에 흩날리며/ 나를 향해 걸어왔다, 작으나 영글은 유방을 꼿꼿이 세우고/ 우리는 밀밭에서 만났다/ 밀이 화강암 위에서 미친 듯이 자라고 있었다/ 너는 바로 그 과부, 잃어버린 것은 바로 나, 나의 평생토록 간직했던 소중한 열망/ 우리는 함께 드러누웠다, 땀에 흥건히 배어/ 침대는 새벽 강에 떠 있었다.[386]
>
> 베이다오, 「장송가」 전문

이 시는 제목처럼 죽음의 송가이다. 시 속에서 죽음의 실체는 명

.....

386 "寡妇用细碎的泪水供奉着/ 偶像、等待哺乳的/ 是那群刚出生的饿狼/ 它们从生死线上一个个逃离/ 山峰耸动着、也传递了我的嚎叫/ 我们一起围困农场/ 你来自炊烟缭绕的农场/ 野菊花环迎风飘散/ 走向我、挺起小小而结实的乳房/ 我们相逢在麦地/ 小麦在花岗岩上疯狂地生长/ 你就是那寡妇、失去的/ 是我、是一生美好的愿望/ 我们躺在一起、汗水涔涔/ 床漂流在早晨的河上",「挽歌」.

시적으로 드러나지 않지만 몇 가지 암시를 통해서 나 즉 시적화자임을 유추해낼 수 있다. 첫 번째 연에서 남편을 잃은 과부는 굶주린 자식들을 위해 "우상 앞에서 찢기어진 눈물"로 공양을 한다. 이 우상은 정말로 숭배하고 싶은 존경의 대상이 아니라 공양을 위해 어쩔 수 없이 머리 숙여야 하는 가짜 우상이다. 과부의 자식들 또한 "늑대 새끼"에 비유된다. 남편 잃은 슬픔과 늑대 새끼를 품어야 하는 과부의 삶은 어쩌면 이미 죽음과 맞닿아 있는 삶의 무게를 지니고 있을 지도 모른다.

베이다오는 2연에서는 돌연 듯 "너는 바로 그 과부, 잃어버린 것은 바로 나"라고 과부와 나의 관계를 밝힌다. 또한 "나의 평생토록 간직했던 소중한 열망"이라고 하여 나 또한 그녀를 그리워했음을 알 수 있다. 2연에서 '너'와 '나'는 하나가 되어 합일을 이룸으로 그녀는 '죽음'과도 합치가 된다. 이 시는 상실과 탄생, 삶과 죽음의 경계를 아슬하게 넘나들다가 결국 그 모든 것은 거대한 '그녀의 모성' 안에서 수용되는 과정을 보여준다. 상징의 구성이 조밀하지 않아 완성도가 높은 시라고 보기는 어렵지만 여전히 베이다오의 타자의식의 변화를 드러내 주고 있다. 이 시에서 명확하게 드러나지 않은 '모성'에 대한 의미는 '보살'이라는 시에서 완성된다.

> 흐르는 겉옷의 주름은/ 너의 잔잔한 숨결
>
> 네 휘두르는 천 개의 팔뚝의 손바닥마다/ 휘둥그런 눈동자들/ 靜的인 고요함을 애무하나니/ 萬物을 끊임없이 엇섞으며/ 꿈처럼
>
> 수세기의 굶주림과 목마름을 견디며/ 네 이마에 박힌 진주는/ 망망

> 大海에서조차 비길 데 없는 위력의 상징/ 조약돌을 투명케 하나니/ 물처럼
>
> 성별이 없는 너/ 半裸의 유방이 부풀어 오름은/ 단지 母性을 갈구하는 욕망인가/ 속세의 고통들을 양육해/ 그것들을 자라게 하려는[387]
>
> 베이다오, 「보살」 전문

이 시는 보살의 실제 이미지를 보고 그린 듯 자세하게 그 형상이 서술되고 있다. "천 개의 손바닥 휘둥그런 눈동자들"이 그려진 것으로 보아 천수관음보살임을 추정할 수 있다. 천 개의 손과 눈을 가진 천수보살은 지옥에 있는 중생의 고통을 자비로써 구제해주며 대비관음보살이라고도 불릴 만큼 자비가 넓은 것이 특징이며 밀교적인 성격을 가진 변화관음의 하나이기도 하다. 베이다오는 천수보살의 구제와 자비의 힘을 "망망대해에서조차 비길 데 없는 위력의 상징"이라고 칭송하면서도 마지막 연에서는 모성을 떠올리고 있다. 성별이 없는 보살에게서 모성을 찾는 이유는 '모성'이야말로 대가없이 모든 생명을 양육케 하는 여성의 불가사의한 힘이기 때문이다. 그런데 베이다오는 "반라의 유방이 부풀어 오름은 단지 모성을 갈구하는 욕망인가"라고 하여 '모성'을 '욕망'과 연결시키고 있다. 불교적인 특성에 비추어 봤을 때 보살은 이미 깨달음을 얻고 해탈한 존재이므

387 "流动着的衣褶/ 是你微微的气息
你挥舞千臂的手掌上/ 睁开一只只眼睛/ 抚摸那带电的沉寂/ 使万物重叠交错/ 如梦
忍受百年的饥渴/ 嵌在你额头的珍珠/ 代表大海无敌的威力/ 使一颗沙砾透明/ 如水
你没有性别/ 半裸的乳房隆起/ 仅仅是做母亲的欲望/ 哺育尘世的痛苦/ 使它们成长",
「菩萨」.

로 '인간적인 욕망'은 제거된 상태라고 보는 것이 일반적이다. 그러므로 이는 보살을 지극히 인간적인 관점에서 보고자 한 것이며 보살에게 인간의 '욕망'이라는 인간적 속성을 투사한 것이다.

결국 베이다오는 '보살'을 통해 인간을 얘기하고자 한 것이며 그것이 욕망일지언정 '인간의 모성'에게서 오는 대가없는 신성, 수용과 사랑의 힘이 천수보살의 무한자비와 구원과 맞닿아 있음을 시사하고 있는 것이다. 이것은 베이다오의 타자인식이 확장된 지점이라고 봐도 무방하다. 인간을 지옥에서 구원하고 자비를 베풀어 주는 '보살'의 타자성을 '인간성'에 투사하고 있기 때문이다.

김수영과 베이다오의 자기부정의 가장 큰 공통점은 자신을 부정함으로서 어두운 현실을 고발하고 있다는 데 있다. 김수영과 베이다오 모두 예술가로서의 자신의 정체성을 그 누구보다 분명하게 인지하고 있었다. 김수영이 자신의 속물성에 대한 철저한 반성을 보여줬다면 베이다오는 '영웅이 없는 시대'에 예술가로서 병든 시인의 모습을 '환자', '몽유병자', '알콜 중독자', 병든 늙은이 또한 스컹크 등의 초상을 통해서 보여주고 있다. 또한 베이다오 시 중에서 빈번하게 등장하는 '석두'(石頭) 즉 돌의 이미지는 '자의식'의 산물로 많이 등장한다. 김수영과 베이다오의 비판대상이 기존 사회의 잘못된 힘의 체계나 가치관을 부정하고 그 배후에는 억압되어 있는 '자유'에 대한 열망이 무엇보다 응축되어 있다는 점에서는 같은 공통점을 지향하고 있다. 그러나 김수영의 자기부정은 위악적인 것으로 '자기희생'을 통한 공동의 윤리를 역설적으로 제시한 것이라면 '베이다오의 '자기부정'은 누구나 영웅이 될 수 없음을 부정함으로 영웅만 있고 개인 없는 시대에 죽음을 두려워하고 사랑을 갈구하는 '개인주의'를 제시하고 있다.

김수영이 적의 부재를 발견하고 내부에서 적을 발견한 것처럼 베이다오 또한 궁극적으로 '아버지'와 연대할 수밖에는 타자성을 자신의 내부에서 발견하고 이것과 화해하기 위한 시도를 하게 되며 그 시도는 '모성'을 지닌 '보살'의 자비를 통해 추구된다. 다만 다른 점이 있다면 김수영의 '적'은 독재의 대상에서부터 자신에 이르기까지 다양한데 반해, 베이다오의 '적'은 하나, '아버지'라는 것이다. 그러나 강렬한 '혁명체험'을 계기로 하여 타자를 보는 김수영의 시선이 새롭게 구축되었다면 비록 시기는 다르지만 베이다오가 타자의식의 변화를 거쳐 돌아본 풍경에도 나와 무관한 타인이 아닌 나의 혈통으로서의 아버지가 등장한다. 그리하여 베이다오는 우리 또한 죄가 있음을 고백한다.

김수영의 '영원'에 비추어 봤을 때 '죽음'은 인간의 한계를 드러내는 것으로 인간의 모든 약점도 포괄된다. 때문에 '실패한 사람'조차도 사랑할 수 있는 것이며 '범죄 행위'에도 동참할 수 있는 것이다. 92년 즉 후기 시로 간주되는 이 시에서 베이다오 또한 '죽음'을 통해 인간의 부정적인 측면을 수용하려 하고 '죽음'을 통해 영원성에 도달하려는 의식의 변화를 엿볼 수 있다. 영원성에 대한 사유는 인간의 모든 부정적인 측면 예컨대 '범죄행위'나 '부정의 행위'나 인간적 '실패'마저도 수용하고 하고 오히려 부정성의 경험을 통해서 '시간을 살피는 눈'이 생기기도 한다. 베이다오는 이마저 '사랑한다'라고 긍정하는데 이는 두 시인 모두 타자인식의 변화를 도모했음을 알 수 있다.

김수영과 베이다오의
참여의식 비교연구

02

혁명의 불가능과 일상의 혁명의식

2.1 | 김수영의 일상의 부정과 영원한 혁명

"김수영의 시정신의 부정성의 토대는 바로 '생활'의 부정성"[388]이라고 할 정도로 "김수영의 시에서 돋보이는 것은 혁명을 기념하는 몇몇 시가 아니라, 오히려 혁명 후의 자신의 일상성을 고발하는 시들이다."[389] 혁명 후의 자신의 일상성을 고발하는 김수영의 시들은 탁월한 미적 성취를 이루고 있지만 근대의 일상에 대한 부정은 50년대부터 이미 천착되어 온 것들이다. 즉 4·19이전의 시들에서도 이런 부정의식은 생활 등에서도 드러난다. 더욱 진보된 근대 문명이 인류에게 평화와 희망을 주리라는 믿음을 갖게 되지만 그러한 믿음은 그

388 한용국, 「김수영 시의 미의식 연구—'숭고' 지향성을 중심으로」, 『한민족어문학』 70, 한국민족어문학회, 2015, 546면.

389 이승훈, 앞의 책, 227면.

리 오래 지속되지 않았다. 곧 자신이 부딪히는 생활 곳곳에서 근대 문명의 부조리에 직면했기 때문이다.[390] 김수영은 일상성 속에서 사물화 되는 길을 택하지 않고, 자기 자신의 가능성을 스스로 선택함으로써[391] 생활에 대한 고뇌와 부정을 통해 자신을 반성하고 자유를 추구했다. 이러한 고뇌의 연속성 때문에 김수영의 시에는 '생활'이라는 단어가 빈번하게 나온다. 제목이 '생활'로 '생활' 자체를 소재로 한 시도 있고 '생활'이라는 단어가 등장하는 시들도 초기 시에서부터 후기 시에 이르기까지 '생활'에 대한 감각과 통찰은 지속적으로 이어진다.

> ① 도회 안에서 쫓겨다니는 듯이 사는/ 나의 일이며/ 어느 소설보다도 신기로운 나의 생활이며/ 모두 다 내던지고/ 점잖이 앉은 나의 나이와 나이가 준 나의 무게를 생각하면서/ 정말 속임 없는 눈으로/ 지금 팽이가 도는 것을 본다. 김수영, 「달나라의 장난」 부분

> ② 생활무한(生活無限)/ 고난돌기(苦難突起)/ 백골의복(白骨衣服)/ 삼복염천거래(三伏炎天去來)/ 나의 시절은 태양 속에/ 나의 사랑도 태양 속에/ 일식(日蝕)을 하고/ 첩첩이 무서운 주야(晝夜)/ 애정은 나뭇잎처럼/ 기어코 떨어졌으면서/ 나의 손 위*에서 신음한다/ 가야한 하는 사람의 이별을/ 기다리는 것처럼/ 생활은 열도(熱度)를 측량할 수 없고/ 나의 노래는 물

390 송기한, 「영원한 순환의 피로와 창조성 : 김수영론」, 대전대학교 인문과학연구소, 『人文科學論文集』37, 2004, 103면.

391 오문석, 「실존주의와 김수영」, 『백년의 연금술』, 2005, 287면.

방울처럼/ 땅속으로 향하여 들어갈 것/ 애정지둔

김수영, 애정지둔(愛情遲鈍) 부분

③ 도회에서 태어나서 도회에서 죽어가는 사람들은/ 젊은 몸으로 죽어가는 전선(前線)의 전사에 못지않게 불쌍하다고 생각하며/ 그러한 생각을 함으로써 하루하루 도회의 때가 묻어가는 나의 몸을 분하다고 한탄한다

김수영, 「미숙한 도적」 부분

도시에서 태어나서 자란 김수영에게 있어서 '생활'은 도시라는 공간과 밀착되어 있다. 고향이 서울인 김수영에게 있어서 이러한 도시의 일상은 결코 자연스러운 것이 아닌 '신기로운' 것이다. 그 신기로운 도시의 일상은 늘 시인을 압박하고 무엇엔가 쫓기게 만든다. 그 분절된 시·공간 안에서 영위하는 도시의 '생활'이란 것은 열도를 측량할 수 없는 고난의 연속이다. 박제된 도시 안에서 사람들의 육체 또한 점점 마모되고 소멸되어 가고 있다. 결국 '도회'는 벗어날 수 없는 거대한 전장과 같은 것으로 인간의 생명력을 탈취하고 있다.

김수영이 포착한 도시 풍경은 주로 거리, 사무실 같은 것들을 통해서 드러난다. 근대적 일상에서 '사무실'이라는 공간은 '자본'과 연결되어 생계를 유지하는 중요한 곳으로서 기능한다. 그 공간에서 보는 풍경은 어떠한가.

① 귀치않은 부탁을 하러 오는 사람들이/ 갖다주는 것으로 연명을 하고 보니/ 거절할 수도 없는

> ② 캄캄한 사무실 한복판에서/ 나는 눈이 먼 암소나 다름없이 선량한데/ 이 공간의 넓이를 가리키면서/ 한꺼번에 구겨지자 없어지는 벼락과 천둥/ 이것이 또 얼마나 계속될는지
>
> 여미지 못하는 생각 위에/ 여밀 수 없는 부탁이여/ 차라리 죽순같이 자라는 대로 맡겨두련다
>
> 일찍이 현실의 출발을 하지 못한 것을 뉘우치며/ 오늘밤도 보아야 할 죽순의 거치러운/ 꿈은/ 완전히 무시를 당하고 나서야/ 비로소 안심할 수 있는/ 부끄러움이 없는/ 부끄러움을 더한층 뜻있게 하기 위하여/ 있으리라는 믿음에서
>
> 만만치 않은 부탁/ 내가 너의 머리 위에/ 너를 대신하여/ 벼락과 천둥을 때리는 날까지/ 터전이 없으면 나의 머리 위에라도/ 잠시 이고 다니며 길러야 할/ 너는 불행하기 짝이 없는 죽순이다
>
> 유일한 시간을 연상시키는/ 만만하지 않은 부탁과 죽순이 자라노니라
>
> 김수영, 「부탁」 전문

「부탁」이라는 시에서 그 공간은 '부탁'하는 사람들이 쉼 없이 찾아오는 공간이다. 그러나 ①에서 언급하다시피 그 부탁은 "귀하지 않은" 즉 그다지 소중하지 않은, 반갑지 않은 부탁이다. 부탁을 하러 오는 사람들도 귀하지 않은 사람들로 결코 인간적인 정이나 믿음에서 출발한 관계가 아닌 '비즈니스' 관계임을 알 수 있다. 그럼에도 화자가 그 부탁을 거절하지 못하는 것은 그들로 부탁 받은 일을 통해 생활을 영위할 수 있기 때문이다. 생계유지를 위해서 거절할 수 없는 '부탁'을 억지로 수용한 시인 자신은 한 마리의 눈 먼 암소에 비유

된다.

②에서 캄캄한 사무실 한복판에 있는 암소의 이미지는 '사무실'이라는 공간이 가져다주는 공포와 압박을 그대로 체현해낸다. 선량한데다 눈까지 먼 암소가 느끼는 시각적인 공포 위에 '벼락'과 '천둥'이라는 소리가 더해지면서 감각적 체험은 극대화가 된다. 이러한 체험이 또 얼마나 반복될지 모른다는 건, 이런 일상의 무한한 반복을 화자가 본능적으로 인지하고 있기 때문이다.

이렇게 부탁하는 사람들로 뒤를 이은, 사무실의 풍경은 캄캄한 어두움과 공포로 가득 찼다면 텅 빈 사무실은 어떠한가.

① 오래간만에 거리에 나와보니/ 나의 눈을 흡수하는 모든 물건/ 그 중에도/ 빈 사무실에 놓인 무심한/ 집물 이것저것

② 누가 찾아오지나 않을까 망설이면서/ 안장 있는 마음/ 여기는 도회의 중심지/ 고개를 두리번거릴 필요도 없이/ 태연하다/ —③ 일은 나를 부르는 듯이/ 내가 일 위에 앉아 있는 듯이/ 그러나 필경 내가 일을 끌고 가는 것이다/ 일을 끌고 가는 것은 나다

④ 헌 옷과 낡은 구두가 그리 모양수통하지 않다 느끼면서/ 나는 옛날에 죽은 친구를/ 잠시 생각한다/ ⑤ 벽 위에 걸어놓은 지도가/ 한없이 푸르다/ 이 푸른 바다와 산과 들 위에/ 화려한 태양이 날개를 펴고 걸어가는 것이다

구름도 필요 없고/ 항구가 없어도 아쉽지 않은/ 내가 바로 바라다보는/ ⑥ 저 허연 석회 천정—/ 저것도/ 꿈이 아닌 꿈을 가리키는/ 내일의 지도다

> 쇠라*여/ 너는 이 세상을 점으로 가리켰지만/ 나는/ 나의 눈을 찌르는 이 따가운 가옥과/ 집물과 사람들의 음성과 거리의 소리들을/ 커다란 해양의 한 구석을 차지하는/ 조고마한 물방울로/ 그려보려 하는데/ 차라리 어떠할까/ —이것은 구차한 선비의 보잘것없는 일일 것인가.
>
> 김수영, 「거리1」 전문

이 시는 제목이 「거리1」라고 되었지만 주로 사무실의 풍경이 주를 이루고 있다. 첫 연에서 언급된 것처럼 시인은 거리를 통과해서 사무실에 이른 것으로 보인다. 사무실이 빈 것으로 보아, 사람들이 출근하지 않는 시간을 택한 것으로 추정할 수 있다. 「부탁」이라는 시에서는 '부탁'하는 사람들로 가득 찼다면 이 시에서는 오히려 "누가 찾아오지 않을까"하는 마음으로 망설이고 있다. 그 '누가'는 물론, 일을 들고 온 '비즈니스' 관계의 사람이 아니라 언제든지 술 한 잔이라도 기울일 수 있는 지인이다.

텅 빈 사무실에서 시인은 비로소 '일'과 자신의 관계를 성찰하고 있다. ③에서 일과 나의 관계 정의는 여러 번 수정된다. 처음에는 "일이 나를 부르는 것"으로 생각되고 그러나 곧 "내가 일 위에 앉아 있는 듯"이 생각되며 다시 내가 일을 끌고 가는 주체임을 못 박아 두는 것이다. 그러나 "내가 일을 끌고 가는 것이다/ 일을 끌고 가는 것은 나다"라고 하듯 주술을 역치시키는 동어반복적 표현은 오히려 현실에서 내가 일의 주체가 되기 힘듦을 역설적으로 드러낸다. 텅 빈 사무실에서는 다만 공허한 바람이 텅 빈 외침처럼 울린다.

④에서는 텅 빈 사무실의 무심한 집물과 마찬가지로 나 또한 무심

히 관찰되고 있다. "헌 옷"과 "낡은 구두"의 나 또한 사무실의 하나의 집물과 별 다를 것 없고 그것은 곧 생명의 유한성, "죽은 옛날 친구"를 떠올리게 만든다.

이처럼 사물화 된 사무실의 풍경은 '죽음'을 연상시키고 '죽음'에 대한 연상은 곧 석화된 미래를 보게 한다. ⑤에서 사무실의 벽 위에 걸려 있는 지도 안의 푸른 바다는 한없이 푸르고 태양은 무척 화려하지만 ⑥에서 정작 내가 바라보아야 하는 내일의 지도는 "허연 석회 천정"이다. 그것을 과연 '꿈'이라고 할 수 있는가. 분명, 꿈이 아님에도 불구하고, 현실은 그것을 '꿈'으로 취급하고 있다. 그것은 도회인들의 현실이기 때문이다. 즉 사무실이라는 근대적 공간의 부정성을 김수영은 무심한 풍경을 통해 드러내고 있는 것이다.

"근대적 일상의 특징은 자본주의 사회로 인해, 총제적인 인간으로서의 자기 전개의 가능성을 차단당한 채 단편화되고 물신주의적으로도 소외된 일상생활을 살아가고 있다는 데 있다."[392] 단절되고 소외된 근대의 일상은 주로 도시적 일상으로 체현되는데 고립된 개인은 일상 속에서 총체적 삶에 대한 소통의 기억을 잃어버린다. 사무실 또한 거리의 연장선상에 있는 것이며 김수영은 쇠라가 그랬던 것처럼 그 둘 사이에 뚜렷한 경계를 두지 않았다. 마지막 연에서 김수영은 신인상주의미술을 대표하는 프랑스의 화가 쇠라를 언급하고 있다. 쇠라 그림의 특징은 그림에서 선이 보이지 않는다는 것인데

392 한용군, 「시의 일상성에 관한 연구」, 『겨레어문학』제35집, 겨레어문학회, 2005, 225면.

쇠라는 선이 아닌 색채에 의해 선을 만든다. 이런 기법은 광전주의라고 불리고 색채를 섞지 않고 나누어서 칠한다는 의미로 분할중, 점을 찍는다는 의미로 점묘법이라고도 불린다. 즉 쇠라의 드로잉은 고전 전통으로부터의 단절을 의미하는 것으로 전통적인 선 드로잉과 빛과 어둠 연속체의 추상으로 대체한 것이다. 쇠라의 인물들은 모두 경직되고 부자연스러운 모습을 함으로 몰개성적인 근대 계급 소외와 가식을 사실주의적으로 표현하고 있다. 김수영 또한 쇠라처럼 전통을 벗어난 방법으로 근대적 일상을 부정적으로 드러내고 있다.

> 아버지의 사진을 보지 않아도/ 비참은 일찍이 있었던 것
>
> 돌아가신 아버지의 사진에는/ 안경이 걸려있고/ 내가 떳떳이 내다볼 수 없는 현실처럼/ 그의 눈은 깊이 파지어서/ 그래도 그것은/ 돌아가신 그날의 푸른 눈은 아니오/ 나의 기아(飢餓)처럼 그는 서서 나를 보고/ 나는 모오든 사람들 또한/ 나의 처(妻)를 피하여/ 그의 얼굴을 숨어보는 것이오
>
> 영탄(詠嘆)이 아닌 그의 키와/ 저주가 아닌 나의 얼굴에서/ 오오 나는 그의 얼굴을 따라/ 왜 이리 조바심하는 것이오
>
> 조바심도 습관이 되고/ 그의 얼굴도 습관이 되며/ 나의 무리(無理)하는 생(生)에서/ 그의 사진도 무리가 아닐 수 없이
>
> 그의 사진은 이 맑고 넓은 아침에서/ 또 하나 나의 팔이 될 수 없는 비참이오/ 행길에 얼어붙은 유리창들같이/ 시계의 열두 시같이/ 재차는 다시 보지 않을 편력의 역사……

나는 모든 사람을 피하여/ 그의 얼굴을 숨어 보는 버릇이 있소(1949)

김수영, 「아버지의 사진」 부분

이 시에서 김수영은 돌아가신 아버지의 사진을 숨어서 보고 있다. "아버지의 사진을 보지 않아도 비참은 일찍이 있었던 것"이지만 김수영이 다시금 그 사진을 숨어서 보려는 이유는 결코 바꿀 수 없는 자신의 혈통에 대한 정체성을 조심스럽게 재확인 하는 행위이며 "떳떳이 내다볼 수 없는 현실"에 대한 조바심의 일환이기도 하다.

김수영의 시에서 아버지로 상징되는 것은 전통적이고 봉건적인 전통질서의 거역할 수 없는 타자로[393] 초기 시에서 '아버지'는 '미국' 못지 않게 강력한 시선으로 등장한다.[394] 그러나 김수영으로 하여금 사물을 "떳떳하게" 보지 못하도록 하는 콤플렉스는 가족과 관련된 것만이 아닌 사회, 역사적인 체험까지 포괄하는 복잡한 것[395]이기도 했다. 그것은 '돈'으로 대변되는 자본주의 생리에 관한 것이다. 김수영의 돈에 대한 부정은 돈을 정시하지 못하는 자신에 대한 부정으로 이어지며 그것은 결국 인간 존재의 고유함을 말살하고 모든 교환가치의 수단으로 전락시켜버리는 자본주의에 대한 궁극적인 비판이기도 하다.

393 김지녀, 「김수영 시에 나타나는 타자의 "시선"과 "자유"의 의미—사르트르와의 상관성을 중심으로」, 『한국문예비평연구』34권, 한국현대문예비평학회, 2011, 132면.

394 김지녀, 위의 글, 131면.

395 오성호, 「김수영 시의 "바로 보기" 와 "비애"—시작 태도와 방법」, 『현대문학이론연구』15, 현대문학이론학회, 2001, 171면.

나에게 30원이 여유가 생겼다는 것이 대견하다/ 나도 돈을 만질 수 있다는 것이 대견하다/ 무수한 돈을 만졌지만 결국은 헛 만진 것/ 쓸 필요도 없이 한 3,4일을 나하고 침식을 같이한 돈/ —어린 놈을 아귀라고 하지/ 그 아귀란 놈이 들어오고 나갈 때마다 집어갈 돈/ 풀방구리를 드나드는 쥐의 돈/ 그러나 내 돈이 아닌 돈/ 하여간 바쁨과 한가와 실의와 초조를 나하고 같이한 돈/ 바쁜 돈—/ 아무도 정시(正視)하지 못한 돈—돈의 비밀이 여기 있다

김수영, 「돈」 전문

이 시에서 돈은 아무도 정시하지 못하고 있는 대상이다. 이 시에서 돈은 거대한 타자가 되고 하나의 인격체가 되어 침식을 같이 하고 바쁨과 한가와 실의와 초조까지 같이 하고 있지만 결국 소유할 수 없는 것이 되어 버렸다. "화폐 거래 속에서는 화폐 이외의 어떤 것도 가치를 가지지 못하고 모든 개인은 동등하게 처리된다. 따라서 돈은 '아무도 하지 못하는 돈'이 된다."[396] 돈이 갖고 있는 비인간적인 속성이 김수영의 시에서 '부정성'의 역할을 하고 있다.

돈은 교환 이외에는 아무런 기능도 하지 못하는 것이지만 역설적으로 자본주의 사회에서는 모든 것이 가능한 만능의 존재로 치부된다. 생활을 영위하기 위해서 돈은 항상 필요한 것이며 돈의 액수에 따라 울고 웃을 수밖에 없는 자본주의 생리에서 돈을 절대적인 필요함에도 불구하고 돈을 정시하지 못하는 이유는 '돈'은 결코 존재의 고유함을 대변할 수 없기 때문이다.

396 박순원, 「김수영 시에 나타난 '돈'의 양상 연구」, 『어문논집』62, 273면.

① 가까이 할 수 없는 書籍이 있다/ ② 이것은 먼 바다를 건너온/ ③ 容易하게 찾아갈 수 없는 나라에서 온 것이다/ ④ 주변없는 사람이 만져서는 아니될 冊 / ⑤ 만지면은 죽어버릴 듯 말 듯 되는 冊/ ⑥ 가리포루니아라는 곳에서 온 것만은/ ⑦ 確實하지만 누가 지은 것인줄도 모르는/ ⑧ 第二次大戰 以後의 긴긴 歷史를 갖춘 것 같은/ ⑨ 이 嚴然한 冊이/ 지금 바람 속에 휘날리고 있다/ 어린 동생들과의 雜談도 마치고/ 오늘도 어제와 같이 괴로운 잠을/ 이루울 準備를 해야 할 이 時間에/ 괴로움도 모르고/ 나는 이 책을 멀리 보고 있다./ 그저 멀리 보고 있는 것이 妥當한 것이므로/ 나는 괴롭다/ 오 — 그와 같이 이 書籍은 있다/ 그 冊張은 번쩍이고/ 연애 나는 괴로움으로 어찌할 수 없이/ 이를 깨물고 있네!/ 가까이 할 수 없는 書籍이여/ 가까이 할 수 없는 書籍이여.(1947)

김수영, 「가까이 할 수 없는 서적」 부분

이 시에서 ②, ⑥, ⑧을 내용을 종합해보면 "용이하게 갈 수 없는 나라"는 미국임이 확실해진다. 캘리포니아주는 전체 미국인 중 십분의 일 이상이 살고 있으며 미국의 문화적 풍경의 중심지이다. 여기서 주목할 수 있는 것은 "제2차 대전 이후"의 미국이다.[397] 1947년에

397 제2차 세계대전에서의 승리를 발판으로 미국과 소련은 세계 초강대국이 되어 베를린을 동서로 분단시켰다. 그러나 이념은 완전히 상반된 것으로 미국은 건국초기부터 자유주의 사상과 삼권분립 등 이른바 '자유 민주주의' 사상을 내세웠다면 소련은 1917년 7월 혁명으로 인해 일어난 사회주의를 내세웠다. 소련은 2차 대전이 끝나자 동유럽, 중국 등을 공산화하기 시작했으며 미국은 미국중심으로 정책을 펼쳐나갔으며 한반도는 그 직격탄을 가장 크게 맞은 대립의 장(場)이었다. 1946년부터 48년까지 한반도에서는 미소공동위원회가 결렬이 되고 이념대립과 의견차이로 남과 북으로 갈라지게 되는데 남한의 경우는 3년간 미군정이 실시되고 북한은 소련군이 진주하면서 김일성을 내세워 공산주의 정권을 수립하게 된다.

작성된 이 시는 2차 세계대전 이후 결코 이년밖에 되지 않은 시간을 "긴긴 歷史"라고 표현하고 있다. 결코 길지 않은 이 시간 동안 세계 역사는 경제, 정치, 이데올로기 등 면에서 전례 없는 지각변동이 일어나기 시작했다. "가까이 할 수 없는 書籍"은 2차 세계 대전 이후, 미국 중심의 강력한 서구 문명, 자본주의와 그 문화를 상징한다. 그러나 이는 "정체를 알 수 없는 것"이므로 또한 매우 위험하다. "주변 없는 사람이 만져서는 아니 되고 만지면 죽어버릴" 정도로 위험하지만 또 그 "번쩍거림"은 거부할 수 없는 유혹의 대상이 되기도 한다. 제목과 함께 23연 가운데서 "가까이 할 수 없는 書籍"이란 문장이 세 번이나 반복되는 건 가까이 하고 싶은 욕구가 그만큼 강하기 때문이다. 그러나 그 위험성을 간파한 시인은 엄청난 욕망의 대상임에도 결코 그 대상과 일체화될 수가 없다. 이를 극복하기 위해 시인은 시선을 의도적으로 늘리고 있다. 그 "타당한 거리"는 시인 김수영이 서구문명을 비판적으로 보고자 하는 정신이다. 합일되고 싶은 타자에 대한 욕망은 그 위험성과 함께 시선을 통해 포착되며 날카로운 비판 정신을 동반 한다.

혁명 이전의 근대적 일상에 대해서도 이미 깊은 통찰을 가지고 부정해 온 김수영에서 있어 이전의 관습이나 제도, 방식에 대한 도전은 한 순간이 함성이나 힘으로 교체되는 것이 아니라 '혁명' 이전이나 이후에나 보이는 곳에서나 보이지 않는 곳에서나 연속적으로 행해지는 '내·외적' 혁명이었다.

우리들의 전선(戰線)은 눈에 보이지 않는다/ 그것이 우리들의 싸움을 이다지도 어려운 것으로 만든다/ 우리들의 전선은 됭케르크*도 노르망디도 연희고지*도 아니다/ 우리들의 전선은 지도책 속에는 없다/ 그것은 우리들의 집안 안인 경우도 있고/ 우리들의 직장인 경우도 있고/ 우리들의 동리인 경우도 있지만……/ 보이지는 않는다

우리들의 싸움의 모습은 초토작전이나/ 「건 힐의 혈투」* 모양으로 활발하지도 않고 보기 좋은 것도 아니다/ 그러나 우리들은 언제나 싸우고 있다/ 아침에도 낮에도 밤에도 밥을 먹을 때에도/ 거리를 걸을 때도 환담을 할 때도/ 장사를 할 때도 토목공사를 할 때도/ 여행을 할 때도 울 때도 웃을 때도/ 풋나물을 먹을 때도/ 시장에 가서 비린 생선 냄새를 맡을 때도/ 배가 부를 때도 목이 마를 때도/ 연애를 할 때도 졸음이 올 때도 꿈속에서도/ 깨어나서도 또 깨어나서도 또 깨어나서도……/ 수업을 할 때도 퇴근시에도/ 사이렌 소리에 시계를 맞출 때도 구두를 닦을 때도……/ 우리들의 싸움은 쉬지 않는다

우리들의 싸움은 하늘과 땅 사이에 가득 차 있다./ 민주주의의 싸움이니까 싸우는 방법도 민주주의식으로 싸워야 한다/ 하늘에 그림자가 없듯이 민주주의의 싸움에도 그림자가 없다/ 하…… 그림자가 없다

김수영, 「하…… 그림자가 없다」 부분

4·19직전에 작성된 이 시는 첫 연부터 "우리들의 전선은 눈에 보이지 않는다."라고 하여 구체적인 민주주의를 쟁취하기 위한 싸움이 일상적이어야 함을 밝힌다. 민주주의를 잠식하는 뿌리 깊은 독재와 권위주의가 가시적인 영역 안에 있는 것이 아니라 우리의 주변과 분

리되지 않은 일상에 포진되어 있음을 다각도로 강조하고 있다. "우리들의 전선이"라는 주어의 동일한 반복 서술을 통해서 저항 대상의 가시적인 부재가 사실은 더 큰 존재성과 위험을 지니고 있음을 보여준다. 싸움의 대상이 보이지 않음으로 인해서 간과할 수 있는 폭력의 정당화와 긴장감의 완화가 사실상 길고 긴 싸움에서 돌파해야 할 내부의 더 큰 적이기 때문이다. 보이지 않는 존재가 일상의 반복과 결합되었을 때 대중들의 비판의식은 퇴화되고 저항에 대한 감각은 둔감해진다. 민주주의의 실현이 단순히 권위의 해체가 아니라 우리의 일상에 밀착되어 있는 불합리한 힘에 대항한 길고 긴 싸움이므로 제도적인 민주주의를 넘어선 현실에 대한 보다 날카롭고 통시적인 고찰이 필요하다는 것이다.

1960년에 4·19가 일어나고 김수영은 '혁명'과 함께 본인 스스로도 다시 태어났다고 할 만큼 큰 충격과 의식의 변화를 겪는다. 김수영은 정치에 민감하고 정치적 현실에 항상 목소리를 낼 뿐만 아니라 혁명의 열기에 그 누구보다도 빨리 반응하고 소리 높이 호응한 시인이었지만 혁명에 대한 그의 사유는 '정치인'과는 구분되는 것이었다. 그는 정치의 장막 이면에 있는 은폐의 진실을 끊임없이 들추어냄으로 '자유'의 본질에 다다르는 혁명의 일상성과 영속성을 꿈꾸었던 시인이다. 따라서 김수영은 혁명 또한 예술적으로 전유해 나갔다고 볼 수 있다.

〈4월〉의 재산은 이러한 것이었소. 이남은 〈4월〉을 계기로 해서 다시

> 태어났고 그는 아직까지도 작열(灼熱)하고 있소. 맹렬히 치열하게 작열하고 있소. 이북은 이 작열을 느껴야 하오. 〈작열〉의 사실만을 알아가지고는 부족하오. 반드시 이 〈작열〉을 느껴야 하오. 그렇지 않고서는 통일은 안 되오.
>
> 김수영, 「저 하늘이 열릴 때」 부분

"예술가의 양심과 세상의 허위 사이의 모순을 이겨내고 이제 막 자기가 발 딛고 선 구체적 현실에 눈을 돌리기 시작한 그는 4·19라는 하나의 혁명적 충격 앞에 전면적으로 노출되었다."[398] "4·19는 그에게 〈쉬지 않는 싸움〉의 승리로 이해된다. 그는 1960년 내내, 그의 비애를 떨쳐버리고 폭포처럼 퍼붓는다. 그때의 그의 시적 묘사처럼 막힘이 없고 직선적인 것은 없다. 그는 드디어 悲哀로서 느끼던 自由의 정체를 발견한다. 그것은 革命이다. 그의 革命은 완전을 향해가는 부단한 自己否定이다."[399] 김수영의 정치의식, 타자의식 등 모든 의식은 혁명을 통해 더욱 고취되고 혁명을 계기로 내·외적으로 일신한다. 그렇다면 김수영에게 있어서 혁명은 어떻게 사유되는가.

국가를 전쟁이라는 가장 폭력적인 형태로 경험하였음에도 불구하고 김수영은 신동엽처럼 국가자체를 부정하는 길로 나아가지는 않는다.[400] 강계숙은 김수영이 신동엽처럼 국가를 부정하지 않고 혁명은 개인과 국가 즉 모든 사회적 관계의 총체적인 질적 변환 속에서 사유함으로 국가와 개인의 관계를 국가의 질적 보완 없이는 개인

398 김명인, 앞의 책, 149면.

399 김현, 「자유와 꿈」, 『거대한 뿌리』 해설, 민음사, 1974,

400 강계숙, 앞의 글, 112면.

의 자기혁신과 자유의 향유도 보장될 수 없는 그러한 상호 보족적인 관계, 상호 내재적인 관계로 이해했다고 보았다.[401] 곽명숙은 김수영에게 혁명은 "유물론적 마르크스주의에서 보이는 역사의 필연성이나 과업의 무거움과 달리 평범하고 상식적인 이데올로기적 정치성이나 사회주의와는 구별되는 형질과 분위기를 띠게 된다."[402]라고 하여 김수영의 혁명체험이 "유물론적 사관이나 역사의 법칙"이 아니라 "진리를 산출시킬 수 있는 과정"이라고 보았다. 즉 혁명을 완전한 자유를 향한 욕망의 실천이라고 본 것이다. 산문 「들어라 양키들아」에서는 김수영의 혁명에 대한 생각이 쿠바혁명과의 비교를 통해서 여러모로 잘 드러나 있다.

> 가) 혁명이라는 것에 대한 관념이 한 시대 전과는 달라서 인제는 아주 일상 다반사가 되어 버렸다.…… 혁명은 상식이고 인종차별과 계급적 불평등과 식민지적 착취로부터의 3대 해방(三大解放)은 〈삼대 의무(三大義務)〉 이상의 20세기 청년의 〈상식적〉인 의무인 것이다. 현대의 청년으로 혁명에 무지하다는 것은 하이볼과 샴페인을 분간하지 못하는 것 이상의 수치이지만, 혁명가라는 것이 현대소설의 심각한 주인공으로서는 이미 퇴색한 지 오래라는 것 또한 사실이다. 그리고 이에 대한 산증거를 우리는 바로 엊그저께 〈4월의 광장〉에서 목격하지 않았던가. 혁명을 하자. 그러나 빠징꼬를 하듯이 하자. 혹은 슈샤인 보이가 구두

401 강계숙, 위의 글, 115면.

402 곽명숙, 「4·19 혁명과 김수영의 문학적 변모」, 『한중인문학연구』46, 한중인문학회, 2015, 80면.

닭이 일을 하듯이 하자.

가)에서 김수영은 '혁명'이 더 이상 전 시대와 다르게 인식되어야 하는 것 즉 심각한 것이 아닌 일상적이고 상식적인 것임을 강조한다. 이렇게 다르게 인식되어야 하는 이유를 민주주의를 지향하는 시대 변화와 함께 무엇보다 4·19를 들고 있다. 한 사건으로서의 위대한 혁명은 이미 끝났지만 의무로서의 혁명은 사소한 일상처럼 계속 진행되어야 하는 것임을 김수영은 젊은 세대에게 강조한다.

> 4·19혁명이 지속되던 그 13개월 동안, 김수영은 단순히 혁명에 열광하고 반동에 분노하는 통상적인 인식을 넘어서서 비록 정치적 실천의 행동에 나서지는 않았더라도 당시의 기본 정세를 비교적 정확히 파악하고 있었으며 4·19혁명의 과제가 단지 독재자를 쫓아내는 것이 아니라 반외세 민족민주혁명이며 분단체제의 극복이라는 것, 그리고 그 주체는 민중이라는 것 등을 올바로 파악하고 있었던 것으로 보인다. 다만 그의 정치의식은 그러한 상황인식을 넘어서 과학적이고 객관적으로 혁명의 주 객관적 조건들을 인식하고 혁명운동의 주체적 경로를 모색하는 데까지는 이르지 못했고 또한 직접적인 사회적 행동에는 참여하지 않은 것으로 보인다.[403]
>
> 김명인, 「혁명과 반동 그리고 김수영」 부분

403 김명인, 「혁명과 반동 그리고 김수영」, 『한국학연구』19, 2008, 229면.

김명인이 언급한 바와 같이 비록 김수영은 혁명운동의 구체적인 경로와 대안을 찾거나 사회적 운동에 직접적으로 참여하지는 않았지만 당시의 정세와 한국이 직면한 문제가 내·외부적으로 다층적인 지원과 해결이 필요함을 정확하게 파악하고 있었다. 정치가가 아닌 시인으로서 김수영에게 요청된 것 또한 구체적인 행동보다는 '시'라는 언어예술을 통한 의식의 변혁이다.

"김수영에게 있어 혁명은 자아 완성, 사회 완성, 시의 완성 이라는 세 가지 차원으로 이루어진다."[404]는 유재천의 지적처럼 '혁명'은 단순히 외부적인 사건이 아니라 앞 절에서 보았듯이 내적으로 자기부정을 더욱 강화시키고 타자의식을 생성시키며 사랑을 발견하는 등 예술로서 실천적 가능성을 지닌 내적 의식의 운동이다. "혁명이란 일상적 삶의 문턱을 넘어 자유의 극한으로 치닫는 새로운 형태의 탈주선"[405]이라고 할 때 혁명과 예술은 고봉준이 지적한 것처럼 "예술이 척도와 규범을 넘어서기 때문이며 그리하며 혁명이란 예술로서 가능하게"[406] 되는 것이다. 유중하는 김수영의 혁명론을 노신과 비교하여 "—'太平'을 거부하고 "輾轉"을 得脫하여 "神思"를 통해 얻어지는"直"과 같은 革命—을 읽어낸다."[407]라고 하여 동아시아 인문의 가능성까지 읽어내고 있다. 즉 김수영에게서 4·19는 하나의 사건으

404 유재천, 「시와 혁명—김수영론」, 『김수영 다시 읽기』, 프레스21, 2000, 92면.

405 고봉준, 「문학, 혹은 시인이 꿈꾸는 혁명: 김수영론」, 『문학과경계』 1(2), 문학과경계사, 2001, 168면.

406 고봉준, 위의 글, 186면.

407 유중하, 「革命의 다이나미즘 혹은 이미지즘 —金洙暎과 魯迅— 마주 비추어보는 거울 6」, 『중국현대문학』27, 한국중국현대문학학회, 2003, 270-271면.

로 끝났지만 혁명에 대한 인식은 더 큰 진폭으로 확장되고 증폭되어 일상으로 확장된다.

때문에 4·19 자체가 결코 세상의 변혁을 가져오지도, 가져올 수도 없다는 것을 김수영은 이미 너무 잘 알고 있었다. 「육법전서와 혁명」이란 시에서는 역사 위에 군림하는 위정자에 대한 분노와 혁명의 실체를 보지 못하는 순진한 대중들에 대한 동정을 드러내고 있다.

> 기성 육법전서를 기준으로 하고/ 혁명을 바라는 자는 바보다/ 혁명이란/ 방법부터가 혁명적이어야 할 터인데/ 이게 도대체 무슨 개수작이냐/ 불쌍한 백성들아/ 불쌍한 것은 그대들뿐이다/ 천국이 온다고 바라고 있는 그대들뿐이다/ 최소한도로/ 자유당이 감행한 정도의 불법을/ 혁명정부가 구육법전서를 떠나서/ 합법적으로 불법을 해도 될까 말까 한/ 혁명을—/ 불쌍한 것은 이래저래 그대들뿐이다/ 그놈들이 배불리 먹고 있을 때도/ 고생한 것은 그대들이고/ 그놈들이 망하고 난 후에도 진짜 곯고 있는 것은/ 그대들인데/ 불쌍한 그대들은 천국이 온다고 바라고 있다/ 그놈들은 털끝만치도 다치지 않고 있다/ 보라 항간에 금값이 오르고 있는 것을/ 그놈들은 털끝만치도 다치지 않으려고/ 버둥거리고 있다/ 보라 금값이 갑자기/ 8,900환이다/ 달걀값은 여전히 영하 28환인데
>
> 이래도/ 그대들은 유구한 공서양속(公序良俗) 정신으로/ 위정자가 다 잘해 줄 줄 알고만 있다/ 순진한 학생들/ 점잖은 학자님들/ 체면을 세우는 문인들/ 너무나 투쟁적인 신문들의 보좌를 받고

> 아아 새까맣게 손때 묻은 육법전서가/ 표준이 되는 한/ 나의 손등에 장을 지져라/ 4·26 혁명은 혁명이 될 수 없다/ 혁명이란 말을 걷어치워라/ 하기야/ 혁명이란 단자는 학생들의 선언문하고/ 신문하고/ 열에 뜬 시인들이 속이 허해서/ 쓰는 말밖에는 아니 되지만/ 그보다도 창자가 더 메마른 저들은/ 더 이상 속이지 말아라/ 혁명의 육법전서는 〈혁명〉밖에는 없으니까
>
> 김수영, 「육법전서와 혁명」 전문

기존의 '육법전서'는 제1공화국이 제정한 법으로 민법, 형법, 상법, 헌법, 민사소송법, 형사소송법 등, 국가의 강제력을 수반하는 여섯 가지 법을 포함하나 이 법은 이미 공정성을 잃고 제멋대로 개정되어온 썩은 법이다. 법은 무엇이고 불법은 무엇인가. 민주주의 이념을 이미 상실한 법은 더 이상 법이 아님에도 근본적인 기준은 바뀌지 않고 위정자만 바뀐 채, 법은 '혁명'이란 이름으로 포장되어 또다시 세상의 표준이 된다.

바뀐 위정자는 선량한 법을 실행할 것이라고 믿는 순진한 대중들과 알면서도 이를 함구하는 지식인들과 '혁명' 자체의 이슈에만 열을 올리는 언론들은 모두 '혁명'의 외적인 성공에만 열광하고 환호한다. 김수영은 이 당시 이미 4·19가 '실패한 혁명'임을 빠르게 간파하고 있었다. 5·16은 아직 오지도 않았지만 4·19는 위정자만 바뀔 뿐, 세상이 개혁되지 않는 실패한 혁명임을 누구보다 빠르게 통찰했다.

그렇다면 김수영이 생각하는 진짜 혁명은 무엇인가. 맨 마지막에 "혁명의 육법전서는 〈혁명〉밖에는 없으니까"에서 그 실마리를 찾을

수 있다. 여기서 혁명은 그냥 혁명과 괄호 안의 혁명으로 구분되고 있다. 괄호 안의 〈혁명〉이야말로 김수영이 생각하는 진짜 혁명이다. 그것은 일상에서 부단히 행해지는 '일상의 혁명'이다. 김수영에게 있어서 더 큰 혁명의 대상은 사건으로서의 혁명 그 자체가 아니라 자본이 깊게 스며들어간 일상이었다.

> 혁명은 안되고 나는 방만 바꾸어버렸다/ 그 방의 벽에는 싸우라 싸우라 싸우라는 말이/ 헛소리처럼 아직도 어둠을 지키고 있을 것이다
>
> 나는 모든 노래를 그 방에 함께 남기고 왔을 게다/ 그렇듯 이제 나의 가슴은 이유 없이 메말랐다/ 그 방의 벽은 나의 가슴이고 나의 사지일까/ 일하라 일하라 일하라는 말이/ 헛소리처럼 아직도 나의 가슴을 울리고 있지만/ 나는 그 노래도 그 전의 노래도 함께 다 잊어버리고 말았다
>
> 혁명은 안 되고 나는 방만 바꾸어버렸다/ 나는 인제 녹슬은 펜과 뼈와 광기—/ 실망의 가벼움을 재산으로 삼을 줄 안다/ 이 가벼움 속시나 역사일지도 모르는/ 이 가벼움을 나는 나의 재산으로 삼았다
>
> 혁명은 안 되고 나는 방만 바꾸었지만/ 나의 입속에는 달콤한 의지의 잔재 대신에/ 다시 쓰디쓴 담뱃진* 냄새만 되살아났지만/ 방을 잃고 낙서를 잃고 기대를 잃고/ 노래를 잃고 가벼움마저 잃어도
>
> 이제 나는 무엇인지 모르게 기쁘고/ 나의 가슴은 이유 없이 풍성하다
>
> 김수영, 「그 방을 생각하며」 전문

결국 김수영은 혁명의 실패를 사실로써 받아들인다. 혁명의 열기로 가득 찼던 '그 방'에서 더 이상 투사처럼 세상과 싸울 수도 없고

'싸우라'는 말 또한 헛소리처럼 공허하게 울리고 있을 뿐이다. 방 밖에는 아직도 어두움이 가득한데 혁명이 실패한 방은 이미 불씨가 꺼진 방과도 같다. 이런 방을 나오면서 시인은 "이제 나의 가슴은 이유 없이 메말랐다"라고 고백하고 있다. 그러나 마지막 연에서는 다시 "나의 가슴은 이유 없이 풍성하다"라고 한다.

이처럼 커다란 시적 전환이 이루어진 것은, 3연에서 진술한 것처럼 "실망의 가벼움"을 재산으로 삼았기 때문이다. "이것 또한 역사일지" 모른다는 시인의 인식 속에는, 혁명이 실패 하더라도 그 속에서 얻은 뼈아픈 현실인식은 오히려 자양분이 되어 새 역사의 밑거름이 될 수 있다는 기대 때문이다. 한꺼번에 바꾸지는 못했지만 실패한 혁명이 주는 자극으로 생기는 정신적 풍요를 김수영은 받아들이고 있다.

혁명에 대한 인식이 일회적인 혁명이 아닌 영구혁명으로 바뀜에 따라 시간 또한 직선적 시간이 아닌 영구적이고 순환적인 시간으로 변모하게 된다. 정치인들의 시간의식과는 반대로 예술가들이 주목하는 순환적 시간은 인간과 무관하게 흘러가는 객관적인 시간을 극복하고 모든 개인이 스스로 자기 시간의 주인이 되는 시간이며, 숙명처럼 외부에서 주어지는 시간이 아니라 내부에서부터 스스로 형성하는 시간을 의미한다.[408] 혁명 이후에 김수영 또한 내부에서 스스로 형성하는 시간을 만들어 나가고 있는데 그것은 혁명을 영구적

408 김상환, 『풍자와 해탈 혹은 사랑과 죽음』, 민음사, 2000, 32면.

인 것으로 전유해 나가는 방식으로 구성된다. 우선 일회성으로 끝난 과거의 혁명이 김수영의 시에서 어떻게 현재적으로 변모해 나가는지 한번 보도록 하자.

> 하얀 종이가 옥색으로 노란 하드롱지가/ 이 세상에는 없는 빛으로 변할 만큼 밝다/ 시간이 나비모양으로 이 줄에서 저 줄로/ 춤을 추고/ 그 사이로/ ① 4월의 햇빛이 떨어졌다/ 이런 때면 매년 이맘때쯤 듣는/ ② 병아리 우는 소리와/ 그의 원수인 쥐 소리를 혼동한다
>
> 김수영, 「백지에서부터」 부분

하얀 색깔의 종이가 옥색으로 변할 만큼의 시간이 흘렀다. 그 시간은 4·19에서 기원된 시간임을 ①을 통해서 알 수 있다. "4월의 햇빛이 떨어졌기" 때문이다. 이 시에서 시간은 평행선을 달리는 직선적인 시간이 아니라 매년 "이맘때쯤이면" 반복되는 순환적이고 영구적인 시간으로 구성되어 있다. 시간은 '나비'가 되어 자기가 원하는 곳에 내려앉기도 하고 또 과거의 역사적인 시간(4·19)을 현재로 소환해 내기도 한다. 혁명의 체험은 '햇빛'을 통해서 재생되는데 실제로 이 햇빛은 과거에서 오는 것이지만 현재를 감각하게 하며 다가올 미래를 예측케 하는 순환성을 지니고 있다.

> 「四月革命」이 끝나고 또 시작되고/ 끝나고 시작되고 끝나고 또 시작되는 것은/ 잿님이 할아버지가 상추씨, 아욱씨, 근대씨를 뿌린 다음에/ 호박씩, 배추씨, 무씨를 또 뿌리고/ 호박씨, 배추씨를 뿌린 다음에/ 시

> 금치씨, 파씨를 또 뿌리는 / 석양에 비쳐 눈부신/ 일 년 열두 달 쉬는 법이 없는/ 걸찍한 강변밭같기도 할 것이니
>
> 김수영, 「가다오 나가다오」 부분

혁명의 순환성과 영구성은 자연에 비교되기도 한다. "잿님이 할아버지가 쉬는 법 없이 일 년 열두 달 씨를 뿌리고 거두어들이고 또 다시 씨를 뿌리는 것처럼" 혁명 또한 일회성으로 끝나는 것이 아니라 '시작과 끝'의 무한한 반복 속에서 '씨 뿌리기'라는 '노동'의 실천을 통해서 이루어지는 것이다. 동양적 시간에서의 '영원성'은 '순환'과 연결되어 있다. 서양의 시간이 진보와 발전 이데올로기에 잡힌 직선적이고 선형적인 시간이라면 동양의 시간은 오행의 상극과 상생 원리를 바탕으로 하여 시간의 처음과 끝이 만난다는 순환성을 그 특징으로 한다. 순환이라고 해서 동일한 순환이 아니라 매 순환마다 다양한 종류의 '씨앗'을 통해서 새로운 것들을 생산해내는 창조적 순환이라고 할 수 있다. 그런 점에서 "김수영의 혁명은 일회성의 지평이나 반복 가능성으로서의 지평 중 어디에도 귀착되지 않는다."[409] "김수영은 객관정세가 보여주는 혁명의 불완전성, 혹은 실패를 시를 통한 "절대적 완전"의 추구로 극복하고자 하였으며 자신을 고독한 영구혁명의 주체로 삼는 실존적 기투를 통해 그 과제를 실현해 나가고자 하였다."[410] 이 영구혁명은 해마다 종류가 다른 씨를 뿌

409 강계숙, 앞의 글, 137면.

410 김명인, 「혁명과 반동 그리고 김수영」, 『한국학연구』 제19집, 2008, 229면.

리는 행위를 통해서, 시인에게 있어서는 새로운 시의 창작을 통해서 '절대적 완전'으로 극복되어 가는 것이다.

> 시간은 내 목숨야. 어제하고는 틀려졌어. 틀려/ 졌다는 것을 알았어. 틀려져야겠다는 것을 알/ 았어. 그것을 당신한테 알릴 필요가 있어. 그것/ 이 책보다 더 중요하다는 걸 모르지. 그것을/ 이제부터 당신한테 알리면서 살아야겠어——그게/ 될까? 되면? 안되면? 당신! 당신이 빛난다./ ①우리들은 빛나지 않는다. 어제도 빛나지 않고,/ 오늘도 빛나지 않는다. 그 연관만이 빛난다./ 시간만이 빛난다. 시간의 인식만이 빛난다./ 빌려주지 않겠다./ 빌려주겠다고 했지만/ 빌려주지 않겠다. 야한 선언을/ 하지 않고 우물쭈물 내일을 지내고/ 모레를 지내는 것은 내가 약한 탓이다./ 야한 선언은 안해도 된다. 거짓말을 해도./ 된다.
>
> 김수영, 「엔카운터지」 전문

"우리들은 빛나지 않고 어제도 오늘도 빛나지 않고 그 연관만이 빛난다"라는 내용의 구절에서 주목할 수 있는 건 '연관'이라는 단어이다. 이 연관은 또한 '영원'과 연결되며 "영원이라는 시간의 새로운 인식"을 통해 비로소 빛나게 된다. "김수영은 혁명의 의미를 관념으로 선취하고 있었으며 시가 이러한 혁명을 영원으로 끌어올리는 역할을 한다는 신념을 갖고 있다."[411] "한 시대를 지나 시의 영원성이 담보되었을 때 진정 참여시의 힘이 형성된다"[412]

411 박지영, 앞의 글, 281면.

따라서 김수영의 '영원'은 단순 반복의 영원이 아닌 일상을 창조적으로 개신하고 혁신하는 혁명적 주체로서의 영원이다.

> 누구한테 머리를 숙일까/ 사람이 아닌 평범한 것에/ 많이는 아니고 조금/ 벼를 터는 마당에서 바람도 안 부는데/ 옥수수잎이 흔들리듯 그렇게 조금
>
> 바람의 고개는 자기가 일어서는 줄/ 모르고 자기가 가닿는 언덕을/ 모르고 거룩한 산에 가닸기/ 전에는 즐거움을 모르고 조금/ 안 즐거움이 꽃으로 되어도/ 그저 조금 꺼졌다 깨어나고
>
> 언뜻 보기엔 임종의 생명 같고/ 바위를 뭉개고 떨어져 내릴/ 한 잎의 꽃잎 같고/ 혁명(革命)같고/ 먼저 떨어져 내린 큰 바위 같고/ 나중에 떨어진 작은 꽃잎 같고
>
> 나중에 떨어져 내린 작은 꽃잎 같고 　　　김수영, 「꽃잎1」 전문

「가다오 나가다오」 시에서 '혁명의 씨'를 뿌렸다면 이 시에서는 그 씨가 개화되어 꽃잎으로 변모한다. 전체가 아닌 부분으로서의 꽃잎은 한꺼번에 떨어지는 것이 아니라 바람에 흩날려서 그 선후순서를 알 수 없이 한 송이씩 떨어진다. 그 꽃잎은 생명력을 가진 '순환적 주체'이기도 하고 또 그 주체가 겪을 '영구 혁명'이기도 하다. 때에 따라서는 엄청난 파괴력을 가진 '큰 바위'가 되기도 하고 때에 따라서는 "바위를 뭉개고 떨어져 내일 작은 꽃잎", 연약한 주체가 된다.

412 박지영, 앞의 글, 291면.

이 시에서 이처럼 혁명과 그 혁명을 실천하는 주체는 하나의 '꽃잎' 안에 모두 하나의 상징으로 응축되어 있다.

김수영은 ②에서 "나중에 떨어져 내린 작은 꽃잎"을 두 번 반복함으로서 "먼저 떨어져 내린 큰 바위"에 비교된 그 시간성을 강조하고 있다. '먼저'는 한 번에 그치는 일회성 혁명에 가까운 것이지만 '나중'은 끊임없이 반복되고 또 순환되는 '일상의 혁명'에 가깝다. 그러나 "나중에 떨어진 작은 꽃잎"들이야말로 꽃이 "임종을 다할 때"까지 꽃의 생명을 지속시켜준 주체들이며 그 작은 주체들에 의해서 꽃은 비로소 한시적인 생명의 광휘(光輝)를 유감없이 발휘하게 된다. 따라서 "나중에 떨어진 작은 꽃잎들"은 '혁명'을 영구적으로 이끌어갈 수 있는 '일상의 주체'이고 '일상의 시간'이다.

> 꽃을 주세요 우리의 고뇌(苦惱)를 위해서/ 꽃을 주세요 뜻밖의 일을 위해서/ 꽃을 주세요 아까와는 다른 시간을 위해서
>
> 노란 꽃을 주세요 금이 간 꽃을/ 노란 꽃을 주세요 하얘져 가는 꽃을/ 노란 꽃을 주세요 넓어져 가는 소란을
>
> 노란 꽃을 받으세요 원수를 지우기 위해서/ 노란 꽃을 받으세요 우리가 아닌 것을 위해서/ 노란 꽃을 받으세요 거룩한 우연(우연)을 위해서
>
> 꽃을 찾기 전의 것을 잊어버리세요/ 꽃의 글자가 다시 비뚤어지게/ 내 말을 믿으세요 노란 꽃을/ 못 보는 글자를 믿으세요 노란 꽃을/ 떨리는 글자를 믿으세요 노란 꽃을/ 영원히 떨리면서 빼먹은 모든 꽃잎을 믿으세요/ 보기 싫은 노란 꽃을
>
> 김수영, 「꽃잎2」 전문

앞의 「꽃잎1」에서 꽃잎이 영구 혁명의 주체가 되었다면 이 시에서 꽃은 또 다른 '혁명'의 상징으로 혁명의 도래에 대한 기대감을 드러내고 있다. "금이 간 꽃"은 앞서 「사랑」이라는 시에서 "금이 간 너의 얼굴"과 상통된다. 금이 간 너의 얼굴을 통해 사랑을 배웠듯이 금이 간 꽃을 통해 김수영은 "아까와는 다른 시간" 즉 "사랑을 배울 수 있는 시간"을 기대하게 된다. 이 사랑은 혁명을 통해 성취된 것이므로 금이 간 꽃잎은 새롭게 경험될 또 다른 혁명에 대한 열망이라고 볼 수 있을 것이다.

이 꽃을 시적 화자는 ①, ②연에서는 달라고 요구하고 ③연에서는 "받으라고" 한다. 혁명의 도래는 결코 계획이 아닌 "거룩한 우연"으로 일어난 '역사의 함성'이지만 그것을 '사랑의 혁명'으로 전환시키는 데는 받아들이는, 수용의 힘이 필요하기 때문이다. 마지막 연에서 시적화자는 '꽃을 찾기 전의 모든 시간'을 잊어버릴 것을 호소한다. "노란 꽃의 떨리는 글자들"이고 "못 보는 글자들"임에도 거기에는 변화를 가능하게 하는 '힘'에 대한 믿음이 필요하다, 혁명의 불완전함에도 불구하고 추구해야 되는 '영원한 것'이므로 그것은 '영원히 떨리면서 빼먹은 모든 꽃잎'처럼 혁명의 불완전함에 대해서도 긍정하는 '믿음'이 수반되는 것이다.

6월21일

현대에 있어서 혁명을 방조 혹은 동조하는 시는 무엇인가. 그것은 상대적 완전을 수행하는 혁명을 절대적 완전에까지 승화시키는 혹은 승화시켜 보이는 역할을 하는 것이 아닌가.

여하튼 혁명가와 시인은 구제를 받을지 모르지만, 혁명은 없다.

—하나의 현대적 상식, 그러나 좀더 조사해볼 문제.

김수영, 「日記抄(Ⅱ)」 부분

김수영은 「日記抄(Ⅱ)」에서 '말하자면 혁명은 상대적 완전을, 그러나 시는 절대적 완전을 수행하는 것'이라고 한다. "상대적 완전"의 혁명이라 함은 결국 혁명은 없다는 것이다. 그러나 상대적 완전의 혁명은 시인에 의해서 "절대적 완전성"에 도달하게 됨으로 그런 의미에서 "혁명가와 시인은 구제받을" 가능성을 갖고 있는 가능성의 주체라고 볼 수 있다. 시인의 역할이 미완의 혁명을 지속시켜 나가는 것이라고 한다면 김수영은 누구보다 이 역할을 수행하고자 혁명의 일상성과 영구성에 천착해 갔던 시인이었다.

2.2 | 베이다오의 일상의 은폐와 단절된 혁명

베이다오 또한 근대적 일상에 대해 천착한다. 독자들은 베이다오의 시에서 더 많게는 일상생활속의 자아와 사소한 사물들을 접하게 되었으며[413] 어떤 논자는 "그는 생활의 모든 내용을 이미 꿰뚫어 보고, 그 모든 것을 신뢰하지 않음을 신앙으로 한다."[414]라고 본다. 베

413 李庶, 「北岛诗歌的创作转向与当代诗歌的审美日常化生态研究」, 『中华文化论坛』期刊 第三期, 2013, 121면.

414 孟繁华·吴丽燕, 『新时期小说与诗歌十讲[M]』, 北京:中国青年出版社, 1986, 49면.

이다오가 그려낸 일상은 김수영만큼 근대적 일상에 대한 비판적 시각을 노골적으로 드러내진 않았다. 일상의 생활공간에 대한 묘사를 통해 오히려 시적 대상들을 담담히 기술하고 있다. 일상생활을 배경으로 하여 시적대상들을 시각화하여 병치시키고 있으며 있으나 비유기적으로 연결되지 않은 파편화된 사진을 현상하는 것과 같은 효과 가운데서 보다 절제되고 억압된 저항성이 냉각된 도시의 심상을 통해 드러나고 있다.

> 서랍에다 자신의 비밀을 가두고/ 좋아하는 책 모퉁이에다 메모를 남기고/ 우체통에다 편지를 넣곤, 잠시동안 묵묵히 서서/ 바람 속에 지나는 행인들을 헤아리며, 조금도 거리낌없이/ 네온등 휘황한 가게 진열창을 유심히 살피고/ 전화통 속에다 동전 한 개를 넣고/ 다리 아래서 낚시질하던 영감에게 담배 한 개비를 빌리니/ 강 위 기선(汽船)은 광활한 기적을 울리고 (가)
>
> 극장 문 앞 칙칙한 체경(體鏡)으로/ 자욱한 담배 연기를 통과해 자신의 모습을 응시하고/ 무수한 별들의 아우성을 커튼으로 가로막으며/ 등불 아래서 빛 바랜 사진과 글자들을 넘긴다.[415] (나)
>
> 베이다오, 「하루」 전문

415 "用抽屜锁住自己的秘密/ 在喜欢爱的书上留下批语/ 信投进邮箱、默默地站一会儿/ 风中打量着行人、毫无顾寂/ 留意着霓虹燈闪爍的橱窗/ 电话间里投进一枚硬幣/ 向桥下钓鱼的老头要香烟/ 河上的輪船拉香了空旷的汽笛/ 在剧场门口幽暗的穿衣镜前/ 透过烟雾凝视着自己/ 当窗簾隔绝了星海的喧嚣/ 灯下翻开褪色的照片和字迹", 「日子」.

시적화자는 근대적 도시생활에 익숙해진 생활인의 모습을 보인다. 휘황한 거리를 "거리낌없이" 배회하며 스쳐 지나는 행인들의 모습이나 화려한 가게의 모습에서도 담담한 표정을 짓고 있다. 그러나 거리낌없는 일상적인 행위 속에서 진실을 함부로 드러낼 수 없는 침묵은 더 큰 무게를 지닌다. "비밀"은 말해질 수 없는 것이고 그것은 책 속에 혹은 서랍 속에 혹은 누군가의 비밀스런 통화 속에서 여전히 은폐되어 있어야 하는 것이기 때문이다.

(나)에서는 이와 같은 비밀스런 심상이 "자욱한 담배 연기"와 같은 흐릿하고 모호한 이미지를 통해 부각된다. '칙칙한' 체경을 통해서 자신의 모습을 제대로 응시할 수 없는 것처럼 가려지고 불투명한 시야는 역사의 진실을 은폐한다. "무수한 별들의 아우성"은 커튼에 의해 가로 막히며 진실이 드러나는 순간은 오히려 화려한 네온사인이 아니라 희미한 등불 아래서 비쳐지는 빛 바랜 사진과 글자를 통해서이다. 휘황하게 모든 사물을 환하게 비추는 근대 도시 풍경과 무심해진 일상은 오히려 현대인들의 감수성을 억압하고 있으며 안개에 가려진 듯 흐릿한 시야는 실제 '비밀'스럽게 은폐되어 있는, 이데올로기로 포장된 사회주의 사회의 진실이다. 개인이 함부로 발설할 수 없는 자유에 대한 욕망은 개인의 권리와 함께 중국 사회에서 여전히 억압되어 있다. 베이다오의 시적 표현 방식 또한 경직된 사회적 분위기 속에서 김수영의 비판적 의식과는 조금 다른 양상을 보이고 있다.

아이들이 빙 둘러앉아 있다/ 에둘러진 산골짜기 위에/ 아래가 무엇

인지 모른 채

기념비/ 도시의 광장에 있는/ 검은 비/ 텅 빈 거리들/ 하수구는 통하고 있다

다른 도시를 향해

우리는 빙 둘러앉아 있다/ 불 꺼진 난로에/ 위가 무엇인지 모른 채[416]

베이다오, 「공간」 전문

기념비가 있는 도시의 광장은 사회주의 도시 어느 곳에서도 볼 수 있는 풍경이며, 작고 낡은 집의 등불 또한 어느 곳에서도 보이는 전형적인 가구다. 그러나 그 속에 둘러앉은 꼬마들은 위와 그 아래의 구도를 모른다.[417] 기념비가 세워진 이 도시는 무척이나 쓸쓸하고 공허한 이미지를 연출해 내고 있다. '광장'은 원래 사람들이 집결하고 소통하는 곳으로 항상 사람이 많으며 어디에도 막혀있지 않고 넓고 밝은 곳이다. 그런데 시 속의 광장은 그런 기능을 하는 광장처럼 보이지 않는다. 사람들도 넘치고 북적거려야 할 도시의 거리 또한 텅 비어있고 검은 비가 내리고 있다. 주목할 점은 이 거리의 하수도는 다른 도시로 통하고 있다는 것이다. 도시와 도시를 이어주는 것은 사람들의 말소리와 발걸음 소리가 아니라 보이지도 않고 누가 만들었는지도 모를 시커먼 하수도뿐이다. 어쩌면 이 하수도야말로 도시

416 "孩子们围坐在/ 环行山谷上/ 不知道下面是什么
纪念碑/ 在一座城市的广场/ 黑雨/ 街道空荡荡/ 下水道通向另一座/ 城市
我们围坐在/ 熄灭的火炉旁/ 不知道上面是什么", 「空间」.

417 허세욱, 『중국현대시연구』, 금동구, 1992, 471면.

의 생리를 가장 표현하고 있는 적절한 상징인지도 모른다. 그러나 이 도시의 생리를 모르는 건 비단 아이들뿐만 아니다. '우리'로 지칭되는 어른들 또한 미로를 모르기는 마찬가지다.

> 순식간에 사라지는 역사/ 좀처럼 파악키 어려운 여인들의 미소/ 모두가 우리 재산들이지/ 미심쩍은 것은 대리석에 새겨진/ 세밀한 무늬들이지/ 신호등은 세 가지 색깔로/ 계절의 질서를 상징하지/ 새장 안을 지켜보는 사람은/ 자신의 나이도 지켜보게 되지/ 미심쩍은 것은 조그만 여인숙의/ 빨간 양철 지붕이지/ 파란 이끼가 가득한 혓바닥으로부터/ 수은 같은 언어가 뚝뚝 떨어져/ 입체 교차로를 따라/ 사방팔방으로 내달리지/ 미심쩍은 것은 아파트의/ 침묵하는 피아노지/ 정신병원 속의 조그만 나무들은/ 몇 번이고 동여 매지지/ 쇼윈도 속 패션 모델은/ 유리 눈알로 행인들을 가늠하지/ 미심쩍은 것은 문지방의 맨발이지/ 미심쩍은 것은 우리 애정이지[418]
>
> 베이다오, 「미심쩍은 곳」 전문

이 시는 제목부터 「미심쩍은 곳」이라고 하여 근대적 공간에 대한 회의와 의심을 드러낸다. 도시적 공간에 대한 '미심쩍은' 풍경들이 하나하나 나열되고 그것들이 결국 우리의 내면에까지 침투해 들어와서 너와 나의 애정까지 미심쩍게 만들고 있다. 베이다오는 그 모

418 "历史的浮光掠影/ 女人捉摸不定的笑容/ 是我们的财富/ 可疑的是大理石/ 细密的花纹/ 信号灯用三种颜色/ 代表季节的秩序/ 看守鸟笼的人/ 也看守自己的年龄/ 可疑的是小旅馆/ 红铁皮的屋顶/ 从长满青苔的舌头上/ 淌落语言的水银/ 沿立体交叉桥/ 向着四面八方奔腾/ 可疑的是楼房里/ 沉寂的钢琴/ 疯人院里的小树/ 一次次被捆绑/ 橱窗里的时装模特/ 用玻璃眼睛打量行人/ 可疑的是门下/ 赤裸的双脚/ 可疑的是我们的爱情",「可疑之处」.

든 사물과 풍경들에 의심을 던지고 있다.

'역사'와 '여인들의 미소'는 모두 소중한 재산임에도 불구하고 현대의 속도와 일상에 의해 너무나 빨리 사라져버린다. 그렇다면 베이다오가 미심쩍어 하는 구체적인 대상은 무엇인가. 각각 "대리석에 새겨진 세밀한 무늬"와 "조그만 여인숙의 빨간 양철 지붕"과 "아파트의 침묵하는 피아노"에서 "문지방의 맨발"과 "우리들의 애정"에까지 이른다. ①, ②, ③에서 대상으로 삼은 대리석, 양철, 피아노는 모두 근대 문명의 산물이며 차가운 금속이나 인위적 가공으로 만들어진 것에 비해 ④에서는 그 대상이 '맨발'로 육체를 고스란히 노출시키고 있으며 마지막 ⑤에서는 '우리들의 애정'까지도 의심의 대상으로 삼고 있다. 무기적인 물질에서 유기적인 육체로, 다시 내면으로 이어지는 대상의 전환이 일어나며 이는 또한 거시적인 시점에서 미시적인 시점으로 향하는 시선의 이동과 함께 이루어진다.

모든 것을 부정하는 베이다오의 부정정신이 사물을 어떻게 인식하는 지는 또한 "동여맨 나무들"과의 비교를 통해 더욱 잘 드러난다. ⑥에서 자연의 상징으로서의 "조그만 나무"는 정신병원에 갇혀 있으며 몇 번이고 동여맨 상태이다. 거리의 행인들은 보는 주체가 되지 못하고 오히려 "쇼윈도의 패션모델"에 의해 가늠당하며 "새장 안을 지켜보는 사람"은 새처럼 갇혀 지내온 자신의 세월을 그제야 재량하게 된다. 도시에서는 계절마저도 신호등처럼 위법할 수 없는 질서를 갖고 있다.

이처럼 도시라는 공간은 자연적인 모든 것을 의심하게 만드는 '미심쩍인 곳'으로 인간의 생활뿐만 아니라 관계에까지도 침투하고 있다. 베이다오는 '可疑' 즉 의심의 시선으로 그 모든 것을 지켜보고 있다. 보이지 않는 존재가 일상의 반복과 결합되었을 때 대중들의 비판의식은 퇴화되고 저항에 대한 감각은 둔감해진다. 민주주의의 실현이 단순히 가시적인 권위의 해체가 아니라 우리의 일상에 밀착되어 있는 불합리한 힘에 대항한 길고 긴 싸움이므로 제도적인 민주주의를 넘어선 현실에 대한 보다 날카롭고 통시적인 고찰이 필요하다. 베이다오 또한 보이지 않는 것과의 싸움을 강조하고 있다.

> 나는 보이지 않는 사람들과/ 악수를 한 적이 있었다, 외마디 비명과/ 내 손은 화상을 당했고/ 낙인이 남겨졌다/ 내가 보이는 사람들과/ 악수를 할 때는, 외마디 비명과/ 그들의 손이 화상을 당했고/ 낙인이 남겨졌다/ 다시는 나는 감히 다른 사람들과 악수를 할 수 없었다/ 항상 내 손을 등뒤로 감추어 놓을 뿐/ 그러나 내가 기도를 올릴 때면/ 하늘에, 두 손 모아/ 외마디 비명과/ 내 가슴 깊은 곳에/ 낙인이 남는다.[419]
>
> 베이다오, 「감전」 전문

「악수」는 베이다오의 "상처" 혹은 "낙인"적 사유의 특성을 잘 드러내준다. 매 한명의 피해자는 자신도 모르게 "무형"의 역사폭력에 참여하게 된다.[420]

419 "我曾和一个无形的人/ 握手、一聲慘叫/ 我的手被烫伤/ 留下了烙印/ 当我和那些有形的人/ 握手、一聲慘叫/ 他们的手被烫伤/ 留下了烙印/ 我不敢再和别人握手/ 总是把手藏在背后/ 可当我祈祷/ 上苍慘叫/ 在我的内心深处/ 留下了烙印", 「触电」.

420 崔春, 「论北岛及『今天』的文学流变」, 山东大学 博士学位论文, 2014, 109면.

베이다오는 시에서 자신을 포함한 모든 주체들을 "보이지 않는 사람"과 "보이는 사람들"로 나누고 있다. "보이지 않는 사람들"과 악수하는 순간 나한테는 치명적인 상처와 낙인이 남게 된다. 그러나 이는 내가 "보이지 않는 사람"이 되어도 마찬가지이다. 나 또한 "보이는 사람"들과 악수하는 순간 그들에게 엄청난 충격과 상처를 남기기 때문이다. 이는 권위와 독재의 폭력이 일 방향적인 것이 아니라 충분히 전도될 수 있는 것임을 보여준다. 또한 모든 인간의 내부에 잠재되어 있는 근원적 '폭력 성향'에 대한 통찰이기도 하다.

나는 이를 의식하고 알고 있기 때문에 '악수'라는 행위를 할 수 없다. 일상적인 상황에서 '악수'는 지극히 평범한 친교행위이지만 '폭력적 성향'이 작동할 때 이는 독재와 권력을 포장한 위장술에 불과하다. 즉 '악수'라는 친숙한 관계의 표면을 벗기고 보면 결코 간과할 수 없는 '엄청난 폭력'의 정치적 알레고리가 등장한다. 이를 인식하는 것과 인식하지 않는 것 사이에는 큰 차이가 있다. 악수 속에 내포된 독재의 정체를 파악하기 위해서 베이다오 또한 항상 깨어 있을 것을 강조한다.

김수영의 근대적 일상이 '자본'에 집중되어 있다면 베이다오의 부정은 근대성 그 자체라기보다는 한 민족과 국가에 대한 불신으로 그 방점이 다르게 찍혀져 있다. 김수영이 도시의 심상들을 사무실이나 거리를 대상으로 하고 있는 것에 반해 베이다오는 '광장'에 천착하고 있다는 점에서 근대 그 자체 보다 민주주의적 '소통의 부재'를 부정하고 있음을 알 수 있다.

베이다오가 그려낸 일상은 김수영만큼 근대의 일상에 대한 비판적 시각을 노골적으로 드러내진 않지만 일상의 생활공간에 대한 묘사를 통해 사소한 일상을 통한 '비극의 중대함'을 드러내고 있다. 일상생활을 배경으로 하여 시적대상들을 시각화하여 병치시키고 있으며 비유기적으로 연결되지 않은 파편화된 사진을 보다 절제되고 억압된 저항성으로 드러나고 있다.

> 弱音器 장치로 벙어리가 된 트럼펫이/ 갑자기 크게 울린다/ 이 위대한 비극의 연출가가/ 조용히 죽어간다/ 도르래를 장착한 두 마리 사자들이/ 고정된 궤도 위에서 아직도/ 동분서주하고 있다/ 새벽녘 동터오는 빛이 大路상에 마비되면/ 무수한 주소들, 이름들, 시름들/ 우체통 속에서 밤새 비를 피한/ 꽥꽥 소리치는 화물 기차역의 오리들/ 창문은 하품을 한다/ 리졸 냄새나는 이른 아침에/ 당직 의사는 사망 보고서를 작성한다
>
> 이 비극의 중대함, 아/ 일상생활의 자질구레하고 번거로움[421]
>
> 베이다오, 「백일몽22」 전문

이 시는 일상의 소란스러운 소리로 가득 차 있다. 베이다오에게 있어 밤이 세상의 진실을 포착하고 응시하는 시간이라면 낮은 시끄럽

421 "弱音器弄哑了的小号/ 忽然响亮地哭喊/ 那伟大悲剧的导演/ 正悄悄地死去/ 两只装着滑轮的狮子/ 仍在固定的轨道上/ 东奔西撞
曙光瘫痪在大街上/ 很多地址和名字和心事/ 在邮筒在夜里避雨/ 货车场的鸭子喧哗/ 窗户打着哈欠/ 一个来苏水味的早晨/ 值班医生正填写着死亡报告
悲剧的伟大意义呵/ 日常生活的琐碎细节", 「白日梦22」.

고 억지스러운 소리로 가득 찬 연출의 시간이다. 그것을 베이다오는 서커스의 공연에 비유한다. 트럼펫이 울리면 막이 열리고 무대 위에서 연습한대로 "도르래를 장착한" 두 마리의 사자들은 "고정된 궤도 안에서" 연습한대로 움직여야 하기 때문이다. 아무리 사자라 할지라도 그들이 활동해야만 하는 공간의 범위는 한정되어 있다. 그들의 주소와 이름은 정해져 있으며 그들의 시름조차 그들이 연출하는 공연 안에 갇혀 있다.

베이다오에게 있어 빛은 밝고 명랑한 세계, 생명과 지혜로서의 빛이 아니라 단지 무수한 연기를 또 반복해야 하는 피곤한 도시적 일상의 서막이다. 도시에서의 '사망'마저도 일상 안에 귀속되는 보고서의 연장이고 반복의 일과일 뿐이다. 베이다오는 이를 "비극의 중대함"이라고 표현한다. "일상생활의 자질구레하고 번거로움"은 모든 비극적인 것들을 일상화시켜 버리는 거대한 연출의 힘이 있지만 또한 진정한 비극은 연출되지 못하는 아이러니도 발생시킨다. 그리하여 "위대한 비극의 연출가"는 조용히 죽어가며 조악한 연기와 무대만이 반복될 뿐이다.

> 나는 항상 거리의/ 고독한 의지를 따라 한가롭게 거닌다/ 아, 나의 도시/ 단단한 유리 얼음 위에서 미끄러지는
>
> 나의 도시 나의 이야기/ 나의 수도꼭지 나의 쌓이고 쌓인 원한/ 나의 앵무새 나의/ 평형을 유지한 睡眠
>
> 양귀비꽃 같은 향기 머금은 아가씨/ 슈퍼마켓에서 나와 훌쩍 지나가고/ 잭나이프 같은 표정을 띤 사람들/ 함께 차가운 겨울 광선을 마신다

> 詩는, 발코니처럼/ 무자비하게 나를 학대한다/ 때가 더덕더덕 붙은 벽들/ 항상 짐작했던 일이다[422]
>
> 베이다오, 「백일몽18」 전문

같은 시지만 위에서 도시의 시끄러운 일상에 대해서 얘기했다면 이 부분은 도시에서 시인으로 살아가는 '나'의 일상과 나의 이야기다. 시끄럽고 혼잡한 도시에서 거리의 산책자 같은 모습으로 "시인은 자신만의 고독한 의지를 따라" 한가롭게 거닌다. 시끄러운 사람들과 조용하게 이야기를 쌓아둔 고독한 시인의 모습 모두 도시의 일부이다. 베이다오가 즐겨 쓰는 극과 극의 이미지 병치가 시 속에도 군데군데 잘 드러나고 있다. "양귀비꽃 같은 아가씨"가 "슈퍼마켓에서 나와 훌쩍 지나가는가 하면" 반대로 "잭나이프 같은 표정을 띤 사람들"도 차가운 광선을 마시며 지나가고 있다. 이와 같은 차가운 도시 속에서 "시"는 어떠한 표정을 짓고 있는가. 베이다오는 "시는 발코니처럼 무자비하게 나를 학대한다."고 한다. 도시의 낮 시간에 시는 폭군이 되어 나를 괴롭힌다. 그것은 시가 그만큼 나오기 힘들다는 것이며 시인인 화자가 창작의 고통에 시달리고 있음을 의미한다. 그러므로 내가 할 말은 차곡차곡 쌓여서 '원한'이 되며 도시 속에서 시인은 "앵무새"와 같은 자신을 맞닥뜨리게 될 뿐이다.

김수영의 현실에 대한 인식은 부정성의 계기를 통해 마련되었고

422 "我总是沿着那条街的/ 孤独的意志漫步/ 喔、我的城市/ 在玻璃的坚冰上滑行/ 我的城市我的故事/ 我的水龙头我积怨/ 我的鹦鹉我的/ 保持平衡的睡眠/ 罂粟花般芳香的少女/ 从超级市场飘过/ 带着折刀般表情的人们/ 共饮冬日的寒光
诗、就象阳台一样/ 无情地折磨着我/ 被烟尘粉刷的墙/ 总在意料之中",「白日梦18」.

비단 혁명 이후의 정치현실뿐만 아니라 근대적 일상에 대해서도 부정적 사유를 멈추지 않았다. 이에 비해 베이다오는 현실을 보다 비극적인 것으로 인식하고 있다. 베이다오가 인식한 중국의 현실은 문화대혁명의 광기와 탄압으로 인한 피의 제사였다. 그러나 대부분 사람들은 이 중대함을 자각하지 못한 채 자질구레한 일상으로 망각해 간다. 현실 속에서 속 시원히 발화할 수 없는 베이다오 또한 스스로를 시대의 비극자로 인식하고 있다.

03

새로운 공동체의식과 소극적 자유의 추구

3.1 | 김수영의 민중지향과 내면적 자유

4·19와 특별한 경험은 새로운 미적 주체의 형성과 함께 그들이 새롭게 지향해 나갈 공동체의식의 장을 열어 놓았다. 한 공동체가 파괴되면 구성원들은 반드시 새로운 공동체를 꿈꾸게 된다. 그런데 새로운 공동체는 아직 형성되지 않았고 미완의 상태에 있는 것이므로 지각적인 개인들은 미리 그 공동체를 의식화하게 된다. 이로 인해 1960년대는 점차 기존 질서에 대한 부정과 반항으로부터 새로운 의식공동체를 형성해 나가며 지식인들에 의해 '민중'이라는 구체적인 개념으로 논의되기 시작한다.

이 '민중'이란 개념은 60년대에 이르러 새롭게 발견되는 측면이 있다. 이 민중의 사전적 의미는 "국가나 사회를 구성하는 일반 국민. 피지배 계급으로서의 일반 대중을 이른다."로 꽤나 모호하다. 이 민중의 개념은 노동자, 소작농 등 생산자층 및 도시빈민을 지칭하는 개념이지만 상황에 따라 쁘띠부르주아나 진보적 지식인 및 중농 심지어 부농도 포함시킬 수 있다.[423] 즉 문학작품에서 쓰이는 '민중'과 구별되는 것으로 60년대 한국에서 민중은 보다 광범위한 의미를 가지고 있다. 우선 한국의 60년대는 표면적으로 민주주의지만 진정한 민주주의가 도래하지 않은 상황에서 군부 정치세력을 제외한 지식인, 도시 중산층 등 훨씬 많은 계층이 '민중'이라는 개념 안에 포섭되기 때문이다.

그렇다면 이 광범위한 민중을 위시한 새로운 공동체의 구체적인 꿈의 실태는 어떤 것이었을까. 이러한 자각은 무엇보다 지식인 계층 특히 문학인에게서 특징적으로 드러난다. "과거와 미래가 현재 속에 종합되어 형상화된 문학의 공간은 허구의 세계로 그 속에는 당대 현실에 대한 진단과 처방 및 미래에 대한 공동체의 꿈"[424]이 들어있기 때문이다. 많은 60년대 문학인들은 작품 속에서 유토피아 의식을 드러낸다.

김수영이 꿈꾸는 공동체는 기존의 가치 체계에서는 보이거나 들리지 않는 무수한 타자들이 가치 있는 존재로서 재등장하는 세계, 그들과 접촉하고 섞이는 운동이 가능한 세계이다.[425] 즉 경쟁과 양적 성장만을 목표로 하는 1960년대 자본주의적 근대화의 질서 체계 한

423 苑英奕, 「한국의 민중문학과 중국의 저층서사 비교 연구」, 2009, 서울대학교 대학원, 협동과정 비교문학 전공 문학박사 학위논문, 2009. 2장 참조.

424 임환모, 앞의 글, 376면.

425 강소희, 「김수영 시론의 정치성 연구」, 국민대학교 석사학위논문, 2011. 1장 참조.

가운데서, 김수영의 시적 자아가 꿈꾸는 것은 새로운 역사와 위대한 도시였고, 이것의 실현을 위해 그는 전통과 사랑을 역설한다.[426] 김수영은 타자에 대한 '사랑'을 그 지향점으로 관계의 정치학을 세웠으며 '우리 내 공동'의 경험을 기반으로 공동체의 꿈이 열리는 미래를 전망한다.

> 풀이 눕는다/ 비를 몰아오는 동풍에 나부껴/ 풀은 눕고 드디어 울었다/ 날이 흐려서 더 울다가/ 다시 누웠다
>
> 풀이 눕는다/ 바람보다도 더 빨리 눕는다/ 바람보다도 더 빨리 울고/ 바람보다 먼저 일어난다
>
> 날이 흐리고 풀이 눕는다/ 발목까지/ 발밑까지 눕는다/ 바람보다 늦게 누워도/ 바람보다 먼저 일어나고/ 바람보다 늦게 울어도/ 바람보다 먼저 웃는다/ 날이 흐리고 풀뿌리가 눕는다 　　　김수영, 「풀」 전문

김수영의 풀은 대표작으로 이미 많은 논자들이 논한바 있다. 만년의 작품 「풀」은 그러나 가장 그답지 않은 작품으로 풀은 조롱·욕설·악담의 자기학대적 어조가 가셔졌을 뿐 아니라 감춤의 상징적 수법을 사용했는데 그는 철저하게 벗기려는 시인, 심지어 벗기려는 사실마저 벗기려 하는 시인으로 평가받는다. 물론 「풀」이라는 시를 단순히 민중시의 맥락 속에 놓는 것은 옳은 일이 아님을 이미 지적되어

426 김경숙, 「실존적 이성의 한계 인식 혹은 극복 의지—김수영론」, 『1960년대 문학연구』, 깊은샘, 1998, 417면.

온 바 있다. 일어나고 눕는 풀의 동작, 그 지속을 통해 강렬한 역동성을 느끼고, 언어의 흐름 속에 중심을 잡고 있는 집단적 저류, 그 내재화된 보편세계를 만날 수 있다.[427] 그러나 한 개체가 아닌 공동체적 힘에 대한 발견이라는 것에는 큰 이의가 없으며 그 공동체가 김수영이 꿈꾸는 민주주의의 이상과 연결되어 있음은 부정할 수 없다.

한국전쟁의 종식과 함께 새롭게 수립된 한국 사회는 이승만 체제하에 여전히 권위주의와 전통적 관습이 잔재했지만 공식적으로 북한과는 달리 민주주의 기치를 내세우고 민주주의 국가로서의 첫 걸음을 내디디기 시작한 시기였다. 가치로서의 민주주의와 현실로서의 권위주의라는 구조적 불일치와 갈등이 잠재해 있는 등 민주주의 기반은 약했지만 사회주의를 택했던 중국이나 북한, 러시아 등 주변국과는 다른 자유 민주주의를 이미 제도적으로 실행하고 있었다. 그리하여 소위 개인의 권리라든가 자유를 지향하는 개인담론은 이 시대에 더 이상 낯선 것이 아니었다. 오히려 독재를 뒤엎을 수 있는 '민중'의 힘이 간절히 필요로 한 때였다.

김수영과 베이다오는 모두 당시의 정치적 현실에 민감하게 반응하였고 시 작품으로 공론장에 큰 반향을 일으켰으므로 초기에 그들이 추구한 자유는 적극적인 자유[428]에 가까웠다. 특히 베이다오는 두

427 한영옥, 『김수영시 연구』, 인문과학연구 제13집, 1993, 22면.

428 이사야 벌린은 자유의 핵심에 근거하여 자유를 적극적 자유와 소극적 자유 두 가지 측면으로 나눈다. 소극적 자유는 사적 영역에서 침범당하지 않는 개인의 권리이며 이 권리에 대한 제도화는 시민사회의 발전과 관련이 있다면 다른 하나는 적극적인 자유로서 이것은 바로 공론장에 참여하고 공적 사안에 영향을 주는 정치

번의 천안문 사건에 모두 참여했으며 1989년에 민중투사의 성명운동을 조직한 뒤 6·4 사건이 터지자 조국에서 추방당한 뒤로부터 중국에서 정치에 참여할 수 있는 자격은 물론 일상적으로 살아갈 수 있는 최소한의 권리마저 박탈당하게 되었다. 한국 또한 제도적으로는 민주주의지만 5·16이후 유신헌법에 이르러서는 헌법이 보장하는 국민의 기본권으로서의 의미를 잃게 되었다. 김수영은 비록 혁명에 직접 참여하지는 않았지만 시와 산문을 통해 부당한 정치권력에 저항했다. 인간다운 생활을 위해 국가의 적극적인 변화를 주장했다는 측면에서 김수영과 베이다오는 초기에 적극적인 자유를 추구한 시인들이었다. 그러나 혁명이 실패하고 나서 독재에서 벗어날 수 없는 현실은 이들로 하여금 '~로부터의 적극적 자유'에서 '~로의 소극적 자유'에로 방향을 틀게 한다. 즉 국가의 역할과 권리에 대해서 적극적으로 주장하는 대신 외부로부터 부당한 간섭을 차단하고, 개인의 선택 가능성을 최대한 보장하는 소극적 자유를 추구하게 된다. 혁명 이후 일상을 자기 풍자 등을 통해 사회를 고발한, 김수영의 일련의 시들은 자기반성을 통해 공동체적 윤리를 꾀하는 내면적 자유로 나아가고 있고 반면 추방이후 고국에 돌아갈 수 없게 된 베이다오는 디아스포라로서 관조적 자유에 접근한다.

김수영의 자유의식은 김수영 자신이 직접 체험했던 역사적 경험

적 권리를 의미한다. 벌린에게 인간의 소극적 자유를 구성하는 내적 자유는 자율적 행위의 조건으로 인정될 수 있고, 반면에 적극적 자유는 시민적 자유와 구분해서 이해할 수 있다. 이사야 벌린 저·박동찬 역, 『이사야 벌린의 자유론』, 아카넷, 2014, 353면.

들과 삶의 질곡들에서 형성된다. 그의 자유의식의 형성에 가장 큰 영향을 끼친 것은 크게 네 가지로 구분되어 볼 수 있는데 첫 번째는 6·25 당시 겪었던 이년 여의 포로수용소 체험이다. 이는 김수영 생애에서 가장 폭력적이고 억압적이었던 체험이라고 볼 수 있다. 두 번째는 4·19와 5·16 경험이다. 1년여라는 시간 안에 경험한 강렬한 혁명과 그 혁명의 좌절은 김수영으로 하여금 역사적 현실의 무대에서 벗어나지 못하게 하였다. 이는 김수영이 막연하게 생각하고 있던 자유의 문제를 강렬하게 내면화하는 기회로 작용하면서 나아가 한국 현대시의 새로운 목소리를 확보하게 되는 결정적 계기로 작동하게 된다.[429] 또한 일정한 직장이 없는 생활의 방편으로 시작한 영문학 서적의 번역에서 습득한 분방한 서구사조가 그의 자유의식을 논리적으로 고착시키는 역할을 하였다고 볼 수 있다.[430] 마지막으로 일상적이고 세속적인 삶 속에서 소시민이 되어버리고만 자신을 본다는 것[431] 즉 서구문화의 유입으로 점점 자본화되어가는 일상의 굴레와 그 속에서 추구되는 내적 투쟁으로서의 자유다. 김수영의 자유는 역사현실을 향한 외적투쟁뿐만이 아니라 자신에 대한 성찰로서의 치열한 내적투쟁을 통해서도 추구되고 있으며 시간에 따라 변화되고 확장되는 특성을 보이고 있다. 우선 포로수용소 체험이후의 김

429 신철하, 「김수영 시와 '자유'의 문제—한국 현대문학의 생태학적 고찰」, 『한국언어문학』54, 한국언어문학회, 2005, 300면.

430 정호길, 「金洙暎의 『自由意識』 考」, 『동국어문학』3집, 동국어문학회, 1989.

431 고재석, 「김수영의 자유와 비애의 시학」, 『한국문학연구』13, 1990, 동국대학교 한국문학연구소, 1990, 335면.

수영의 자유에 대해서 살펴보도록 하자.

> ① 나는 이것을 自由라고 부릅니다/ 그리하여 나는 自由를 위하여 出發하고 浦虜收容所에서 끝을 맺은/ 나의 생명과 진실에 대하여/ 아무 뉘우침도 남기려 하지 않습니다」/ 나는 지금 自由를 硏究하기 위하여 「나는 자유를 選擇하였다」의/ ② 두꺼운 책장을 들춰볼 必要가 없다/ 꼭같은 사랑하는 無數한 同志들과 함께/ 꼭같은 밥을 먹었고/ 꼭같은 옷을 입었고/ ③ 꼭같은 精誠을 지니고/ 大韓民國의 꽃을 이마 우에 동여매고 싸우고 싸우고 싸웠었다……나는 이것을 眞正한 自由의 노래라고 부르고 싶어라!/ 나는 이것을 自由라고 부릅니다/ 그리하여 나는 自由를 위하여 出發하고 浦虜收容所에서 끝을 맺은/ 나의 생명과 진실에 대하여/ 아무 뉘우침도 남기려 하지 않습니다」/ 나는 지금 自由를 硏究하기 위하여 「나는 자유를 選擇하였다」의/ 두꺼운 책장을 들춰볼 必要가 없다/ 꼭같은 사랑하는 無數한 同志들과 함께/ 꼭같은 밥을 먹었고/ 꼭같은 옷을 입었고/ 꼭같은 精誠을 지니고/ ④ 大韓民國의 꽃을 이마 우에 동여매고 싸우고 싸우고 싸웠었다……나는 이것을 眞正한 自由의 노래라고 부르고 싶어라!
>
> 김수영, 「祖國에 돌아오신 傷兵捕虜 同志들에게」 부분

이 시에서는 김수영은 포로수용소의 체험을 통해 자유를 인식하고 정의하고 있다. 1950년 한국전쟁이 발발했을 때 김수영은 미처 피난을 떠나지 못해서 북으로 끌려갔으며 그곳에서 강제 징병돼 훈련을 받고 인민군 의용군 전장에 배치되었다. 그 후에 의용군을 탈

출해 서울에 왔으나 국군에 체포되며 같은 해에 부산 거제리 포로수용소로 옮기게 된다. 1952년 11월 28일 석방된 김수영은 25개월간 수감기간 중 무려 20개월을 부산 거제리 포로수용소에서 보내게 된다. 김수영의 30년 안 되는 생애에서 포로수용소에서 보내게 된 25개월은 김수영의 생애에서 처음으로 구속된 경험이었으며 처음으로 경험한 이데올로기로 인한 가장 강력한 폭력이었을 것으로 추정된다. 특히 국군 포로로 잡히기 전 겪었던 인민군 의용군 생활에 온갖 욕설을 들으며 통나무를 나르는 노역을 담당했던 체험은 가장 충격적이고 굴욕적인 체험으로 추정된다.

따라서 이 당시 김수영이 생각한 자유의 획득은 ①, ②, ③, ④에서 언급하였듯이 인민군에 저항하여 싸우는 것이었다. "두꺼운 책장을 들춰볼 필요가 없이", "사랑하는 무수한 동지들과 함께 꼭같은 밥을 먹고 꼭같은 옷을 입고 꼭같은 정신을 지니고", "싸우고 또 싸우는 것이었다." 김수영은 이것을 "진정한 자유의 노래"라고 부른다. 김수영이 이 당시 생각한 자유는 사적인 영역에서 방해받지 않는 시민사회의 일상적인 자유가 아니라 전체주의적인 이데올로기로 변질된 공산주의 즉 북한 인민국의 횡포에 대적하는 것이었다. 특히 무력으로 강제 침공한 상황에서 자유를 위해 할 수 있는 일은 책장을 뒤지는 것이 아니라 같이 맞서서 싸우는 일임을 김수영은 경험을 통해서 체득하게 된 것이다. 그것은 자유를 위한 적극적인 투쟁이며 '인민군'이라는 명확한 적이 설정되어 있기 때문에 개인적인 자유보다는 투쟁을 위한 단결 즉 '똑같은 것'을 강조한다.

1950년 7월 이후(一九五O年七月以後)에 헬리콥터는/ 이 나라의 비좁은 山脈위에 姿態를 보이었고/ 이것이 처음 誕生한 것은 물론 그 以前이지만/ 그래도 제트기나 카아고보다는 늦게 나왔다/ 그렇지만 린드버어그가 헬리콥터를 타고서/ 大西洋을 橫斷하지 않았기 때문에/ 우리는 지금 東洋의 諷刺를 그의 機體안에 느끼고야 만다/ 悲哀의 수직선을 그리면서 날아가는 그의 설운 모양을/ 우리는 좁은 뜰 안에서뿐만 아니라/ 심지어는 항아리 속에서부터라도 내어다 볼 수 있고/ 이러한 우리의 純粹한 癡情을/ 헬리콥터에서도 내려다볼 수 있을 것을 짐작하게 때문에/ 「헬리콥터여 너는 설운 動物이다」

더 넓은 展望이 必要없는 이 無制限의 時間우에서/ 山도 없고 바다도 없고 진흙도 없고 진창도 없고 未練도 없이/ 앙상한 肉體의 透明한 骨格과 細胞와 神經과 眼球까지/ 모조리 露出落下시켜가면서/ 안개처럼 가벼웁게 날아가는 果敢한 너의 意思속에는/ 남을 보기 전에 네 자신을 먼저 보이는/ 矜持와 善意가 있다/ 너의 祖上들이 우리의 祖上과 함/ 손을 잡고 超動物世界속에서 營爲하던/ 自由의 精神의 아름다운 原型을/ 너는 또한 우리가 發見하고 規定하기 전에 가지고 있었으며/ 오늘에 네가 傳하는 自由의 마지막 破片에/ 스스로 謙遜의 沈默을 지켜가며 울고 있는 것이다

김수영, 「헬리곱터」 부분

그러나 김수영은 전쟁과 싸움을 통해서만 쟁취되는 한반도의 자유가 얼마나 서럽고 비극적인 일인가를 곧 깨닫게 된다. 그 설운 감정은 헬리콥터를 통해서 조망되고 헬리콥터에 비유되기도 한다. 헬리콥터는 운용한계가 비행기에 비해서 높지 않기 때문에 통상

10,000피트 이내의 고도를 유지하게 된다. 태평양 상공에서 30,000~35,000피트의 고도에 올라야만 대서양과 태평양을 횡단할 수 있는 비행기에 비해서 헬리콥터는 그 범위가 훨씬 좁을 수밖에 없으므로 헬리콥터가 관망할 수 있는 가시적인 풍경도 결국 한계가 있다. "좁은 뜰 안에서도 볼 수 있고 항아리 속에서도 볼 수 있는 우리의 순수한 치정을 결국 헬리콥터에서 내다볼 수 있는 것"임을 김수영은 짐작하고 있다. 한반도라는 공간에서 빼앗기고 서로 싸우는 역사의 속살을 그대로 조망하는 헬리콥터는 무엇보다 설운 동물이 된다. 「헬리콥터」는 남북전쟁이후, 애써 쟁취한 잠정적 휴전이라는 평화 속에서 외부가 아닌 내면으로 눈을 돌리는 김수영의 전환기적인 작품이라 할 수 있다.

이 시에서 김수영이 생각하는 '자유정신의 아름다운 원형'은 우리가 발견하고 규정되기 전부터 갖고 있었던 오래된 것이다. 민주주의 자유의 지표는 비록 서구의 것에서 빌려왔으나 그 전통은 우리 조상에게도 있는 것으로 보았다. '민주주의'라는 제도는 도입된 것이라고 하더라도 원형에 해당하는 '자유의 정신'은 오래전 '초동물세계 영위하던' 것으로 우리에게도 이미 내재되어 있는 것이다. 이 시에서 헬리콥터에 비유된 김수영이 추구하는 자유는 다음과 같다. 첫 번째는 헬리콥터와 같이 과감하게 행동하는 것으로 자유로워지기 위해 하늘을 날아오르는 실천으로서의 용기이다. 두 번째는 '남을 보기 전에 네 자신을 먼저 보이는' 내면적 자유관이다. 여기서 보다 주목할 것은 자유를 위해 적극적으로 투신하는 영웅적 자유관보다 남을 보기 전에 자신을 먼저 성찰하는 내면적 자유관이라고 볼 수 있다. 그것은 단순히 자유를 위해서 싸우는 외적인 투쟁이 아니라 '긍지와 선의'가 들어간 보다 높은 차원의 내적인 투쟁으로서의 높은 도덕성과 연결되어 있다. 김수영은 이 두 가지 자유관을 모두 내재하고 있었으나 시간이 지날수록 내적 투쟁을 통한 자유관에 충실하게 된다.

> ……활자(活字)는 반짝거리면서 하늘 아래에서/ 간간이/ 자유를 말하는데/ 나의 영(靈)은 죽어 있는 것이 아니냐
>
> 벗이여/ 그대의 말을 고개 숙이고 듣는 것이/ 그대는 마음에 들지 않겠지/ 마음에 들지 않아라
>
> 모두 다 마음에 들지 않아라/ 이 황혼도 저 돌벽 아래 잡초도/ 담장의 푸른 페인트빛도/ 저 고요함도 이 고요함도
>
> 그대의 정의도 우리들의 섬세도/ 행동이 죽음에서 나오는/ 이 욕된 교외에서는/ 어제도 오늘도 내일도/ 마음에 들지 않아라
>
> 그대는 반짝거리면서 하늘 아래에서/ 간간이/ 자유를 말하는데/ 우스워라 나의 영(靈)은 죽어 있는 것이 아니냐
>
> 김수영, 「사령(死靈)」 부분

혁명전야, 1959년에 작성된 두 편의 시에서 김수영은 자유를 이야기하고 있다. 그러나 이 자유는 '활자로 읽혀지는 자유', '세상살이와 대조'를 이루면서 그 의미가 구성되고 있다. 우선 「사령(死靈)」이라는 시를 보도록 하자. 이 시에서 활자로 읽혀지는 자유, 벗이 말하는 자유는 김수영이 실제 행하는 자유와 거리가 있다. 활자에 나오는 자

유는 이상적인 자유로, 죽음을 불사한 적극적인 자유인데 반해 이것에 대한 김수영의 태도는 정작 그 열정과 순수함이 사그라져 있기 때문이다. 그것을 김수영은 '죽어있는 영'이라고 표현한다.

여기서 자유에 대한 김수영의 태도는 '죽어있는 영'임을 고백하는 자와 그것에 대해서 평가하는 자 둘로 나뉘게 된다. 이때에 김수영은 이미 자신의 속물성에 대한 고백과 함께 외부의 혁명만이 아닌 일상의 혁명을 통해서만이 자유에 이를 수 있으리라는 문제의식을 드러내고 있다. 평가하는 자아는 또 다른 자아를 향해 '마음에 들지 않아라', '우스워라' 등으로 조소하고 있지만 그럼에도 불구하고 김수영은 '죽어있는 영'임을 고백하고 있다. 따라서 김수영은 이 시에서 '남을 보기 전에 네 자신을 먼저 보이는' 윤리적 도덕관을 충분히 이행하고 있다고 볼 수 있다. 또한 '활자로 읽혀지는 자유'가 아닌 '세상살이' 즉 일상에서 자아와의 대결을 통해서 성취되어지는 자유를 취하고 있다. 김수영은 시인 특유의 예감으로 일회성 혁명으로 진정한 민주주의가 성취하지 않을 것임을 예측하고 있기 때문이다.

> 푸른 하늘을 제압하는/ 노고지리가 자유로웠다고/ 부러워하던/ 어느 시인의 말은 수정되어야 한다
>
> 자유를 위해서/ 비상하여 본 일이 있는/ 사람이면 알지/ 노고지리가/ 무엇을 보고/ 노래하는가를/ 어째서 자유에는/ 피의 냄새가 섞여 있는가를/ 혁명(革命)은/ 왜 고독해야 하는 것인가를
>
> 혁명은/ 왜 고독해야 하는 것인가를
>
> 김수영, 「푸른 하늘을」 전문

4·19 직후에 작성된 이 시에서는 민주주의 혁명의 가시적인 성공에도 불구하고 혁명은 결국 고독하게 이루어져야 하는 것임을 고백하고 있다. 자유에는 피를 흘리는 희생이 필요하지만 자유의 속까지 파고들어가 본 사람은 결국 외적인 투쟁, 일회성 혁명만으로 세상이 바뀌지 않을 것임을 알기 때문이다. 김수영이 자각한 '고독한 혁명'은 결국 개인 개인이 스스로와 대결하는 일상의 혁명이며 이는 한 순간에 성취되는 것이 아니다. 특히 5·16이후에 김수영은 혁명의 실패를 확인하고 점차 내적인 자유, 예술가로서의 자유에로 무게를 두고 있다.

혁명이 실패하고 사회적인 억압으로 비판이 간접화될 수밖에 없는 상황에서 김수영은 풍자의 대상이 외적 대상에서 내적 대상인 '나'로 전환된다. 외부를 겨냥한 직접적인 풍자보다 자신에 대한 풍자를 통해서 김수영은 내적 자유에 이르는 길을 찾고 있다.

> 이런 사람을 보면 ② 세상사람들이 다 그처럼 살고 있는 것 같다/ 나 같이 사는 것은 나밖에 없는 것 같다/ 나는 이렇게도 가련한 놈 어느 사이에/ 자꾸자꾸 소심해져만 간다/ 동요도 없이 ③ 반성도 없이/ 자꾸자꾸 소인이 돼간다/ 속돼간다 속돼간다/ 끝없이 끝없이 동요도 없이
>
> 김수영, 「강가에서」 부분

이 시에서 김수영의 속물성에 대한 발견은 타자와의 비교를 통해서 이루어진다. 김수영 문학에서 속물성은 단순히 도덕의 문제에 그

치는 것이 아니라, 내면적 자유가 결여되었음을 보여주는 일종의 척도이다.[432] 이 시에서 나보다 가난함에도 불구하고 나보다 여유가 있고 삶을 더 즐겁고 풍요롭게 사는 '그'는 원시적 생명을 가진 타자의 총칭이다. 그런 그가 '나에게 공포를 주는' 것은 내가 그렇게 살고 있지 못하고 있기 때문이다. ②에서 '세상 사람들은 다 그처럼' 살고 있다고 생각하며 화자는 타인에 대해서는 비교적 너그러운 것에 비해 자신에 대해서는 강박증적인 부정인식을 드러내고 있다.

③에서는 점점 '속돼가는' 자신의 모습을 '동요도 없이 반성도 없이'라고 고백하고 있지만 이런 고백 자체가 이미 어느 정도 반성을 의미하고 있다. 세속성을 자각한다는 것은 윤리의 개인성과 입법성을 재확인하는 조건이다.[433] '세속성'은 정확한 입법 기준을 갖고 있지 않으며 '많은 타자들의 기준'이 뒤섞여 있는 '풍속'에 가까운 것으로 그 속에서 자신의 윤리성을 측정하기 위해서는 결국 '타자'라는 바로미터를 가져올 수밖에 없다. 김수영이 이 시에서 '바로미터'로 가져온 '그'는 결코 윤리적인 인간형이라고 볼 수 없다. '애 업은 여자와 오입질'하는 등 오히려 어떤 면에서 더 세속적이다. 그럼에도 불구하고 그를 비교의 잣대로 가져온 것은 진정한 자유, 내면적

432 김수영 문학이 주목하는 속물성은 크게 보아 물질적 탐욕과 명성에 대한 집착으로 나타나는 데, 이는 사회가 요구하는 지배적 가치기준에 자기 자신을 동일시하는 태도로 이해되기도 한다. 박주현, 「김수영 문학에 나타난 내면적 자유 연구 : 죽음과 사랑을 중심으로」, 서울대학교 국문학과 박사논문, 2003, 54면.

433 세속성에 대한 이해를 통해서 관념적인 시간의식이 사라지고 일상의 인간이 된다. 김수영은 범속한 시간 속에 던져진 개인을 발견하라고 이른다. 신동옥, 「김수영의 시적 이행의 함의와 초월적 사랑의 윤리」, 『동아시아 문화연구』56, 한양대학교 동아시아문화연구소, 2014, 235면.

자유를 실현하기 위해 통과하고 극복해야 할 계기로서 속물성을 보았기 때문이다.[434] 이 윤리성은 아이러니하게도 '자기 부정'이라는 자학의 방식을 통해서 드러내며 '끊임없이 속돼가고', '끊임없이 소인이 되간다.'는 내면적 고백은 이를 극복하고자 하는 김수영만의 자기 풍자 방식이다.

> 그러니까 이렇게 옹졸하게 반항한다/ 이발쟁이에게/ 땅주인에게는 못하고 이발쟁이에게/ 구청직원에게는 못하고 동회직원에게도 못하고/ 야경꾼에게 이십 원 때문에 일 원 때문에/ 우습지 않으냐 일 원 때문에
>
> 모래야 나는 얼마큼 적으냐/ 바람아 먼지야 이것아 나는 얼마큼 적으냐/ 정말 얼마큼 적으냐 김수영, 「어느날 고궁을 나오면서」 부분

김수영의 후기시라고 볼 수 있는 이 시에서, '옹졸하게 반항하는' 자신을 고백 성사하듯 낱낱이 폭로해 내고 있다. 김수영은 자신의 속물성, 소시민성 등을 남김없이 폭로해 내고 있으나 궁극적으로 '옹졸하게 반항'할 수밖에 없는 현실에 대한 풍자로 그것은 오히려 '도덕성'이 철저히 은폐된 '도덕적 자기풍자'라고도 볼 수 있다. '도덕적 자기반성'이 현실의 부조리를 드러내는 역할'을 한다면[435] 도덕적 자기풍자 또한 현실의 부조리를 드러낸다. 자신이 겪고 있는 현실적 문제에 대해 나약한 자신을 설정함으로 독자로 하여금 무엇

.....

434 박주현, 앞의 글, 55면.

435 김종윤, 『김수영 시 연구』, 연세대학교 박사학위논문, 1987, 113-121면.

이 바른 것인지 도덕적 풍자로 설명하고 있으며 직설적 풍자보다 배가된다.[436] 이 '도덕적 풍자'는, 그 비판성이 자기에게로 향하고 있음에도 불구하고 가식 없는 언어를 통해 전개되는 거친 독백은 타자 전체를 포섭하는 울림을 지니고 있다. 속물화되어가는 자신을 남김없이 까발림으로 자신을 타자의 거울로 제시하고 있는데 자신은 정작 가장 '속물적인 소인'으로 취급되어 풍자의 대상이 되고 있다. '俗惡'적인 면을 거침없이 드러냄으로 자신을 대상화시키고 타자화시켜 속물성을 극복하고 있다.

민주주의를 표방한 독재와 사회주의를 표방한 독재라는 측면에서 한국과 중국은 비록 민주공화국, 사회주의공화국이라는 현저히 다른 정치 체제를 갖고 있지만 '국민'이 실질적으로 처한 상황은 '독재'라는 비슷한 양상을 띤다. 이는 한·중 모두 해방이후 '사회발전'이라는 중대한 과제를 수행함에 있어 '민주주의', '사회주의'라는 역사이래의 첫 정치제도를 산업자본의 유입과 함께 시행하는 엄청난 모험을 시도했기 때문이다.

긴 역사와 전통을 지닌 두 나라에서 외래의 침략과 함께 무너진 왕조와 전쟁 그리고 급격히 맞은 해방과 산업자본의 유입은 모두 자생적인 단계를 거치지 않고 반강제적으로 시행된 것으로 엄청난 혼란과 시행착오를 수반하는 것이었다. 분단된 한반도에서 민주주의를 실행했던 한국은 독재에 저항할 수 있었던 힘을 자연스럽게 표현할

436 정현덕, 『김수영 시의 풍자 연구』, 경기대학교 박사논문, 2002, 107면.

수 있었던 반면, 사회주의라는 이데올로기에 이중, 삼중으로 묶여 있었던 중국은 여전히 저항의 목소리를 직접적으로 내기가 어려웠다. 즉 그들은 모두 독재에 대항했지만 완전히 다른 국가 체제와 사회적 분위기를 가지고 있었으므로 저항의 방식에 있어서도 차이가 존재할 수밖에 없다. 저항의 주체가 되었던 지식인 및 문학인들 또한 이를 드러냄에 있어서 기존과는 전혀 다른 방식을 선택해야 했다. 예컨대 김수영을 비롯한 한국의 시인들은 기존의 개인지향성 담론에서 민중지향성 담론으로 바뀌었으며 베이다오를 비롯한 중국의 저항시인들은 '인민' 중심의 사회주의 공동체 담론에서 그에 반(反)한 개인 지향성 담론으로 바꾸게 된다. 모두 자신의 국가 체제와는 다른 방식의 주체를 형성함으로 저항의 첫 포문을 열게 된다. 이들이 추구하는 자유 또한 다른 양상을 띠게 된다. 김수영은 혁명 실패 이후 자본주의 속물성에 대한 천착으로 자기풍자를 통한 위악적 부정으로 내면적 자유를 추구해 갔다면 자유를 박탈당한 베이다오는 미래에 대한 허무적 인식을 바탕으로 디아스포라로서 관조적 자유에 도달하게 된다.

3.2 | 베이다오의 개인지향과 관조적 자유

1960년대 한국이 의식 공동체의 형성에 따른, 민중지향성이 새롭게 추동되었다면 중국에서는 반대로 개인지향성의 맹아가 촉발되기 시작했다. '개인 지향성'이 오히려 새로운 공동체 의식이 되어버린 것이다. 이러한 차이는 무엇보다 서로 다른 사회체제에서 일차적으로 기원한다.

중국에서는 '대중(大衆)'에 해당하는 어휘로 'the masses'와 'the people'이 함께 사용되고 있었는데 'the people'은 사회주의 이데올로기의 계급적 구분과 무관한 '사람들'을 가리키며, 오늘날 중국에서 이 어휘는 '인민(人民)'으로 번역되고 있다.[437] 마오쩌둥을 위시한 혁명적 지식인은 계급적 분류에 기반한 '인민대중'을 통해 이데올로기적 '인민대중 중심성'을 제기하면서 지식인의 그것을 부정하고 있다.[438] 따라서 '인민대중'은 지식인의 자기 부정을 전제한 개념이면서도, 타자화된 '비(非)인민대중'에 대한 혁명적 지식인의 '지식인 중심'적 태도가 유지된 개념이기도 하다. '인민대중'은 지식인을 혁명적 지식인과 비(또는 반)혁명적 지식인으로 구분하면서 혁명적 지식인을 자신의 개념 내부로 흡수한다.[439] 이처럼 이 시기의 '인민대중'의 개념은 혁명적 지식인과 실질적으로 모든 계급을 다 포괄한 범주체계이기도 했다. 1945년 해방이후부터 줄곧 사회주의 노선을 고집한 중국에 있어 개인담론은 '공산주의'라는 이데올로기 아래 제도적으로 폐기되어 있고 개인 또한 사회주의 공동체 아래 억압될 수밖에

.....

437 '대중'이라는 어휘가 포함된 '대중문예'라는 표현을 중국에서 처음 사용한 사람은 이후 '농민문예'를 주장한 위다푸로 알려져 있다. 그는 1928년 9월 루쉰(鲁迅)의 적극적인 도움으로 상하이에서 『대중문예(大衆文藝)』 창간호를 발행한다. 여기에서 그는 중국에서 '대중문예' 유래와 '대중' 개념을 소개하면서 서구 민주주의의 규범적 명언인 'By the people, for the people, of the people'을 인용한다. 위다푸는 'the people'의 번역어로 '대중(大衆)' 을 정확하게 대응시킨다. 안인환, 『중국대중문화, 그 부침의 역사』, 도서출판 문사철, 2012, 314~315면.

438 안인환, 위의 책, 285면.

439 안인환, 앞의 책, 293~294면.

없었다. 특히 58년부터 60년까지는 농공업 증산 정책인 '대약진 운동'이 크게 실패하고 이를 만회하기 위해 마오쩌둥이 부르주아 계급의 실용주의 세력을 제거한다는 명목으로 벌인 대대적인 문화대혁명으로 인해 66년부터 76년까지 중국 사회는 더욱 크게 억압되었다. 억압의 강도가 절정에 달하는 순간 견고한 체제를 뚫고 저항의 목소리가 나오기 시작했는데 4·5 천안문 운동의 발발은 그동안의 침묵과 억압을 깨고 개시된 저항이었다.

20세기 중국 문단에서 '인성'과 '인도주의'는 줄곧 민감한 화두였다. '인간의 자각'이라는 주제는 5·4 신문학이 이룬 보편적 인도주의 정신일 뿐만 아니라, 인성 해방을 추구하는 신문학 전통을 형성하였다. 신문학은 그 변천과정에서 많은 굴곡을 겪었지만, 인도주의는 언제나 작가들의 중요한 사상적, 정서적 바탕이 되었다. 그러나 50년대 이후 문학에서 인성문제나 인도주의는 자산계급의 이단으로 취급되었고 여러 차례의 정치운동과정에서 심각한 타격을 입었다. 문혁 시기 정치성과 계급성이 문예비평의 유일한 기준이 되면서, 인도주의는 문학의 영역에서 완전히 배제되었다.[440] 70년대 말에서 80년대 초 중국에서 이 사조는 하나의 광범위한 사회사조로 사회생활의 각 방면에 걸쳐 진행되었는데 정치, 철학, 역사, 문학, 예술 영역뿐만 아니라 경제와 과학기술 영역까지 파급되었다. 그 중에서도 사상이론계의 인도주의 논의는 상당히 격렬하여 1980년부터 4~5년 동안 줄곧 학술계의 주요 논제였으며 철학, 문예학, 심리학, 논리학 등

440 천쓰허 지음, 앞의 책, 333면.

의 분야로 전문화되었다.[441] 60년대 한국이 이처럼 의식 공동체 형성에 따른, 민중지향성이 새롭게 추동된 시기라면 중국에서는 반대로 개인지향성의 맹아가 촉발되어 '개인 지향성'이 오히려 새로운 의식 공동체가 되어버렸다. 이러한 차이는 무엇보다 서로 다른 사회체제에서 일차적으로 기원한다.

베이다오는 1976년 4월 5일, 천안문 운동에 참여했으며 그 때에 사람들에게 가장 많이 알려진 「회답」을 쓰게 되었다.[442] 커다란 글씨가 박힌 포스터 형식으로 베이징의 민주벽 등에 붙었던 그의 대표작 「회답」(回答)[443] 은 "일종의 선언문이요, 중국 체제에 대한 도전장"으로 중국 사회에서 큰 반향을 일으키게 된다. 이 시 속에서는 강렬한 저항의식과 함께 '개인'이 강조되고 있다.

> 비열은 비열한 자들의 통행증이고/ 고상은 고상한 자들의 묘지명이다/ 보라, 저 금도금한 하늘에/ 죽은 자의 일그러져 거꾸로 선 그림자들이 가득 차 나부끼는 것을
>
> 빙하기는 벌써 지나갔건만/ 왜 도처에는 얼음뿐인가?/ 희망봉도 발견되었건만/ 왜 死海에는 온갖 배들이 다투는가?
>
> 내가 이 세상에 왔던 것은/ 단지 종이, 새끼줄, 그림자를 가져와/ 심판에 앞서/ 판결의 목소리 선언하기 위해서였단 말인가

441 천쓰허 지음, 앞의 책, 335면.

442 杜博妮, 「朦胧诗旗手－北岛和他的现代诗」, 『九十年代月刊』第172期, 1984, 94면.

443 「회답」은 1978년 12월 『今天』의 제1호에서 모습을 드러낸다. 정주광 저, 『北島詩選』, 문이재, 2003, 146면.

> 너에게 이르노니, 세상아/ 난 — 믿 — 지 — 않 — 아 —! / 설사 너의 발아래 천 명의 도전자가 있더라도/ 나는 천 한 번째로 세어다오.
>
> 난 하늘이 푸르다고 믿지 않는다/ 난 천둥의 메아리를 믿지 않는다/ 난 꿈이 거짓임을 믿지 않는다/ 난 죽어도 응보가 없다는 것을 믿지 않는다.
>
> 만약 바다가 제방을 터뜨릴 운명이라면/ 온갖 쓴 물을 내 가슴으로 쏟아 들게 하리다/ 만약 육지가 솟아오를 운명이라면/ 인류로 하여금 생존을 위한 봉우리를 다시 한번 선택케 하리다
>
> 새로운 조짐과 번쩍이는 별들이/ 바야흐로 막힘 없는 하늘을 수놓고 있다/ 이들은 오천 년의 상형문자이고/ 미래 세대의 응시하는 눈동자들이다[444]
>
> 베이다오, 「회답」 전문

이 시에서 시적 자아의 부정적 태도와 반항정신 및 불요불굴의 도전정신은 곧바로 영웅주의의 비극적 색채를 띠고 있다.[445] 시인 빠이화(柏桦)는 다음과 같이 말한 적 있다. "「회답」의 격정은 우리 시대 많은 사람들의 내면에, '나는 믿지 않아'라는 음성을 울려주었다. 그것

.....

444 "卑鄙是卑鄙者的通行证/ 高尚是高尚者的墓志铭/ 看吧,在那镀金的天空中/ 飘满了死者弯曲的倒影
冰川纪过去了/ 为什么到处都是冰凌?/ 好望角发现了/ 为什么死海里千帆相竞?
我来到这个世界上/ 只带着纸、绳索和身影/ 为了在审判前/ 宣读那些被判决的声音
告诉你吧,世界/ 我—不—相—信!/ 纵使你脚下有一千名挑战者/ 那就把我算作第一千零一名
我不相信天是蓝的/ 我不相信雷的回声/ 我不相信梦是假的/ 我不相信死无报应
如果海洋注定要决堤/ 就让所有的苦水都注入我心中/ 如果陆地注定要上升/ 就让人类重新选择生存的峰顶
新的转机和闪闪星斗/ 正在缀满没有遮拦的天空/ 那是五千年的象形文字/ 那是未来人们凝视的眼睛", 「回答」.

445 박남용, 『중국 현대시의 세계』, 학고방, 2012, 178면.

은 거대한 훼멸과 희생의 격정이었다. 마치 하룻밤 사이에 베이다오의 음성은 중국 전역의 고교에 울려 퍼진 듯 했다……"[446] 우쓰징(吳思敬)은 이 시를 통해 "비열한 인간에게 경멸의 눈길을 보내거나 고상한 자가 정열적인 예찬을 한다고 해서 역사의 황당무계함을 바로잡을 수는 없다. 어떤 한 시대의 황당함과 착오를 직시하고 어떤 대가를 치루면서 항쟁을 해야 역사 본래의 모습을 찾을 수 있다"[447]고 한다. 여기서 우쓰징이 말하는 '비열한 인간'이라는 것은 문화대혁명이나 그 시대가 낳은 어떤 현상을 가리키는 것이다.

서술적 주체는 '나'라는 개인이다. 베이다오에게 있어 '개인'은 신격화된 영웅이나 비일상적인 존재가 아니라 한 인간으로서 존중받고 자유와 권리를 갖춘 인간성의 획득과 주체성의 회복이었다. '나'는 불신과 비판의식을 가감없이 드러내고 있는데 '나'에게는 이 세상을 심판할 권리가 있으며 나의 목소리를 선언할 수 있는 기준과 자유가 있다는 것을 베이다오는 자신의 목소리를 통해 직접적으로 공표하고 있다. '하늘', '천둥의 메아리'로 상징되는 권력의 정당함을 더 이상 믿지 않고 사회주의 이데올로기가 제시했던 '이상적인 꿈'과 '인과응보'와 같이 당연시되던 기존의 가치 또한 부정되며 새로운 '운명'을 선택할 수 있는 기회가 '민중'이 아닌 '나' 즉 '개인'에게 있음을 발견하고 있다. '권력의 순응'에 대한 강력한 거부와 새로운 혁명의 전개에 대한 기대와 함께 운명을 갱신할 새로운 주체

446 柏桦 :「始于一九七九 : 比冰和铁更刺人心肠的欢乐」, 『今天』, 2008.
447 吳思敬, 『中國詩歌通史(當代卷)』, 人民文學出版社, 2012, 335면.

로서 다가올 세대를 주역으로 내세우고 있다. 베이다오가 지칭하는 '영웅 없는 시대'는 더 이상 영웅이 필요하지 않은 시대로 모든 개인이 각각 역사의 무대에 서야 되는 것임을 역설하고 있으며 이 시에 나오는 '응하는 눈동자들'은 역시 역사를 전복할 새로운 주체의 발견으로 베이다오가 가치와 존엄, 권리를 요구하는 '주체적 개인'이다.

> 설사 최후의 시각이 왔다 해도/ 난 유언 따윈 남기지 않겠소/ 오직 한마디 말만 남기겠소, 어머님께/ 저는 결코 영웅이 아닙니다/ 영웅이 없던 시대에/ 인간이기를 갈구했을 뿐입니다
>
> 고요한 지평선이/ 산 자와 죽은 자의 대열을 갈라 놓아도/ 난 오직 하늘을 선택할 뿐/ 결코 땅에 꿇어앉아/ 사형 집행인들을 더욱 크게 보이게 하여/ 자유의 바람을 잘 막게 하지는 않겠소
>
> 뭇별 같은 탄착 구멍에선/ 새빨간 새벽이 흘러나온다[448]
>
> 베이다오, 「선고 ―遇羅克 열사*에게」 부분

위루어커(遇羅克) 열사[449]에 대한 침통함과 애통, 시대에 대한 울분 등

.....

448 "也许最后的时刻到了/ 我没有留下遗嘱/ 只留下笔、给我的母亲/ 我并不是英雄/ 在没有英雄的年代里/ 我只想做一个人。
宁静的地平线/ 分开了生者和死者的行列/ 我只能选择天空/ 决不跪在地上/ 以显出刽子手们的高大/ 好阻挡自由的风
从星星的弹孔里/ 将流出血红的黎明",「宣 告 ―给遇罗克烈士」.

449 遇羅克 열사는 1942년에 태어나 1968년 「반혁명분자」라는 죄목으로 체포되어 1970년 북경의 인민광장에서 인민해방군에 의해 처형당했다. 처형시 자본주의자 가정 출생의 학생 신분으로 규정되었다. 베이다오는 이 시에 대해 "초고는 1975년

을 안고 쓴 시이기는 하지만 이 시 속에는 베이다오 자신의 자의식 또한 상당히 많이 투영되어 있다. "저는 결코 영웅이 아닙니다. 영웅이 없던 시대에 인간이기를 갈구했을 뿐입니다."라는 말 속에는 중국의 시대상에 대한 베이다오의 날카로운 진단과 지극히 인간적인 삶을 바라는 휴머니즘에 대한 갈구가 드러난다. 단지 한 인간이 되고 싶다고 말하고 있는 위루어커(遇羅克) 열사를 통해 베이다오는 불공평한 사회에 대해 드세게 저항하고 있다.[450] 이는 마오쩌둥의 영웅주의가 중국에서 얼마나 왜곡되어 지식인들의 반감을 샀는지 알 수 있게 한다. "영웅이 아니다."라고 선언하는 것에는 그 누구도 영웅이 될 수 없음을 역설적으로 드러낸다. 영웅은 신화나 전설 속에 존재하는 것이며 현실에서 인간을 영웅으로 신격화하는 것은 집단적인 광기의 산물임을 중국의 10년 문화대혁명이 잘 보여주고 있기 때문이다.

베이다오는 "시는 반드시 나로부터 시작해야 한다. 시인은 반드시 자신과 외부세계 사이에서 임계점을 찾아야 한다."[451] "시인은 작품을 통해 자기의 세계를 구축하되 그것은 진실되고 독특한 자기만의 세계여야 하며 정의와 인성이 살아 숨 쉬는 세계여야 한다."[452] "자신에 대해서도 의심하고 회의하는 정신이야말로 우리로 하여금 시

.....

에 씌어졌다. 내 몇몇 친한 친구가 遇羅克과 함께 투쟁에 참여했고 그 중 2명이 감옥으로 보내져 3년 동안 괴로운 나날을 보냈다. 이 시는 그 비극적·울분적 시대에 우리의 비극적·울분적 투쟁을 기록하고 있다고 적고 있다. 정우광, 『뻬이따오의 시와 시론』, 고려원, 1995, 93면.

450 夏俊华, 「畸形的年代诗性的呈示－北岛早期诗歌的认知价值」, 『人文社会科学学报』 第34卷 第3期, 南都学坛, 2014, 66면.

451 林平乔, 「北岛诗歌的三个关键词—北岛前期诗歌简论」, 『理论与创作』, 2005, 89면.

452 吴秀明, 『中国当代文学史写真(中)[M]』, 杭州:浙江大学出版社, 2002, 107면.

인의 힘을 느끼게 하는 것이다."[453]라고 하여 낡은 가치체계에 대한 희망과 목적이 없는 현실의 상태로부터 회의와 부정정신을 탐색하게 되었음을 강조하고 있다. 외적인 권력을 부정하여야만 내재적인 권력을 수립할 수 있게 되며 비로소 자신의 자유의지와 새로운 창조를 할 수 있기 때문이다. 쇼둥(晓东)은 "베이다오의 이러한 주체의 존재는 삶의 과정과 자신에 대한 집착이며 이는 서구의 현대 모더니즘 정신과 다른 것으로 어떤 의미에서 보면 굴원의 '구색'이며 또한 노신의 '과객' 정신의 계승이기도 하다."[454]라고 보아 이를 또한 중국의 문화 배경에서 그 원인을 찾고자 하였다.

베이다오는 이처럼 자신의 깨어있음의 입장에서 출발하여 동란시대의 황당한 현실을 이겨내고자 하였다. 가장 큰 부정의 대상은 '문혁'에 대한 것이었는데 그것에 그치지 않고 부정의식을 확대시켜 김수영과 마찬가지로 '모든 것'을 부정하고 회의하는 철저한 비판의식을 드러냈다. 영웅에 대한 부정, 예술가에 대한 부정은 자아부정이 확대된 것이며 '혁명의 부정'에서 일상에 대한 부정, 도시 문명에 대한 부정으로 그 범위 또한 확대된다.

베이다오의 시학은 '개인이 없는 중국의 문화'에 대한 저항이며 '개인 시학'으로도 지칭된다. '개인'은 베이다오가 찾고자 하는 방향이었으며 베이다오는 무엇보다 "내적으로 충분히 사유된 개인의 목소리"가 반영된 세계를 건립하고자 하였다. '자기의 세계', '내적인

453 晓东, 「走向冬天」, 『阳光与苦难』, 汇文出版社, 1999, 55면.
454 晓东, 위의 글, 57면.

수요', '개인의 목소리' 야말로 베이다오 시 창작의 근원이라고 할 수 있다. 베이다오 또한 자신의 시 창작 과정에 대해 다음과 같이 말한 적 있다. "나는 자신의 시 창작 과정의 개요를 서술하려고 한 적 있으나 매번 달랐다. 그리하여 나는 그것을 밝히려는 시도를 포기할 수밖에 없었는데 내가 생각하건데 창작은 생명의 발로이다. 그것은 생명의 지표를 뚫고 나오는 것으로 예측하기 어렵다. 바깥의 환경은 그렇게 중요하지 않다."[455]

베이다오가 직접 언급했듯이 베이다오에게 있어 창작의 첫 번째 지표는 개인적 체험을 바탕으로 한 '생명의 발로'였다. 베이다오 시 중에 개인이 체험한 '고독'은 시 중에서 일종의 '우울'한 정신 상태로 드러나는데 시인은 고독과 우울에서 시작하여 '사회 부조리'에 대한 부정, 반항과 투쟁을 전개했고 결과적으로는 다시 '자신'에게로 돌아오고 있다.

김수영이 자기반성의 도덕적 자유를 추구했다면 베이다오는 시간이 지날수록 자유에 대한 관조적 심상을 드러내고 있는데 이는 한편 조국의 미래에 대한 허무주의 인식에 바탕하고 있다. 니체에 따르면 허무주의에도 다양한 개념의 스텍트럼이 있다.[456] 허무주의의

.....

455 唐晓渡, 「北岛—找一直在写作中寻找方向」, 『诗探索』, 2003 第 3-4辑

456 좋은 표징의 신성한 사고 방법으로서의 허무주의가 있고 퇴폐의 표현으로서의 허무주의가 있으며 도덕적 허무주의가 있고 불완전성에 대한 완전성의 허무주의가 있으며 소극적인 것에서부터 적극적인 것의 허무주의가 있고 실천적인 것에 대한 이론적의 것의 허무주의가 있다. 니체 저·강수남 역, 『권력에의 의지』, 서울:청하, 1991, 2-22면 참조.

공통점은 '무의미성', '헛수고'라는 점인데 형이상학적 도덕적 이념이나 원리들이 더 이상 그 가치를 가지지 못하고 기존의 삶에 대한 초감성적이고 형이상학적 해석들도 더 이상 실존적 삶에 매개되지 못한 채 그 목적성이나 설득력을 잃게 되는 것을 말한다.[457] 베이다오의 허무주의는 적극적인 것에서부터 소극적인 것으로의 허무주의주의라고 볼 수 있다. 초기에 베이다오는 이 모든 것을 부정하는 적극적인 허무의식을 보이고 있다.

> 온갖 것은 운명/ 온갖 것은 구름/ 온갖 것은 결말 없는 시작/ 온갖 것은 순식간에 사라지는 추구/ 온갖 즐거움엔 웃음도 없고/ 온갖 고난엔 눈물조차 없다/ 온갖 언어는 반복/ 온갖 만남은 초면/ 온갖 사랑은 마음속에/ 온갖 과거는 꿈 속에/ 온갖 희망엔 脚注가 따르고/ 온갖 신앙엔 신음이 따른다/ 온갖 폭발은 찰나의 정적을 가지며/ 온갖 죽음은 질질 끄는 메아리를 가진다[458]
>
> 베이다오, 「온갖 것」 전문

이 시 속에서 베이다오는 패러독스 수사법으로 현실의 황당함과 운명의 무기력을 표현하고 있는데 모든 것을 의심하며 심지어 자연의 규칙마저도 거부하고 있다.[459] 이 시는 모든 14행의 짧은 시지만

457 니체 저·강수남 역, 『권력에의 의지』, 서울:청하, 1991, 2-22면 참조.

458 "一切都是命运/ 一切都是烟云/ 一切都是没有结局的开始/ 一切都是稍纵即逝的追寻/ 一切欢乐都没有微笑/ 一切苦难都没有泪痕/ 一切语言都是重复/ 一切交往都是初逢/ 一切爱情都在心里/ 一切往事都在梦中/ 一切希望都带着注释/ 一切信仰都带着呻吟/ 一切爆发都有片刻的宁静/ 一切死亡都有冗长的回声", 「一切」.

459 夏俊华, 「畸形的年代诗性的呈示－北岛早期诗歌的认知价值」, 『人文社会科学学报』 第

"온갖 것은~"이란 주술 구조의 간단한 문장의 반복은 강렬한 부정과 회의를 드러내며 베이다오가 갖고 있는 허무의식을 극대화시켜 보여준다. 베이다오가 선택한 부정의 대상은 '운명', '즐거움', '고난', '언어', '만남', '사랑', '과거', '희망', '신앙', '폭발', '죽음' 등으로 삶에 대한 모든 추상적인 가치라고 볼 수 있다.

이러한 불신과 부정은 결코 한 개인이 아닌 한 시대를 불신하고 부정하는 것이었다. 이런 종류의 불신이나 부정은 또한 한 민족과 한 국가에 대한 기원·희망에서 나온 것으로 하나의 준열한 채찍이자, 비평이라고 볼 수 있다.[460] 초기에 베이다오는 강력한 부정정신으로 자유를 위한 투쟁에 도전장을 내밀지만 좌절된 혁명과 그 이후에도 변화되지 않는 현실, 동료들의 구속과 희생 및 추방으로 인한 유랑생활로 인해 자유관은 점차 관조적 색채를 짙게 띠게 된다.

일찍이 나는 열병하며 광장을 걸었다/ 빡빡 깎은 머리로/ 태양을 보다 잘 찾기 위하여/ 그러나 미쳐버린 계절에/ 방향을 바꾸었다, ①울타리 너머/ 추위에 떠는 염소들을 보고는/ 알칼리성 토지와 같은/ 백지 위에 내 理想을 보기 전까지/ 나는 등뼈를 구부린 채/ 진리를 표현하는 유일한/ 방법을 찾았다고 믿고 있었다, 마치/ 불에 구워진 물고기가 바다를 꿈꾸는 것처럼/ 만세! 나는 한 번만 외쳤다, 제기랄!/ 그러자 수염이 자라기 시작해/ 뒤엉켰다, 셀 수 없는 世紀들처럼/ 나는 부득불 역사

34卷 第3期, 南都学坛, 2014, 66면.

460 허세욱, 『중국현대시연구』, 금동구, 1992, 173면.

와 싸움을 시작했다/ ②그리고 칼날 아래 우상들과/ 가족을 결성한 것은, 결코 맞춰주기 위한 것이 아니었다/ 파리 눈 속의 분열된 그 세계와/ ③언쟁이 그치지 않는 책 더미 속에서/ 차분하게 우리는 똑같은 몫을 받았다/ 별을 하나하나 팔아서 마련한 적은 돈이었다/ 하룻밤 새, 나는 도박으로 날렸다/ 내 허리띠, 그리고 발가벗겨진 채로 다시 세상으로 돌아왔다/ ④ 소리 없는 담배에 불을 당긴 것은/ 한밤에 죽음을 총이었다/ 하늘과 땅이 자리 바꿈을 할 때/ 나는 대걸레 같은 한 그루 고목나무에/ 거꾸로 매달려/ 먼 곳을 바라보고 있었다.[461]

베이다오, 「이력서」 전문

이 시는 많은 연구자들로부터 베이다오의 중요한 시로 인정받고 있는데 「이력서」라는 제목처럼 자신의 혁명 이력을 고도의 상징과 은유로 써 내려나가고 있다.

시의 공간적 배경은 광장으로 시적화자는 홍위병 시절을 더듬어서 머리를 빡빡 깎은 채 광장을 열병하던 때로부터 기록된다. 그것은 태양으로 상징되는 모주석을 숭배하던 시절의 기록이기도 하다. 그러나 나는 "미쳐버린 계절"을 겪고 나서 전향을 하게 되고 그전까

461 "我曾正步走过广场/ 剃光脑袋/ 为了更好地寻找太阳/ 却在疯狂的季节里/ 转了向、隔着栅栏/ 会见那些表情冷漠的山羊/ 直到从盐碱地似的/ 白纸上看到理想/ 我弓起了脊背/ 自以为找到了表达真理的/ 唯一方式、如同/ 烘烤着的鱼梦见海洋/ 万岁！我只他妈喊了一声/ 胡子就长出来了/ 纠缠着、象无数个世纪/ 我不得不和历史作战/ 并用刀子与偶像们/ 结成亲眷、倒不是为了应付/ 那从蝇眼中分裂的世界/ 在争吵不休的书堆里/ 我们安然平分了/ 倒卖每一颗星星的小钱/ 一夜之间、我赌输了/ 腰带、又赤条条地回到世上/ 点着无声的烟卷/ 是给这午夜致命的一枪/ 当天地翻转过来/ 我被倒挂在/一棵墩布似的老树上/ 眺望", 「履历」.

지 유일한 진리라고 믿고 있던 것들에 대해서 의심을 하기 시작한다. 그것은 유일한 진리가 아니라, 유일한 진리라고 믿게 만들어 버리는 "문화대혁명"에 있었던 것이다.

광기의 문화대혁명을 겪은 후, 모든 것들을 의심하게 된 베이다오는 부득불 "역사와 싸움을 시작"하게 된다. 그것은 광기의 시대를 진단하여 어둠의 진실을 밝히고 부조리한 세상을 변화시키려는 것이었다. 분열된 세계 속에서 ③에서처럼 지식인들 또한 똑같은 몫을 부여받게 된다. 그러나 그들의 싸움은 결코 성공하지 못했음을 베이다오는 고백한다. "별을 팔아서 마련한 돈은, 하룻밤 새 도박으로 날리게 된 것이다." ④에서 그들이 시도한 혁명의 대가가 얼마나 가혹한 것인지는 "한밤에 울린 죽음의 총"이 대변해준다. 담뱃불에 해당하는 정도의 불을 밝히고자 했다면 그들에게 돌아온 것은 죽음을 총소리였던 것이다. 결국 세상으로 다시 돌아온 시인은 "고목나무에 거꾸로 매달려 먼 곳을 바라보게 된다." 베이다오에게 있어 뒤집어지지 않는 세상을 바로 보는 방법은 어쩌면 '거꾸로 매달리는 방법'밖에 없었을 지도 모른다. 따라서 세상을 뒤집을 수 없어서 결국 자신을 뒤집을 수밖에 없는 무기력한 심상이 이 시 속에는 드러나 있다.

> 사방의 벽 속에서/ 나는 문자도 없는 하늘을 가만히 응시한다/ 문화는 일종의 共生現象이다/ 양들의 가치와/ 늑대들의 원칙을 포괄하는
>
> 시계 덮개 속에는 아무것도 없다/ 우리의 시야에는/ 메마른 강바닥과/ 몇 가닥 연기만이 보이고 있다/ 옛날의 성현들은/ 무한한 적막으로

인해/ 낚시를 던져 물고기를 잡았나 보다[462]

베이다오, 「백일몽20」 부분

후기에 작성된 이 시에는 의식의 변화에 따른 베이다오의 문화에 대한 시각이 잘 드러나 있다. 베이다오는 점차 선악의 이분법적 구도에서 벗어나 "문화를, 양들의 가치와 늑대들의 원칙을 포괄하는 일종의 공생현상"이라고 보고 있다. 다양한 가치와 원칙이 공존하는 이원론적 세계를 받아들이고 '적'마저 하나의 세계 안에 포섭시키고자 하는 타자의식의 큰 변화를 보여주는 시이다.

그런데 확장된 세계를 바라보는 방식이 비교적 단조롭고 고독한 분위기에서 산출되는 것임을 어렵지 않게 발견할 수 있다. 사방은 벽이고 텅 빈 하늘을 조용히 응시하면서 시적화자는 옛날 성인들의 방식으로 적막과 고독 속에서 이 모든 것을 일별하고 있기 때문이다. 떠들썩한 외부의 세계가 아니라 자신의 방에서 세상을 관조하는 이러한 응시는 '무한한 적막'과 '고독'을 동반한다. "우리의 시야에는 메마른 강바닥과 몇 가닥 연기만이 보이고 있다."라고 하여 황폐한 문화를 보고 있는 주체의 관조적인 시선을 드러내고 있다.

① 은밀한 완두 꼬투리는 다섯 개의 눈을 가지고/ 대낮을 보려 하지 않으며/ 단지 어둠 속에서 귀를 기울이고 있다

462 "在四壁之内/ 我静观无字的天空/ 文化是一种共生现象/ 包括羊的价值/ 狼的原则 钟罩里一无所有/ 在我们的视野里/ 只有一条干涸的河道/ 几缕笔直的烟/ 古代圣贤们/ 无限寂寞/ 垂钓着他们的鱼", 「白日梦20」.

색깔은 아기가 탄생할 때 내는 울부짖음

연회의 커버는 순결한 흰색/ 컵 속에는 죽음의 맛/ 一追悼辭가 증발시키는 역겨운 냄새

② 전통은 한 장의 항공사진/ 山河가 축소돼 자작나무 무늬결이 되었다

항상 인간은, 다소곳이 복종한다/ 설교, 모방, 투쟁과/ 이들의 존엄에/ 격정을 찾는 여행자는/ 철새들의 황량한 서식지를 통과한다[463]

베이다오, 「백일몽21」 부분

①에서 완두 꼬투리는 다섯 개의 눈이나 갖고 있으면서도 그것으로 대낮을 보지 않고 '어둠의 응시', 청각을 통해 세상을 읽으려고 한다. 베이다오에게 있어서 색은 삶의 진통이며 고통의 형상이다. 유채색으로 뒤덮인 삶의 구도 속에는 정화되지 않은 욕망과 그 욕망으로 인해 오는 삶의 고통들이 혼탁하게 뒤섞여 있다. 오히려 무채색이야말로 인간의 내밀한 무늬와 형태를 더 적확하게 드러내준다.

베이다오는 마치 흑백영화의 필름처럼 색을 걸러낸 무채색의 시선으로 세상을 관조할 뿐만 아니라 줌 렌즈를 길게 늘여 먼 거리에서 이 모든 것을 조망하고 있다. ②에서 전통은 한 장의 항공사진으

.....

463 "诡秘的豆荚有五只眼睛/ 它们不愿看见白昼/ 只在黑暗里倾听
一种颜色是一个孩子/ 诞生时的啼哭
宴会上桌布洁白/ 杯中有死亡的味道/ 一悼词挥发的沉闷气息
传统是一张航空照片/ 山河缩小成桦木的纹理
总是人、俯首听命于/ 说教、仿效、争斗/ 和他们的尊严
寻找激情的旅行者/ 穿过候鸟荒凉的栖息地", 「白日梦21」.

로 관찰되고 인간 또한 멀리서 관찰된다. "인간은 항상 다소곳이 복종하며 존엄을 위해 설교, 모방, 투쟁을 하는 자는 황량한 서식지를 통과한다."라고 하여 역사 속에서 투쟁하다 결국 시간에 복종 당하게 되는 인간의 허무주의적인 결말을 보여준다.

> 바람은, 참새의 마지막 남은 체온을/ 석양을 향해 불어 버렸다
>
> 겨울로 향하자/ 우리가 태어난 것은/ 결코 신성한 예언을 위해서가 아니었다, 가자/ 곱사등 노인들이 만든 아치형 문을 지나/ 열쇠를 뒤에다 남겨 놓고/ 귀신 그림자들이 가물가물하는 대청을 지나/ 악몽을 뒤에다 남겨 놓고/ 온갖 쓸데없는 것들을 뒤에다 남겨 놓고/우리가 부족한 것이 무엇이랴/ 심지어 의복들과 신발들도 팔아 버리자/ 마지막 남은 식량조차도/ 땡그렁 소리나는 동전들을 뒤에다 남겨 놓고/ 겨울로 향하자/ 노래하며/ 축복이 아니다, 기도도 아니다/ 결코 우리는 돌아가지 않을 것이다/ 저 녹색 칠을 한 잎들을 장식키 위해/ 매력을 상실한 계절에/ 과실은 술로도 빚을 수 없고/ 신맛의 물로도 변할 수 없다/ 신문지를 말아 담배를 만들어/ 개처럼 충실한 시꺼먼 연기로 하여금/ 개처럼 바짝 뒤쫓으며/ 태양 아래의 온갖 거짓말들을 지우게 하다
>
> 겨울로 향하자/ 녹색 음탕함 속에/ 타락치는 말자, 처한 환경에 만족하며/ 천둥과 번개의 저주를 반복케 하지는 말자/ 思想의 省略으로 하여금 빗방울 줄기를 이루게 하거나/ 정오의 감시 하게/ 수인처럼 거리를 걸어감으로써/ 우리의 그림자를 잔인하게 짓밟거나/ 혹은 커튼 뒤에 숨어/ 죽은 자의 말을 더듬거리며 암송하여/ 학대받는 환희를 표현함으로써
>
> 겨울로 향하자/ 강이 얼어붙은 곳에서는/ 도로가 흐르기 시작한다/

> 강가 건축용 골재 자갈들 위 까마귀들은/ 달들을 하나씩 부화하였다/ 깨어 있는 자는 누구나 곧 알 것이다/ 꿈이 대지로 곧 강림할 것을/ 시린 아침 서리마냥 침전하며/ 저 피곤에 지친 별들을 대체하며/ 죄악의 시간은 끝나고/ 빙산들은 끊임없이 이어져/ 한 세대의 塑像이 될 것이다[464]
>
> 베이다오, 「겨울로 향하자」 전문

이 시는 베이다오의 시 중에서 가장 강렬하게 '겨울'이라는 나아갈 방향성을 제시하고 있는 시이다. 베이다오가 사계절 중에서 여름을 지양하고 겨울을 지향한 것은 미래에 대한 관조적인 감각과 연결되어 있다.

첫 번째 연에서 베이다오는 "우리가 태어난 것은 결코 신성한 예언을 위해서라 아니었다."라고 한다. 이는 인간이 그 무엇을 위해 존재하는 도구적 존재가 아님을 드러낸다. 그것이 '신성한 예언'이라고 해도 인간은 그 어떤 목적을 위해서 태어난 것이 아닌 자유의지

.....

464 "风、把麻雀最后的余温/ 朝落日吹去
走向冬天/ 我们生下来不是为了/ 一个神圣的预言、走吧/ 走过驼背的老人搭成的拱门/ 把钥匙留下/ 走过鬼影幢幢的大殿/ 把梦魇留下/ 留下一切多余的东西/ 我们不欠什么/ 甚至卖掉衣服、鞋/ 把最后一份口粮/ 把叮噹作响的小钱留下
走向冬天/ 唱一支歌吧/ 不祝福、也不祈祷/ 我们绝不回去/ 装饰那些漆成绿色的叶子/ 在失去诱惑的季节里/ 酿不成酒的果实/ 也不会变成酸味的水/ 用报纸卷支烟吧/ 让乌云象狗一样忠实/ 象狗一样紧紧跟着/ 擦掉一切阳光下的谎言
走向冬天/ 不在绿色的淫荡中/ 堕落、随遇而安/ 不去重复雷电的咒语/ 让思想省略成一串串雨滴/ 或者在正午的监视下/ 象囚犯一样从街上走过/ 狠狠踩着自己的影子/ 或者躲进帷幕后面/ 口吃地背诵死者的话/ 表演着被虐待狂的欢乐
走向冬天/ 在江河冻结的地方/ 道路开始流动/ 乌鸦在河滩的鹅卵石上/ 孵化出一个个月亮/ 谁醒了、谁就会知道/ 梦将降临大地/ 沉淀成早上的寒霜/ 代替那些疲倦不堪的星星/ 罪恶的时间将要中止/ 而冰山连绵不断/ 成为一代人的塑像", 「走向冬天」.

의 존재이기 때문이다. 때문에 자유로워지기 위해서는 "곱사등 노인들이 만든 아치형 문"과 "귀신 그림자들이 가물가물하는 대청"을 지나야 한다. 그것이 그동안 우리를 지탱해 온 삶의 기반이라고 할지라도 그 "모든 쓸데없는" 것들을 버려야만 앞으로 나아갈 수 있다. 베이다오는 "심지어 의복들과 신발들도 팔아 버리고", "마지막 남은 식량조차도 뒤에야 남겨 놓고" 떠나고자 한다. 생존의 가장 기본이 되는 것까지 모두 버리고 떠나자고 하는 것은, '죽음'을 향해 떠나는 의식과도 흡사하다. "결코 돌아가지 않을 길"을 향해 떠나자고 하는 베이다오의 목소리는 제사장의 그것과도 비교된다.

베이다오의 낮에 대한 부정은 녹색 여름에 대한 부정으로 이어지고 이는 '겨울'을 향하게 되는 결정적인 이유가 된다. 모든 것이 얼어붙은 겨울은 죽음에 맞닿을 정도로 순수의 극점이며 모든 타락의 요소가 부정되는 지점이다. 이 겨울은 "녹색의 계절"과 선명한 대비를 이룬다. 녹색은 "음탕하고 타락한 계절"로 세속에 순응하고 "처한 환경에 만족하며" "정오의 감시 하에 수인처럼 걸어가는 삶이다." 그것은 감옥에 갇힌 수인에 비유될 만큼 독재의 감시아래 자유를 상실한 삶이다. 살아도 자신의 목소리를 낼 수 없는 삶이며 환희마저도 '학대'를 통해서 표현해야 하는, 철저히 억압된 삶이기도 하다.

> 돌아와라, 그렇지 않을 바엔 영원히 떠나거라/ 그렇게 문 앞에 서 있지는 마라/ 石像처럼/ 결코 회답을 기대할 수 없다는 눈길로/ 우리들 사이의 모든 것을 이야기하며
>
> 사실 상상키 어려운 것은/ 어둠이 아니라 새벽이다/ 등불이 얼마나

더 오래 탈 수 있겠는가/ 어쩌면 혜성이 출현해/ 폐허 속에 깨진 잔해들과/ ② 실패자들의 명부를 끌어당기며/ 그들을 번뜩이게 하고, 태운 후, 재로 변하게 할 것이다

돌아와라, 우리는 家庭을 다시 지을 것이다/ 그렇지 않을 바엔 영원히 떠나거라, 혜성처럼/ 찬란하면서 서리같이 차갑게

어둠을 떠나, 다시 어둠 속으로 빠져들고/ 두 밤을 연결하는 하얀 복도를 관통하는/ 메아리가 사방으로 울려 퍼지는 산골짜기에서/ 너 홀로 노래한다.[465]

베이다오, 「혜성」 전문

이 시는 특정 대상에 대한 호소로 가득 차 있다. 그 특정 대상은 역사의 갈림길에서 이러지도 저러지도 못하고 "실패자들의 명부"에 들어있는 사람들이다. 베이다오는 단호하게 "돌아와라, 그렇지 않을 바엔 영원히 떠나거라"라고 호소한다. 그리고 그들에게 혜성처럼 떠나지 않으면 모든 것이 "혜성의 의해 태워진 후 재로 변하게 될 것"이라는 섬뜩한 예언의 목소리까지 던지고 있다.

혜성은 뿌옇고 어두운 꼬리 때문에 줄곧 무엇인가 나쁜 징조를 나타내는 별이라고 생각했다.[466] 우리말로는 살별이라고 하며 중국의

465 "回来、或永远走开/ 别这样站在门口/ 如同一尊石像/ 用不期待回答的目光/ 讨论我们之间的一切
其实难以想象的/ 并不是黑暗、而是早晨/ 灯光将怎样延续下去/ 或许有彗星出现/ 拖曳着废墟中的瓦砾/ 和失败者的名字/ 让它们闪光、燃烧、化为灰烬
回来、我们重建家园/ 或永远走开、象彗星那样/ 灿烂而冷若冰霜/ 摈弃黑暗、又沉溺于黑暗之中/ 穿过连接两个夜晚的白色走廊/ 在回声四起的山谷里/ 你独自歌唱",「慧星」.

466 16세기 덴마크 천문학자 티코 브라헤가 혜성이 지구 대기 상에서 나타나는 현상이 아닌 천체의 일종임을 밝혀내었고, 후에 영국 천문학자 핼리는 혜성이 태양계

『天文略論』이라는 책에서 "혜성은 괴이한 별로 머리가 있고 꼬리가 있으며 이름은 扫把星 즉 그 모양을 따서 빗자루별"이라 하였다. 중국의 일상생활 속에서 이 빗자루별은 재수 없는 사람을 지칭할 때 쓰이는데, 비단 자신뿐만 아니라 그 사람으로 인해 주변사람들마저 피해를 본다는 속설이 있다. 이 시에서 혜성은 "폐허 속에 깨진 잔해들과 실패자들의 명부를 끌어당겨" 단죄의 역할을 하기도 한다. 그러나 마지막 연에서는 "어둠을 떠나" 다시 어둠 속에 빠져들 수 밖에 없는 무력함을 표현하고 있다. 억압이 부단히 순환되는 현실, 쟁취할 수 없는 자유에 대한 관조적인 심상은 베이다오의 후기시에서 반복적으로 드러난다.

베이다오가 미래를 이처럼 소극적 허무주의로 전망하는 것은 강제적 추방으로 인하여 조국에 돌아갈 수 없게 된 비극적 현실에 대한 무력감과 고독감에서 기인한다. 이에 비해 김수영은 민중의 잠재된 힘에 대해서도 민주주의의 미래에 대해서도 긍정적으로 전망하고 있음은 그의 마지막 작품인 「풀」에서 드러난다. 이를 추구하는 방식에 있어서 김수영이 철저한 자기반성의 도덕적 윤리관을 보여준다면 베이다오는 소극적인 시선으로 관조적 자유관을 드러내고 있다.

베이다오는 1989년 초에 해외에서 민중투사인 웨이징성(魏京生) 석방을 위한 33인의 성명운동을 조직한 뒤에 6·4 사건이 터지자 조국에서 추방당한 뒤 지금까지 망명객으로 해외에서 떠돌게 되었다. 망명시기 동안 베이다오가 쓴 시들은 적막과 우울감, 회의 및 깊은 고독감에 차

……

의 구성원임을 입증하였다.

있으며 고향에 대한 복잡한 심경이 짙게 드리우기도 했다. 초기의 시들도 난해하다는 평가를 받지만 망명시기의 시들은 더욱더 난해하고 현학적인 이미지로 가득 차 있다. 특히 초기에 보여지던 강한 정치적 견해가 후기에서는 잘 발견되지 않아 이에 어떤 독자들은 실망을 표하기도 했다. 후기의 베이다오 시에서는 중국현실에 대한 비판보다 디아스포라로서의 깊은 상실감, 좌절감, 비관, 침체 등이 드러난다.

> 그 맥주병 뚜껑들은/ 이동된 거리에서 어디까지 수송되었을까/ 그해 나는 무단결석했다. 극장에서/ 은막의 끝없는 복도에서/ 나는 갑자기 클로즈업된다/ 그 찰나는 휠체어/ 나머지 세월이 나를 멀리 가도록 떠민다—
> 전 세계 자유의 대리인이/ 나를 슈퍼컴퓨터에 입력한다:/ 다른 정견을 가진 자 한 명/ 혹은 세계와의 거리 일종
> 복도의 끝, 어떤 글자들에서 연기가 난다/ 유리를 도난당한 창문/ 대면한 것은 관료의 겨울이다[467]
>
> 베이다오, 「복도」 전문

이 시 또한 외국에서 작성된 시로 '자유'에 대한 베이다오의 변화된 인식을 드러내준다. 첫 번째 연에서 베이다오는 뜨거웠던 젊은 날을 회상하고 있다. "나는 너를 믿지 않아—"라고 부르짖었던 젊은 날의 외침과 함께 또 다른 혁명의 광기와 자유를 만끽했던 시간들은

467 "那些啤酒瓶盖/ 那流动的大街输送到哪儿/ 那年我逃学、在电影院/ 在银幕无尽的走廊里/ 我突然被放大/ 那一刻是一把轮椅/ 其余的日子推着我远行——
全世界自由的代理人/ 把我输入巨型电脑：/ 一个潜入字典的外来者/ 一名持不同政见者/ 或一种与世界的距离
走廊尽头、某些字眼冒烟/ 被偷走玻璃的窗户/ 面对的是官僚的冬天", 「走廊」.

베이다오의 기억 속에서 선명하게 각인되어 있다. 그것은 '학교'라는 억압적 공간에서 해방되어 '극장'으로 나아갈 수 있었던 자유의 시간이었다. 그러나 베이다오의 기억은 거기에만 머물러 있다. 자유를 외치고 만끽하던 짧은 순간은 그 이후의 삶을 "불구"로 만들었기 때문이다. 그 이후로는 자의적인 아닌 타의에 의해서 오히려 더 큰 자유를 잃고 말았다. 영원히 조국에 돌아올 수 없는 불구의 상태가 되어버린 것이다. 베이다오는 이를 '휠체어'라고 표현한다. 베이다오는 고국에서 추방되어 국적 불능의 상태가 되었으며 이는 베이다오를 더 먼 이방의 곳으로 내몬다. 자기가 태어나서 자란 모든 익숙한 것들을 강제적으로 차단당할 때 그것에 대한 그리움과 상실감은 더욱 극대화된다. 4·5 천안문 사태 때 '믿지 않는 것'에 대한 개인적 자유를 높이 호소했던 베이다오는 아이러니하게도 그 이후 더 큰 자유를 잃게 되었다.

이제 불구가 되어 떠밀려 다니게 된 베이다오는 어떤 의미에서 주체적 힘을 상실하고 말았다. 그는 자유를 외치고 자유를 위해 투쟁한 사람으로 역사에 기록되지만 고국에서는 단순히 '다른 정치적 견해를 가진' 한 사람으로 추방되었다. 그것은 그로 하여금 세상과 더욱 멀어지게 하는 계기가 되었다.

베이다오의 시에서는 이처럼 자유를 박탈당한 자의 고독과 여전히 차가운 현실과 애상감이 드러나 있다.

> 태풍이 적대적인 깃발을 통솔한다/ 금성이 사방을 부르는 외마디/ 사랑과 증오가 같은 사과를 깨물었다/ 사다리 위의 나이/ 민족 부흥의

> 몽상/ 영웅이 팔뚝을 높이 들어 밤하늘을 점거한다/ 어릿광대가 거울 속의 아스팔트 위에 물구나무선다
>
> 나는 가석방의 문을 닫고/ 그 미래의 증언들을 거부한다/ 이건 나 홀로 존엄을 누리는 시각/ 모험의 불꽃/ 낯선 잿더니[468] 「결석」 전문

이 시 또한 위의 시와 같은 맥락의 연장으로 씌어져있다. 이 시에서 주목할 수 있는 건 베이다오가 자발적인 자기소외를 감행하고 있다는 것이다. 두 번째 연에서 시적화자는 가석방이 되었음에도 불구하고 스스로 그 문을 닫고 나가기를 거부한다. 자신이 역사의 증인이 되어 진술해야 할 미래의 일을 미리 거부한다는 것은 추방된 현실에 대해서 마음을 닫고 있음을 알 수 있다. 자유를 향해서 소신 있게 몸을 던졌던 '모험의 불꽃'은 화려하게 큰 불로 커진 것이 아니라 오히려 '잿더미'가 되어 돌아왔다. 이러한 현실의 결과 앞에서 베이다오는 좌절할 수밖에 없으며 조국의 미래에 대한 전망 또한 밝지 않다. 자신이 역사의 증인이 되어 진술할 수 있는 자유로운 시대가 과연 올 것인지에 대해서도 회의 한다. 그것은 국가가 허락하지 않은 자유이고 존엄이므로 베이다오는 '홀로'라는 자발적 소외를 택한 것이다. 이런 침묵과 거부야말로 광장에서의 투쟁보다 더 큰 저항이라고 할 수 있다.

자유의 투쟁에 대한 아이러니는 '영웅'과 '어릿광대'의 비유를 통

468 "大风统帅着敌对的旗帜 / 一声金星喊遍四方/ 爱与憎咬住了同一个苹果/ 梯子上的年龄/ 民族复兴的梦想/ 英雄高举手臂占据夜空/ 小丑倒立在镜中的沥青上/ 我关上假释之门/ 抗拒那些未来的证人/ 这是我独享尊严的时刻/ 冒险的火焰/ 陌生的灰烬", 「缺席」.

해서 잘 드러난다. 베이다오는 한때 자신이 영웅처럼 나서서 사람들에게 호소함으로 모든 것이 변할 것이라고 믿었던 '민족 부흥'의 꿈이 한낱 몽상이었음을 깨닫게 된다. 영웅적 자아가 국가라는 타자에 의해서 인정받지 못하고 자신은 더 큰 상실과 고통으로 추방되었을 때 무의식 속에서 자아는 스스로를 영웅이 아닌 '어릿광대'로 치부하게 된다. 베이다오의 박탈당한 자유는 그의 원대한 꿈을 한낱 '몽상'으로 바꾸어 놓았으며 스스로를 초라한 어릿광대로 치부하게 하고 무엇보다 조국의 미래에 대해서도 비관하게 만들었다. 따라서 베이다오의 자유는 어떤 의미에서 더욱 좌절되었다.

> 7월, 버려진 채석장/ 기울어진 바람과 쉰 마리 종이매가 노략질했다/ 바다에 무릎을 꿇은 사람들은/ 천 년의 전쟁을 포기했다
>
> 나는 시차를 조정한다/ 하여 나는 나의 삶을 가로지른다
>
> 자유를 환호한다/ 사금(砂金)의 소리가 물속에서 나온다/ 뱃속에서 조급한 아기가 입에 담배를 문다/ 엄마의 머리는 짙은 연기에 의해 자욱해진다……[469]
>
> 베이다오, 「길 위에서」 부분

베이다오 시 속에서 자유는 종종 금에 비유된다. 중국 사람들에게 있어서 금은 영원불변한 가치의 상징으로 무척 귀하게 취급된다. 베

469 "七月、废弃的采石场/ 倾斜的风和五十只纸鹞掠过/ 向海跪下的人们/ 放弃了千年的战争
我调整时差/ 于是我穿过我的一生
欢呼自由/ 金沙的声音来自水中/ 腹中躁动的婴儿口含烟草/ 母亲的头被浓雾裹挟……",
「在路上」.

이다오는 잘 포장된 금이 아니라 물가나 물 밑의 모래 또는 자갈 속에 묻혀있는 금에 비유하고 있다. 사금석에 자유를 비유하고 있는 이유는 아직 발굴되지 않은 사금석처럼 중국에서 '자유' 또한 많은 사람들에 의해 발견되지 않았기 때문이다. 그것이 물속에서 '자유의 환호'를 지르기 시작했다고 하더라도 아직은 시작에 불과할 뿐 채굴되기까지는 긴 시간이 필요하다. 따라서 자유는 아직 세상에 그 모습을 드러내지도 않았고 베이다오는 이를 '뱃속의 아기'에 비유한다.

베이다오에게 있어 자유는 소리 높이 외치고 그것을 위해 투쟁을 해도 결국 현실적으로 실현되기 어려운 사금석, 태아와 다름없음으로 베이다오는 현실의 시간에서 탈출하고자 하는 시도로서 "시차를 조정하고 삶을 가로지르게" 된다. 이 표현은 베이다오의 강렬한 탈출 욕망을 대변하는 것으로 시 속에서 무려 네 번이나 반복되고 있다. 베이다오가 처한 현실의 세계는 여행자들이 사격을 당하고 방랑자가 표류하며 가수와 장님이 등장하는 '죽음으로 뒤덮인 세계'이다. 현실의 강력한 공포 앞에서 무릎을 꿇은 사람들은 '천년의 전쟁'을 할 수 밖에 없다. 그만큼 시간이 많이 걸리고 불가능에 가까운 도전이기 때문이다. 따라서 베이다오는 이러한 현실을 목도하고 깨어있는 것 만큼이나 이를 벗어나고자 하는 시도를 하게 된다. 베이다오에게 있어 자유는 거의 불가능의 상태이기 때문에 베이다오는 자신이 시간을 조절하는 것으로 현실을 이겨내려고 한다.

> 그가 세 번째로 눈을 뜬다/ 그 머리 위의 별들은/ 동서양이 만나는 난류에서 와/ 아치형 문으로 태어났다/ 고속도로가 석양을 뚫고 간다/

두 산봉우리는/ 뼈대가 깊은 석탄층까지/ 뭉개지도록 낙타를 탔다

그가 물 아래 좁은 선창에서/ 각하석(脚荷石)같이 차분하게 앉아 있다/ 주변의 고기 떼 빛이 사방으로 퍼진다/ 자유란 황금의 관 뚜껑이/ 감옥 상부에 높이 달려 있다/ 거대한 바위 뒤쪽에 줄을 선 사람들이/ 제왕의 기억에 들기를/ 기다린다

어휘의 유랑이 시작되었다.[470] 베이다오, 「무제」 전문

베이다오가 반강제적으로 디아스포라가 되어 자신의 고향을 떠나면서부터는 신체와 정신의 유랑은 어휘의 유랑으로 변하게 된다. 즉 내국의 디아스포라에서 외국의 디아스포라가 된 것이다. 이 시에는 외부에서 본, 자유에 대한 베이다오의 새롭지만 새롭지 않은 인식이 잘 드러나 있다. 베이다오는 자유란 "황금의 관 뚜껑이 감옥 상부에 높이 달려 있는 것"이라고 보았다. 황금처럼 자유는 귀한 것이지만 아이러니하게도 사람을 더 구속하는 '감옥 상부'에 위치해 있는 것이다.

이 시에서 "세번째로 눈을 뜬 그"는 유럽과 미국에서 유랑생활을 하게 된 베이다오 자신을 일컫는다. "동서양이 만나는 난류" 즉 서양의 문화와 생활을 접하면서 베이다오 또한 세계와 삶에 대해서 새로운 인식을 하게 되기 때문이다. 그러한 삶의 거대한 변화와 속도를

470 "他静开第三只眼睛/ 那颗头上的星辰/ 来自东西方相向的暖流/ 构成了拱门/ 高速公路穿过落日/ 两座山峰骑垮了骆驼/ 骨架被压进深深的/ 煤层/ 他坐在水下狭小的舱房里/ 压舱石般镇定/ 周围的鱼群光芒四射/ 自由那黄金的棺盖/ 高悬在监狱上方/ 在巨石后面排队的人们/ 等待着进入帝王的/ 记忆/ 词的流亡开始了",「无题」.

베이다오는 "고속도로가 석양을 뚫고 가는 것"에 비유한다. 문화의 큰 지류를 따라 "뼈대가 깊은 석탄층까지 뭉개지도록 낙타를 타는" 삶은 베이다오로 하여금 유랑자의 깊은 고독과 자유에 대한 역설적인 깨달음을 얻게 해준다. 이런 유랑의 삶은 베이다오로 하여금 자신을 '각하석'으로 인식하게 하는데 각하석은 선체의 안정을 유지하기 위하여 배의 바닥에 싣는 돌이다. 표류하는 유랑의 삶 속에서 중심을 잡기 위해서 베이다오는 스스로 '무거운 돌'이 되어야 함을 주문하며 그 속에서 자유의 아이러니에 대해서도 사유하게 되는 것이다.

이처럼 베이다오는 자신의 고독한 유랑생활을 통해서 조국의 미래에 대해서 더욱 냉담하게 관조하게 된다. 중국의 자유주의는 이미 오래 전에 수용되었지만 그 과정에서 각종 논쟁을 거치면서 분화되었고 90년대 이후에는 시장경제의 유입과 함께 본격적으로 정착되었다. 그 과정에서 민주주의를 강력하게 주장하던 몇몇 지식인들이 자유주의를 주장했지만 그들의 자유와 민주적 권리 또한 국가의 사회주의 기본 체제에서 크게 벗어나지 않는 것이었다.

추방당하지 않고, 중국공산당 내부에서 민주주의를 지지하는 관점을 제시하였던 대표적인 지식인은 후야오방이다.[471] 후야오방은 제5차 대표대회의 팀별 회의에서 "나는 늘 어떤 사람도 사회주의 제도 아래서 자신의 민주적 권리를 행사하는 것을 지지하고 모두가 헌법의 보호 아래 최대의 자유를 누리기를 희망한다."라고 하였는데

471 왕단 저·송인재 역,『왕단의 중국현대사』, 동아시아, 2013, 333면.

이는 그가 당내에서 자신을 민주화 운동을 한다거나 무정부주의를 조장한다고 비판한다고 한 여론을 의식한 것이다. 사회주의 중국에서 '민주적 권리'와 '민주화 운동' 사이에는 큰 간극이 존재하였다. 이른바 민주화 운동은 반동의 성격을 띤 불순한 것으로 간주되었고 무정부주의 또한 사회주의 체제에 도발하는 것으로 반국가적인 이데올로기로 치부되었기 때문이다. 때문에 후야오방의 주장은 사회주의 체제에 위배되지 않는 범위 안에서 민주와 자유를 실천하겠다는 분명한 노선을 표명했다.

후야오방의 뒤를 잇는 또 다른 당내 개혁파의 대표자는 자오쯔양인데 1987년 중국 공산당 중앙 총서기에 임명된 자오쯔양은 겉으로는 덩샤오핑의 의지에 따랐지만 구체적 업무에서는 교묘한 정치적 수법을 써서 민주파를 보호했다.[472] 또한 1980년대 자유화 운동에 적극 참여했고 1989년 이후에 반대파의 주장을 일관되게 내세운 쉬량잉은 과학계의 대표자로서 '과학'과 '민주'를 둘러싸고 자기주장을 전개했다. 그는 "정치적 민주와 학술적 자유가 보장돼야만 과학이 번영할 수 있다."고 밝히면서 민주파와 체제 세력이 힘겨루기를 할 때 가장 두드러진 주제는 '봉건의 유폐에 반대하는' 문제임을 제기한다.[473] 쉬량잉은 '민주 집중제'를 근본적으로 부정하며 "소수가 다수에 복종한다는 것은 다수결의 원칙' 개념의 사족이며 후자에 대한 왜곡"이라고 지적하는데 이는 당시의 정통적 담론에서 상당히 벗어

472 왕단 저·송인재 역, 위의 책, 334면.
473 왕단 저·송인재 역, 앞의 책, 348면.

난 것이라 볼 수 있어 적지 않은 파문을 불러일으키기도 하였는바 쉬량잉의 주장은 꽤 도전적인 것이라고 볼 수 있다. 그럼에도 불구하고 이들의 자유주의가 정책적으로 민주주의를 뿌리 내리게 하는 데는 여전히 한계가 있었다.

제5장

결론

김수영과 베이다오의
참여의식 비교연구

이 논문은 김수영과 베이다오의 시에 드러난 참여의식을 비교한 연구이다. 아무런 영향관계가 없을 뿐만 아니라 시간적으로 20년이라는 격차를 두고 있는 두 시인을 비교하기 위해서는 몇 가지 범주에서의 전제가 필요했다. 첫 번째는 동아시아라는 공간 안에서 그들이 공통으로 경험했던 4·19와 4·5천안문 사태가 어떻게 미적 모더니티 토양을 마련하여 다양한 주체를 생성하는 계기가 되었는지에 대한 것이고 두 번째는 그런 역사적 변화의 조류 속에서 생겨난 참여시와 몽롱시가 각각 어떤 공통점을 가지고 문학사에서 전개되었는지에 대한 것이며 세 번째는 새로운 사조를 이끌어간 대표 시인들이 시를 통해 참여를 어떻게 미학적으로 구현해 갔는지에 대한 것이다.

비록 시인과 시인, 작품과 작품 간의 직접적인 접촉은 없을지라도 유사성의 대비연구가 가능한 이유는 더 긴 시간 동안 한자 문화권이라는 공동의 문화적 배경과 유교적 문화에서 오는 동아시아적인 시각과 감각을 공유하고 있다는 것에 있다. 이 둘을 관통하는 역사적 흐름, 전쟁이후의 자본주의 유입 상황과 '독재적' 정치적 현상 그로 인한 민주화에 대한 열망, 지식인들의 저항이라는 새로운 가치 측면에서 두 번째로 큰 공통점을 갖게 된다.

이런 역사적 조류 속에서 문단에서도 변화가 일어나 참여시와 몽롱시라는 사조가 유행을 하게 되었다. 한국의 참여시가 60년대 문학사에 전격 등장한 것과 같은 맥락으로 중국의 몽롱시도 국가의 독재정치에 대한 반발로 반역의 정신을 드러내며 문학사에서 하나의 사조로 자리매김 되어갔다. '몽롱시'를 '참여시'와 비교할 수 있었던 이유는 참여의 의미를 '정치적 현실에 대한 부정'과 '자기 주체성의 발현'이라는 측면에서 봤을 때 그 내적인 속성이 비슷하기 때문이다. 중국에서 '참여'가 몽롱이 될 수밖에 없는 이유는, '국가에 대한 저항'을 명시적으로 드러낼 수밖에 없는 억압적인 구조 속에 놓여 있기 때문이다.

비록 몽롱시라고 불리지만 중국의 몽롱시가 '참여시'의 성격을 지닌 것처럼 한국의 참여시 또한 현실을 부정하고 비판하고 극복한다는 측면에서 모더니즘 정신과 일맥상통한다. "현실에 대한 비판의식과 부정정신"이라는 측면에서 몽롱시는 모더니즘이 갖고 있는 현실에 대한 인식이나 이를 보는 시각적인 측면에서는 그 방향이 동일하다. 즉 중국의 몽롱시와 한국의 '참여시'가 같은 선상에서 논의될 수 있었던 접점은 '현실에 대한 부정정신'에 있다고 볼 수 있다. 김수영에게 있어 '부정정신'은 곧 현실 참여의 근거가 되었으며 이는 시작 초기부터 발로하여 1960년대 참여시의 정점을 이루기까지 김수영의 시작활동을 이끌어 가는 중요한 정신이었다.

두 시인의 사회적 문화적 토대는 다르지만 그들이 지향하는 독재에 대한 부정과 자본주의 문명에 대한 태도 및 자기 갱신의 실험적 행보는 어느 정도 보편성을 지닌다. 김수영이 자기부정에서 혁명을 통해 공동체에 대한 연대의식으로 바뀌어 나가는 과정은 베이다오가 우상부정에서 모성 지향의 타자수용으로 탈바꿈하는 과정과 비슷한 궤적을 보인다. 물론 공통점만 있는 것이 아니다. 김수영의 자기부정이 '자기희생'을 통한 공동의 윤리를 제시한 것이라면 베이다오의 '자기부정'은 누구나 영웅이 될 수 없음을 부정함으로 영웅만 있고 개인 없는 시대에 죽음을 두려워하고 사랑을 갈구하는 '개인주의'를 제시하고 있다. 김수영의 '적'이 독재의 대상에서부터 자신에 이르기까지 다양한데 반해, 베이다오의 '적'은 하나, 국가를 상징하는 '아버지'라는 것이다. 이런 공통점과 차이점에 근거하여 본고에서는 그들의 참여의식이 어떻게 변주되었는지를 비교분석하였다.

김수영은 이미 타계한 시인으로 그의 전 생애에 걸친 작품을 다룰 수 있었으나 1970년부터 시작된 베이다오의 시작활동은 현재 진행형으로 아직도 끝나지 않았으며 특히 베이다오가 1989년 망명을 시작한 뒤의 시적 경향은 초기와는 달리 '디아스포라 의식'에 경향이 맞추어져 있다. 그러나 초기라도 해도 1972년부터 1986년에 이르는 14년의 시간은 결코 짧은 시간이 아니며 14년 동안 작성한 베이다오의 시는 91편에 달하는 것으로 시의 변모양상을 충분히 추적할 수 있다고 판단되었다. 본고에서는 김수영과의 비교를 위해서 '부정성'을 큰 특징으로 볼 수 있는 베이다오의 초기 시에 보다 많은 비중을 두었다.

2장에서는 김수영과 베이다오가 처한 시대적 배경과 문단상황을 비교한다. 1960년에 일어난 한국의 4·19는 새로운 주체가 탄생할 수 있는 계기를 마련했고 중국의 4·5 천안문 사태는 '개인'의 맹아가 발아되는 환경을 조성하였다. 참여시의 사회적 배경이 된 4·19 혁명과 4·5천안문 사건의 비교를 통해 두 혁명의 가장 큰 특징은 모두 성공하지 못하고 진압되었다는 점과 그럼에도 불구하고 두 혁명은 해방이후의 첫 민주주의 혁명으로, 현대사와 문학사에 하나의 상징적 영향을 끼쳤다는 것이다. 뿐만 아니라 이러한 변화는 문단에도 이어져서 '참여시'와 '몽롱시'라는 각각 다른 사조를 탄생시켰으며 이름만 다를 뿐 그 기원과 속성은 동일하게 전개하게 되었고 그 속에서 김수영과 베이다오라는 시인들을 탄생케 하였다.

3장에서는 이런 사회적 배경 아래 김수영과 베이다오가 호출된 문단 계기적 상황을 살핀다. 순수·참여 논쟁과 똑같이 몽롱시 논쟁을 비교하고 특히 그 논쟁에 직접 뛰어 들었던 김수영과 이어령의 논쟁을 통해 김수영의 예술가적 정체성과 불온성에서 부정성으로의 도정을 구체적으로 해명한다.

4장에서는 시를 통한 혁명 전후의 참여의식의 변모양상을 추적해 본다. 1절에서는 김수영과 베이다오 자기부정이 타자와의 관계 안에서 어떻게 변화하는지 그 변모양상을 추적·비교하여 본다.

김수영의 시 속에서 타자는 처음에는 부재의 양상을 띠다가 점차 '죽음'을 통과하여 획득되어지는 변증법적 과정을 거친다. 김수영의 '너'가 부재의 변증법적 과정을 거쳐 사랑에 도달한다면 베이다오에게 이상적 대상으로서의 '너'는 그런 변증법적 변화 없이 처음부터 영원히 지향해야 하는 대상이고 또한 사랑을 가능하게 하는 탈출의 통로이다. 한편 김수영이 적의 부재를 발견하고 내부에서 적을 발견한 것처럼 베이다오 또한 궁극적으로 '아버지'와 연대할 수밖에는 타자성을 자신을 내부에서 발견하고 이것과 화해하기 위한 시도를 하게 된다. 다만 다른 점이 있다면 김수영의 '적'은 독재의 대상에서부터 자신에 이르기까지 다양한데 반해, 베이다오의 '적'은 하나, '아버지'라는 것이다. 그러나 강렬한 '혁명체험'을 계기로 하여 타자를 보는 김수영의 시선이 새롭게 구축되었다면 비록 시기는 다르지만 베이다오가 타자의식의 변화를 거쳐 돌아본 풍경에도 전과는 다른 '아버지 세대의 초상'이 있다.

2절에서는 이들의 외적부정에 해당하는 혁명과 일상의 무경계적 사유를 비교하였다. 혁명 이전의 근대적 일상에 대해서도 이미 깊은 통찰을 가지고 부정해 온 김수영에서 있어 이전의 관습이나 제도, 방식에 대한 도전은 한 순간의 함성이나 힘으로 교체되는 것이 아니라 '혁명' 이전이나 이후에나 보이는 곳에서나 보이지 않는 곳에서나 연속적으로 행해지는 '내·외적' 혁명이었다. 베이다오 또한 시를 통해서 보이지 않는 것과의 싸움을 강조하고 있다. 보이지 않는 존재가 일상의 반복과 결합되었을 때 대중들의 비판의식은 퇴화되고 저항에 대한 감각은 둔감해진다. 민주주의의 실현이 단순히 가시적인 권위의 해체가 아니라 우리의 일상에 밀착되어 있는 불합리한 힘에 대항한 길고 긴 싸움이므로 제도적인 민주주의를 넘어선 현실에 대한 보다 날카롭고 통시적인 고찰이 필요하다고 베이다오는 보았다.

3절에서는 김수영과 베이다오의 공동체의식과 자유의식을 비교한다. 김수영의 현실에 대한 인식은 부정성의 계기를 통해 마련되었고 비단 혁명 이후의 정치현실뿐만 아니라 근대적 일상에 대해서도 부정적 사유를 멈추지 않았으며 이에 비해 베이다오 인식한 중국의 현실은 문화대혁명의 광기와 민주화혁명의 철저한 탄압으로 인한 비극의 현장이었으며 베이다오 스스로도 자신을 시대의 비극자로 인식하고 있다. 그들은 모두 독재에 대항했지만 완전히 다른 국가체제와 사회적 분위기를 가지고 있었으므로 저항의 방식에 있어서는 차이가 존재할 수밖에 없다. 저항의 주체가 되었던 지식인 및 문학인들 또한 이를 드러냄에 있어서 기존과는 전혀 다른 방식을 선택해야 했다. 예컨대 김수영을 비롯한 한국의 시인들은 기존의 개인지향성 담론에서 민중 지향성 담론으로 바뀌었으며 베이다오를 비롯한 중국의 저항시인들은 '인민' 중심의 사회주의 공동체 담론에서 그에 반(反)한 개인 지향성 담론으로 바꾸게 된다.

김수영과 베이다오는 모두 당시의 정치적 현실에 민감하게 반응하였고 시 작품으로 공론장에 큰 반향을 일으켰으므로 그들이 추구한 자유는 적극적인 자유에 가깝다고 볼 수 있다. 그러나 혁명이 실패하고 나서 독재에서 벗어날 수 없는 현실은 이들로 하여금 '~로부터의 적극적 자유'에서 '~로의 소극적 자유'에로 방향을 틀게 된다. 즉 국가의 역할과 권리에 대해서 적극적으로 주장하는 대신 외부로부터 부당한 간섭을 차단하고, 개인의 선택 가능성을 최대한 보장하는 것을 소극적 자유를 추구하게 된다.

혁명 이후 일상을 자기 풍자 등을 통해 사회를 고발한, 김수영의 일련의 시들은 자기반성을 통해 공동체적 윤리를 꾀하는 내면적 자유로 나아가고 있고 반면 추방이후 고국에 돌아갈 수 없게 된 베이다오는 디아스포라로서 관조적 자유관에 접근한다.

또한 김수영이 혁명의 일상성과 영속성을 꿈꾸었다면 베이다오는 중국에서 민주주의 혁명은 불가능하다고 생각했다. 베이다오가 민주 혁명이 불가능하다고 보는 이유는 무엇보다 그 자신이 국내에서 추방되었기 때문이다. 즉 혁명 할 최소한의 권리마저 박탈당한 상황은 베이다오로 하여금 미래에 대해서도 비관하게 만들었다.

이를 통해 몇 가지 측면에서 그 의의를 찾아보고자 한다. 첫 번째는 중국 몽롱시와의 비교를 통해 한국 참여시의 문학사적 맥락과 의미를 새롭게 유형화하고 재평가할 수 있는 가능성을 찾아볼 수 있게 된 것이다. 시기가 달랐지만 한국의 60년대와 중국의 80년대는 정치적 억압 아래 유사 이래의 민주혁명이 일어났으며 혁명의 실패에도 불구하고 이는 새로운 미적 주체를 형성하는 계기가 되어 문학사에서 각각 '참여시'와 '몽롱시'라는 새로운 사조를 탄생시켰다. 김수영과 베이다오는 '참여시'와 '몽롱시'의 기수로서 자신들만의 방법으로 시를 통한 참여의식을 구현해 나갔으며 김수영은 일상어와 산문의 도입을 통해, 베이다오는 쉬르레알리슴 기법을 통해 기존 현대시의 전형을 뛰어넘는 미적 성취를 보여주게 된다.

두 번째는 이들의 참여의식의 공통적인 특성으로 삼은 부정성이 모더니즘, 현대성, 미적 근대성과 같은 정신을 어느 정도 계승하는 것이긴 하지만 서구 사상의 부정성과는 구별되며 역설적으로 현대를 극복하고 영원성을 추구하는 기제가 되었다는 점이다. 특히 김수영이 시론과 시를 통해 제시한 '영구혁명'의 개념은 베이다오가 도달하지 못한 지점으로 사료되나 이는 체제로 인한 것이 컸다. 김수영이 일상성에 대한 천착과 자기부정을 통한 자기반성적 성찰 및 공동체 지향의 참여의식 속에서 변증법적 진화를 거쳐 영구혁명에 도달했다면 자신의 목소리조차 내기 힘든 현실에서 베이다오는 쉬르레알리슴 기법이라는 극도의 은유를 통해 역사에 대응했으며 추방이후에는 더욱 난해한 시적 표현으로 자신의 정치성을 은폐해야 했기 때문이다.

마지막으로 혁명 이후에 김수영과 베이다오의 시에서 공통적으로 드러나는 타자인식의 확장과 변모양상을 통해서 참여로서의 변증법적 부정의 궁극적인 목표는 '부정' 자체가 아니라 '사랑의 정치'라는 타자수용의 윤리임을 알게 한 것이다. 김수영은 적이 부재함을 발견하며 자신의 극점에 있는 이질적 타자에 대한 수용으로 자신의 한계를 뛰어넘는 공동체의 윤리를 실현하고자 하였다. 베이다오는 또한 자신이 역사의 공범이 되어왔음을 인식하고 '아버지'와 연대할 수밖에 없는 타자성을 발견하는 등 의식의 변화를 거치에 된다. 김수영의 타자가 정치, 문화, 전통 등 복합적이고 다양한테 반해 베이다오가 대적했던 타자는 '아버지'로 지칭되는 국가 권력에 집중되어 있다. 이같은 현상은 한 사회에서 독재 권력의 형태가 그 시대 시인의 '참여의식'에 어떤 영향을 끼치는 지를 시사하는 유의미한 징표가 된다.

참고 문헌

1. 기본 자료

김수영, 『전집1—시』, 민음사, 2003.

김수영, 『全集 I —시』 , 민음사, 1993.

김수영, 『전집2—산문』, 민음사, 2003.

김수영, 『全集 II—산문』 , 민음사, 1993.

황동규 편, 『김수영의 문학—김수영 전집 별권』, 문학과 지성사, 1983.

北岛, 『午夜歌手(1972~1994)—北岛诗选』, 歌出版社有限公司, 1995.

北岛, 『北岛诗选』, 海南:南海出版公司, 2003.

北島, 정우광 역, 『북도시선』, 문이재, 2003

北島, 배도임 역, 『한밤의 가수』, 문학과 지성사, 1993

2. 단행본

강소연, 『1960년대 사회와 비평문학의 모더니티』, 역락, 2006.

강웅식, 『김수영 신화의 이면』. 청동거울 2012.

고명철, 『논쟁, 비평의 응전』, 보고사, 2006

권보드래·천정환, 『1960년을 묻다』, 천년의 상상, 2012.

권영민, 『한국현대문학사2』, 민음사, 2007.

김병옥, 『현대시와 현상학』, L.I.F, 2007.

김상환, 『풍자와 해탈, 혹은 사랑과 죽음』. 민음사 2000.
김성기 외, 『모더니티란 무엇인가』, 민음사, 1994.
김승희 편: 『김수영 다시 읽기』. 프레스 21 2000.
김시준, 『중국 당대문학사』, 소명출판, 2005.
김유중, 『김수영과 하이데거—김수영 문학의 존재론적 해명』. 민음사 2007.
김윤식·김현, 『한국문학사』, 민음사, 1973.
김종윤, 『김수영 문학연구』, 한샘출판사, 1994.
김학동, 『비교문학』, 새문사, 1997.
김현·김윤식, 『한국문학사 , 민음사, 1973.
꾸청 지음, 김윤진 옮김, 『잉얼1』, 실천문학사, 1997.
____ 지음, 김태성 옮김, 『나는 제멋대로야』, 실천문학사, 1997.
나병철, 『모더니즘과 포스트모더니즘을 넘어서』, 소명출판사, 2001.
노철, 『한국현대시 창작방법 연구』, 월인, 2001.
박남용, 『중국 현대시의 세계』, 학고방, 2012.
박덕규, 『(김수영의) 온몸시학』, 푸른사상, 2013.
박성창, 『비교문학의 도전』, 민음사, 2009.
백승욱, 『중국 문화대혁명과 정치의 아포리아』, 그린비, 2012.
변광배, 『장 폴 사르트르』, 살림지식총서, 2004.
안인환, 『중국대중문화, 그 부침의 역사』, 도서출판 문사철, 2012.
여 태천, 『김수영의 시와 언어』, 월인, 2005.
오세영외, 『한국현대詩사』, 민음사, 2007.
유용태·박진우·박태균, 『함께 읽는 동아시아 근현대사』, 창비, 2011.
윤호병, 『비교문학』, 민음사, 2005.
이상갑, 『근대민족문학비평사론』, 소명출판, 2003.
이상옥, 『현대중국사』, 전주대학교 출판부, 2010.
이승규, 『김수영과 신동엽』, 소명출판, 2008.
이승하 외, 『한국 현대시문학사』, 소명출판, 2005.

이승훈, 『한국 모더니즘 시사』, 문예출판사, 2000.
______, 『모더니즘의 비판적 수용』, 작가, 2002.
이혜순, 『비교문학의 새로운 조명』, 태학사, 2002.
임영봉, 『한국 현대문학 비평사론』, 역락, 2000.
전형준, 『동아시아적 시각으로 보는 중국문학』, 서울대학교출판부, 2004.
정봉희, 『중국 몽롱시의 텍스트 구조 분석』, 한국문화사, 2010.
정우광, 『뻬이따오의 시와 시론』, 고려원, 1995.
정치학대사전편찬위원회, 『21세기 정치학대사전』, 한국사전연구사, 2010.
조영복, 『한국 모더니즘 문학의 근대성과 일상성』, 다운샘, 1997.
최하림, 『자유인의 초상: 김수영 평전』. 문학세계사, 1981.
______, 『시와 부정의 정신』, 문학과 지성사, 1994.
하상일, 『1960년대 현실주의 문학비평과 매체의 비평전략』, 소명출판, 2008.
한국문학평론가협회, 『문학비평용어사전』하, 국학자료원, 2006.
한명희, 『김수영 정신분석으로 읽기』, 월인, 2002.
허세욱, 『중국현대시연구』, 금동구, 1992.
허윤희, 상허학회, 『희귀잡지로 본 문학사』, 깊은샘, 2002.
홍문표, 『한국현대문학사Ⅱ』, 창조문학사, 2003.
홍신선 편, 『우리문학의 論爭史 : 純粹, 參與論을 中心으로』, 語文閣, 1985.
홍자성 저, 박정희 역, 『중국당대문학사』, 비봉출판사, 2000.

3. 학위논문과 소논문

강계숙, 『1960년대 한국시에 나타난 윤리적 주체의 형상과 시적 이념: 김수영·김춘수·신동엽의 시를 중심으로』, 연세대학교 박사논문, 2008.
강영기, 『金洙暎 詩와 金春洙 詩의 對比的 硏究』, 濟州大學校 박사논문, 2003.
강웅식, 「김수영 시론 연구: '현대성'과 '부정성'의 의미를 중심으로」, 『상허학보』11, 상허학회, 2003.
강웅식, 『김수영 신화의 이면—주체의 자기 형성과 윤리의 미학화』, 청동

거울, 2012.
강충권, 「사르트르 한국 수용사 연구 : 구조주의 및 후기구조주의 흐름 속에서의 사르트르 수용」, 『프랑스어문교육』37집, 한국프랑스어문교육학회, 2011.
고봉준, 「문학, 혹은 시인이 꿈꾸는 혁명: 김수영론」, 『문학과경계』 1(2), 문학과경계사, 2001.
고재석, 「김수영의 자유와 비애의 시학」, 『한국문학연구』13, 1990, 동국대학교 한국문학연구소, 1990.
곽명숙, 「4·19 혁명과 김수영의 문학적 변모」, 『한중인문학연구』46, 한중인문학회, 2015.
구태헌, 「부정성의 시학—포우와 스티븐스」, 『현대영미시연구』19, 한국현대영미시학회, 2013.
권두언, 「「나」의 혁명」, 『새벽』, 60년 6월호.
권오만, 「한국 현대 參與詩의 自己 告白型 검토」, 『語文硏究』37권, 한국어문교육연구회, 2009.
권혁웅, 「현대시에 나타난 리듬의 변주 —『사랑의 변주곡』(김수영)을 중심으로」, 『현대문학의 연구』 56, 한국문학연구학회, 2015.
김경훈, 「중 .한 프로시 비교」, 『세계 속의 한국 문학비교연구』, 중앙민족대학 조선학연구소 . 중국조선—한국문학 연구회. 2001.
김도연, 「중국 시인 베이다오(북도)와 한국 시인 김수영 비교 연구」, 경원대 교육대학원, 석사논문, 2011.
김동근, 「김수영 시론의 담론적 의미 : '참여시' 논의를 중심으로」, 『韓國言語文學』82집, 한국언어문학회, 2012.
김명인, 「혁명과 반동 그리고 김수영」, 『한국학연구』19, 인하대학교 한국학연구소 2008.
김소현, 「중국 현대 상징파시 연구」, 고려대학교 박사학위논문, 1996.
______, 「몽롱시와 모더니티」, 『중국학』 15집, 대한중국학회, 2005.

______, 「1970, 80년대 중국 시의 狂氣와 省察」, 中國人文科學, 중국인문학회, 2006.

김영찬, 「4·19와 1960년대 문학의 문화정치—이청준의 소설을 중심으로 한 시론(試論)」, 『한국근대문학연구』15, 한국근대문학회, 2007.

김영희, 「김수영 시의 리듬 연구—'시행발화'를 중심으로」, 『한국어문학 국제학술포럼 제1차 국제학술대회』6, 한국어문학국제학술포럼, 2007.

김용희, 「김수영 시에 나타난 '유희적 부정성'과 벌레 모티프」, 『한국현대문학연구』28, 한국현대문학회, 2009.

김유중, 「김수영 시의 모더니티—'불온시' 논쟁의 일면: 김수영을 위한 변명」, 『정신문화연구』 28, 한국학중앙연구원, 2005

______, 「김수영 시의 모더니티—모더니티에 대한 새로운 이해」, 『한중인문학연구』18, 2006.

김은송, 「1960년대 순수 · 참여 논쟁에 대한 고찰」, 『한국말글학』28, 한국말글학회, 2011.

김응교, 「김수영 시와 니체의 철학 －김수영 『긍지의 날』, 『꽃잎.2 』의 경우－」, 『시학과 언어학』31, 시학과 언어학회, 2015.

김재철, 「헤겔의 부정성 개념에 대한 하이데거의 해석」, 『하이데거연구』 제14집, 하이데거학회, 2006.

김정석, 『김수영의 아비투스에 관한 연구』, 숭실대학교 박사 논문, 2009.

김정한, 『대중운동의 이데올로기 연구: 5.18 광주항쟁과 6.4 천안문운동의 비교』, 서강대학교 정치외교학 박사학위 논문, 2010.

김종윤, 『김수영 시 연구』, 연세대학교 박사학위논문, 1987.

김종철, 「한국저항시소론」, 실천문학회 편집위원회 편, 『저항시 선집』, 실천문학사, 1984.

김종훈, 「김수영 시의 '부정어' 연구」, 『정신문화연구』32, 한국학중앙연구원, 2009.

______, 「이상과 김수영 시에 나타난 반복의 상반된 의미」, 『한국문학이

론과 비평』66, 한국문학이론과 비평학회, 2015.
김지녀, 「김수영 시에 나타나는 타자의 "시선"과 "자유"의 의미 —사르트르와의 상관성을 중심으로」, 『한국문예비평연구』34권, 한국현대문예비평학회, 2011.
김행숙, 「'시적인 것'과 '정치적인 것' : 김수영의 시론 「시여, 침을 뱉어라」를 중심으로」, 『국제어문』47, 국제어문학회, 2009.
김현, 「자유의 꿈」, 『거대한 뿌리』, 민음사, 1974.
____, 「사르트르의 문학비평」, 『현대문학』, 1980.
김현승, 「김수영의 시적 위치」, 황동규 편, 『김수영의 문학』, 민음사, 1983.
남기택, 『金洙暎과 申東曄 詩의 모더니티 硏究』, 충남대학교 박사논문, 2002.
남기혁, 「웃음의 시학과 탈근대성」, 『한국현대문학연구』17, 한국현대문학회, 2005.
남민우, 「욕망론의 관점에서 본 김수영 시의 특징」, 『청람어문교육』47권, 청람어문교육학회, 2013.
모옌, 「동아시아문학포럼과 동아시아문학」, 『창작과 비평』39권 제4호, 창비, 2011.
문혜원, 「4·19 혁명 이후 우리 시의 유형과 특징」, 『한국 현대시문학사』, 소명출판, 2005.
박남용, 「한중 근대시의 현실인식과 서사지향성 비교연구—백석과 장극가의 시를 중심으로」, 『中國硏究』第30卷, 2002.
______, 「중국인 디아스포라 베이다오 북도의 시적 이미지 연구」, 외국문학연구 28호 한국외국어대학교외국문학연구소, 2007.
박몽구, 「모더니즘 기법과 비판 정신의 결합 : 김수영론」, 『동아시아 문화연구』, 한양대학교 한국학연구소, 2006.
박석무, 「1960년대—신동엽과 김수영」, 『역사비평』(31), 역사문제연구소, 1995.
박성창, 「시와 부정성—쟝 코앙의 부정성의 시학에 대한 고찰 —」, 『불어

불문학연구』40, 한국불어불문학회, 1999.
박연희, 「김수영의 전통 인식과 자유주의 재론―「거대한 뿌리」(1964)를 중심으로」, 『상허학보』 33집, 상허학회, 2011.
박옥순, 「「시여, 침을 뱉어라」에 나타난 대위법적 수사학―T. S. 엘리엇의 영향을 중심으로」, 『한국문예창작』14(2), 한국문예창작학회, 2015.
박윤미, 「유가의 도덕적 자유에 관한 연구」, 『철학논집』39권0호, 서강대학교 철학연구소, 2014.
박정선, 「정지용과 김수영의 시에 있어서 근대 도시의 표상성 ―"지도"와 "유리"의 이미지를 중심으로」, 『우리어문연구』39, 우리어문학회, 2011.
박종숙, 「"現代主義"와 舒婷의 "朦朧詩"」, 『中國學論叢』, 한국중국문학학회, 1993.
박지영, 「1960년대 참여시와 두 개의 미학주의―김수영, 신동엽의 참여시론을 중심으로―」, 『泮矯語文硏究』20, 반교어문학회, 2006.
______, 「제3세계로서의 자기 정위(定位)와 "신성(神聖)"의 발견 ―1960년대 김수영·신동엽 시에 나타난 정치적 상상력」, 『泮矯語文硏究』39, 반교어문학회, 2015.
배용준, 「변증법적 미학에 있어서 형식과 내용―헤겔과 아도르노의 형식과 내용을 중심으로」, 『동서철학연구』63권, 한국동서철학회, 2012.
백낙청, 「김수영의 시세계」, 『김수영의 문학』, 민음사, 1992.
변학수, 「20세기의 미학적 저술에 나타난 부정성의 개념과 문학적 경험」, 『독일어문학』6권, 한국독일어문학회, 1997.
서준섭, 「김수영의 후기 작품에 나타난 '사유의 전환'과 그 의미 : '힘으로서의 시의 존재'와 관련하여」, 『한국현대문학연구』23, 한국현대문학회, 2007.
손약주, 「산업화 시대의 한·중 농민소설 비교연구: 이문구와 천잉쑹의 작품을 중심으로」, 서울대학교 대학원 석사논문, 2013.
손종업, 「김수영 시에 나타난 주체와 환대의 양상」, 『국어국문학』169, 국어국문학회, 2014.
송기한, 「영원한 순환의 피로와 창조성 : 김수영론」, 『人文科學論文集』37, 대전대학교 인문과학연구소, 2004.
송희복, 「현실주의 시인들의 참여시와 각양(各樣)의 언어관」, 『국제언어문학』31, 국제언어문학회, 2015.
신동옥, 「김수영의 시적 이행의 함의와 초월적 사랑의 윤리」, 『동아시아문화연구』56, 한양대학교 동아시아문화연구소, 2014.
신철하, 「김수영 시와 '자유'의 문제—한국 현대문학의 생태학적 고찰」, 『한국언어문학』54, 한국언어문학회, 2005.
안영은, 「전기비비주의의 '반문화' 경향 탐색」, 『중국학연구』, 중국학연구회 43집, 2008.
오문석, 「실존주의와 김수영」, 『백년의 연금술』, 박이정, 2005.
______, 「자유의 시간을 위하여」, 『백년의 연금술』, 박이정, 2005.
오연경, 「'꽃잎'의 자기운동과 갱생(更生)의 시학—김수영의 「꽃잎」 연작을 중심으로」, 『상허학보』 32집, 상허학회, 2011.
______, 「김수영의 사랑과 도래할 민주주의」, 『한국문학과 민주주의』, 소명출판, 2013.
오영진, 「김수영과 월트 휘트먼 비교연구」, 『국제어문』58, 국제어문학회, 2013.
오윤숙, 「1989년 이후의 베이다오(북도) 연구」, 중국현대문학 제32호, 한국중국현대문학학회, 2005.
苑英奕, 「한국의 민중문학과 중국의 저층서사 비교 연구」, 서울대학교 대학원 석사논문, 2009.
유문선, 「1960년대의 순수·참여 논쟁」, 『논쟁으로 본 한국사회 100년』(역사비평 편집위원회), 역사비평사, 2007.

유새선, 「시와 혁명—김수영론」, 『김수영 다시 읽기』, 프레스21, 2000.
유중하, 「魯迅과 김수영1」, 『中國現代文學9』, 한국중국현대문학학회, 1995.
______, 「金洙暎과 魯迅 2」, 『中國現代文學13』, 한국중국현대문학학회(구 중국현대문학회), 1997.
______, 「金洙暎과 魯迅(3)」, 『中國現代文學16』, 한국중국현대문학학회(구 중국현대문학회), 1999.
______, 「세계문학, 민족문학 그리고 동아시아문학」, 『황해문화』, 2000.
______, 「革命의 다이나미즘 혹은 이미지즘 —金洙暎과 魯迅— 마주 비추어보는 거울 6」, 『중국현대문학』27, 한국중국현대문학학회, 2003
유혜경, 『이시카와 다쿠보쿠(石川啄木)와 김수영의 시세계 비교 연구』, 고려대학교 박사논문, 2009.
윤정임, 「사르트르의 비평을 중심으로 본 한국의 사르트르 수용」, 『실존과 참여』, 문학과지성사, 2012.
이경수, 「'국가'를 통해 본 김수영과 신동엽의 시」, 『한국근대문학연구』 6(1), 한국근대문학회, 2005.
이경하, 「1920~30년대 한중(韓中) 현대시의 "모더니즘" 수용 양상 비교」, 『中國語文學誌』33, 중국어문학회, 2010.
이광호, 「4·19의 '미래'와 또 다른 현대성」, 『4·19와 모더니티』, 문학과지성사, 2010.
이기성, 「1960년대 시와 근대적 주체의 두 양상—김수영, 신동엽 시를 중심으로」, 『1960년대 문학연구』, 깊은샘, 1998.
이미순, 「김수영의 시론에 미친 프랑스 문학이론의 영향—조르주 바타이유를 중심으로」, 『比較文學』42, 한국비교문학회, 2007.
______, 「김수영의 고백체 시 연구」, 『한국현대문학연구』29집, 한국현대문학회, 2009.
______, 「김수영의 시론에서의 "풍자"의 의미」, 『국어교육』123, 한국어교육학회, 2007.

이민호, 「일반논문 : 한용운과 김수영의 "사랑의 시" 형식 연구」, 『현대문학의 연구』 27, 한국문학연구학회, 2005.

李秀美, 「初期 韓國新詩와 中國 新詩의 比較硏究 - 서구문예사상 침투기에 있어 1930년대까지」, 경희대 석사논문, 1973.

이숭원, 「제 1 부 전국학술대회 발표논문 : 주제 발표 ; 정치 현실에 대한 두 시인의 반응—임화와 김수영의 경우—」, 『韓民族語文學』43, 한민족어문학회, 2003.

이승규, 「현대문학 : 김수영과 긴스버그 시의 비교 고찰—부정의식의 구현 양상을 중심으로—」, 『우리어문연구』38, 우리어문학회, 2010.

이욱연(李旭淵), 「개혁 개방 이후 중국 지식인과 문혁 기억」, 『中國學論叢』 16, 한국중국문화학회, 2003.

이은정, 『김춘수와 김수영 시학의 대비적 연구』, 이화여자대학교 박사논문, 1993.

이찬, 「김수영 시와 산문에 나타난 '시뮬라크르'의 정치학」, 『한민족문화연구』제40집, 2012.

이현승, 「오장환과 김수영 시 비교 연구」, 『우리文學硏究』35, 우리문학회, 2012.

임병희, 「브레히트 : 김수영의 온몸의 시학」, 『브레히트와 현대연극』20, 한국브레히트학회, 2009.

임헌영, 「현실동면족」, 홍신선 엮음, 『우리 문학의 논쟁사』, 1985.

임환모, 「1960년대 한국문학의 분기 현상」, 『현대문학이론연구』58권, 현대문학이론학회, 2014.

장병희, 「한국문학에서의 순수와 참여논쟁 연구」, 『어문학논총』12, 국민대학교 어문학연구소, 1993.

장석원, 「김수영 시에 나타난 "산문성"의 의의」, 『어문논집』44권, 민족어문학회, 2001.

______, 「김수영 시의 '새로움' 연구: 전위의식과 부정 의식을 중심으로」,

『한국시학연구』8, 한국시학회, 2003.
장세진, 「'아비 부정', 혹은 1960년대 미적 주체의 모험 – 김승옥과 이제하의 텍스트에 나타난 주체 형성과 권력의 문제를 중심으로」, 『상허학보』12, 상허학회, 2004
전병준, 「김수영 시에 나타난 사랑의 의미 연구」, 『국제어문』43, 국제어문학회, 2008.
______, 『김수영과 김춘수의 시 비교 연구』, 고려대학교 박사논문, 2010.
______, 「박인환과 김수영의 시에 나타난 신의 의미 연구」, 『비교한국학』21(3), 국제비교한국학회, 2013.
______, 「김수영 초기 시에서 사랑의 의미화 과정 연구」, 『Journal of Korean Culture』, 한국어문학국제학술포럼, 2013.
정명교, 「김수영과 프랑스 문학의 관련양상」, 『한국시학연구』22, 한국시학회, 2008.
정명환, 「사르트르의 과거, 현재, 그리고 미래」, 『실존과 참여』, 문학과지성사, 2012.
정성은, 「모더니즘과 몽롱시」, 『梨花馨苑』2, 이화여자대학교 인문과학대학 중어중문학과, 1990.
______, 「中國 三十年代 現代主義詩 硏究」, 고려대 박사학위논문, 2003.
______, 「20世紀30年代韓中現代主義詩人比較硏究—以鄭芝溶和戴望舒的現代性與傳統意識爲中心」, 中國語文學誌 25, 중국어문학회, 2007.
정수국, 「1920년대 중국 상징파 시의 주제 연구」, 성균관대학교 박사학위논문, 1998.
정의진, 「도시와 시적 모더니티: 김수영의 시적 산문정신과 서울—보들레르와의 비교를 경유하여」, 『서강인문논총26』, 서강대학교 인문과학연구소, 2009.
정현덕, 『김수영 시의 풍자 연구』, 경기대학교 박사논문, 2002.
정호길, 「金洙映의 『自由意識』考」, 『동국어문학』3집, 동국어문학회, 1989.

조강석, 『비화해적 가상으로서의 김수영과 김춘수 시학 연구』, 연세대학교 박사논문, 2008.
______, 「김수영과 시각(視覺)의 문제」, 『김수영의 온몸시학』, 푸른사상사, 2013.
______, 「보편성과 심미적 가상 그리고 공동체—백석과 김수영의 시에 나타난 "사랑의 현상학"을 중심으로—」, 『民族文化研究』69, 고려대학교 민족문화연구원, 2015.
曺秉春, 「金洙暎과 申東曄의 參與詩 研究」, 『世明論叢』4, 世明大學校, 1995.
진은영, 「김수영 문학의 미학적 정치성에 대하여—불화의 미학과 탈경계적 정치학」, 『현대문학의 연구』40권, 한국문학연구학회, 2010.
최미숙, 『한국 모더니즘시의 글쓰기 방식에 관한 연구』, 서울대학교 대학원, 국어교육과 박사학위 논문, 1997.
최종욱, 「앙리 르페브르의 "일상생활비판"에 대한 비판적 소론」, 『어문학논총』12, 국민대학교 어문학연구소, 1993.
Fan. Weili, 「초창기 한·중 상징주의 시의 비교연구: 김억과 李金髮의 초기시를 중심으로」, 서울대학교 박사학위논문, 2008.
편집부, 「4월혁명과 장면정권」, 『한국정치외교사논총』제15집, 한국정치외교사학회, 1997.
하정일, 「주체성의 복원과 성찰의 서사」, 『1960년대 문학연구』, 깊은샘, 1998.
한명희, 「김수영 시의 영향관계 연구」, 『비교문학』 29권, 한국비교문학회, 2002
______, 「박인환과 김수영, 그 영향의 수수 관계」, 『어문논총』43, 한국문학언어학회, 2005.
______, 「「오이디푸스 콤플렉스」를 통해 본 김수영, 박인환, 김종삼의 시세계」, 『語文學』97, 한국어문학회, 2007.
______, 「김수영 시의 영향관계 연구」, 『比較文學』29, 韓國比較文學會, 2002;

임병희, 「김수영과 엔첸스베르거: 시와 사회의 변증법」, 『브레히트와 현대연극』17, 21한국브레히트학회, 2007.
韓武熙, 「韓中抗日詩歌의 比較硏究」, 『中國現代文學硏究)제3.4合輯, 中國現代文學硏究會 ,1995.12; 鄭守國, 「韓中 象徵主義 飜譯詩의 受用過程」, 『中國現代文學硏究)제9집, 中國現代文學硏究會, 2000.
한영옥, 「김수영시 연구—참여시의 진정성 규명을 중심으로—」, 『人文科學硏究』, 성신여자대학교 인문과학연구소, 1994.
한용국, 「김수영 시의 미의식 연구—'숭고' 지향성을 중심으로」, 『한민족어문학』70, 한국민족어문학회, 2015.
한용군, 「시의 일상성에 관한 연구」, 『겨레어문학』제35집, 겨레어문학회, 2005.
허세욱, 「천재와 미치광이 사이: 꾸청에 대하여」, 『현대시』9, 한국문연, 1998.

4. 번역서 및 외국문헌

가다 겐, 노에 게이이 외 2명 저·이신철 역, 『현상학사전』, b, 2011.
로즈메리 람버트 저·이석우 역, 『20세기미술사』, 열화당미술선서, 1992
마리—클레르 베르제르 저·박상수 역, 『중국현대사』, 심산, 2009.
볼포하르크 행크만 저·김진수 역, 『미학사전』, 예경, 1999.
C.W.E Bigsby 저·박희진 역, 『다다와 초현실주의』, 서울대출판부 1980.
아도르노 저· 홍승용 역, 『미학이론』, 문학과지성사, 1984.
아도르노 저·김유동 역, 『계몽의 변증법』, 문학과 지성사, 2001.
아도르노 저·김주연 역, 『아도르노의 문학이론』, 민음사, 1985.
아마코 사토시 저·임상범 역, 『중화인민공화국 50년사』, 일조각, 2003.
아서단토 저·정용도 역, 『철학하는 예술』, 미술문화, 2007
엠마누엘 레비나스 저·강영안 옮김, 『시간과 타자』, 문예출판사, 1996.
왕단 저·송인재 역, 『왕단의 중국현대사』, 동아시아, 2013.
왕샹위안 저·문대일 역, 『비교문학의 열쇠』, 한국학술정보, 2011.

이사야 벌린 저·박동찬 역, 『이사야 벌린의 자유론』, 아카넷, 2014.
자젠잉 저·이성현 역, 『80년대 중국과의 대화』, 그린비, 2009.
자크 랑시에르 저·유재홍 역, 『문학의 정치』, 인간사랑, 2011.
장 아뽈리뜨, 『헤겔의 정신현상학1』, 문예출판사, 2013.
장 폴 사르트르 저·정명환 역, 『문학이란 무엇인가』, 민음사, 1998.
존 킹 페어뱅크, 멀 골드만 저·김형종, 신성곤 역, 『신중국사』, 가치글방, 2007.
천쓰허 지음·노정은, 박난영 옮김, 『중국당대문학사』, 문학동네, 2008.
천이난 저·장윤미 역, 『문화대멱명의 또 다른 기억』, 그린비, 2008.
카롤린 퓌엘 저·이세진 역, 『중국을 읽다』, 푸른숲, 2012.
홍자성 저, 박정희 역, 『중국당대문학사』, 비봉출판사, 2000.
洪子誠, 劉登翰 저·홍석표 역, 『中國當代新詩史』, 신아사, 2000.

谢冕, 「在新的崛起面前」, 『光明日報』, 1980.
____, 「北方的鸟和他的岸—北岛論」, 『中国现代诗人論』, 重庆出版社, 1986.
孙绍振, 「新的美学原则在崛起」, 『詩刊』, 1981.
徐敬亚, 「崛起的诗群—评我国诗歌的现代倾向」, 『當代文藝思潮』, 1983.
許子東, 「現代主義與中國新時期文學」, 『文學評論』, 1989.
唐培吉 外, 『中國歷史大事年表』, 上海辭書出版社, 1997.
孟繁華 • 程光煒, 『中國當代文學發展史』, 北京大學出版社, 2011.
朱楝霖 外, 『中國現代文學史1917~1997』, 高等教育出版社, 1999.
董健 外, 『中國當代文學史新稿』, 北京師范大學出版社, 2011.
王万森 外, 『新時期文學』, 高等教育出版社, 2006.
韓少功, 「文學的根」, 『作家』, 作家雜誌社, 1985.
鄭万鵬, 『中國當代文學史』, 華夏出版社, 2007.
唐培吉 외, 『中國歷史大事年表』, 上海辭書出版社, 1997.
孟繁華 • 程光煒, 『中國當代文學發展史』, 北京大學出版社, 2011.

朱楝霖 외,『中國現代文學史1917~1997』, 高等教育出版社, 1999.
董健 외,『中國當代文學史新稿』, 北京師范大學出版社, 2011.
杨四平,「北岛论」,『涪陵师范学院学报』, 2005.
王亚斌,「北岛诗歌夜意象分析」, 滁州学院学报, 2009.
唐晓渡,「北岛—我一直在写作中寻找方向」,『诗探索』, 2003.
王明伟,「访问北岛」,『争鸣』, 香港, 1985.
吴秀明,『中国当代文学史写真』, 浙江大学出版社, 2002.
林平乔,「北岛诗歌的三个关键词—北岛前期诗歌简论」」,『理论与创作』, 2005.
唐晓渡,「北岛—我一直在写作中寻找方向」,『诗探索』, 2003.
柏桦,「始于一九七九:比冰和铁更刺人心肠的欢乐」,『今天』, 2008.
楼肇明,「「回答」评点」,『诗探索』, 1981.
李庶,「北岛诗歌的创作转向与当代诗歌的审美日常化生态研究」,『中华文化论坛』, 2013.
张闳,「北岛、或关于一代人的"成长小说"」,『当代作家评论』, 1998.
王茜,「冷色世界有光亮」,『教研天地』, 2008.
王干,「孤独的北岛、真诚的北岛」,『当代作家评論』, 1998.
丁宗陆,「人格的界碑、北岛的位置」,『当代作家评論』, 1998.
陈晓明,「绝对的孤独者:北岛」,『文学超越』, 中国发展出版社, 1999.
吴思敬,「论北岛」,『中国现代文学研究丛刊』, 2014.
南丁,「北岛:野兽还是家畜」,『中国新闻周刊』, 2011.
毕光明·樊洛平,「北岛和他的诗歌」,『湖北师范学院学报』, 1985.
一平,「孤立之境—读北岛的诗」,『读探索』, 2003.
林平乔,「北岛诗歌的三个关键词—北岛前期诗歌简論」,『理論与创造』, 2005.
陈明火,「北岛、反复修辞之变」,『写作』, 2005.
罗云锋,「北岛诗論」,『华文文学』, 2006.
胡冰,「論杂耍蒙太奇与北岛1980年代前期诗歌」,『时代文学』, 双月版, 2007.
余学玉,「北岛与舒婷创作比较」,『文学教育(上)』, 2007.

洪子诚,『北岛早期的诗』. 海南师范学院学报,『文学教育』, 2005.
秦春光,「北岛与多多诗歌比较」,『重庆职业技术学院学报』, 2007.
林贤治,「北岛与〈今天〉—诗人論之一」,『当代文坛』, 2007.
黄键, 「论舒婷与北岛朦胧诗风格的差异」, 『盐城师范学院学报(人文社会科学版』, 2012.
崔春,「论北岛及『今天』的文学流变」, 山东大学 博士論文, 2014.
刘德岗,「撼人的壮美与动人的优美－北岛、舒婷诗歌美学之比较」,『前沿』, 2009.
龙吟娇·柏桦,「论北岛诗歌中的悖论意象」,『西南交通大学学报』, 2013.
吴晓东,「走向冬天」,『阳光与苦难』, 汇文出版社, 1999.
許子東,「現代主義與中國新時期文學」,『文學評論』, 1989.

찾아보기

(ㅂ)

(ㅅ)